从明天起

——李为民小说集

李为民 著

安徽师范大学出版社

图书在版编目(CIP)数据

从明天起:李为民小说集 / 李为民著.—芜湖:安徽师范大学出版社,2011.3
ISBN 978-7-81141-197-3

Ⅰ.①从… Ⅱ.①李…Ⅲ.①短篇小说—小说集—中国—当代 Ⅳ.①I247.7

中国版本图书馆 CIP 数据核字(2011)第 031359 号

从明天起——李为民小说集

李为民 著

出 版 人:张传开
责任编辑:汪鹏生　吴顺安
装帧设计:桑国磊

出版发行:安徽师范大学出版社
　　　　芜湖市九华南路189号安徽师范大学花津校区　　邮政编码:241002
发 行 部:0553-3883578 5910327 5910310(传真)　E-mail:asdcbsfxb@126.com
经　　销:全国新华书店
印　　刷:芜湖新欣传媒有限公司
版　　次:2011 年 3 月第 1 版
印　　次:2011 年 3 月第 1 次印刷
规　　格:787×960　1/16
印　　张:17.25
字　　数:265 千
书　　号:ISBN 978-7-81141-197-3
定　　价:35.00 元

目　录

心　跳

1

银行职员黄佳明 30 岁的时候,终于和中学英语教师李春红结婚了。

两人初次见面时,都有"曾经沧海难为水"的感觉。佳明曾谈过无数次恋爱,屡谈屡吹,屡吹屡谈,吹得他灰头土脸,烦躁不安。吹的主要理由是他个头矮小,面相实在对不起观众,是李春红给了他自信和勇气。春红漂亮,善解人意,无可挑剔,因此,他想娶她,尽快结束单身生活,越快越好。

春红呢,大学快毕业的时候,深爱着的男友欧阳杰没有和她告别就匆匆去了美国,杳无音讯,爱情被太平洋隔离了,她一无所有。爱又如何,不爱又何妨,于是,她没有告诉任何人,毅然去医院做掉了肚子里 2 个月的孩子。春红不是没有人追的女孩,从大学到单位,她都是一颗闪亮的星星,身材高挑,丰满,用介绍人王阿姨的话说,该有的都有了,不该有的一点没留下。在大学,她还是国标舞大赛的冠军呢,见过她的人第一印象就是,长得像演员徐帆。

初次见到佳明的晚上,春红失眠了。她很久没有这样的感觉,一种久违的恋爱的感觉,或者说是一种相依为命的感觉。初恋失败的打击让她身心憔悴,她不相信一见钟情,但有点被佳明吸引,虽然佳明不像前男友高大英俊,但他说话实在,诚恳,让春红一下子就喜欢上了他。特别是,上电大中文专业的佳明能够对《围城》评论得头头是道,让她很惊讶,也很受用,因为当时她很无聊,方博士的做派很符合她的心态。春红躺在床上辗转反侧,觉得自己的感情有点波澜壮阔了。

春红生长在一个单亲家庭,三岁的时候,父母离异。好在母亲是县文化馆的舞蹈演员,性格开朗,所以,她也不觉得自己的童年有什么阴影,大学生活反倒磨练出她做事果断、自信的性格。如果和佳明在一起,她只想做一个小女人,过一种平实的生活。

相处不久,她很快做出决定要嫁给佳明,原因有两个,第一她太想有一个家,有一个可爱的宝贝,佳明书香门第,有海外背景,能够给她出国的希望,等孩子长到四五岁时,一家人飞到大洋彼岸,在那里有一幢带花园和池塘的木式房屋,相夫教子,然后像美国电影《金色池塘》里的老头老太太,慢慢地老去。第二佳明虽然身材矮小,相貌不出众,但心地善良,和他生活一辈子,放心,况且自己也不是什么圣女贞德了。

新婚之夜,春红觉得有点对不起佳明,于是很投入,抱着他就狂吻,用丰满的胸脯紧紧压住他。佳明很激动,身子僵硬,只有喘气、慌乱、紧张、亢奋,渐渐地被春红那团火热的身子软化,直到感到自己强大起来,融了进去……当佳明进入春红身体时,她很清醒,她没有感到佳明什么有效的攻击,却听到他虚弱的喘息声,整个过程有点手忙脚乱,她睁着眼,望着新房的天花板,心里说,这就是生活。

结婚后,春红脸色白皙又滋润,女人味越来越足,特别是从事教育工作,让人越看越有品位。佳明的科长老杨说他有艳福。春红不仅上得了厅堂,也下得了厨房,她的西餐做得非常好,厨艺方面领悟力不一般,简直可以说有做菜的天赋。可佳明呢,不知为什么,过得很憔悴,经常感到心慌,也就是心跳过快。春红以为他是新婚累了,弄了点人参、鹿茸之类的补品,施展她的本领,每天用很小的砂锅炖上个几个小时,浓缩成一小碗汤,让佳明下班喝。那腥臭的味道呛得佳明眼泪快流下来了,可效果还是不明显,一做那事,他就恐惧,心跳像打鼓一样难受。

佳明夫妇蜜月没过完,就从青林小区搬回到父亲的身边,照顾父亲。佳明的妈妈去年患直肠癌去世了,父亲有心脏病,退休后戴着起搏器生活。一天下班,佳明小心翼翼地告诉父亲自己的不适,父亲把眼一瞪,说,你有什么心脏病?吃饱了撑的,你是神经有毛病,自己到保健院找王阿姨开点谷维素,你这是植物神经紊乱!懂吗? 父亲退休前是江城妇幼保健院的院长,赫赫有名的外科专家。在家里,父亲绝对是权威,他的话就是真理,所有人必须绝对服从。

于是,他找到王阿姨,王阿姨和佳明父母是同事,也是邻居,一辈子单身,据说以前感情上受过打击,便发誓要做个简·爱,不过,简·爱最终倒在老地主的怀里,而她呢,只能暗自怀春。那个春是谁呢? 全医院人都知道是佳明的父亲。佳明的母亲去世了,王阿姨觉得自己的春天终于来了。于是,她竭力撮合侄女儿巴结佳明,以达到自己不可告人的目的。可泼辣爽直的小姑娘偏不吃姨妈那一套,大学一毕业,去珠海了,不过倒把闺中密友李春红推给了佳明。

王阿姨退休后,返聘在药房发药。见佳明叫她,王阿姨拿了一瓶谷维素从窗口递给他,不解地问,这是妇女更年期服的药,你一个大小伙子吃它干吗? 佳明一时语塞,有点不好意思说这是给春红开的药。既然是给春红的,王阿姨不再说什么,绕着弯子问他最近老院长身体怎么样。佳明心不在焉,敷衍了几句,把话题岔开,鼓起勇气问王阿姨想做个心脏彩超。王阿姨有点吃惊地望着佳明,问,你做那干什么? 难道你也有心脏病? 佳明避开王阿姨满是疑惑的眼光,轻声地一五一十地把自己最近的不适告诉了王阿姨。王阿姨哈哈一笑,指着佳明说,还是你爸最了解你,你就是神经过敏,你总以为你爸的心脏病会遗传给你是吧,还说谷维素是给春红吃的,尽瞎说,这样吧,明天上午我带你去找一下心内科的刘主任,做个彩超。

第二天,诊断报告是:窦性心动过速,无器质性病变。

但是心跳快已影响他正常工作,比如,上班和同事聊股票的时候,他会突然莫明其妙地脸面发烧,手脚麻木,甚至能听到心脏剧烈跳动声。可在同事面前,他还得撑着,装出若无其事的样子。有时,科长老杨看着他面红耳赤的样子,奇怪地问,你脸红什么? 他只好幽默地说,情窦初开啊。

其实佳明也知道没有心脏病,但自己却真真切切地感受到不舒服。他觉得自己变得敏感,多疑,易激动。经常感觉面颊发烫,手心发潮,口干舌燥。不会是更年期提前吧,他自嘲。一定是自己心理有障碍,他上网 google 了一下,觉得自己的症状有点像焦虑症,便把自己的感受告诉了春红。春红不以为然,嗔怪地笑着说,你是好日子过多了,没事找事,等我们有了小孩。你什么毛病也不会有了,改天买一本心理矫正方面的书给你看看。

病也看了,书也读了,剩下还能做什么呢? 佳明不知道那个压在心头的石头何时能搬走。

人生有时的确很奇怪,最困难最无奈的时候,自己的精神状态反而很好,穿过激流和险滩后,在平静如镜的湖面上反而有点不知所措了,甚至有点惶恐不安。佳明承认,母亲的去世,几乎摧垮他的精神世界,他一度耳鸣,失眠,甚至产生幻觉,妄想,认为妈妈还活着。还有,结婚前的一段段情感遭遇耗尽了他所有的精力,这其中的隐痛和无尽的感情折磨只有他自己清楚。

算了,别人能怎么过,我也就能怎么过,佳明无奈地告诉自己。

2

傍晚,春红从健身馆出来,神清气爽,一身休闲装,蓬松的黑发被绛色的丝带随意束起,显得脱俗、洁净。她想好了,等全家去了美国,一定要开个体操馆,好好发挥自己的艺术的天赋。

这时,手机响了,铃声是圆舞曲"维也纳森林的故事",悦耳,动听,是佳明打来的。佳明告诉她,今天是感恩节,爸爸以前在教会学校读过书,有过洋节的习惯,火鸡就不准备了,做一顿西餐吧。春红轻快地说,好啊,便径直去超市买东西。

春红到家时,佳明还没回来,佳明的父亲半躺在书房的沙发上,戴着老花镜,在落地灯旁翻着英文版的《中国日报》。书房周围摆满书柜,书柜中排列着上千本书籍,除工具书外,都是药物学、解剖学、细菌学和病理学领域的专业外文书籍。

春红亲热地说,爸,我回来啦,佳明说今天是感恩节,做西餐吃好吗?

佳明的父亲点点头,慈祥地微笑着说,是吗? 时间过得真快,圣诞节也快到了,看来,今晚我们能跳一曲喽。春红欢快地说,当然啦,只要您高兴,我天天陪您跳,爸,您应该多运动,这对您心血管有好处。说罢,春红系上围裙,进厨房忙去了。

父亲望着春红的背影,满意地点点头。

春红刚走进佳明家时,有一种压抑感,这种压抑感来自老公公。春红对老公公是敬畏的,老公公就像一口深幽幽的井,看不见底。但春红是个聪明、敏锐的女孩,自从佳明的妈妈去世后,她成了这个家庭里唯一的女性。她很快像冬天里窗口的一抹阳光,给这个家庭带来了活力和温暖。经常在饭桌上,春红总能找到一些开心趣闻逗乐佳明和老公公。

佳明的父亲是省内著名的外科专家,母亲是放射科大夫,后因身体不好退休在家休养。父亲平时不苟言笑,沉默寡言,无论是做医生还是做院长,工作性质决定了他性格果断、胆略超人。父亲对佳平、佳明两个儿子也寄予厚望。佳平呢，自然不必说，不仅健康魁伟，而且活泼阳光，十六岁高中毕业后，独自一人闯天下，读博留洋，事业发达，这一切除了秉承了父亲的严格自律性格，最重要的是佳平少小离家，独立生活的能力和丰富的人生经历是同龄人无法比拟的。对于佳明来说，佳平永远是终点，而佳明永远是起点，起点和终点是永远不能汇合在一起的。

的确，问题就出在佳明身上。

佳明瘦弱，性格怯懦，这不是父亲的风格。父亲内心承认，长年工作繁忙，对佳明一直缺乏耐心和父爱，有时态度甚至是粗暴。但是对于外界，父亲则永远希望自己的子女都是出类拔萃的。春红来到黄家，让父亲看到希望，春红懂事乖巧，很会照顾佳明。父亲放心了，决定一定要让他们小两口出去闯一闯，像佳平一样生活，再也不要在这里混了。

佳明回来了，春红已经将餐桌上刀叉、高脚杯摆放整齐。桌面上烛光摇曳，空气中暗香浮动。主菜是香嫩的墨西哥牛排，外加奶油蘑菇汤配蒜蓉切片面包，还有一盆芝士烩时蔬，里面有西兰花，芦笋，西葫芦等，出品都非常精致，色相诱人。

春红从CD盒里取出佳明父亲最爱听的歌剧图兰多的唱段碟片，父亲平生最大爱好就是听歌剧和跳舞，他说每次手术前都要听段歌剧，能松弛紧张的神经。歌声飞出来，洋节的气氛立刻出来了。

父亲很满意春红的手艺，一家人围坐在餐桌边，边吃边聊。

父亲问佳明，托福考试准备得怎么样了？

春红知道佳明最近的心事，连忙向他使了个眼色说，爸，我和佳明都在看书，明年2月份考。

父亲说，你们一定要出去闯闯！

佳明说，当然，我和春红早就有计划了，只是不放心您的身体……

不要管我，父亲摆摆手说，你们有出息，就是对我健康最大的帮助。

晚餐吃得很尽兴。饭后，佳明刷碗，春红陪着父亲跳了几曲。父亲年轻时，长得也很帅，面孔有点像英国演员大卫尼文的味道，舞跳得也很棒。

舒缓的爵士音乐，让人放松，惬意。父亲的舞步沉稳、沧桑而老练，而春红的舞步则显得飘逸、轻快和洒脱。佳明忽然想起看过一部叫什么香的美国电影,里面有一个失明的退役军官和一个年轻女孩子跳的探戈舞,他觉得爸爸也是那样酷,或者说有种催人迷醉的魅力。他想自己为什么不能像爸爸一样沉稳地生活呢?

正跳着,电话响了,父亲不情愿地收住舞步,缓缓地拿起听筒。春红换了一首 Chuck berry 的摇滚舞曲"You never can tell",和佳明跳起摇摆舞来。春红扭得放纵,夸张,而佳明动作拘谨,毕竟父亲就在身边,放松不下来。佳明以前是个舞盲,小时候,父亲从来不带他去医院礼堂参加联欢会,后来,有了春红,也知道快三和慢三是怎么回事了。每次和春红跳舞,他很亢奋,好像能忘掉一切,下身有勃起的感觉。

电话是佳平打来的,先是向父亲和佳明夫妇问候感恩节快乐,接着邀请父亲到纽约来和他们一起过春节。

父亲深深地咳了两声,笑着说,孩子,我的老慢支可能不适合纽约的气候啦,到时候再说吧……

佳平又让佳明接电话。佳平这几年在纽约和新加坡开了两个水产公司,生意做得相当好。佳平在电话里希望佳明夫妇今后有机会能够到他们那里来发展。

佳明哎哎地答应了,心里说,我自己还焦虑着呢。

放下电话,看着父亲愉快地挪动着舞步,佳明便说,爸,佳平刚才问您戴了起博器感觉怎么样,我说很好,对了,昨天我去王阿姨那里开药顺便做了一个心脏彩超,结果什么问题没有,正如爸您所说,我身体非常好……

不料,父亲转过身,勃然作色,什么?你去检查?……胡闹!为什么不事先告诉我,跑到保健院去做什么心电图!为什么不听我的话,我说你没有问题,你就是不听!你难道想让左右邻居和全医院的人都知道你有病吗?

佳明一震,心脏紧缩,他嚅动着嘴唇说……对不起,爸,我只是想再次证实一下自己没病……

佳明低下头,不敢正视父亲的面孔,那张面孔正由白转青,似乎每一块肌肉都在抽搐。

你有病,你有病,你这是叫神经官能症!唉,我怎么养你这么一个极不自信极不坚强的儿子,你一点也不像我和你妈,更不像佳平,我们都见上帝了,你今后怎么办! ……父亲恨恨地跺着脚。

春红在一旁被父亲的突然发怒惊呆了,但是很快反应过来,快步走过去关掉 CD 机,给父亲倒了一杯温开水,说,爸爸,您别发火,佳明从小到大对您是绝对信赖的。您放心,我们一定能生活的很好,我一定照顾好您和佳明……说着,边轻轻捶着父亲的后背,边扶着他慢慢地挪向卧室里宽大的躺椅上躺下。父亲闭上眼睛,喘息渐渐平稳下来。

春红将两粒平喘药片递给父亲含服,又转身回到客厅,轻轻地捅了一下还在惊恐不安的佳明,问,你怎么了? 佳明脸色有点难看,春红赶紧将他扶到沙发上坐下,拿出两片谷维素递给他说,别着急,你爸就是这样,刀子嘴,豆腐心,他还是希望你自强自立的。

春红见他垂头丧气的样子,心一软,说,佳明,我们为什么不能坚强一点呢? 说着,大姐姐似的用手摩娑着佳明的脸。

佳明心里漾起一股柔情,一种被支撑的力量。他抬起头望着春红,目光迷离,轻轻叹了一口气说,春红,在这个世界上,你是我唯一的朋友和亲人了……

的确,佳明从小到大,母亲是他的精神支柱,只有母亲最了解他,这种了解是不需要沟通的。由于母亲调到放射科工作,怀佳明的时候,放射源的作用影响了佳明的生长发育,使他长得矮小瘦弱,母亲一直很愧疚,对佳明的爱已近扭曲。对父亲,佳明从小到大一直疏远他,但又仰赖他,依靠他,不能没有他,不敢违拗他的意志。就这样在父母冰与火的关怀中长大成人,现在,母亲不在了,春红走近他的世界,让他欣慰。

顿了一下,佳明说,其实,我心里知道,我没有病,只是身体虚弱,吃的少,缺乏锻炼,不瞒你说,每天上班,我都盼着快下班,快点回到家,回到爸爸和你身边,这样我会有安全感……不知怎的,我内心老有一种恐惧感,我无法控制自己,有一种窒息感和濒死的感觉,春红,你是体会不到的。你买的书上说过,我这是焦虑症,很难根治。唉,小时候听的神话故事里的撒旦终于来了,它一旦逃出瓶子,就会变成恶魔,它要我怎样,我便会怎样……

春红心里也酸酸的,说,没事,你一定会好的。她安慰着佳明,内心却如海水涨起涨落,怎么会是这样呢?

这时,佳明的手机响了,佳明接听,是科长老杨的哈哈声,好像是在 KTV 包厢,人声嘈杂,老杨告诉他明天上午出趟差,到市郊红星水泥厂催办一笔贷款业务。佳明回头望着春红,目光犹豫,春红坚定地做了个 OK 手势,示意他一定要去。

佳明只好用低沉的语调说,好吧。老杨在电话那头似乎听出佳明犹豫的语气,便说,兄弟啊,这是好差啊,当一回大爷吧,你放心,一定会有人把你上半身和下半身服侍舒服的,你就偷着乐吧。说罢,挂了电话。

佳明苦笑着摇摇头。春红目光温柔,说,明天天气降温,多穿点衣服,带上谷维素,保证你没事。

3

翌日,江城果然刮起一阵西北风,灰蒙蒙的天空不一会飘起了雪花,通往郊县的公路僵硬着不一会变白了,佳明坐的面包车开得很慢,像老牛似的在爬。

坐在车里,佳明心乱如麻,浑身像有无数条虫子在爬,心里在犯嘀咕,妈的,本来这趟差在电话里就可以解决,老杨非让他来,早上在办公室,他还语重心长地开导佳明,说他自己老了,身体是"松下"牌的,佳明是"日立"牌的,身体就是一架机器,机器零件不用要退化的。

车开得很慢,窗外是一片辽阔的田野和白茫茫的房屋和树木交织的渐去渐远的景色,令佳明伤感,令他心里空荡荡地没有依托。没想到自己会有这个毛病,动不动就恐惧心慌,唉,人在这世界上活着,有时是很奢侈很艰辛的。

终于到达目的地,他下意识攥了攥裤袋里的那瓶谷维素,慢慢地和司机陈胖子下车,负责接待的水泥厂办公室主任老田早就站在大门口恭候他们了。陈胖子好像和他们很熟,一番寒暄后,把佳明引见给老田。没想到,老田说话困难,好像有意考验佳明的耐力似的,站在酒店门口的寒风中,握着佳明的手,憋了半天才说出一句话,欢——迎,欢——迎……急得佳明当时真想搧他两个耳光。

好不容易来到大包厢内,佳明、陈胖子被众星捧月般簇拥着。佳明注意到不知从哪里冒出一大帮人来,脸上挂着媚俗的笑,在等待着他们,心里更加烦躁不安。必须挺住,他告诉自己。主宾入座,酒菜看齐,老田主任高举酒杯,一声"干"。这句话说得爽快利落,大家齐声附和。顷刻,酒酣耳热,众人皆进入状态。

　　老田和周围的人不停地向佳明敬酒，他有点招架不住，被灌了几大杯后，心脏在扑通、扑通地乱跳。大包厢很闷热，但他很冷，是心里冷，有一种钻心的冷。佳明意识到自己不属于这个地方，他觉得不安全，会突然倒下去，他想尽快回家，可是他发现，陈胖子和老田在耳语什么，不时发出会意刺耳的笑声。

　　不一会儿，陈胖子涨红着脸，悄悄地告诉佳明，老田让他转告佳明，很抱歉，由于自己从小没训练好说话，讲话语速慢，不能准确地表达内心真诚愿望，那就是：请他和小陈留下来，好好放松一下。佳明急忙摆摆手，说，不了，不了，下午回家。为了不让老田尴尬，佳明咬着牙又和老田干了一大杯，没想到，就这一大杯，他眼前像有无数条虫子在飞，当时就不知道自己在哪里了。

　　醒来时，佳明发现自己躺在小包厢的双人床上，包厢光线很暗，也很暧昧，身边坐着一个袒胸露背的大鼻子小姐。

　　大鼻子见佳明醒了，像麦芽糖似的贴过来说，大哥，你刚才喝醉了，我来帮你捏两下，嘻嘻。说着，紧紧箍着佳明的脖子。佳明能闻到她嘴里口香糖和啤酒相混合的气味。

　　大鼻子在佳明下身摸索着。佳明抓住她的手，费力地说，谢谢，我不需要。大鼻子笑着说，田老板已经买过单了，你放心地做神仙吧。说着，手抽筋似地在佳明下身揉搓着，嘴里哼哼唧唧起来。可能鼻子大，鼻音重，声音也性感。佳明实在没劲和大鼻子抗争了，头痛欲裂，心脏像脱缰的野马在狂奔，只好不动。

　　佳明使出全身力气坐起身，推开她，乞求地说，小姐，我身体不舒服，真的不需要服务，我再给你两百元，算你的加班费，我想马上回家，请你下楼给我叫辆出租车。

　　大鼻子抬头看看佳明喘着气，脸色苍白，又瞟了一眼他手中红彤彤的票子，眼睛一亮，便嗲声嗲气说，哟，大哥，真让你破费了，谢谢。不过你得承认，今天可是你不行耶！佳明忙不迭地点头，是我不行，是我不行。心想，妈的，连小姐都敢小看我。

　　大鼻子接过钱，弯腰塞在袜筒里，乐颠颠地下楼叫车去了。没一会儿，大鼻子扶着佳明，跌跌撞撞地把他塞进出租车，佳明倒在车里，塞了两粒谷维素到嘴里，不停地说话，快开，快开。汽车也就疯了似的向城里驶去。

　　汽车用了不到一个小时的时间，就开到离家不远的保健医院大门口。

　　下车后，佳明跟跟跄跄地跑到门诊部药房的小窗口，正好王阿姨在收拾东西，准备下班，抬头看着佳明，吃了一惊，他面色惨白，大口喘息着，说不出话来。

　　王阿姨吃惊地问，佳明，你怎么了？佳明喘息了半天，上气不接下气地说，快，王阿姨，我出差喝了点酒，心里有点难受，麻烦给我输点葡萄糖液……快。说罢，身体摇晃着，好像要倒下去。

　　王阿姨赶紧冲出药房，大声呼叫病房值班室护士，陈丽，王梅，快，这是老院长的儿子，赶快送产妇病房，给他输点液。

　　几个护士七手八脚把佳明搀扶着送进一间满是孕妇的病房，顿时，温暖、安静的病房骚动不安起来，几个大肚子女人嚷嚷着，怎么把个大老爷们弄进来，不知道男女有别啊？……王阿姨只好满脸笑意陪着不是，说这是医院家属，低血糖，输点液马上就走，请大家原谅。就这样，佳明在众多孕妇的不安、疑惑的目光中躺在靠门口的一张床上。

　　很快，输液使他呼吸平稳下来，心跳又恢复了正常的节奏，一股股暖流传遍全身。佳明庆幸自己是在保健院，熟悉方便，换个地方，不把自己折腾死才怪呢。身边的王阿姨说要打电话给春红，佳明摇摇头说不用，春红今天上公开课，回家晚。

　　佳明正想对王阿姨讲不要告诉他爸爸他在这里输液，听到病房门口传来说话声，那个叫陈丽的护士在病房门口叫着，王大姐，老院长让你出来一下。

　　佳明立刻心脏跳快起来，他用一种求援的目光看着王阿姨，想说点什么。

　　王阿姨没有意识到他的反应，像完成一件任务似的欢天喜地说，好了，好了，这一下我就放心了，刚才可真把我吓坏了，佳明，我出去跟你爸爸打个招呼。没等他开口，王阿姨喜滋滋地走出病房。

　　佳明忐忑不安地向病房门望去，出乎他意料，王阿姨和父亲在谈着其它什么事情，好像根本没有发生任何事情，不时听到王阿姨发嗲的吴侬软语和窃窃的笑声。过去，他只要看到王阿姨和父亲在一起，王阿姨眼睛总是放光，或者说叫放电，今天她一定也在放电。他有点放心了，可能王阿姨已经帮他解释了一切，真该好好谢谢王阿姨。

　　不一会儿，王阿姨回到佳明床前，看着他扑哧一笑说，我叫陈丽打电话给你爸，你爸真疼你，亲自过来看你，他不方便进来，让你早点回去，说有事情要和你们商量。

佳明哦了一声,若有所思。和父亲一起生活 30 多年,他做事从来不和任何人商量,今天的举动的确让他有点找不到感觉,他头脑有点懵,心跳似乎又加快了。

佳明的感觉是对的。回到家,春红和父亲在客厅里低低地说着什么,春红脸色不自然。他心惊肉跳,站在父亲面前,脸色也不自然起来。

不过,父亲这次没发火,而是心平气和地告诉他,从明天开始,他和春红立即搬回青林花园去,他想一个人住。

春红拉着佳明默默地蹲在父亲身边,轻轻地抚摸着父亲枯瘦无力的双手,怯怯地问,爸爸您一个人住能行吗?我和佳明有点不放心……父亲睁开混浊的眼睛,摇摇头说,不要紧,我是学医的,对自己的病很清楚,一下死不掉,我想一个人清静清静。

春红说,我和佳明的意思是,我们可以搬出这里回青林,但爸爸您现在的状况我们的确不放心……

不用啦!父亲把手一挥,说,我已经决定了,你和佳明只要好好地生活,我就放心了,再说隔壁还有干阿姨……记住,黄佳明,你看看我!

父亲目光锐利,盯着佳明,佳明不敢抬头。

父亲一字一顿地说,我再次告诉你,你没有任何心脏疾病,你需要运动!我已经找了 S 医院心理医生梅主任,你让春红陪你去找他聊聊。从今天开始,我不想再看到你,等你正常了,不再疑神疑鬼了,再来照顾我。

顿一下,父亲好像想起什么,语气有些缓和,说,我忘了告诉你们,佳平今天早上又打电话来说,小然然很想见爷爷,还是希望我春节去他们那住一段时间,我已经答应他们了,机票是下个月 2 号从浦东机场直飞纽约,佳平已经安排新加坡公司的一个小伙子全程送我去他们那里。对了,春红,我走后,你负责每月领取我的退休工资,多买点营养品给佳明补补,佳明我交给你了,还有,你们明年 2 月份一定要参加托福考试,知道吗?

佳明点点头,心头滚过一阵热浪。

而春红呢,心里掠过一丝莫名的哀怨。

的确,和老公公生活在一起,总有许多不方便的地方,小两口之间偶尔卿卿我我,弄出点声响也可能惊动老人。搬出这里,重新开始生活,像小鸟一样飞出鸟笼,自由自在。但是她觉得上天又和她开了个玩笑,本想做个小女人,小鸟依人般地和佳明生活一辈子,可是面对的是个心理障碍的丈夫,连老公公都意识到丈夫有心理问题了。而且,老公公将所有的重托全都压在她肩上。今后的生活怎么办?难道这就是她要的婚姻吗?

她有点迷茫和不安。

春红看着老公公,点点头,轻声说,爸爸,您放心,我尽力吧。

4

佳明和春红搬回青林花园后做的第一件事情,就是去看S大学附属医院心理门诊的梅主任。

春红打听到梅主任是S大学心理学的权威,心里暗自高兴。江城是个中等城市,看心理疾病的人很少,而且有父亲的引见,佳明和春红顺利见到了梅主任。

梅主任看上去很普通,给佳明印象深刻的是,这个医生的眉毛长得很紧凑,即使心平气和地对着佳明说些什么,那双眉也是紧紧皱着,好像心事比佳明还重,但是一双眼睛敏锐而深邃,令人无法怀疑他的洞察力。

梅主任皱着眉翻看了佳明的体检诊断报告,问了佳明饮食、起居、情绪方面的情况,问他每个星期夫妻同房几次,问得他很尴尬,又拿出一张抑郁和焦虑自评量表让他填。佳明心里有点不痛快,本来就是勉强来这里,再听这些无关痛痒的话,以及被他刨根问底的询问,把佳明心情弄得很糟。不过,梅主任讲了很多人生道理,态度诚恳,应该说是循循善诱,弄得他还是有点感动。

看完病,春红悄悄地问梅主任,梅主任告诉春红,佳明得的是焦虑性神经症,临床特征是持续性焦虑或反复发作的惊恐不安神经症性障碍,常伴有头晕、胸闷、心悸、呼吸急促、口干、尿频、尿急、出汗、震颤等植物神经症状和运动性紧张。患者的焦虑情绪并非由实际威胁或危险所引起,紧张不安与恐慌程度与现实处境很不相称。比如,佳明的主要症状就是担心有心脏病,会危及生命,但他没有器质性病变,这只是他的妄想症。

春红问梅主任是什么原因引起的。梅主任还是皱着眉说,情况很复杂,应该说,跟他个人成长经历以及心理受过的创伤有关。另外,他还有恋母情结的症状。

有什么办法治疗呢？春红问，

梅主任说，主要是让患者要放松，运动。

春红不安地问，能治好吗？

梅主任点点头，说，只要患者树立信心，有毅力，勇敢地走出自我的小圈子，多交际，多运动，是完全可以治愈的。

春红有点放心了。

梅主任建议春红给佳明做一些理疗，通过电针灸疗法，使大脑中枢神经松弛紧张，又开了些药，像阿普唑仑之类的，名字怪怪的，让佳明摸不着头脑，心情沮丧。

佳明每次做完理疗后，春红问他感觉怎么样，他说和没做一样，只是额头电针灸的穴位有种灼伤的感觉，不舒服。后来，他干脆不去了。

1月初，父亲飞往纽约，走之前，他只打了个电话给春红。春红在上课，接听是老公公的声音，很是惊讶，因为，两天前的晚上，春红下班到老公公家帮着收拾屋子，老公公情绪很好，根本未流露要走的迹象。老公公的声音很低，声音疲惫无力，他说是王阿姨送他到浦东机场的，刚刚吸了两只氧气包，准备登机。佳平公司的小伙子很热情，照顾他很仔细，让他们放心。

飞机呼啸着划过蓝天，翱翔在太平洋上空，佳明的心空荡荡的。

在春红的监督下，佳明和春红去健身馆，春红练体操，佳明练健美，肌肉也练出来了，渐渐的，脸色红润起来。

春红呢，又把青林小区的家重新装饰一番，以绿色为主，回归大自然，风格考究而浪漫。卧室里，她又挂了一幅巨大的蝴蝶油画。画面里，一群群蝴蝶翩翩起舞于绿树红花之间，争妍斗奇于溪涧山泉之旁，把苍翠的绿树点缀得色彩斑斓。佳明躺在床上，感觉自己好像走了进绿色的世界，泉声在耳，花香扑鼻，有点醉了。

每天下班后，春红变着花样做好吃的给佳明吃。饭后，夫妻俩不是散步就是在家跳舞。佳明实在是觉得在天堂里，舒服极了，就更腻歪上春红了。

晚上躺在床上，两人还有一个保留节目，就是看《围城》碟片，一遍遍看着陈道明、英达、葛优是怎么从上海翻山越岭到三闾大学任教的。看着看着，佳明问春红，你说，这方鸿渐他们在荒山野岭的路上，要是有谁得了焦虑症怎办？那不就是死吗？

春红不屑地回答，那个兵荒马乱的年代，饭都吃不饱，谁还有闲心烦恼？我想，有经历的人应该是不会得这种怪病的。

佳明反问她，那你说我没有经历吗？以前谈的那么多女朋友把我折磨得要死要活的，这不也是经历吗？

春红有点不耐烦，说，你还好意思说，你这也叫经历？我认为有经历就是有切肤之痛，有生死的利害关系，比如，春红想举个例子，她想到欧阳杰离她而去，她打掉肚里的小孩就是有切肤之痛的经历，但这不能说，于是用绵软修长的手指点着佳明的鼻子说，你从小到大，都是围着父母转，你不可能有什么特别的遭遇。你问梅主任吧，反正这我也说不清……

佳明还想纠缠春红，春红背过身去，踢了佳明一下，佳明知道这是春红暗示他要做功课了。每个月来例假前，春红都烦躁不安，容易激动，渴望佳明能安抚她，宠着她。佳明心虚地把她拥在怀里，讨好地说，哎，今天就算了，我很想，但我怕，怕心跳过快，自己会猝死，因为健康报上有这方面报道……

黑暗中，春红不出声，流下眼泪。

她觉得委屈，她辛辛苦苦奉献出一切，就是这样的结果。她恨佳明不争气，为自己的未来犯愁。

自从出差去红星水泥厂后，老杨处处看佳明不顺眼，说他傻，不上路，不懂事，科里什么事情都不让他干，干脆把他挂了起来。佳明也不计较，反正自己是要出国，随你便。不过，老杨有事没事老是当着科里同事们的面数落他，让他受不了。有时候，老杨绕着佳明转着圈，像看外星人似的，问佳明，你说，黄佳明，吃喝玩乐，你哪样行，据我观察了解，吃喝玩，你是肯定不行啦，乐呢，这你要是不行，那你就不是男人啦！……话未落音，周围人哄笑起来，佳明心跳又快起来，又有点难受了。但内心更多的是愤恨，他涨红着脸，盯着老杨说，明天，你把你老婆喊到办公室来，我做给你看，你就知道我是不是男人了！

说罢，在众人惊愕的唏嘘声中，砰的带上门，回家去了。老杨被抢白得脸红一阵，白一阵，心想这家伙什么时候也有个性了。

就这样，佳明上班看托福书，下班像箭一样冲出办公室，奔向自己可爱的家。

可这次，他没能直接奔到家，他被车撞了，而且是被殡仪馆的收殓车撞了！车在他身后小腿右侧碰了一下，就这碰了一下，他立刻感到小腿不听使唤,整个身体像一片树叶轻轻地飘到马路边。

下班的人流熙熙攘攘,许多人立刻围过来看热闹。一个理着小平头的司机满头大汗下车扶着佳明进了收殓车,有人议论纷纷,说,嘿,这下,这位师傅享福了,可直接去火葬场,免费火化……

佳明歪倒在收殓车里,疼得咧着嘴打电话给春红,说自己被撞,正去医院的路上。小平头司机连连向佳明道歉,一踩油门,向最近的医院赶。

到了医院,医生检查结果是小腿韧带撞伤,没有大事,需要休息一到两周。佳明暗暗高兴,这下可以名正言顺地在家享受温暖的两人世界,不用看老杨的鬼脸啦,只是有点沮丧,偏偏让殡仪馆的车撞上,除了倒霉,还能有什么呢?最重要是换来一段时间的修养,这有点像过去老电影里叛徒使用的苦肉计。

春红心急火燎地赶到医院,见佳明安静地躺在急诊室的病床上,左腿被绷带紧紧裹着架在铁支架上,微笑地看着她。佳明简单地讲了事情经过,春红稍稍有点放心,问他是否需要住院治疗,他说医生叮嘱开点消炎药在家静养一段时间就可以了。正说着话,在一边忙着挂号缴费的小平头司机哈着腰,陪着不是说,对不起,对不起,我们马经理马上就过来看望黄师傅。

果然,也就一支烟工夫,病房门开了,西装革履的马经理露面了,佳明一瞬间看到马经理,吃了一惊,说,你不是马大林吗?

多年不见,大林的样子还是没变,不过发了福,肚子挺着,很领导的样子。马大林看到佳明也很惊诧,哎呀,这不是阿明兄弟吗? 真是老天有眼,在此幸会啊。

大林表情有些夸张,挺着肚子伸着双手想跟佳明握手,很有点高级领导来接见基层干部的感觉。不过他手在空上划了一道弧线后收了回去,自嘲而无奈地说,对不起,在殡仪馆上班,和别人握手,总怕给人带来不吉利,不介意吧,阿明。说着,坐在病床的椅子上,一脸感慨万端的模样,好像还动了感情。

佳明把春红介绍给马大林。上小学五年级时,他和大林同座位,由于长得瘦小老是受别的同学欺负,甚至女同学也不拿他当回事,大林就保护他。

大林回忆起儿时的点点滴滴,佳明听得很感动。大林说,小学毕业后,他实在念不下去书,在社会上混了几年,进去过几年。出来后,过去在牢里的一个铁杆兄弟介绍他去了殡仪馆上班,没过几年,做了点买卖墓地生意,生活也就好了,还当了部门头头,买了房,还娶了个唱黄梅戏的演员,如今儿子也快小学毕业了。

马大林也真是当年的豪爽样子,用一种很有派头的声调对春红说,弟妹,阿明的医药费、营养费由殡仪馆负责承担,这次是我的侄儿不对,技术太差,让自己的兄弟受罪。说罢,随手从西装口袋里摸出一张长城卡,真诚地说,阿明,这两千块钱是我的一点小小心意。

春红连忙推辞说不用。马大林硬是把卡塞到佳明手里,说,我知道,你们知识分子不缺这个,但我一定要表示,我很怀念过去上小学时的日子,我后悔这辈子没念书,在牢里我想清楚了,等今后有机会,一定要干出点名堂,报答曾经帮助我的人。尤其是干上这份活儿,就更觉得生和死实际上就是差一口气,还是过好现在的日子吧。说着,点上根烟,继续感慨地说,佳明,干我们这行,虽然待遇好,可再好也是被别人看不起,别看报上媒体吹得好,就业难,大学生抢着到殡仪馆工作,那全是假的。我多少次打电话给我们过去的小学同学,想把大家凑到一起聚聚,叙叙旧,可他们老是推辞说很忙,生怕沾了晦气,我不怪他们,我能理解。今天看到你,我心里真的很高兴。说完,大林感动得一塌糊涂。

佳明双手紧紧握住大林的手,说,大林,咱们还是过去的好朋友,只是这钱我不能收。

不,大林把眼一瞪,说,我马大林已经说过了,感谢你还这么看得起我,这么多年,我很少有和外人握手的滋味了,这样吧,改日咱俩喝一杯,叙叙旧。

大林的口气不容置疑,也是命令,佳明也毫不犹豫回答,好,一言为定!

春红站在一旁插不上话,但看看他们很高兴的样子,也就不说什么了。

看不出,佳明今天真像个男子汉。

5

冬去春来,一连数日,阴雨蒙蒙。

深灰色的天空沉的很低,低的没有楼层和树木,它就会像破布一样塌下来似的。

下午,春红没课,坐在办公室里批改作业。

望着窗外阴冷的天空,春红的心情很郁闷。

托福成绩在网上已经出来了,春红考了 620 分,而佳明只有 560 分,连申请美国普通的大专学校都不够。春红打电话给佳平,希望他尽快给他们联系学校,佳平却明确告诉她不要念书了,直接到他的公司干。这不是春红的初衷,她想到美国一定要读个学位,借此熟悉一下美国的社会,她不想靠着佳平,至少应该和佳明有一块自己的天空,哪怕是从最底层做起,开个语言学习班,教教中文之类的。她没有直接拒绝佳平的要求,毕竟不是自己的亲哥哥,把他们夫妻俩办到美国就是天大的情份了。

再有,佳明目前的状况着实让她忧虑。她打过几次电话给梅主任,谈了佳明的近况,梅主任说光靠体能恢复和心理安慰是远远不够的,必须走出去,融入到生活中,彻底忘掉自己的阴影,否则,长期呆家里,这种病症会更加严重,后果不堪设想。

春红开始监督佳明了。每天晚饭后,她逼着佳明到楼下小区的花园广场去散步,这是梅主任教授的方法,在黑暗和寒风里站十分钟或是更久,能磨练人的耐受力。佳明开始还很新奇,感觉也有一定的效果,可时间长了,老这么做, 来来往往的邻居都用奇怪的目光看着他,看着这个好像无所事事的人在小区路灯下溜溜哒哒、东张西望,以为他是丢了什么东西,或是和老婆吵架,弄得小区居委会的负责安保的老大妈,每天晚上跟着他,看看他究竟想干什么。佳明心虚,又不想干了。

在家养伤的日子里,每天清晨醒来,看着春红忙忙碌碌地准备着早饭,佳明心情很忧郁,在家真好,不用在单位和人交往,不用掩饰自己的不安。他不想上班,也希望春红就这样和他天天守在一起,这很安全,心脏会很正常。这是春红最头疼的一件事。最可气的是,佳明晚上趁着春红在书房做备课笔记时,竟然上网津津有味地浏览黄色网站,气得春红把电脑键盘给砸了,狠狠地踹了他一脚。

佳明有点恼火,不以为然地说,这是干什么? 这是网站自带的,又不是我有意⋯⋯

春红忿恨地说,你说干什么? 你是个窝囊废,自己不行,又不敢,靠这个来要无聊,再这样下去,我们就分手!

佳明知道是气话,但嘴还硬硬地说,分手就分手⋯⋯不过,口气软得像一团棉花。

春红不敢想象今后的生活怎样,她觉得生活又一次耍弄了她,她真想从所有人的视线中消失掉,重新开始生活,但这需要何等勇气和决心呢?

桌上的电话铃声响了,是传达室朱师傅打来的,说有个小伙子开着辆白色轿车停在校门口,想见她。

春红很纳闷,快下班了,谁会这时候找她。成家以后,春红很少参加什么应酬,过去的同学都已成家立业,各有各的生活,联系也少了,自从佳明生了这种怪病后,她也很少参加学校同事聚餐、舞会,或是打牌打麻将一类的活动,基本上也没有什么朋友来往。这会是谁呢?

她走到校门口,还没到放学时间,门口静悄悄的,没什么人。她狐疑地四处张望,果然看到校门口马路对面停着辆白色轿车,正想看个仔细,身后传来一声低沉而富有磁性的声音,你好,春红。春红转过身,一下子愣怔在那里,是你,欧阳杰? 你怎么来了,春红满脸惊讶和慌张,心脏扑通扑通乱跳,要从嗓子里蹦出来。

两年多未见面,欧阳杰还是那么朝气勃勃,英俊的脸上多了几分成熟。

欧阳杰轻轻地问,你还好吗?

春红不说话,眼里慢慢溢出眼泪,扭身想走。

坐在传达室的朱师傅似乎看出一点蹊跷,眯着眼将头扭到别处。

欧阳杰急忙挡住春红说,我前天从洛杉矶回来的,明天就走。走吧,我们去老地方聊聊。欧阳杰指的老地方是他俩过去经常光顾的母校附近的雨之林西餐厅。春红掩饰着内心的慌乱,冷冷地说,对不起,我在上班,我们之间没什么可聊的,再见。说着,推开欧阳杰,转身想走。

欧阳杰紧紧抓住春红的手,乞求地说,春红,我知道我对不起你,我伤害了你,我这次来就是向你解释的。春红感到欧阳杰的手还是那么有力,那么温暖,那么熟悉,于是,眼泪又不争气的在眼眶里打转转。

不行,口气很无力。

行! 我在车里等你,语气温柔又专横,和以前一样。

这时,下班的铃声响了,欢快的喧闹声从各个教室里飞出来,春红似乎清醒了,她不情愿同事们看到她这副不清不白的样子。欧阳杰出现的那一瞬间,把她刚才沉闷压抑的心境撕开一条缝,透出一线暖暖的阳光,她的心好像明亮起来。去就去，你能把我吃了吗。或许是对过去生活的感伤，她不再赌气了，点点头，轻声说，好吧，我到办公室收拾一下。

欧阳杰看着她调皮地笑了。

不一会儿，春红鬼使神差地上了欧阳杰的车。

欧阳杰开车来到母校附近的雨之林西餐厅。母校的变化不算大，西餐厅也还是老样子。

来到熟悉的小包厢坐下，春红透过落地窗看看外面的景色。天已黑，路灯把橘色的光线洒在路边的香樟树上，桂花隐藏在樟树的阴影里，暗香浮动。春红好像回到过去，有种似曾相识的感觉。

这里西餐做得很地道，春红对西餐的痴迷就是从这里开始的。欧阳杰点了红酒，要了春红以前最喜欢的澳洲牛排、甜点和水果沙拉。包厢里飘来Johnny cash 的乡村歌曲，显得轻松，抒情。

他们互相举杯，喝了一杯红酒，欧阳杰深情地看着春红说，你还是那么美。

的确，春红脸上的皮肤看上去还是那么清澈嫩白，眉眼也相当清丽，只是刷了点睫毛液而已，丰满的嘴唇仅抹了点淡粉色的唇膏，今天她穿的是深灰色的职业套装，显得端庄洁净。

春红笑了笑，未置可否。

欧阳杰又喝了一大杯红酒，脸红红的，好像有点激动，站起身从春红对面绕到春红跟前，缓慢而又深深地鞠了一躬，抬起头，泪流满面地说，我对不起你，春红……然后，坐在春红旁边，断断续续讲述了2年来在美国的大致生活。

欧阳杰之所以和春红不辞而别，是父母为了达到让儿子迅速出国的目的，和一个在洛杉矶开制衣厂的远方表舅联系，重金担保他，顺利地来到美国，又很快拿到了绿卡。但是，条件是他必须答应和表舅的女儿，一个患小儿麻痹症的女孩结婚。为了生存，欧阳杰顺从了。这次回来，是太太快生产了，准备接父母过去服侍太太坐月子。

一瓶红酒很快就喝空了。

欧阳杰关切地询问春红的生活。春红还是以前上大学时的样子，从容淡定，水波不兴，她把两年来的婚姻生活中的苦恼像掰玉米棒似的剥开来给欧阳杰看。

欧阳杰听的很专注,很吃惊。春红的生活过的不理想,这是他没有料想到的。他禁不住抱住春红,喃喃地说,怎么会是这样呢? 春红费力地挣脱,说,欧阳杰,我们不是以前了,请你自重点。但欧阳杰就是不放手,紧紧抱住她。春红拼尽全力,站起身,涨红着脸说,你喝多了,再这样,我马上就走! 欧阳杰松开手,只好说,我没喝多,我只是心里很惭愧,对不起你,让你受委屈了。说着,眼泪又掉下来了。春红从挎包里拿出面巾纸,递给他,平静地说,我们开车出去走走吧。欧阳杰点点头,挥挥手叫服务员过来买单。

出了西餐厅,外面的空气十分清新,欧阳杰打开车门,春红微弯着身子,很优雅地坐在他身边,她本想问欧阳杰去哪儿,还是忍住了。这个城市他俩如此熟悉,不管去哪里,都有他们初恋留过的痕迹,欧阳杰开着车,不说话。春红双眼有些潮湿地看着窗外,灯火一路闪耀着,显示出这座城市的迷人和鬼魅。

她没想到,欧阳杰把车开到了江边 8 号码头仓库边停下。这里是他们第一次做爱的地方,欧阳杰顿了顿,带着点激动,又带着点儿期待看着她,问,春红,你还记得这里吗?

春红不说话,头扭向窗外,眼里有点泪光,欧阳杰伸手搂住她,说,我知道,当初在这里,我向你发誓,我要娶你做我的妻子,现在我向你忏悔。她挣脱开欧阳杰,声音涩涩地说,没有必要了,我们之间已经结束了。

欧阳杰左右开弓,狠狠搧着自己的脸,说,春红,我伤害了你,边打边呜呜地哭了起来。

春红气恼地说,住手,欧阳,你别这样,不然我马上下车! 说着,使劲拉着车把,门被自动反锁上。

欧阳杰还在不停地搧着自己,车内一片哭声,春红又气又尴尬,用力拉住欧阳的双手,正色地说,欧阳杰,有话好好说,犯得着这样吗?

欧阳杰就势把春红的椅背放平,扑倒她,激动而又语无伦次地说,春红,我没疯,我真的很爱你,很爱你……

春红猝不及防,被欧阳杰紧紧抱着,压倒在宽大的椅子上。

她手脚并用,又踢又踹,哭叫着,欧阳杰,你不是人,是禽兽! 俩人在车里滚成一团。

忽然,她停止反抗,一动不动,胸脯在剧烈地起伏着。欧阳杰也松开春红,有点不知所措看着春红。

停顿了几十秒,她在黑暗里一字一顿地说,欧阳杰,我想去加州大学读工商管理硕士学位,你必须帮助我。口气不容置疑,没有丝毫乞求。

欧阳杰一愣,继尔像是明白了什么,重新伏在春红身上,将头凑近她的耳边激动地说,春红,谢谢你再次信任我,我一定帮助你,帮助你……说着,伸手解春红的衣服,

春红推开欧阳杰的手,平静地说,别动我衣服,否则,我们的关系就此结束。欧阳杰的身体又僵住了,结结巴巴地问,为什么,春红淡淡地说,不为什么,以后再说吧。声音不高,说的却极具诱惑。欧阳杰又腾地升起欲望,伏在春红温软、丰满的身上,像蛇样地扭动起来。

春红痛苦地把脸扭到一边,眼泪从眼角流淌了出来。

6

佳明腿没养好,就一跛一瘸地被老杨叫去上班了。

这段时间,佳明单位搞真情服务月,科里又是制作真情服务联系卡,一站式服务工作牌,还搞对外工作首问制,办事时限等等一大堆制度文件,按老杨的话说,基本上是把人都管笔直了。

让佳明头疼的是,老杨把这些动笔杆子的差事,都原封不动、毫无保留地推给他。老杨知道,科里其他人基本上是五毒俱全,身体属于亚健康状态,别说写文章,现在连写汉字的功夫也基本上废掉了。于是,他在佳明面前竖着大拇指说,你是电大中文系毕业的,将来科室的内勤工作就由你负责,你就是半个科长啊。

佳明反唇相讥,杨头,我不是被你弄得下岗了吗,怎么还想到我呢!

老杨拍着佳明的肩膀,动情地说,陈胖子他们都是粗人,坐不住,适合出差打杂,你体质差,以前我对你照顾不周,但你内秀啊,还是动动笔杆子吧,这叫人尽其用啊。

佳明不说话了,老杨老奸巨猾,这是无争议的,但如果和他弄僵了,被挂起来的滋味也不好受,况且干点文秘之类的事情,不出远门,忙一点,或许就能忘记焦虑呢。

于是,佳明天天在单位猴子似的上窜下跳,签字盖章,打印文稿,复印文

件,还加班草拟商请函、通知之类的文件,走路好像也有劲了,脸色也红润了,回到家,也不靠梅主任开的"阿普唑仑"来镇定神经、帮助睡眠了。

佳明自己都有点奇怪,他便主动打电话问梅主任,梅主任亲切地在电话另一端说,你是一个非常正常没有任何疾病的小伙子,只是个性有点多疑敏感,没关系,放下包袱,轻装上阵,就一定能达到"天高任鸟飞,海阔凭鱼跃"的境界,你现在已经有了量的积累了,还要有质的飞跃。那就是在生活中,用毛主席的话说,独立自主,自力更生! 我相信你能做到!

几句形像生动的话,佳明听得简直有点热泪盈眶了,人真不可貌相,梅主任那始终皱着眉的样子并不有损他抚慰人类心灵创伤的本事啊。

佳明心里有了底气,他甚至产生对春红动手动脚的念头。

晚上睡觉,他主动去摸春红的胸脯,被春红移开了,春红说,我很累。

春红望着黑暗中的天花板,满心的失望和孤独。和欧阳杰分手后,春红觉得,她的生活要发生点什么了。她承认,从那天晚上见到欧阳杰的一瞬间时,他们之间还有一丝情意没有死掉,还可能有增长的趋势。欧阳杰对自己是真心的,但她不想再伤害谁,再被谁伤害了。现在,在她心里有两个男人各自拽着自己的胳膊,拉扯着要将她撕开,理智告诉她,必须学会放弃,可能的话,应该从佳明、欧阳杰以及所有人的视野里消失,重新开始新的生活。

欧阳杰那天晚上没有最后得逞,她觉得没有做亏心事,对得起佳明。但是,她心里的情感起了变化,平日里对佳明的神情就不如以前那么坦然了。

过去,佳明下班回家,都是春红围着他转,给佳明做饭,端洗脚水,陪他聊天,向他撒娇,现在是佳明围着春红转,晚上睡觉,佳明主动给春红按摩,捶背,说做老师辛苦,要注意放松肩胛骨,还不时用手刺激春红身体的敏感部位,但春红却很冷淡,总是用手把佳明挡开,侧着身,背着他说,算了吧,你不是怕猝死吗,就别自作自受吧。

佳明觉得窝囊,也觉得恼火,他觉得自己是个男人,春红看不起自己了,她以前不是这样的。

终于有一天晚上,佳明忍不住对春红说,你为什么近来对我这么冷淡,是嫌弃我,还是有什么想法?

春红说,我是应该对你冷淡点,这也是梅主任关照的,你必须学会自立!

佳明火了,说,你这是嫌弃我,看我得了焦虑症,怕我影响你的前程,你没看到我现在每天都在进步吗?

春红不动声色地说,我没小看你,那是你多心了,你现在是在进步,可进步得太慢。说罢,抱着被子到隔壁书房的单人床睡去了。

佳明看着春红的背影,憋了一肚子火,心情烦躁起来,春红突然对自己冷淡,让他心里不好受,春红现在是他唯一的亲人和朋友,怎么能这样不近亲情? 佳明有点焦虑,他想自己必须想点办法,不然,以后日子不好过。

人遇到郁闷的事情就会产生倾诉的欲望,佳明突然想到了马大林。他打电话给马大林。马大林在电话里兴奋地说,阿明,我没忘记要请你聚聚,只是最近有点忙,现在出差在外地,改日回来联系。佳明幽默地问,你不会是在外面拉业务,把外地的死人拉到你们殡仪馆来火化吧,马大林在电话那边哈哈大笑,说,是啊,是啊,回来见!

果然,两天后的一个晚上,马大林开着宝马来到青林小区,带上佳明开车来到江城最豪华的美帝大酒店,山珍海味,鸡鸭鱼肉,五粮液,琳琅满目地摆了一大桌。

看着丰盛的酒菜,佳明很感动,说,大林,我们是多年的同学,朋友,真不用这么客气,其实,我除了多念了几年书外,什么都没有,我自己现在都看不起自己,相反,这么多年来,你的侠义、勇敢都是我最敬佩的,也是我缺少的。

佳明的话很真诚,大林反倒有点不好意思了,说,你也别吹捧我了,我没有你说得这么好,按现在的流行话讲,我们属于弱势群体,其它少说,来,为我们20多年的同学友谊,马大林满满斟上两大杯酒,脆脆地说,干! 说罢,一饮而尽。

佳明也不推辞,仰头也干了。

一大杯酒如一股热辣辣的暖流从咽喉渗透进胃里,血管里的血液也沸腾了,佳明的心脏有如小兔子般在跳跃。

佳明眼里有些潮湿,内心突然产生倾诉的欲望,长这么大倾诉对象不多,春红算一个,今天马大林也算一个。就这样,佳明把这几十年的憋闷,像水库开闸放水般地倾泻出来,特别是把折磨他心灵的魔鬼撒旦也毫不掩饰地说出来。

马大林瞪圆了红红的眼睛,屏气凝神,说,乖乖,你们文化人怎么老是有和我们老百姓不一样的毛病呢?

佳明苦笑一下,无奈地说,这种心灵上的毛病摸不到,看不着,应该和幼年时受到的创伤有关吧。你知道我们家小时候住在医院后山边，那里有个太平间，3岁我记事的时候，只要我妈上夜班，我就害怕，使劲哭，浑身发抖，我爸是一个严厉的人，老是拿太平房的死人吓唬我，说要把我送到那里和死人睡在一起，我一听就不敢哭了，就这样，怕见死人恐惧一天天像个雪球一样越滚越大，直到成年，这种阴影老是挥之不去。其实我的身体没什么毛病，就是有病也不会有死亡的危险啊，这可能和我性格中的脆弱、敏感有关吧，我也做过无数努力，可老是无法控制自己的恐惧感，就是担心自己心跳加快，会突然死掉。你说荒唐不荒唐。人们说性格决定命运，也许我这辈子就这样了，所以，我很羡慕你大林，坚强勇敢，不向困难低头，最重要的，你将要一辈子从事一种永远受别人歧视和让自己心里受压抑的工作，这需要多大的勇气和决心啊……

马大林满脸惊讶，张着嘴说不出话来，他愣怔地看着佳明，问，兄弟，你不会现在有什么恐惧吧？

佳明微笑着摇摇头，显得恬静安详，他给大林倒上一杯酒说，怎么说呢，和你在一起就像和老婆在家一样放松和快乐，因为你是我最好的朋友，我的潜意识会暗示：如果我现在有什么不测，你会不惜一切代价来保护我，会以最快速度送我去医院，当然，我没病，大林，这只是担心。所以，我和你在一起，就像和一个医生在一起安全可靠，听不懂了吧？

马大林哦了一声，但脸上还满是迷茫和困惑，好半天才若有所思地说，阿明，我想起一件事，在号子里，我有个哥们他那个玩意就是硬不起来，后来，他老婆跟别人乱搞，他用刀捅伤了她，被关了进来。那哥们告诉我，上小学四年级的时候，有一次上课，班主任老拖堂，他给尿憋狠了，那玩意硬得像小钢炮一样。老师一说下课，那哥们猫着腰，跑到厕所，和他同座的家伙见他的模样滑稽可笑，就偷偷跟在他身后，趁他不注意，在他硬梆梆的玩意上，用手狠劲弹了一下，我那哥们没提防，吓得身子一抖，那玩意一下子就蔫了，再也没硬起来过，从此就落了这个毛病，阿明，你说这个病是不是心里有病？

佳明红着脸点点头，不说话，轻轻拨弄着酒杯。

一阵沉默，马大林忽然一拍脑门，急切地说，阿明，你不是怕死吗？为什么不去我那里多呆呆，这叫以毒攻毒！我刚上班的时候，也怕见死人，后来就好了。

佳明心里一抽紧,张着嘴惊讶地问,去你那里?

大林说,对啊,你爸从小吓唬你,还没吓唬到位,再吓唬几下可能你的病就好了,再说,我那里可热闹啦,环境好,紧靠着205国道,亭台楼阁,像个花园宾馆。说个真实的笑话,有天夜里,一个外地县政府考察团从国道上拐进来,开到我们这里,还以为是四星级宾馆来投宿,开着面包车直接停在悼念厅前,几个醉鬼摇摇晃晃下了车,四周张望,感到气氛不对,不像宾馆大厅,猛地看到停尸间、骨灰存放厅几个指路牌,吓得哇啦哇啦,没命地直往车里钻,面包车一溜烟就没影了,哈哈。

马大林发出一串发自内心的大笑,笑得佳明心里突然一抽紧。

大林的提议有一定的道理,或许在那个环境里,能让自己真正尝试一下常人难以忍受的死亡、恐惧的体验,能从根上除掉幼年太平间给自己留下的阴影,也许多几次体验,面对着死亡的灵魂,自己那颗浮躁不安的心灵会平静下来。春红曾建议他去信佛,或是去信耶稣,那会让心灵安静下来。佳明摇摇头,说,算了,我只相信自己的感觉。他不想去寺庙听佛教徒的诵经和法鼓声,也不想去教堂做弥撒,这些方法不能解决他的问题,他心中不需要救世主,他是红尘中人,需要的只是普通人生活的正常心态。病态的心灵让自己畏惧死亡,苟且偷生,被烦恼困扰,被绝望压迫,无所适从,这过得叫什么日子? 可大林的方法科学吗?佳明想问问梅主任,万一梅主任不同意这样冒险怎么办?再说,心理有毛病的人今后都去殡仪馆,那不笑话吗? 佳明挠挠头,想想近来春红对自己冷漠的样子,他受不了,再这样下去,他已经没有退路了。他想方鸿渐翻山越岭都无所谓,我去一趟殡仪馆又能怎么样呢? 或许大林的建议是中医的一个偏方呢,没准很管用。

佳明不再犹豫了,伸出手,攥住大林的手,有点期盼地说,大林,就依你,试试看吧!

马大林满脸红光,豪爽劲又上来了,好,改天我来安排一下,叫你。说罢,向佳明诡秘一笑。

7

下班的铃声响起来,学校大门开始陆陆续续的进出。

　　春红在车棚里启动电动车，骑到校门口，传达室朱师傅将一个 EMS 邮件递给春红，春红瞟了一眼信封，内心砰砰乱跳，是欧阳杰来的信。她说了声谢谢，就旋风一般往家赶。

　　回到家，直奔书房，来不及喘口气，有点迫不及待地撕开厚厚的牛皮信封，从里面滑落出一大摞资料，有学校录取通知书，邀请函，银行存款证明，房屋抵押证明，公证书以及各种英文表格等等，春红看得眼花缭乱，心花怒放。对了，还有一张欧阳杰写的小纸条，上面写着：

　　春红，我已和加州大学伯克利分校取得联系，并将你的简历和语言成绩单递交给工商管理专业的负责人，他们经过研究，同意录取你，当然，我也在经济上作了最大的努力来担保你留学，这样，你的出境签证可能会顺利些。我所做的一切，仅想减轻我对你的愧疚，希望你能理解，并接受我的帮助。

　　祝你签证顺利！

　　欧阳杰

　　面对着录取通知书，春红内心又有些动摇。

　　欧阳杰这次是尽了最大的努力来帮助自己，这意味着她今后的生活要重新开始洗牌，重新给自己的前途定位，自己的人生能再赌一次吗？自己还能输得起吗？

　　春红轻轻地叹了口气，将大信封锁进自己的抽屉里，无意中瞥见书桌上木相框里她和佳明的生活照，佳明憨厚的脸上洋溢着灿烂的笑容，春红神情有点不自然。来到客厅，客厅的挂钟已指向六点，往常佳明早应该下班了，正纳闷着，手机响了，是佳明打来的电话。佳明兴奋地说晚上和马大林有个聚会不回来吃饭了，还说明天晚上马大林邀请他们夫妻去王朝舞厅唱歌。春红有点不快，但还是答应了。

　　这段时间，佳明老是和马大林，还有几个过去的老同学聚会。每次佳明都很尽兴。回家后，还总向春红唠叨着过去的往事，身体状况也不错，春红暗自高兴，可马大林这类人她是看不上眼的，而且，在那个地方上班不说晦气吧，也的确让她恶心和恐惧。可一转念，佳明毕竟能够走出家门和别人交往，这是件好事，也就忍了。

　　春红来到卫生间，洗了个澡，望着莲蓬头下湿淋淋的身体，春红很惬意，光滑细致的肌肤，饱满的胸脯和匀称的臀部搭配恰到好处，显得典雅迷人。洗完澡,春红换上一件乳白色棉质套衫,又用微波炉热了一碗八宝粥,因为要保持体型,她对饮食很有节制。应该说,对自己的身材她还是有信心的。

春红边吃边想着心事,她想等佳明回来,跟他谈谈,说说自己的打算。

佳明回来得很晚,满嘴酒气,春红躺在床上,看着他意犹未尽的样子,生怕他又要拖着她絮絮叨叨,就赶紧闭上眼,佯装睡着了。

第二天是周末,佳明起来的时候,春红已经做好西式早餐,除了咖啡、牛奶和面包、煎蛋、火腿肠之外,还有一大盆子新鲜的哈密瓜沙拉。

佳明见状,奇怪地问,这么丰富的早餐?

春红笑盈盈地说,你忘了,每个周末都吃西餐,对了,佳明,我想和你说个事。

佳明铺好餐巾,轻松地问,说吧,上午要去银行加个班,杨老大有个材料要写。

春红迟疑了一下,说,那就改日吧,

佳明很男人地摆摆手,说吧,说吧,你会有什么事?哦,我想起来了,佳平打电话催我们赶紧准备申请材料,他准备下半年把我们办过去……

春红一怔,怎么会是这样。沉吟片刻,春红问,佳明,你现在身体怎么样?

佳明骄傲地说,这还用问吗,你说呢?你没看到我每天都在进步吗?也别说,还得感谢老杨,每天忙得让我没时间疑神疑鬼的,再说,有你在我身边,我还是觉得有依靠。

那我要是离开你呢?春红平静地将出国学习的事情和盘托出,当然,没提欧阳杰一个字。

佳明放下刀叉,张着嘴,脸色黯淡下来,问,为什么?你是不是不爱我了?我做错了什么?你嫌弃我?

春红说,佳明,我觉得我还是爱你的,但是爱不是一个空洞的字眼,你现在的状况让我看不到希望。我想出去闯闯,也许我们的路会宽一些。春红语调低沉下来,底气不足。

佳明从鼻孔里哼了一声,说,不要自圆其说了,你觉得我是个废物,会拖累你!佳明呼吸有点急促,但还是镇定自若的样子。

我过得不幸福是事实!春红气呼呼地说,我从小到大全靠自己打拼,我对自己要求不高,就想过一种普普通通的生活,可为什么这一点基本要求都满足不了?你要是离开我,你的哥哥、爸爸会保护你,把你一切都安排妥当,而我呢？你想过吗？一切都要重新开始……

佳明直截了当地说，说来说去，你还不是想离开我吗？想和我分手吗？

春红斜了佳明一眼，冷冷地说，那也是你逼的！

佳明的心立刻灰到极点，无所不在的沮丧、痛苦向他袭来，但他还是稳住了自己，走到春红跟前，双手紧紧攥住春红的肩膀，定定地看着她问，那我要是好了呢？没病了呢？

春红瞪着好看的大眼睛，凑近佳明，轻蔑地问，你能好得了吗？

佳明松开春红，心里一阵堵得慌，他缓缓向春红点点头，像看陌生人一样看着春红说，你等着吧！

说罢，他深深吸了一口气，气宇轩昂地走出家门，咣的一声把门带上。

春红看着佳明的背影，一阵快意袭上心头，歪着脑袋说，呵呵，开始有脾气了。

8

中午，趁着佳明没回来吃午饭，春红发了个 E-mail 给欧阳杰，感谢并接受他真诚的帮助，但自己现在内心很矛盾，无法最后作出决定，希望他能理解。春红告诉欧阳杰，爱上他是件痛苦的事情，她不想再陷进感情的旋涡里。

傍晚，佳明在电话里瓮声瓮气地告诉她，晚上马大林请他们出去跳舞，让她准备一下。她觉得早上的争吵有点过份，就娇嗔地说，我不想去。

没过多久，佳明打电话来，说马大林宝马车已在楼下了。

春红应声马上就到，放下电话，她换上一条蓝色长裙，配上浅粉色的丝织衬衫，在脸上补了点淡妆，蹬上高跟鞋，带上门，哒哒踩着碎步下楼，径直走到宝马车跟前。这时，大腹便便、红光满面的马大林，早已站在车旁，拉开后车门，很绅士地一扬手，笑着说，春红老师，请！春红有点不好意思，说声谢谢钻进车里，坐到佳明身边，习惯地握住佳明的手。佳明的手很热。他双面桃花，嘴里吐着酒气，神情有点怪怪的。

春红问佳明感觉怎么样，佳明说没事，待会儿带她到一个她从未去过的地方玩。正说着，马大林钻进车，点火启动车，宝马车调头，优美地拉了个弧线，向市郊驶去。

真别说,宝马车封闭效果特别好,车窗一摇,好像就跌进了一个温柔富贵之乡。音响里放着一首老歌:妹妹你大胆地朝前走,听上去让人不自在。佳明倚在软软的靠枕上,斜眼看看车窗外飞驰而过的灯火,身子随着车子的轻微起伏而完全放松,一时竟不知身在何处。他半躺着,眼睛正好对着车顶的天窗,外面黑洞洞的,像是通往另一个世界的神秘入口。他想到马上要去殡仪馆,心头不禁掠过一丝恐惧和不安。马大林下午打电话给他说已安排好单位的一切事情,带他参观一下殡仪馆的环境,给他壮壮胆。他表面上答应了,可心里还是有点打鼓,他觉得马大林毕竟是外人,尽管他善良热情,但对自己的病症还是不太了解,他在电话里告诉马大林想把春红带上转一转,如果自己状态不错,就让她先回家。马大林见他坚持这么做,笑着戏弄他说,还是重色轻友啊。他回应道,这叫英雄本色嘛。就你还英雄,马大林揶揄地说,简直就是个大狗熊!要不是咱们多年的友谊,我才不管你的破事。不过说好,到那儿,你可听我的,他爽快地答应,好!

三个人在车里说着话,马大林转过身来说手机没电了,要打个电话,佳明也说手机没电了。于是,春红不假思索地从坤包里拿出自己的手机递给马大林,马大林啊啊在电话里问小平头准备得怎么样,小平头说就等他们了。马大林挂了电话,把电话递给佳明,佳明没有把手机还给春红,而是悄悄地揣进自己口袋。

春红问,我们这是去哪里?佳明说去了就知道了,语气有点软。借着窗外闪烁飘过的灯光,春红感觉到他脸上不易觉察的惊慌,刚才握他的手也凉凉的,春红顺势将手搭在他的手腕上,脉搏很快,但很有力。

你怎么啦,春红不解地问。没什么,就是高兴,他说。

对喽,我们就是高兴才到这里来的啊。马大林接过话,一打方向盘,宝马车喜滋滋地在国道上拐了个弯,转向路边的岔道,径直向一片园林深处驶去。

不一会儿,车徐徐停在一排别致的二层楼前。

佳明拉着春红下了车,春红狐疑地向四周望了一眼,二层楼正前方是一个大广场,广场四周亭台楼阁,曲径回廊,苍松翠柏。在一排排高高的照明灯的照耀下,整个广场像青林花园的主题音乐广场,给人以气势磅礴的感觉。广场中央竖立着一座老人与小孩的铜像,四周簇拥着鲜花。春红隐约看见铜像下方的基座上刻着"丧主至上,服务第一"八个大字。她惊诧地抬头,猛然间,二层楼上方，"湖州殡仪馆"几个大字跳入眼帘。

春红啊的尖叫一声，手中的坤包掉在地上，恼怒，惊恐扭曲了脸：佳明，这是怎么回事？为什么带我到这里来？这是干什么！……

佳明嗫嚅着说，春红，你听我解释……

我不听。春红像受惊的兔子，跳着挣脱开佳明紧握的手，扬手抽了佳明一个耳光。

佳明捂着脸，摇晃了一下身体。

春红气急败坏，或者说是歇斯底里地说，马上带我离开这里！你这个骗子！精神病人！……

这时，从车里钻出的马大林朝站在一旁目瞪口呆的小平头一呶嘴，小平头立刻从地上捡起春红的坤包，讪笑着递到春红面前。

春红一把夺过来，对着佳明愤怒地吼着，把手机还我！

佳明似乎被春红一巴掌给打清醒了，紧紧地抱住春红不住抽动的双肩，一个劲地说，春红，你打我，骂我吧，都是我的错，但是，我要是和你商量，你绝对不会答应我到这里来。

春红伤心欲绝，用力挣脱开佳明，愤愤地嚷着，带我马上离开这个不是人待的地方！

哎哎，春红老师，你说这话就没道理了，这怎么不是人待的地方？我们难道还是鬼啊。马大林虎着脸说，我们这里可是全省民政厅的先进单位啊，我们这里规范管理，哪儿也不比你们学校差啊，大家只是分工不同嘛。再说要不是为了佳明，我才不烦这个神，说罢，点上根烟，有点幸灾乐祸地看着春红。

我不想跟你说话！春红柳眉倒竖，狠狠地瞪了马大林一眼，又转过身，冲着佳明嚷着，黄佳明，把手机还我，我打电话叫出租！佳明像甫志高被江姐的威严震慑住了，站在原地没动。

好，你不还我手机，我自己走！春红哭着，跌跌撞撞朝原路跑去，不料，穿着高跟鞋的脚一歪，跌倒在地。

佳明不顾难受，冲到春红身旁，抱住春红说，别着急，我们马上就回去！

佳明，车没油了，马大林接过话茬，我马上去加油，你和太太先在这里转一转，我过一会再来接你，你是男人，要像个男人样照顾好太太啊。说罢，会意地向佳明撇撇嘴，没等佳明反应过来，转身和小平头钻进宝马，绝尘而去。

　　空荡荡的广场就剩下佳明和春红,周围的松树林发出清晰的涛声,愈发显得广场的寂静。

　　春红坐在地上,对着佳明又踢又掐,哭着说要和他分手。

　　佳明解释了半天也没用,只好垂着头,长叹一声说,好吧,随你便。说完,缓缓站起身,仰头向天。春天的夜空,星星又大又亮,像漂在水里的银子,一颗明亮的流星在天穹中划过,好像直冲佳明的脑门而来。

　　佳明体会到夜空的幽深和纯净,不禁潸然泪下,大自然是多么伟大,而自己是多么渺小,微弱。他真希望自己也是一颗星星,融化进深邃的夜空里,天人合一,这是人生最高的境界。他对自己过去心灵的扭曲,充满悔痛,这一痛竟然痛了很久,为什么不学会淡忘呢,这也是人生最高的境界啊。

　　现在他不想再痛下去,他想笑,于是,他哈哈笑起来,笑得狂放,笑得彻底,笑得面目狰狞。

　　春红惊惧地抬起头,眼里透着疑虑和不安,黄佳明,你疯了? 你笑什么?

　　怎么啦,佳明收住笑,说,我不笑还哭吗,我还要唱呢,反正你不想和我过了,不就是分手吗,我无所谓。说着,像小品里卖大米的农民,扯开嗓子唱了起来:

无所谓
谁让谁憔悴
流过的幸福
是短暂的美
错与对
再不说的那么绝对
是与非
再不说我的后悔
破碎就破碎
要什么完美
放过了自己
我才能高飞
无所谓无所谓

原谅这世界所有的不对

无所谓

我无所谓

何必让自己痛苦的轮回

佳明唱得嗓音沙哑,眼泪模糊了双眼。

春红慢慢凑近佳明,惊感地看着他。佳明又闻到春红的气息,他展开双臂拥着她,春红的心仿佛被佳明的温暖的手握住,抚摸。佳明的呵护让她浑身战栗,她将头靠在佳明的肩膀上,第一次感到那双瘦弱的肩膀是那么有力。

佳明咬住春红的耳朵问,能原谅我吗?春红没有说话,心又被他的话撞了一下,火又上来了,她觉得自己非常委屈,委屈到无法忍受。他怎么能无视自己的感受呢?怎么能用这种方式来医治心病呢?可他毕竟是自己的丈夫,他在积极摆脱心灵的困扰,自己不帮他谁帮他呢?她在心里长叹了一口气,抱住佳明说,我有点冷……

初春的夜晚,冷风习习,俩人越搂越冷,佳明突然说,春红,咱们跳个舞吧?

春红哆嗦了一下,吃惊地看着佳明,说,你又疯了,这是什么地方,你还有这个心情,你不怕吗?周围都是鬼……她躲在佳明怀里,不敢抬头。

佳明眼睛往四周一晃,故作轻松地说,这个地方不像我们青林花园广场吗?你看广场边的灯光还是蛮亮的,怕什么?

春红扭过身说,我不跳!

佳明说,你不跳,我走了。说罢,松开春红,转身就走。

你敢!春红带着哭音在佳明身后喊着。

佳明边走边说,反正你不想和我好了,不走干吗……

你回来,你这个坏蛋!春红委屈地哭着。

佳明走回来,心中升起一股征服感。春红狠狠踢了他一脚。

佳明理了一下春红凌乱的头发,温柔地说,跳跳舞,取取暖不好吗?看你吓的,不跳就算了吧……

我怕,你要搂着我。对了,你先打电话,叫那个鬼人回来,快点送我们回家,不然我还是不跳!春红赌气地说。

佳明爽快地说,好!

　　打完电话，他调皮地盯着春红——富有弹性的优雅长腿，执拗而充满活力的腰，然后，伸出右手，试探着，小心翼翼地拉着春红的手走了个漂亮的弧步，春红猝不及防，顺着佳明的手势动了起来。春红很惊喜，也很意外，没想到平时不苟言笑，瘦小的丈夫还有这种突发奇想。

　　佳明摁下春红手机上的音乐键，圆舞曲《维也纳森林的故事》流淌出来。随着悦耳，优美的旋律，春红迎着佳明，脚下的舞步慢慢变得轻盈起来。

　　就这样，俩人在殡仪馆的广场上跳起舞来。

　　暗光中的佳明的脸熠熠闪光，而春红则像轻盈的鸟儿快乐的跳跃着。她舞步优美、执拗，佳明胸膛腾的升起一股欲望，情不自禁地说，春红，你真美……春红不说话，满面潮红，温柔迷人。

　　跳着，跳着，俩人像在家里似的，有点放肆起来，伦巴，探戈，华尔兹，国标，各种舞步混着来，然后，互相追逐，嘻笑着，疯狂着，忘乎所以。

　　这是一种从未有过的体验，也是一种从未有过的浪漫。

　　这时，宝马车不知什么时候停在他们的身边，马大林钻出汽车，打着哈哈对佳明说，怎么样，这里不错吧。佳明，我就觉得这里空气新鲜，环境优美，明年后山要建一个森林公园，到时候，这地方会成为旅游休闲的景点。不过，今大不早了，你该让我弟妹回家休息了。说着，瞟了一下春红。春红扭过头。

　　佳明说，好啊，春红，你先回家休息吧，说着，用力握住春红的手，又向她做了个鬼脸。

　　春红望着佳明，幽怨地说，我想和你一起回家。

　　我和大林再聊聊，我想让自己彻底放松放松。佳明指了一下自己的胸口，很自信地说。

　　春红见他目光坚定，只好依恋地说，多注意自己……

　　当然，你放心，到家给我打个电话。佳明把手机还给春红。

　　春红点点头，转过身来，立刻变了个人似的，微笑地，迷人地和马大林打了个招呼，进了宝马车，小平头一踩油门，宝马车渐渐地消失在黑暗中。

9

　　车走了。马大林搂着佳明的肩说，阿明，走，到我办公室坐坐！说着，身体摇晃了一下,佳明急忙扶住他,一起走向殡仪馆大厅左侧第一个办公室。开门,开灯,佳明发现里面陈设和自己银行的办公室没什么区别,只是办公室右侧有一道门,虚掩着。马大林醉得瘫在沙发上,嘴里嘟囔着要喝水,佳明从办公铁柜里拿出2个纸杯,倒了一杯水递给他,马大林咕咚、咕咚喝完水,一抹嘴问:还好吧,那个毛病没犯吧?

佳明轻松地说,没有啊,看来到这里是对了,下次我还多来几次,今天觉得心情很愉快,尽管开始有点紧张和刺激。

马大林坏笑着说,好戏还在后头啦。不过今晚算了,我有点困了,我睡这里沙发,你睡里面值班室的单人床吧。马大林把办公室右侧虚掩着的套间门推开一点,示意佳明进去。

佳明边说好,边把灯打开,将头伸进里屋。马大林就势用肥胖的身体把瘦小的佳明连推带搡地拱进里屋。佳明猝不及防,一个趔趄,跌倒在地。他一抬头,妈呀,这哪里是值班室,整个就是半个足球场大的仓库,不,确切地说,是骨灰存放室,一排排望不尽的不锈钢铁架上整齐有序的摆放着骨灰盒,周围墙上还挂着骨灰存放室工作职责。佳明后背脊梁骨直冒冷气,像被蝎子蛰了一下,浑身一哆嗦,本能地向门外冲。

马大林堵在门口,挡住佳明,板着脸,直着嗓子说,我们是多年的朋友,既然来这里,你也说听我的,那就该按我说的办。要想根治你这个恐惧症,就得在里面练练胆子,我刚上班在里面躺了1个月,这里面有4万个盒子,男女老少,热闹着啦!

佳明气急败坏,说,放我出去,你不怕我吓死!

吓死,亏你还说出口,马大林嘲弄地反驳,刚才和老婆搂着唱啊,跳啊,你怎么不怕死啊,吓死我偿命!

佳明口气软下来,乞求地说,大林,我知道你的好意,可万事要有个循序渐进的过程,不能蛮干啊……

马大林又是一阵笑,嘿,你们知识分子就是乱讲究,才会生这些乌七八糟的怪病,我今天还没带你参观停尸房,化妆室和焚化炉呢。说完,收住笑,一本正经地说,佳明,既来之,则安之,我们这里的存放室是科学化管理,恒温、除湿、通风,保证冻不着你。对了,我已叫我侄子给你在里面点弄了一张躺椅和毛巾被,困了就睡觉,怕了椅子边还有一瓶我们上次喝剩的五粮液,喝点壮壮胆,我睡外面,你睡里面,就这样吧,说罢,也不等佳明辩解,强硬地把佳明往里推。

佳明此刻真是急了,他像个受惊的狮子,一头撞向马大林,马大林冷不防被撞后倒两步。马大林你不够朋友!佳明嚷着。

嘿,阿明,你长本事了,胆也大了。马大林不紧不慢稳了稳身体,说,为了治你这个病,我也是违反了馆里的规定,骗走了许多值班员回家亲自来陪你,我给你面子,你别不识抬举。今天,你要是能打倒我,我马上送你回家搂老婆睡觉,不然,你就在里面待一夜,抱个大姑娘的盒子好好反省,保证你明天病好一大半!

佳明气疯了,一个直拳打在马大林的胸膛上,马大林铁塔似的身体倒退几步,说,再来啊……佳明几乎是跳着打出一记右勾拳,冲着马大林腮帮子去,他被打侧过身,转过头已是一嘴血。

好啊,马大林有点火了,小时候,都是我保护你,现在你竟然让我放血了,好,我最后再给你一次机会,把你吃奶的劲用出来!说罢,马大林喘了口气,站在佳明面前挑衅地望着他。

佳明意识到这是最后一次机会了,牙咬得嘎嘣嘎嘣响,拚着全身力气,朝着马大林的胸膛撞去,这次马大林要不是没有身后的办公桌挡着,真的被撞个仰面朝天。

可是,佳明已经没有力气了,他瘫坐地上。马大林哈哈又笑起来,笑得面目狰狞。他走到佳明跟前蹲下,两只手拎小鸡似的捉着佳明向里屋扔去。佳明飞了出去,在地上连滚两个后滚翻,趴在地上大喘气。

马大林砰的一声锁上门,说,阿明,好好歇着吧,我出去有点事,明天早上接你回家。

佳明跪趴在地上,脑袋胀痛得仿佛不是自己的,眼前一片金星,呕了几下,把晚上吃的喝的全都倒了出来。他不恨马大林,这是男人之间的战斗,心里反倒涌出一股感动。

过了许久,佳明摇晃着站起来,慢慢挪向一排排骨灰架。头顶上白晃晃的日光灯把一切照得通亮,他看到形态各异的骨灰盒,每只盒子的中间都镶嵌着死者照片,有黑白的,彩色的,真是神态万千。

他开始喘息,他开始发抖,他开始窒息。

不！我不会死的！佳明呼天抢地,语无伦次:梅主任告诉我不要用放大镜放大自己生活中的痛苦和不幸。这些都是些盒子,没什么可怕的,里面装的是白面,是芝麻粉,巧克力,这里就是超市……

佳明胡言乱语,手舞足蹈:梅主任还说,美帝国主义和一切反动派都是纸老虎……我这个病就是纸老虎,一定要挺住！现在的形势是不是东风压倒西风,就是西风压倒东风……爸爸,你这个老混蛋！是你害了我！……

佳明喊着,跳着,渐渐地,觉得很累,周围一切变得模糊起来,心里慢慢轻松起来,不觉得那么紧张不安了。

真是奇怪了?

佳明轻叹一口气,想,还是大林说的对,活着和死了就只差一口气,自己现在还有一口气,为什么不好好活着?自己折腾自己干吗?为什么不能坦然面对? 那个本山大叔在小品里不也说过吗:人的住所再大,那也是临时住处,这些小盒才是人永久的家……既然都到家了,还有什么可怕的呢?

佳明颤颤巍巍,慢慢挪到躺椅上躺下,闭上眼,眼里竟有一股热潮涌动而出。

他觉得此刻自己是快乐的,这快乐是真实的,直抵内心深处,触动着他敏感、脆弱而强持镇定的神经。儿时,太平间的阴影今晚再次被复制,被克隆,还怕吗? 他不再害怕,魔鬼撒旦被驱跑了,原来是这么不堪一击！

他有点不相信自己,揉揉眼睛,看看周围,的确是在骨灰存放室,墙上贴着“以人为本,以德为魂,善待逝者,慰籍亲人”的标语,一排排不锈钢架子闪着清冷的光。

佳明无声地笑了,一种从未有的欣喜在内心荡漾而出,难道我真的获得自由?……他在体会,在判断,他再次环顾四周:周围除了架子就是盒子,还能有什么！

他终于相信自己自由了。嘴里终于发出埋藏已久的哀叫,操你妈的！马大林,你这一招真灵！这叫声,是带着悲怆与激情的庆祝声,是带着哭泣音调的欢乐之声。

佳明拎起身边的酒瓶朝地上狠狠砸去,啪的一声,酒花四溅！佳明闭上眼,闻着酒香,沉沉地睡去。

10

天亮了,佳明仍香甜地睡着,门开了,马大林风风火火进来,推醒睡眼蒙胧的佳明,告诉他该回家了。

佳明说还想再睡会,马大林说快走,要睡下次到停尸间睡。佳明只好迷迷糊糊跟着马大林上了车。车快到青林小区时,佳明让大林在路边停车。车停稳之后,两人下了车,佳明没说话,紧紧抱着马大林,马大林拍着佳明的后背说,回家好好休息,后会有期。

佳明走进青林小区,在路边小吃食摊上买了两个茶叶蛋,四个煎包,一杯牛奶,风卷残云,吃了喝了,又坐了会儿,觉得神清气爽,不由自主地看着来来往往的人流车流,觉得平时一天到晚忙着焦虑,原来生活真是很美好。

佳明回家一进门,春红急切地迎上来问佳明身体怎么样,佳明没说话,紧紧抱着春红,佳明的手很有力量,像绳子一样勒在春红的腰上,春红有点喘不过气来,娇嗔地说,干嘛,我马上还要上班呢……话没说完,佳明的嘴就重重封在她的唇上。佳明剥掉春红身上的职业套装,搂着她走进卧室,蛮横地把她推到床上,说,亲爱的,让我来爱你。然后,迅速拉扯下自己的衣服,紧紧搂着她,用嘴和手在她身上四处游弋。春红意乱情迷,火花飞溅,她闭上眼睛,伸出手去握住了,把佳明导入她的体内。坚硬的物件直击她干渴的心房,她呻吟着,猛烈收缩,抱紧了佳明,竭力迎合着佳明。春红感觉佳明的心脏在坚强有力的跳动着,他从来没有这么勇武过,沉着过,他非常持久,非常有耐力,非常有男人味,带着一种不顾一切的劲头,如下山猛虎,奔腾咆哮。春红感觉身体像节日的夜晚一样,礼花飞舞,最后,在一种烧伤般的快感中,大声叫喊起来……

一切皆归于平静,如一潭深水,佳明和春红又享受到久违的静谧和平和。春红伸手拉住佳明的手,佳明的手热乎乎的。佳明合上手掌,把她的手合在手心里,春红觉得自己的手没有了,化在佳明的手心里了。

佳明问春红,喜欢吗? 宝贝,春红含着泪,幸福地点点头。

春红面色潮红,眼光水润,像熟透的红苹果,散发着诱人的光泽。佳明的表现,让她觉得陌生而欣喜,在春红的记忆里,佳明不是一个疯狂的人,他一直很拘谨,身材瘦小,可今天,她体验到登上顶峰的感觉。

佳明带着心满意足的疲惫,躺在春红身边,懒懒地睡去。

不知过了多久,佳明醒来,满屋子的阳光刺痛了他的眼睛。他一时不知道自己身在何处,他扭头向身边一看,突然明白是家里,刚刚发生的一幕,又飘进了他心里,感觉好像飞翔在云端。

春红已经上班去了,在枕边给他留下一张纸条:我已帮你请假了,再做个好梦吧,晚上我给你做燕窝,我想要个小宝贝。

佳明笑了,懒洋洋地靠在床上,浑身舒服得就像膨胀的面包一样,他对自己满意极了。他已体验到一种全新的喜悦,长期笼罩在他心上的可怕的乌云,已经快消失得无影无踪了。他又看到了那幅蝴蝶油画。一串串蝴蝶倒挂于树上,嬉戏追逐,好像满树银花怒放。他觉得自己就是其中的一只蝴蝶,已经完成了漫长而痛苦的化蛹为蝶的转变,开始了新的生命旅程。

灿烂的阳光照遍了佳明身体的每个角落,他的心又升腾起越来越多的欲望和梦想,他情不自禁地说:春红,你会得到大苹果(纽约的别称)的。

正做着白日梦,手机铃响了。佳明下床拿起桌上手机,显示屏显示的区号是001,佳明知道是佳平的电话。

佳平在电话里哽咽着,断断续续地说,爸爸不在了。前天晚上,全家人去唐人街的超市购物,大家高高兴兴的,爸爸也没什么异常,只是在收银台排队结账时,一个金发小伙子站在爸爸身边打手机,爸爸突然说不舒服,我急忙从爸爸口袋里拿出速效片和平喘宁让爸爸含服,可还是没有作用,很快,爸爸呼吸困难,我打了911叫急救车,急救车来时,爸爸已经不能说话了,在去医院的路上,爸爸的心脏停止了跳动。后来,医院的病理报告解释说,有两种情况导致爸爸的猝死,长时间闷在超市,空气混浊,缺氧加重了心肺的负荷,另外,爸爸的心脏起搏器不能受强磁场干扰,不然,起搏器频率发射不正常会影响起搏功能。超市的收银机刷卡和打手机这些强磁场干扰是导致爸爸意外死亡的主要诱因。

佳平在电话另一端说完了,如石沉大海般久久地沉默着。

佳明眼前一黑,手机滚落在地,心脏剧烈地跳动起来。

——刊自《大家》2008年第3期

唯 一

1

　　马克伏在妻子杨梅馥身上,停止耕耘,气喘如牛,半天没缓过劲来。这次,按理老婆这块盐碱地应该种上红高粱了。两个星期前,梅馥在弋峰医院做了输卵管通水手术,感觉不错。弋峰医院以前是美国人办的教会医院呢,一百多年的历史,技术一流。

　　好一会儿,马克才从梅馥绵软、丰润的身上翻落到一边,很职业地按着医生叮嘱过的,拿着自己枕头轻轻塞在妻子的臀下,好让臀部高于身体其它部位,这样,马克的精英们便会顺畅地穿过梅馥湿润的沼泽地,进入她的阿房宫,去寻找,去创造。做完这些,马克光着上身钻进沙发里,点上一支烟,深深吸了一口,黑暗中,他脸上掠过一丝不安。

　　整整六年,夫妻俩一直没播上希望的种子。

　　马克夫妇感情还是很深的,应该说,老婆曾是马克的救命恩人。六年前的五一节,应该是马克结婚的日子,但却成了他和死神擦肩而过的时刻,因为未婚妻王嘉仪突然斩钉截铁地提出离婚,理由是从小到大马克都宠着她,他们之间已经没有什么新鲜感了,她要找一个对她"狠"一点的人,也就是有个性的人,具体地说,她要和一个郊县开茶厂的小老板,绰号叫"彭霸天"的男人结婚。这个"彭霸天"长得文质彬彬,很有女人缘,以前是师大化学系学生,大三时打架斗殴被学校开除,靠他老子是个体户弄了个小老板混混。他经常到师大来玩,自然就勾搭上了王嘉仪。马克和嘉仪青梅竹马,同在师大校园长大,一起英语系毕业,父母又是世交,嘉仪的脾气马克从小就领教过:敢爱敢恨,做事果断绝情。马克防不胜防,一下被推进冰窖里,钻心的冷,钻心的恨,电影小说里的故事竟然在他身上上演了。

他觉得生活真的是很烦，从来不沾酒的他，拎了一瓶北京二锅头，喝了半瓶后，开着单位税务局那辆红色奇瑞，晃晃悠悠爬上江城以北的滨江大桥，他想鸟瞰一下长江的夜景。过去这里像个集市，车水马龙，熙熙攘攘。可那天是"五一"节，来往的人不多。马克把车停在路边，慢吞吞地钻出车，环顾四周，又抬头望望天空，天空灰沉沉的，像他的心情。

父母是教先秦文学的教授，他的婚变让他们无颜面对周围幸灾乐祸的目光和奚落，于是，老俩口悄悄地去了他姐姐那儿——冰天雪地的多伦多，为了获得那张薄薄的"枫叶卡"而心甘情愿留在白求恩的祖国，撇下他孤家寡人。

不久，江边刮起一阵大风，周围几乎看不到人影，天还没完全黑下来，远处不时传来办喜事的鞭炮声。马克心里空荡荡的，他摇摇头，一仰脖子，咕咚咕咚又把剩下的半瓶酒倒进肚里。这时，风势仍很猛烈，他斜靠在车边，大口喘着粗气，身体渐渐往下沉，头脑出现大量的幻觉，感觉自己看到好多的血，正汩汩地从他身体里向外流，身体就像一片羽毛，被一阵风吹飘到了天空，意识向着不可知的黑暗坠落……

他终于瘫倒在地上。

忽然，耳边由远至近传来一阵噼噼啪啪的滚动声，好像有什么东西砸到他的腿上，朦朦胧胧中他听到一阵急促的喘息声，那声音忽远忽近，像是一个女孩的声音，女孩一定是跟着被风吹过来的东西跑过来的。马克努力睁开眼睛，隐约地看到一团火红色的身影在跳跃。渐渐地，影子和声音远去了，他萎缩在车边，风沙吞噬了他。

大哥，他被推了一下，好像听到女孩的尖叫声。

大哥，你怎么了？你醒醒吧，你要是哪里不舒服，我送你去医院……

但是，马克已经没有任何力量说话了。只能点点头，用手指指胸口，做出痛苦万状的样子。

下面的事和小说电影的套路差不多，女孩震惊了，拼着全身的力气，抱起马克高大沉重的身驱，拼命地将他放到车边靠稳，然后掏出手机拨110。不一会儿，闪跳着红蓝光的警车开过来了。马克被送到了附近的弋峰医院。在急诊室里，马克被抬到急救床上，医生诊断结果是深度酒精中毒，再不及时送来，性命难保，需要立刻催吐、洗胃和输液。

一切都在按程序进行着。马克又吐又拉，所有的污秽物都喷在女孩的身上，奇怪的是，女孩没有一声怨言，硬是忍了下来，一直守护在马克的身边。一切安定后，女孩被医生叫到急诊室外。医生让她在病历诊断书上签字，女孩羞涩不安地解释说，她叫杨梅馥，是师大四年级数学系的学生，因为在路边摆了一个家教的木牌，凑巧碰到倒在路边的病人。她和马克没有任何关系。这时，马克慢慢醒来，听到他们的说话声，看到娇小清纯的杨梅馥，她的眼睛又大又亮，满脸通红，额头闪着亮晶晶的汗珠。

马克心头滚过一阵热浪。

后来，马克问杨梅馥为什么救他，她说她没有救他，是被风吹到他跟前的家教木牌救了他。她还说在师大经常看到他和一个漂亮的女孩出入教授楼，知道他是教师子女，另外，在外教俱乐部看过他和那个漂亮女孩的演唱。别的同学都说他长得帅，像影星尼古拉斯凯奇，那双忧郁的眼睛和玩世不恭的样子很有杀伤力。马克笑着说有这么厉害吗。不过，他倒是认真地告诉杨梅馥，从第一眼看到她沉稳、羞赧的眼神时，便认定她就是自己未来的妻子。

一年后，杨梅馥做了马克的老婆。可开始遭到父母和姐姐坚决的反对。越洋电话一天一个打到马克的手机上，马克接听后便不吭声，任凭他们声泪俱下地劝导，说杨梅馥来自皖北最穷的地方，和她结婚就是一辈子的负担。直到有一天，马克开口了，说，你们反对我，我要死的时候你们在哪里？这句话说完，他们便不再吭声了。

马克自从被王嘉仪蹬了之后，便认为父母和周围的知识分子都很虚伪，就信了耶稣。《新约》罗马书第3章第23节上面讲：因为世人都犯了罪，亏缺了神的荣耀。马克决心用行动来赎罪。刚恋爱的时候，父亲的病重和弟弟上大学的沉重担子压得梅馥喘不过气来。马克先是动用父母的老关系，硬是将杨梅馥留在了师大附中初中部教数学课，然后，给未来的老丈人送了终，又把梅馥的弟弟顺顺利利送进了大学，一句话，马克就是杨梅馥的上帝。

新婚之夜，梅馥泪流满面地说，我愿一辈子做牛做马来报答你，为你生儿育女。马克有点得意，笑着把她搂在怀里说，你这个样子就像解放前的童养媳，亏你是个大学生，名字还起得这么典雅，我的名字俗，就是德国钱，就算我是接济贫困大学生吧。梅馥破涕而笑，说，我的名字是爸爸起的，爸爸说陆游的《卜算子·咏梅》里有"无意苦争春，一任群芳妒，零落成泥碾作尘，只有香如故"这句话,梅馥就是梅花香的意思……马克心里一咯噔,想起大学翻译理论课上老师介绍翻译家傅雷时,提到过他的太太叫朱梅馥,真是巧了,一字之差,不过,朱梅馥最后和老公上吊自尽了。马克沉吟着,梅馥的谐音就是没福呀……马克想着,嘴上却说,多耐人寻味的名字,起得好。说着,抱起梅馥滚倒床上,这一夜,用马克自己话说是除掉了王嘉仪这些年给自己带来的晦气,而梅馥用自己的行动为丈夫做牛做马了。事后,马克很甜蜜地回忆:那一晚比煤矿工人挖煤还累。

　　结婚后,马克从师大父母居住的教授楼搬出来,和杨梅馥在城西的新区贷款买了一套房子。房子不大,但装饰成清淡休闲的格局。生活也恢复了平静,马克的心找到了归宿,梅馥让她放松,让他活得真实,这就够了。每天,马克开着单位的那辆红色奇瑞,两人一道出门,在学校门口把梅馥丢下,梅馥目送他开车远去,同事见到梅馥都说,杨梅馥你真是个有福气的人。梅馥说我怎么了。同事说,你的脸赤裸裸的写着呢。梅馥心里想,上帝给我关上一道门,又给我开了另一扇窗。这扇窗就是马克。

　　结婚后的六年世界变化真大,马克认为可圈可点的事情有几件:

　　2001 年,姐姐一家和父母从多伦多到美国旅游,在世贸大厦前咧着嘴照相后的一个星期,大楼就被撞塌了,照片成了绝版;非典时期,马克从北京出差回来被关在宾馆一个月,上呼吸道没有问题,下半身却奇痒无比,只好自己解决自己,结果弄个急性龟头炎。

　　还有,前未婚妻王嘉仪的老公"彭霸天"因长期霸占茶厂一有夫之妇搞婚外恋,被男方纠集了三五个人,在床上成功捉奸,"彭霸天"脊柱被打断,变成坐在轮椅上的超人,性生活是不能过了,王嘉仪的性福生活也就结束了。不过,这次她没提出离婚,而是悄无声息地闯深圳去了,成了南下干部,两年后弄到第一桶金又回到江城,靠着父母在师大艺术系的关系,开了个拉丁舞蹈学校,日子过得波澜不兴,还时不时地骚扰马克。《新约》路加福音上讲:你们的仇敌要爱他,恨你们的要待他们好。马克对嘉仪的恨不是信了耶稣就能消除掉的,但对她的情感还是有点复杂,有时望着她那魔鬼般身材,心里总有股暗潮涌动。

　　再有,马克夫妇这几年的生活静如止水,和他们同时结婚的朋友同事们,先后都有了歪瓜裂枣,比如,和他同一办公室的周霄艳,儿子军军都上一年级了,而杨梅馥的肚子就是没变成地球仪。马克每次看到周霄艳把儿子带到办公室来玩,心里都发虚,讨好地为军军画蜡笔画,买棒棒糖,找一点做爸爸的感觉。一边的周霄艳看得心里像灌了蜂蜜,两道人工画的眉向上一翘翘的,像个倒八字,可面容矜持而无所谓,说,军军,叫马叔叔给你画个大公鸡……

再后来,就到了现在。

2

马克掐灭手中的烟,推开卧室的窗户。窗外的长江水在夜晚看起来就像浓稠的墨汁,深不可测。江面上点缀着几艘夜船,闪着亮亮的灯光,就像马克心里的希望。

梅馥温柔地说,大哥(昵称),微波炉里有热牛奶,快喝了睡觉吧。马克望着窗外的夜景,喃喃地说,梅馥,这次通水手术不行的话,李大头说今年弋峰医院引进了试管婴儿技术,我想再试试。梅馥不安地问,那要花很多钱吧,大哥……

马克转过身来,坐在梅馥的身边,轻轻地抚摸着她的脸说,只要能行,花再多的钱我们都要试试,我不就是马克吗?梅馥坐起身,把脸埋在马克怀里说,大哥,我什么都听你的。这两天你挺累的,我想明天把妈从老家接来照顾我。马克说,行啊,这样,我可以天天晚上潇洒了。明天我请个假去接你妈,顺便带点绿色产品回来。马克指的是丈母娘家自种的蔬菜瓜果。梅馥笑着嗔怪说,你嘴真馋。马克说,你就是蔬菜吃少了,医生说你身体缺少微量元素,所以怀不上。梅馥反驳说,你瞎说,我们老家的老人讲我这种情况是"开怀"迟,意思是受孕晚……

正说话,马克的手机震动了两下,马克一看,是同事周霄艳的短信:死鬼,在干什么?周霄艳的丈夫是做空调的销售代理,常年驻守浙江温州,这是一个寂寞的女人。马克不动声色,打了两个字发过去:做爱。几秒后,马克的手机又一震:无聊,打过来。马克抿着嘴笑了,走到客厅,拨通电话问周霄艳有什么事。周霄艳冷冷地说,这个月你被扣三等奖,老范说我俩统计采集的税收数据比对不正确,造成总局数据不能汇总,影响上报时间。呸,害得我跟你一起倒霉,真晦气。马克讨好地哄着她说,艳子,扣就扣呗,我俩同病相怜,过两天我请你吃饭。对了,明天帮我请个假。周霄艳心里一热说,这还差不多,知道我对你的好就行。说完挂了线。

第二天,马克开车把丈母娘从老家接到江城,已是傍晚五点钟,就赶紧发了个短信给李大头:洗否?很快,短信飞来:洗!这是马克和大头之间的联系暗号,大头吃喝赌不沾,就好洗澡按摩。李大头叫李洪斌,和马克小学同学,医学院毕业后分在弋峰医院妇产科,一干就是十年,现在是妇产科主任。当初李洪斌刚分到妇产科时,同学聚会,马克戏谑他说,这下天天有女病人围着你转了,你可以一辈子耍流氓了。李洪斌正色说,休得胡说,我的职业用毛主席的话讲是救死扶伤,治病救人。也别说,大头这些年工作确实出色,这次弋峰医院从上海引进试管婴儿技术,就是他亲自倡导主持的。

马克开车来到老地方阳光浴场,定了个包厢刚坐下,李洪斌就到了。

马克今天没心思洗澡,而是详细询问了试管婴儿的手术流程。大头不紧不慢地介绍了试管婴儿治疗的整个过程和应承担的法律责任。简单的说,女方在月经第 2 天开始使用促排卵药,直到卵泡成熟后,在规定时间内注射绒毛膜促性腺激素。然后取卵,当天丈夫必须来医院按规定取精。一般情况下,精卵在实验室内进行受精,培养 48 小时后,将选择 3 个优质的胚胎进行移植,胚胎移植后必须应用黄体酮治疗。如有多余的胚胎则进行冷冻保存。移植胚胎后 14 天,对晨尿进行妊娠试验检测,同时抽血检测。如尿和血均提示怀孕,那么,手术就成功了。目前,弋峰医院已做 5 例试管婴儿手术,仅成功一例。

马克听得一头雾水,知道这是高科技的东西,便问大头需要他做的是什么。

李大头不怀好意地笑了笑,说,5 万元手术费,再就是取精,这可是你的强项啊。不过,那天可是在规定时间内必须完成,你要有充分的思想准备。马克挠挠头,为难地说,钱不是问题,能不能在家做那事?大头说,可以,但必须按程序做好严格的消毒准备。马克说,好,就按你说的办。

吃完浴场提供的自助餐,李大头扒掉衣服,光着白花花的身子,晃着硕大的头钻进浴室。马克躺在席梦思上,正想着下一步该怎么做,手机响了,一接听是王嘉仪,她在那一头呜呜咽咽,发出可怜兮兮的哭音。马克紧张地问,你怎么了。嘉仪说她丈夫又喝醉了,拿酒瓶将她头砸破了,鲜血直流。马克不由地火起来,没好气地嚷着,他都是个瘫子了,还敢揍你,你真有出息!嘉仪乞求马克到师大来接她去医院,马克虎着脸,立刻把嘉仪回绝得干干净净,说,你自己酿的酒自己喝吧。说完,掐断电话。

不料,半分钟不到,手机又震动了两下,马克正要关机,一看是周霄艳发来的短信:速来我家,液化气管道泄漏。马克火冒冒的,今天真窝囊,尽遇到鬼,你找煤气公司去呀,关我屁事?可周霄艳替自己担过责任,便忍着不耐烦,站起身走到总台结了帐,发了个短信给大头后,开车去周霄艳家。

马克气喘吁吁爬上五楼,到了周霄艳家门口按门铃,周霄艳一声"来了",风摆杨柳般地拉开门,把马克引进屋。周霄艳穿着睡衣,脚蹬黄色细高跟拖鞋,身材高挑,有股蚀骨的韵味,就是脸画得太假。马克嗅着鼻子四处闻闻,疑惑地问,没有液化气味啊。周霄艳抱着胳膊扑哧一笑,漫不经心地说,我骗你的,不然请不动你。马克气得扭头往门口走,周霄艳撇着嘴不高兴地说,嗬,架子还不小,我有事求你嘛。马克用手拢了一下艺术家的背头,嘟囔着说,有事单位电话不能讲吗,我今天开车累了,再见。周霄艳挡住他,呶着嘴示意正在客厅趴在桌上做作业的儿子说,军军报了奥数班,成绩跟不上,想请你家杨老师每星期辅导一次,行吗,西门大官人?说完,眼睛柔柔地瞟了一下马克的脸。顺便说一句,这个周霄艳有一个和其他女人不一样的怪癖,没事喜欢研究《水浒》,原因在这个故事里就不展开了。

马克像触了电,底气不足地说,行啊。哎,你别班门弄斧好不好,我是西门庆,你就是潘金莲啊。周霄艳跳起来给了马克一粉拳,把马克打进客厅。正做作业的军军看到马克,立刻脆生生地喊着,马叔叔,今天再帮我画个大公鸡吧。马克心里又虚又软,只好拿起蜡笔画了个大公鸡,心里却想着梅馥和试管婴儿的事情。

周霄艳凑到马克身边,马克蓦然闻到一股叫香奈尔牌子的香水,呛得他打了个喷嚏,周霄艳温暖又暧昧的样子让他心里痒痒的。周霄艳咯咯笑着说,吓着你了吧,还有个好事要告诉你呢,我爸认识中医院的吴老中医,祖传专治不孕症,治好过好多人。改天我带杨老师见见他。马克眼睛一亮,是吗?我们以前看过中医,不过,中医疗法来得慢。周霄艳认真地说,但中医理气补虚治本呀,我想一定能治好杨老师的病。你就等着杨老师给你生个大胖儿子吧,你这个大公鸡一定会下蛋的。军军也在一旁凑热闹,说,马叔叔,我爸爸我妈妈都笑话你,说你是不会下蛋的大公鸡呢!马克脸上一阵发烧,心脏被一揪,有种说不出的憋闷。

周霄艳啪地打了儿子一巴掌,喝道,别胡说!马克说,没事,军军,今天马叔叔给你画个戴帽子的人,说完,唰唰在纸上飞快的画了个大草帽,用蜡笔涂成绿色,帽子下方又画了个小男人。

军军瞪着疑惑的大眼睛问,马叔叔,这是谁呀,戴着这么大的绿帽子?

这是你爸爸呀,马克说。

我爸爸戴这么大的绿帽子干吗?军军问。

马克坏笑着说,你问你妈妈吧。

周霄艳脸一红,狠狠推了马克一下,说,无聊,可语气轻得像个羞涩的少女在呢喃。马克没躲过,将桌上的蜡笔碰到地上,他弯腰拾起笔,顺手在周霄艳修长润滑的腿上捏了一把,周霄艳身子一抖,心脏扑通乱跳,有种全军覆灭的感觉。马克站起身,走到门口潇洒地说,西门大官人告辞了。周霄艳盯着马克说,别忘了,你还欠我一顿饭呢。

3

马克的担心是对的。

那天,梅馥做完输卵管通水手术躺在手术台上说腹部热乎乎的像针刺一样时,马克就隐约觉得情况不妙。今天是同房后两周的第三天,明天是尿血检测的日子。早上马克照例开车送梅馥去学校,路上梅馥皱着眉说下腹有点坠痛,马克安慰她说,别紧张,可能是昨天晚上没睡好。到了学校门口,梅馥脸色有点苍白,声音颤颤地说,不行,大哥,我疼得厉害,下身好像出血了。马克慌了,可神情自若地说,别怕,我们去找李洪斌。说完,掉转车头向弋峰医院疾驶,路上用手机告诉周霄艳请假,还联系了李洪斌。

到了门诊部,马克背着梅馥径直向妇产科急诊室跑,门诊大厅到处是人,乱的不能再乱,像菜场一样,幸亏有李大头李洪斌的存在,总算有了救星。马克汗流浃背,气喘吁吁背着梅馥没乘电梯爬到九楼,迎面撞到准备查病房的李洪斌。李大头的样子和在浴场判若两人,神情威严凝重,后面跟着两个值班医生和一个护士。见到马克,李洪斌陌生人似的微微点头,歪着大脑袋嘱咐身边的值班医生将马克引到妇科急诊室。

一阵手忙脚乱后，马克被挡在急诊室的门外。他只好透过玻璃向里看，梅馥被一帮医生护士围着，脸色蜡黄，眉头紧皱，下身垫着雪白的无菌布，两腿分叉开被不锈钢手术架撑着，开肠破腹的样子，马克心里被压上一块沉甸甸的石头。

过了十几分钟，值班医生告诉马克，梅馥的病症是宫外孕，就是输卵管不通，造成受精卵在宫颈部位着床，也称易位妊娠，需要立即进行腹腔镜手术。马克紧张不安地问，有危险吗？值班医生微笑而沉稳地回答，及时发现住院治疗，应该不会有危险。马克稍稍放了心，随后打电话给家里，让丈母娘准备住院的生活用品。等一切安顿好后，看到梅馥躺在病床上输液，面孔恬静安详，马克心总算落了地。他打电话给李洪斌谢他，说改日再请他洗澡。李洪斌在电话另一端嘿嘿笑着，连说几个好。

梅馥醒来，见马克一直坐在她身边关切地看着她，眼圈红了，眼眶慢慢溢出眼泪。马克把脸贴在梅馥的额头，背台词似地说，还疼不疼？别难过，面包会有的，一切都会有的。梅馥哽咽着说，对不起，大哥，我拖累了你，为什么我们想要个孩子这点人的基本要求都得不到呢？……马克心里也酸酸的，是啊，街上随便找一个长得像武大模样的人，他的小孩都会长得水灵灵的，人生真是难料。看来还是名字没起好，我就是"克星"。马克琢磨着，可口气无所谓，说，这次通水不行，等调养一段时间，我们一定做个试管婴儿手术，把握会大些。一旁的丈母娘忙前忙后，不时还偷偷地抹着眼泪，说，真难为你了，孩子，这些年让你们白白地耽误了好日子，要是有个孩子，我就是累死了也给你们带呀，唉，作孽啊……马克连忙安慰她说都是一家人。马克和岳母的关系还是很不错的，劳动人民的勤劳和纯朴让马克觉得自己是在踏踏实实的活着，这种感觉在王嘉仪和父母那里是永远得不到的。

一天过得很快，又到了晚上，周霄艳带着儿子拎着一大包又是鲜花又是水果的东西，高高兴兴地来了。周霄艳嘘寒问暖，有说不完的话。人常说，有鸡鸭的地方粪多，有女人的地方笑声多，周霄艳就是这种和人熟得快的人。梅馥被周霄艳感动得一塌糊涂，表示一定教好她儿子军军，并接受她的帮助，出院后立即去看中医。马克在一边插不上嘴，但心里乐滋滋的，心思就像鱼缸里的金鱼，又欢快地游来游去了。他想起上次对王嘉仪态度很强硬，不免有点惭愧，哪天找个周末和她聚聚解释一下。

　　一个星期后,梅馥出院了,还真的在周霄艳的陪同下去了中医院。和弋峰医院不一样,吴老中医的专家门诊看病的人虽然是人潮涌动,但秩序井然,安静得连针掉在地上都能听得见。吴老中医八十开外,但仙风道骨,满头青丝。周霄艳悄悄告诉梅馥,说吴老中医的保健秘方是长年食用产妇的胎盘。后来马克知道了,说那就是吃人肉啊。

　　这里看病的多半是久治不孕的患者,神情忧郁,有种长年被病魔折腾得苦大仇深的样子。门诊室墙上挂满锦旗,上面写的都是华佗在世、妙手回春、人民的李时珍之类的溢美之词。梅馥感觉吴老中医就像她的爷爷,一番望闻问切后,竟拉着她的手和她聊起了家常。也别说,老爷子的药真补血,不久梅馥的脸苹果般地红了起来。为此,马克夫妇欢天喜地邀请周霄艳和她儿子吃了顿饭。吴老中医的专家门诊需要提前挂号,这样,也给马克的丈母娘找到一份发挥余热的工作,她每隔三五天要在夜里去中医院排队拿号头。这边,李大头已经打了几个电话催他做试管婴儿手术,马克晕晕乎乎,觉得成功就在眼前,便骄傲地说再等等吧。他想放松一下自己。今天是星期六,他给王嘉仪打了电话,约她傍晚去喝茶。嘉仪欣喜地在电话里说好。

　　下午,马克开车来到师大教授楼前,按了两声喇叭,不料嘉仪已经站在车前。嘉仪今天穿得很精致、可爱,头戴咖啡色纱布结草帽,那张不施粉黛的美丽脸庞永远显示着傲视一切的神情。她上身一件皮草领针织衫,里面透着蕾色丝质胸罩,下身一条牛仔短裙,棕色的高统皮靴把她舞蹈演员般的细腿衬托得挺拔,秀丽。马克见到她,张着嘴,半天没说话。嘉仪也温柔而调皮地看看他,一个在车里,一个在车外,两人对视许久,来往路过的花花绿绿的大学生们好奇地看看他俩,以为他们是陌生人。

　　马克说,Come in, sweet heart!

　　嘉仪说,讨厌,谁是你宝贝,说着,拉开车门钻进车。两人在车里静静地坐着,看看窗外熟悉而又美得让人眩晕的景色。落日西沉,夕阳正把操场、教学楼、阶梯教室和林荫小道染成金黄色,这一场景对马克和嘉仪来说,太熟悉了,他们从小在这里长大,这里是他们的根。一种从未有过的宁静弥散在车内,外面的世界和他们无关。

　　阿仪,你看这天,和我们小时候一样,还是那么蓝,那么深,那里有我隐秘的欲望和梦想,……马克的诗意又来了。嘉仪把头靠在马克的肩膀上,喃喃地说，马马，我想永远和你在一起……

哎，我们别阿姨妈妈的，乱了辈份，这是小时候的称呼，你说去哪里？马克问。

先去东风坡烧烤屋，再到老地方外教俱乐部。嘉仪不假思索地说。

烧烤屋离梅馥的学校不远，停好车，两人进了观光电梯，电梯上升的速度很慢，嘉仪不自觉地靠在马克的胸前，马克顺手把她的后背从上至下摸了个遍，以前嘉仪就喜欢马克这样安抚她。忽然，马克的手不动了，真是太巧，他在电梯里看到梅馥和四五个学生说说笑笑从学校出来，梅馥的脸很红，挂着健康的笑容，马克的心一沉。

进了烧烤屋，推开门，啤酒、煎炸烧烤食物的气味包裹着香水的气味刺得马克连打几个喷嚏。两人在靠窗的地方坐下，很快，侍应生摆满了一桌热腾腾的烧烤食物。刚想举杯，嘉仪就接了一通电话，先是她舞蹈学校同事安妮约她晚上去舞厅蹦迪，嘉仪笑着说改日吧，然后就是一些狐朋狗友的电话，嘉仪的口气轻佻而放肆，马克在一边好不耐烦，独斟自饮。

接完电话，嘉仪变戏法似的又成为一个纯情少女，轻快地说，我姐给我打电话啦，说替我办技术移民，下个月我去南京考雅思。

马克不解地问，谁是你姐？你哪里冒出个姐姐？

嘉仪撇撇嘴说，马妈呀。

马克眉头紧皱，虎着脸说，那是我姐，你少套近乎！我最烦她！

嘉仪问，为什么？

马克抿了一口啤酒，说，这几年她对我只做两件事，总是夜里打电话骚扰我，我们时差12个小时，我求她多少回了，她说她在花园里喝下午茶看书，没事问候问候我，这不是扯淡吗？我睡得正香，冷不丁她问我，小强，你帮我分析一下，惠特曼的《草叶集》里有没有自恋情节的描写？你说这惠大爷都死了一百多年了，我哪知道呀，她这不是幸运52吗！还有，动不动她老说梅馥的坏话，让我和她分手，唉！

嘉仪笑盈盈地说，人家是哥大（哥伦比亚大学）毕业的，请教你是抬举你呀。你别狗肉上不了秤，你不就是美国文学在系里考试拿过第一吗？我姐对你最好了，这次，你们要做试管婴儿手术，她不是刚给你寄了一万美金的支票吗？

马克惊讶地张着嘴,说,我怎么一点隐私全让你知道了!是她告诉你的?

嘉仪得意地说,当然了。然后,她深情地望着马克说,我们和好吧。

马克面无表情地说,说心里话,我真烦你,你和你姐是一路人,你以为你是80后90后的新新人类呀,想怎么干就怎么干啊。

嘉仪不高兴了,说,你别小看我,这些年走南闯北,我也经历了不少事情呀,最后还是觉得只有你对我的好才是真的。以前我是不懂事,喜欢那种有狠劲的男人,你让我失望了,现在想想真幼稚。

马克一声叹息,说,从小到大,我什么都让着你,幼儿园发两个苹果你拿大的不算,还把我小的也拿去,你就这德性。

嘉仪探过身来,做出捂他嘴巴的动作——亲昵而又放肆,说,谁让你比我大嘛,现在我爸妈不让我进他们的门,说除非我和你好。我已让他们伤透了心。我之所以现在没离婚,是我的那位虽是个瘫子,但他承诺给我一切自由,只要不和他离婚就行。可我现在年龄也大了,我也想有个靠山,就想靠在你身上。嘉仪小声地说,眼圈有点红。

马克把眼一瞪,轻蔑地说,你真可爱,是不是琼瑶小说看多了,想和谁好就和谁好?明确地告诉你,我俩说好听点是两条平行线,永远聚不到一起去了,说通俗点,是豆腐渣贴门对——两不粘!今后大家就做个朋友吧,但是千万别认真。

嘉仪恨恨地跺着脚说,姓马的,我也弄不懂凭什么那个贫困地区的小妞那么让你着迷!她不能生育,没法和我比,和她生活一辈子你就是断子绝孙!说完,歪着头,吸了口卡布奇诺,幸灾乐祸地看着马克。

马克不说话,闷头喝酒。

嘉仪又说,你知道吗,你是被我伤害得太深了,所以现在就自甘堕落,你又不敢报复别人,只有报复自己,心理学上讲,你这叫自虐,懂吗?我不愿意你就这样毁了自己,和一个毫无希望的人生活一辈子,我现在要拯救你。说着,口气有点恨铁不成钢的意思。

她出神而迷醉地望着马克,说,我们移民到多伦多,那里离尼亚加拉大瀑布不远,我有钱,就在那里买栋房子,天天看瀑布,我为你生儿育女,过世外桃源的生活……

马克忽然笑了,笑得很惨,他用红红的眼睛盯着嘉仪说,没想到你深沉多了,算你说得对,我是不敢报复你,我报复我自己,但是,和你在一起我不踏实。我被你已经踹了一脚,伤疤永远留住了,退一步说,就是到了多伦多,你如果再碰到一个"北霸天"、"南霸天"怎么办?你一高兴,我这一辈子就毁了。唉,马克痛心疾首地说,作为前未婚夫,我有责任进一句忠言:你也一把年纪了,听我的话,赶紧离开彭霸天,找个踏实可靠的人生活,这是你现在最好的出路,OK?说完,摇晃着站起身,说,走!去外教俱乐部,便径直到吧台结帐,嘉仪嘟囔着,不情愿地跟在他身后。

师大外教俱乐部由师大外语学院设立,是个地球村,专供本校的洋教授、洋学生以及外资企业的洋买办休闲娱乐,简单地讲,就是八国联军的后代们玩的地方,消费档次较高。马克和嘉仪念书的时候,每星期都光顾这里,享受洋人一切形式的消费,比如音乐、颜色、服饰、雪茄、唇膏、香水,这些都透着高雅和奢侈。俱乐部里各种灯光错落有致,恣意闪烁,曾让马克和嘉仪不自觉地做过一个个短暂而浮华的梦。

今天是师大中文系印度留学生开学典礼的日子,俱乐部举办了一个晚会,马克和嘉仪的出现让各类肤色的绅士太太们眼睛一亮。确实,嘉仪今天的扮相庄重而典雅,依偎在高大魁伟的马克身边,就是一幅广告画:粗放而柔情。

两人刚坐下不一会,一位满头银发、穿着雪白衬衫的老爷爷步履蹒跚晃到嘉仪面前,不失优雅地伸出毛茸茸的右手,做了个邀请的姿势说,Bonjour,Madame,Aimez-vous avoir la derniere danse avec moi?(你好,小姐,我能请你跳个舞吗?)

嘉仪欣然起身,微微领首,出其不意地在老爷爷面前做了一个360度的拉丁舞旋转,然后,伸出修长的左臂,领着老爷爷双双滑入舞池。四座惊叹,掌声此起彼伏,接着,响起 Bryan Adams 的那首洋溢着墨西哥风情的"Have you ever really loved a woman"的歌曲。嘉仪像快乐的燕子舞动着迷人的身姿,舞步飘逸而轻快,而老爷爷的步伐显得迟缓而凌乱,但风度还是翩翩的。

马克半躺在靠椅上,手捧高脚杯,神定气闲,桌面上烛光摇曳,刀叉闪着银色的光芒,他心里说,久违了,我的小资产阶级生活。

一曲终了,嘉仪没有回到马克身边,而是走到舞台中央麦克风前,灿烂地朝着马克摆摆手,翘着红唇做了个飞吻的 pose,马克心领神会,把手放在嘴边回应着,用一种近乎挑剔的眼光审视着嘉仪。在舞台聚光灯的直射下,嘉仪那迷人的脸庞,圆润的肩膀,高耸的胸脯,纤细的腰身,处处洋溢着东方美女的气息。

嘉仪用英语深情地说,谢谢大家的掌声和笑脸,下面我想为各位演唱一首 Julio Iglesias 的情歌"Starry Night"。

顿了一下,嘉仪嗓音有点涩涩地说,我想把这首歌献给我的 lover(爱人)马克。说完修长的双臂直指不远处的马克,麦当娜的样子。

周围所有的目光立刻聚集到马克身上,惊叹声和掌声再次响起。

马克心里有点乱,但还是很绅士地站起身,右手放在胸前,向观众鞠躬后坐下。低沉忧郁的旋律响起来,嘉仪深情地唱着:

Starry starry night

And now I understand

what you tried to say to me

and how you suffered for your sanity

马克不知不觉也陶醉了。

忽然,嘉仪放在桌上的手机响起来,马克按下接听键,热情地问,你好,哪一位?

另一端的声音冰冷,透着寒意和杀气,我找王嘉仪,你是谁?

马克脑子有点乱,但镇静地说,我是马克,嘉仪的大学同学,她现在唱歌。

另一端冷笑地说,噢,你就是嘉仪的青梅竹马呀,那个活王八啊。我听嘉仪讲你为了献爱心学雷锋,和一个贫困大学生结婚了,而且还没有小孩。是她不行还是你不行呢?

马克的血液向脸上涌,他盯着嘉仪,嘉仪还在忘情地唱着,时而微斜她那优美的眸子,向他抛送一个稍纵即逝的笑靥。

另一端继续说,好了,和你开个玩笑,别生气。改日让嘉仪请你来我家玩,我虽然那个不行了,可酒量还有,我俩比比。我不轻易邀请嘉仪的朋友回家,你是个例外。祝你们玩得快乐,别忘记告诉嘉仪,让她早点回来帮我洗头,嘿嘿,说完,挂了电话。

马克呆呆地坐着,头脑一片空白,感觉自己被彭霸天搂在怀里,捆了两个耳光,臊得慌。于是他站起身,大步向舞台中央走去。这时,嘉仪边唱边深情地示意他过来。

马克来到嘉仪面前,摘掉她头上的咖啡色宽边草帽,戴在自己头上,很牛仔的样子,观众一片掌声和笑声。马克和嘉仪边唱边跳,绅士和淑女的舞姿让洋人们开了眼界。一曲终了,一个黑人留学生跑过来给嘉仪献花,马克不失时机地在嘉仪湿润的唇上吻了一下,像老母鸡啄米一样迅速。

嘉仪语无伦次,说,我爱你,马马……幼儿园的称呼又出来了。

马克不动声色,握着嘉仪的手,向周围的鲜花和掌声鞠躬致谢,心想,梅馥今晚的中药是最后一副了。

马克和嘉仪重新坐下,他忍着对彭霸天的恨,告诉嘉仪说她丈夫打电话让她早点回家帮他洗头,马克感慨地说,真没想到你也会服侍照料别人了。

嘉仪一翻白眼,气呼呼地说,bullshit,男人没有一个是好东西,都是 freaks(变态)。她嘟囔着说,他是让我帮他 masturbate(自慰)。

马克哈哈大笑,笑得直不起腰。他站起身说,嘉仪呀,没想到你比我还惨。什么时候变成人家的工具啦。对了,你老公说改日请我去你们家喝酒呢。

嘉仪来劲了,瞪着丹凤眼轻蔑地问,你敢去吗?

4

近一段日子,梅馥在吴老中医的调养下,精神状态非常好,腰也不酸了,嘴里又哼起了那首"一条大河波浪宽"的革命歌曲。梅馥从小在农村长大,个性传统而又不时尚,流行歌曲自然会的不多。

梅馥的妈妈从老家带了一个深褐色的煨中药的瓦罐,瓦罐的壶嘴又粗又长,马克看着觉得像男人的阳具。每天家里飘着中草药的香味,一片生机盎然的样子,马克认为是做试管婴儿手术的时候了。为此,他请了一个月公休假,没有告诉科长老范请假的原因,只告诉了周霄艳。

马克找到李洪斌的办公室,值班护士说他去上海参加一个学术研讨会,要半个月后才能回来。马克心里骂着,妈的,难怪电话老是关机,一到关键时候你就闪了,一到洗澡时你的腿比兔子还快。值班护士给马克一个李洪斌在外地的手机号码，马克用办公室电话拨过去，李洪斌甜蜜蜜地在电话那头说，小丽呀，几天不见就想我了？马克瓮声瓮气地说，我想你妈的蛋！李大头一听是马克的声音，口气立刻变得一本正经起来。

马克把梅馥做试管婴儿的准备工作详细向大头汇报了。李大头充满信心地告诉马克，他一定安排好一切，在他回来之前，梅馥需要住院做取卵前的准备事项，要每晚9点喷鼻，或注射促性腺激素释放激素激动剂，使卵泡发育成熟，同时，要根据卵泡生长情况做B超检查，必要时抽血测一下雌激素水平，了解卵泡发育成熟情况。李洪斌说得天花乱坠，马克深信他说得很权威，便放心了。李主任回来后，一切都有条不紊地进行着，马克自己也做了精子检测，一切正常。马克每天晚上陪着梅馥注射完药剂后，自己单独回家睡觉，丈母娘留下来陪女儿。

明天是取精卵的日子，很关键。马克从弋峰医院妇产科病房到家已经是晚上12点，洗漱完毕，倒头就睡。没一会儿，电话铃就响了，马克迷迷糊糊拿起电话，是马嬷甜腻腻的声音，小强，你们明天要做手术了。马克没好气地嗯了一声，马嬷提高嗓门说，祝你们成功，否则你和姐姐是有协议的哦，Are you sure(明白吗)？马克没有回答，关掉手机，你们除了棒打鸳鸯，还能有什么！他忿忿地想。

第二天上午8点，马克风风火火地赶到弋峰医院生殖中心二楼。这里和妇科门诊嘈杂混乱相反，整个二楼洁净，有序，取卵室、B超室、还有胚胎移植室的指示牌很醒目，马克看得有点眼花缭乱，心神不安。医生护士身着白色无菌工作服，戴着口罩，来来往往，显得神秘莫测。

8点30分，李洪斌像模像样地出现了，身后两名护士轻巧地推着手术车，上面躺着神情不安的梅馥，她身上盖着雪白的床单。马克自己心里有点打鼓，可还是紧紧地握住梅馥的手。来到取卵手术室，梅馥被抬到正中央的手术床上，床的右边是台B超机。这次李洪斌没有摆架子，而是很亲切友好地向马克夫妇介绍手术的基本过程。他说，卵泡对外界环境要求很高，温度要在37度左右，而且不能见光，手术时必须关灯，只留一盏蒙着纱布的落地灯。李洪斌指了指床边的手术灯，马克不由地胡思乱想，你不会借此耍流氓吧，我们现在可是落难的时候。李洪斌继续说，简单地讲，我的任务就是取卵，用一个探头插入阴道，通过B超的监视，在蜂窝状的卵巢内吸出卵泡液，装入试管，再由我的助手送入培养工作室,在显微镜下,拣吸出卵子注入到另一个培养皿里进行催熟,6个小时后,也就是下午两点左右,马克,你必须取出你的"长尾巴"(精子)。李洪斌的口气很坚定,像老电影里的团长指挥战士冲锋陷阵那样有股冲劲。他接着说,你的"长尾巴"和卵子结合,形象地说,就是一次约会,这叫"卵子主持,精子出席"。说完,还意味深长地拍了拍马克的肩膀。马克赶紧说,保证完成任务。躺在床上的梅馥被马克的怪相逗笑了,心里的紧张缓解不少。

马克俯下身来,在梅馥的耳边低低说了几句话,梅馥的脸上飞出一朵红云,她拧着马克的耳朵说,你尽瞎说。不知什么时候,李洪斌戴上口罩,来到他面前,闷声闷气地说,出去! 口气强硬,既像是玩笑,又像是命令。马克灰溜溜地走出门外,心里骂道,变色龙,把我惹急了,将来我告你们领导说你狎妓。马克的精神胜利法战胜了自己的不快。这时,呆坐在门外过道椅子上的丈母娘站起身,眼巴巴地望着马克问,孩子,小梅没事吧? 马克举重若轻地说,没事,妈,你放心吧,我的老同学是专家,手术一会儿就结束。说完,坐在可怜巴巴的丈母娘身边,酸甜苦辣涌上心头。在李洪斌面前,马克总是觉得矮他一截,他家庭完美,事业发达,爱人和儿子在新加坡定居,尽管他十万分地看不起他的做派,可现在自己的希望种子攥在他手里,他就是上帝。

忽然,取卵室里传来梅馥痛苦的呻吟,马克知道这是李洪斌在做穿刺取卵,可能是注射的杜冷丁药效不够,梅馥忍受不了说不出来的难受。梅馥平时最能吃苦忍耐,今天可能是李大头弄痛了她。马克心里隐隐作痛,身边的丈母娘站起来,惊慌失措地望着马克,马克扶着她重新坐下。

大约40分钟后,李洪斌摇头晃脑地走出取卵室,摘下口罩,满脸通红,像从浴场出来一样。他眼睛放着光说,取了8个卵泡,质量不错,我已让助手放在培养室里进行观察。杨老师刚才手术出了一点血,现在已经很稳定。我让她服了一片安定,正在睡觉。马克和丈母娘千恩万谢。李洪斌含蓄地说,马克,下面就看你的了。马克频频点头,赶紧让丈母娘随护士进去照顾老婆,自己跟着李洪斌进了隔壁的取精室。

室内摆了一张床,床头间整齐的摆放着一摞让人看了想入非非的外国画报,还有几个自慰用的取精器,李洪斌问马克,是不是因地制宜就地取材,马克谦虚地说,不用不用,还是回家习惯些。李洪斌也不坚持,递给马克一个电动剃刀,让他自己把下身的浓密的体毛消灭掉,再用酒精把下身擦洗了一遍,换上医用一次性杀菌内裤后,再将一个精致密封的取精盒递给他,郑重地说,一定要在取的那一刻打开盒子,防止污染。记住,一定要按时送来,不能错过授精的最佳时机,懂吗? 马克连连点头。

　　开车回到家,已是中午 12 点,马克胡乱吃了几口面包,喝了两碗丈母娘熬的浓浓的乳鸽汤,据说,这是产妇下奶吃的食物。马克觉得自己体力很充沛,想今天的任务一定能完成,精神便放松下来,便打开电视看了一会午间新闻,不知不觉打起了呼噜,等他惊醒时,已是一点半钟,正是时候。

　　马克用消毒液洗净双手,坐在床上,将取精盒放在面前,开始动作,他驾轻就熟,很快"长尾巴"即将喷出,就在那一瞬间,马克犯了个致命的错误,他在飞快撕开取精盒外面包裹着的透明薄膜时,却怎么也扯不开小小的取精盒盖子! 其实很简单,盖子只要逆时针旋转两下就开了,这个要领李洪斌没有事先教他,细节真是决定成败呀! 马克手忙脚乱,把持不住,一败涂地,千军万马飞泻到他的体外和床上,不可收拾。

　　马克惊得一身冷汗,他欲哭无泪,呆若木鸡,好不容易稳了稳脆弱的神经,现在是一点四十分,还来得及,怎么办,必须再取第二次,华山只有一条路! 于是,他不再犹豫,他再次清洗消毒下身,开始动作起来,可是,性子再也起不来了,他已感到疲累交集,心力交瘁。慌乱中,他从抽屉里翻出一张李洪斌以前送给他的西欧 A 级片来提神,看着,看着,马克觉得就像看"动物世界",驴喊马嘶的,反而坏了他的兴致。不行,马克告诉自己,必须挺住,我是顶梁柱,必须为梅馥和这个家撑起未来的天空,梅馥还在等他呢。

　　这时,手机又不争气地响了起来,李洪斌在电话另一端严厉地问他,好了吗? 快点送过来! 马克低三下四地说,好了,好了,马上就过来! 他不敢告诉李洪斌自己出了一个"医疗事故"。关了手机,凝神进气,继续拼搏,心想,这次就是再得一次龟头炎,也一定要完成任务!

　　马克不知道自己是如何跌跌撞撞爬到生殖中心二楼李洪斌面前的,他只隐约记得自己闯了两个红灯,车子行驶的路线呈 S 状,看来驾照这次差不多是要吊销了,但欣喜的是,李洪斌看了取精盒后,点点头,立即递给身边的助手,说,赶紧送到培养室去。然后,冲着马克满意地笑了。马克如释重负,两只腿像踩了棉花撑不住自己。李大头不怀好意地凑到他跟前,小声地问,怎么样? 今天你累了,好好休息,明晚洗否? 马克有气无力地点点头。

5

两天后,马克和梅馥又去了弋峰医院生殖中心二楼做胚胎移植手术。这次手术仍然是李洪斌亲自动手。在胚胎移植室里,李洪斌通过 B 超机的监视,捡芝麻似的小心翼翼地从培养皿里挑选出 3 个最优质的分裂后的胚胎,送入梅馥的子宫里,过程完全无痛,手术很顺利。两个小时后,马克那张晦暗苦绿的脸上终于有了阳光。

回到家,马克像侍奉王母娘娘似地围着梅馥床前床后转,生怕她有什么闪失。因为,他们所有的努力在这一时刻才显示出真正的意义。按照李洪斌的叮嘱,梅馥三天后就可以正常下床,轻步转身,尿急可以自己小便了。但是,马克坚决让梅馥在床上躺上个半个月。他斗志昂扬地说,这叫万无一失,这么多年来,所有的医生总是说你输卵管不通,或什么通而不畅,这都是鬼扯淡!这都是极不负责任的话。我这次不走输卵管这根独木桥了,我要用阿帕奇战斗机实施 GPS 定点定时空投,把我们的种子牢牢扎在你这块肥沃的土地上!

梅馥被马克说得脸微微发红,有些羞涩地说,大哥,天天都在床上待着,那也不卫生啊……

马克梗着脖子说,吃喝拉撒我来服侍你,今天晚上我去找老范再续一个星期的假陪你。

的确,这次马克把所有的赌注都压在梅馥身上了,他觉得应该有 80% 以上的希望。可是,周霄艳带着儿子来他们家玩,说,我还是相信中医,中医比较温和适中,活血化瘀,改善人的微循环功能,不伤人。马克敷衍周霄艳说,如果这次手术再失败了,仍然让梅馥继续看吴老中医。周霄艳笑了,觉得她的这份人情还是沉甸甸的,今后仍然可以理直气壮地让她儿子上辅导课,还能时不时地诱惑一下马克。

又过了十天,王嘉仪给马克打了一次电话,想让他陪她去南京考雅思。马克当着梅馥的面很坦然,也很平静地谢绝了她的邀请,他说梅馥做了试管婴儿手术需要他照顾。这一次,轮到王嘉仪在电话另一端发火了,你真是模范丈夫啊,看样子你是海枯石烂不变心啦,我真的恨死你了!说完,她啪地挂了电话,声音很大。马克摇摇头,脸上露出一丝不易察觉的冷笑。

一边躺在床上的梅馥关切地问，没事吧？谁给你的电话？

马克漫不经心地说，是王嘉仪，她让我陪她去南京考雅思。梅馥知道马克和嘉仪以前的故事，她轻声说，那你去吧，大哥，有妈照顾我呢。马克心里一热，俯下身轻轻地吻了一下梅馥发烫的面颊，说，怎么可能呢，你不是在说梦话吗？我们现在仅仅是一般朋友而已。马克轻轻地拥抱着梅馥，感到她的心脏在平稳地跳动着。

马克最欣赏梅馥的地方就是她很稳重，除了在生孩子这件事上感情用事外，不愧是数学老师，职业而冷静，温婉而从容。她从不干涉他的私人空间，这样，反而让他觉得梅馥和这个家就是他生命的港湾和栖息地。自己是个风筝，飞得再远，线的那一头还在梅馥手里轻轻地攥着呢。欲擒故纵，可能也是梅馥的"秘密武器"吧。

梅馥轻轻地叹了口气，说，如果这次手术再失败了怎么办？我也不想再耽误你，我想换一种生活方式，你说呢？马克昂着头说，别瞎说，这次一定会成功！

梅馥苦笑了一下，摇摇头说，大哥，我们经历的磨难太多了，我说句话你别生气，当初你非要和我好，我认为这是你的一时冲动。现在，我真不想再连累你了，再怀不上孩子，我希望你离开我，真的，我说的是真心话。梅馥的鼻子一酸，眼泪快下来了。

马克沉默着，好一会儿，他站起身，推开卧室的窗户，每次心烦意乱的时候，他总想鸟瞰一下长江的夜景，忽然，他笑了，笑得不自然，他说，我要是和别人私奔了，你怎么办呢？

梅馥说，我有职业啊，身体健康，除了不能生育外，我能养活自己。我把妈从老家接过来和我一起生活，这辈子再也不找男人了。真的，你也不用有什么愧疚，倒是我欠你的太多了……

马克不说话了。许久，他像是翻了一座大山似地，精疲力竭地说，梅馥，这辈子我认定你了。我们夫妻的感情不是靠有没有小孩来维系的……

梅馥哽咽着说，可我受不了，我不愿意一辈子背负着愧疚和你生活，那样对你我都不公平。本来我就觉得配不上你，和你结婚后，希望有个小孩，有一个完整的家，相夫教子，也算是尽了妻子和母亲的责任，可现在，我实在看不到什么未来了。

马克垂下眼帘,硬是将泪憋了回去,他说,你怎么这么没自信呢? 不是还没到那个地步吗?

他现在也很迷惑。和梅馥的婚姻,用王嘉仪的话说是他自虐,用梅馥的话说是他一时冲动,唉,做人难,做一个叫马克的男人更难。

半个月后,马克带着梅馥去弋峰医院妇产科做了血尿检测,医生很肯定地告诉他们,梅馥已正常受孕,梅馥子宫内的三个胚胎全部成活,但是,需要每隔两天肌注黄体酮,今后,每隔两周来医院做B超检查,如果发现三胎继续成长,必须立即做减胎手术。马克和梅馥听了这个消息,喜忧参半,减胎意味着新一轮的妊娠风险,弄不好是满盘皆输。在回家的路上,马克握着梅馥的手,默默地说,不着急,过一天是一天,上帝会保佑我们的。

上班后,马克尽量不让自己想这些烦心的事,工作积极主动,弄得周霄艳找不到机会和他聊天,科长老范对他也另眼相看了。每天下班,马克只要看到梅馥安然无恙,心里的希望又增长了一些。

其实,家家有本难念的经。一次出差,老范在车上和马克聊起了他自己的生活。老范的人生道路也是比较坎坷的。人到中年,应该是精力充沛,正是为党和人民多做事情的时候,可他偏偏有个三十多年的慢性哮喘的老病根。他的上半生是抱着药罐子过来的,用他自己的话说,中国的药吃遍了,外国的药也吃遍了,除了粪便没尝过,该受的罪都受了,可病就是没治好,一到冬天,人就拉风箱,靠氧气过日子。后来,是伟大的母亲河——长江,挽救了他的性命,他加入了江城冬泳俱乐部,几年下来,身壮如牛,声若洪钟,用他自己的话说,又能过夫妻生活了。所以,老范感慨地告诉马克,人只要不是得了绝症,总会有办法的。马克听了老范的话,唏嘘不已。多么朴实精辟的人生哲理呀。天无绝人之路,抱着这样的信念,马克有一种拨开乌云见太阳的感觉。

然而,正如歌里唱的那样:好花不常开,好景不常在。几天后的一个上午,马克所有的感觉被杨梅馥的两个喷嚏砸得粉粉碎碎。说起来简单,上午上第二节课不到五分钟,梅馥在黑板上刚刚写下平行线截割定理时,可能受粉笔灰的刺激,鼻腔一阵发酸,猝不及防,于是,就出了和丈夫马克一样的致命的"医疗事故"。过了不到二十分钟,她感到下身一阵发热,知道情况不妙,立即打车径直去弋峰医院妇产科,几乎是来不及悲伤,医生就给她做了引流处理。

等马克知道事故的经过,急急赶到家时,天已经擦黑了。卧室光线昏暗,没开灯,梅馥躺在床上,丈母娘坐在床边,低低地啜泣着。梅馥形容枯槁,目光痴痴呆呆,像一台年久失修的照相机,已经没有聚焦的功能了。马克知道,此刻说什么宽慰的话也无济于事了。他在心里捶胸顿足,他想不通,为什么自己打了 N 个喷嚏,一点事没有,他真恨不得梅馥把一辈子的喷嚏都留给自己打啊,唉,马后炮的事就不要再想了。忽然,他灵光一闪,说了句四两拨千斤的话,梅馥,如果生命不能承受如此之轻,那生命也就失去意义了。说完,他走出家门,步履飘然,如同在月球上漫步。他开车上了滨江大桥,他想再鸟瞰一下长江的夜景。路上,他想起刚才告诉梅馥的这句话不是他的原创,是那个叫米兰·昆德拉的人说的,但用在试管婴儿手术这件事上,是最恰当不过的了。

马克打开车里的音响,黑鸭子组合飘了出来。"一条大河波浪宽,风吹稻花香两岸……",马克开了一罐青岛易拉罐啤酒,灌了一大口,用力拍打着方向盘,和着节拍,满怀悲壮,声嘶力竭地唱了起来。车窗外,飞驰而过的橘红色桥灯让马克恍若隔世,不知身在何处。突然,他想到马嫣,这时爸妈和他们一家人一定在那个大 House 里做梦呢!为什么不"问候"一下,马克兴奋了,手机拨过去,嘟嘟几声后,马嫣甜腻柔和而略带睡意的美式发音传来:你好,哪一位?马克铆足了劲,粗声大嗓地说,姐呀,我和梅馥的试管婴儿手术终于成功了!马嫣听了他的话,停顿了几秒钟,好像是才反应过来,惊喜地连连说,Marvellous!(太棒了!),祝贺你们!随后,马克听到她在电话另一端大声呼唤父母和她的外国老公查理,他禁不住想笑。等马嫣回到电话机边时,马克憋着嗓子低低地说,手术成功那是不可能的。说完,关掉手机,狂笑起来。笑着笑着,他觉得自己很无聊,无聊透顶。

马克一打方向盘,从大桥折弯向市里疾驶,他给李洪斌打电话,想约他出来洗澡,吐吐苦水,李大头在电话另一端一边大呼小叫啧啧有声地干杯,一边哈哈发出爽朗的笑声,说,马克,你怎么这么伤感,像林黛玉似的,你太太不就是流产了嘛。我办公室天天都摆着一大摞一大摞癌症病历,每天都有人要死要活的,像你这样脆弱,那我也别干工作了,可我不是还得面对啊,用你的老话讲,还得继续耍流氓呀。记住,要学会放松和遗忘,退一步海阔天空,懂吗?马克被李洪斌的一番话说得无所适从,哭笑不得,但他心里还是有点难受,他把车停在路边的天香楼酒店面前,定了个包厢,然后打电话给老范和周霄艳,还有平时关系不错的几个同事。那天晚上,马克喝了不少酒,只有周霄艳知道他为什么醉了。

最后，周霄艳开车送他回家，但在车上，马克颠三倒四，满嘴呓语，说他不想回家，要找个地方喝茶，他不愿面对梅馥母女俩的眼泪。周霄艳没再说什么，顺理成章地将车开到自己家楼下的停车库边。

马克失身了。事后，周霄艳给他发了个短信，再次引用《水浒》里第24回里的佳句来表达她当时的内心感受：羞云怯雨，揉搓的万种妖娆；恰恰莺声，不离耳畔；津津甜唾，笑吐舌尖……可是，马克羞悔得想跳长江，他觉得自己相当地对不起梅馥，亵渎了一个基督徒应遵守的教义，不配做一个基督徒，因为《圣经》里讲，世人的一切罪是可以得到赦免的，但如果亵渎了神灵，就永远得不到赦免。晚上睡觉，他辗转反侧，想给自己找到"犯罪"的理由，他想到了在大洋彼岸不也有一个叫"比尔"的基督徒吗，他还是个总统呢，他不也犯过错误吗？不也曾把莱温斯基小姐的裙子弄得脏兮兮的吗！想到此，他觉得宽慰了不少。

但是，他仍然不能原谅自己，没过几天，他找局长申请调到五楼办公室做文秘工作。这样，和周霄艳的统计科隔了三层楼，见面机会自然少了。周霄艳呢，也是个性情中人，一夜情毕竟不光彩，更对不起杨老师，齐眉举案才是中华民族的美德啊，只要儿子能够得到杨老师的辅导，也就知足了。这样一来，她和马克的关系也就理顺了不少，对梅馥的中医治疗就更加关怀细致了。

6

王嘉仪的雅思成绩考了8.9分，她很兴奋，联系了马嫣，在马嫣的帮助下，终于将自己的签证材料送到加拿大驻上海领事馆。当然，这一切都是在地下悄悄地进行的，她瞒着丈夫彭海民，只有马克知道，但是，马克坚决不和她一起办移民手续。

嘉仪只好鼓动马嫣和他父母给马克施加压力，因为按照马嫣和马克的协议，这次试管婴儿手术费用由父母承担，如果手术失败，就意味着马克必须到多伦多来生活。马克在电话里拒绝了他们的要求，并打电话直截了当告诉嘉仪说，你也知道，加拿大移民局评估我的移民资格时，因为我是直系亲属，还可以多加五分，如果，他洋洋自得地说，我俩结婚了，你就根本不需要面试，主申请人是我的话,就可以解决你的后顾之忧了,但是,你的这个愿望是个肥皂泡。

现在,马克把所有的心思都集中在梅馥身上,生怕她再受什么刺激。那次手术失败后,梅馥发了一次高烧,说胡话,浑身的骨头就像有很多蝎子在蜇,撕心裂肺地疼。马克和丈母娘慌慌张张把她送到医院,医生诊断说是突发病毒性感冒,和试管婴儿手术流产无关。马克忙着带梅馥抽血化验、输液,又开了许多消炎药,在医院住了两天两夜,高烧终于退了。但是,梅馥出院后不想回家,马克想想也是,怕她触景生情,正好又是放暑假,便开车把她和丈母娘送回皖北老家住了几天。回来后,梅馥整个人好像变了一样,就剩下一具躯壳,成了一尊木雕菩萨。

周霄艳带着儿子来过他家几次,也劝慰梅馥,但梅馥仍然很少说话,除了给军军辅导奥数外,呆呆地坐在自己的书房里,一言不发,一坐就是半天,任凭马克怎么开导她也无济于事。马克有点慌了,他紧紧抓住梅馥的双手,把她的手使劲地拍在自己的脸上,说,梅馥啊,你要说话呀,你想哭就哭出来,别吓我呀……梅馥还是毫无表情,马克想,她不会是神经错乱了吧。

直到有一天,马克下班回家,发现梅馥笑了,又和从前一样了,他松了口气。丈母娘也和从前一样忙忙碌碌起来。每天,她去超市买了新鲜的肉、蛋、蔬菜、水果等各类食品回家,然后,根据营养搭配给马克小俩口补充营养。丈母娘还回了一趟老家,从自留地里采摘了更多新鲜的绿色产品带回来,按马克的要求,单独做给梅馥吃。梅馥在周霄艳的热心关照下,每星期直接去吴老中医家看病,那个长长的像男人阳具的大嘴药壶每天又开始喷着白雾,药香的味道又出来了。

一天晚上吃饭的时候,梅馥告诉马克,教委分配给师大附中一个下学期去上海育才中学进修的名额,教务主任推荐了她,让她一开学去上海培训三个月。马克听了不说话,皱着眉,陷入思索之中。他想,梅馥一走,自己不又成了单身汉了吗,生活又将变得枯燥单调起来,而且,这边父母和马妈不断地给他施加压力,王嘉仪还时不时地给他添乱,他觉得生活又回到了从前。他想,自己现在一直是咬牙忍着,挺着,他不想违背良心,一句话,不想背叛妻子杨梅馥,可这种忍耐何时是个头啊。

梅馥见马克心事重重,不说话,便坐在他跟前,握着他的手,暖暖地说,大哥,我能理解你的心情,你应该知道,爸妈都是教古代汉语的,孔孟之道在他们思想里已经根深蒂固了。我俩的结合已经让他们妥协了一次,但是,我们没有孩子,这是他们绝对不能容忍的,连我妈也知道这样一个简单的道理,不孝有三,无后为大。所以,你我真应该好好考虑下面的出路了。马克坐在饭桌前,揪着自己的头发,好像痛苦不堪,他说,你怎么能这样讲? 我俩的事和他们没关系!

梅馥凄凉地一笑,轻轻叹了一口气,不再说话了。

今天正好是梅馥排卵的日子,夫妻俩在一起又缠绵了一夜,梅馥很投入,也很尽兴,马克好像又回到了从前,心里有一种说不出的踏实和安慰,再过两天,梅馥就要去上海了,会有很长时间不能见面,这是他们今晚最后的告别赛,希望球能进球门,种子能播下。

一个星期后,梅馥走了,忘了带家里钥匙,除了带了几件换洗衣服和培训教材外,按照吴老中医的关照,她背了一大包够两个月服用的水剂中药。丈母娘也回老家去了,老人临走时把家里打扫得干干净净,把马克经常换洗的衣服摆放在衣柜最显眼的地方,还说以后每隔半个月她会从老家过来,帮他清扫一次卫生。

马克的心又酸酸的了,周围一切又变得空空荡荡起来。

这个时候,王嘉仪像个幽灵,恰到好处地挤进了他的生活。今天是八月十五中秋节,办公室还有不少破事,马克又是忙着发传真,草拟商请函,又是布置下星期审计局检查方案,忙得是焦头烂额。下午,梅馥从上海给他打来电话,问候他中秋节愉快,说她坚持吃药,身体很好,马克说他很想她。然后,王嘉仪打电话约他晚上去英皇大舞台K歌跳舞,还说她老公晚上请他喝酒。

马克情绪复杂,自己孤魂野鬼一个人,李洪斌去新加坡探亲了,呆在家里的确很无聊,不如出去散散心,正好自己现在是失魂落魄的时候,于是,他答应了嘉仪的邀请,也是命令,他想自己现在就是一只苍蝇,王嘉仪就是苍蝇拍。

晚上下班迟了,马克在街上买了点东西,胡乱吃了几口,便开车去了英皇大舞台。他穿着白色西服,戴了副黑色墨镜,像科幻片里走出来的人物。他推门走进英皇大厅,这里挂满了乳白色的薄纱,一看就像《西游记》里面妖精出没的地方。

大厅正中设着一个巨型T型舞台,在江城,这个地方很有名,浪漫邂逅每晚都在这里上演着,尤其是震耳欲聋的音乐让这里更加火爆、热烈、销魂。

马克刚到这里,感觉到这里四处鬼火闪烁,阴森莫测,周围的男女打扮得花团锦簇。

马克四处搜寻嘉仪的影子,就是没有发现嘉仪。此刻,他的周围不知从哪儿冒出许许多多哈韩哈日的年轻人,女孩子们远看像超女,近看还像超女,脸上画着蝴蝶妆和黑眼圈妆,身上挂满叮叮当当各种小玩意儿,T恤比外套长,袖子比手臂长,睫毛比眉毛长,整个就是新新人类。和他们相比,马克显得落伍和孤单。

这时,刺耳的音乐响起,T型舞台群魔乱舞,新新人类摇头晃脑,纵情挥霍着他们剩余的热量,马克看得眼花缭乱,心慌体虚。这时,在他身边来往穿梭的侍应生端着酒盘来到他身边,递给他一杯雪碧。马克接过杯子,仰头一饮而尽,心里舒服了不少。

不知过了多久,四周再次响起一片掌声和口哨声,一对浓妆艳抹、身着晚礼服的美女登上T型舞台,不时地朝沸腾的人群抛送媚眼和飞吻。马克一阵眼晕,那不是嘉仪和那个叫安妮的女孩吗?舞台上的嘉仪,面孔傲慢而妩媚,她身着低胸浅紫色晚装,领口处一圈紫色的皮草衬着她白皙的皮肤,看起来是那么高贵和神秘,一头披肩卷曲的栗红色长发显得俏皮而热情似火,周身透着华丽和典雅。她的女伴安妮化着蝴蝶妆,身材高挑性感,黑色低胸露背舞会装,显得冷艳而飘逸,充满梦幻般的色彩。这时候,歌声响起:

不要再来伤害我
自由自在多快乐
不要再来伤害我
我会迷失了自我
yeah······yeah······yeah······yeah······

随着节奏,嘉仪和安妮面对面,踏着有韵律的步伐,扭动着双肩和胯部,不停地在舞台上游走,移位,不愧是职业舞蹈出身,两个美女的动作舒展、缠绵妩媚。马克看得眼睛发直,张着嘴半天说不出话,舞台上的嘉仪不停地前后摆动着胯部,如热带的椰树林,随风摇曳,舞姿充满南美洲的浪漫风情。周围的掌声和尖叫声不绝于耳,马克呼吸急促起来,下身竟有了勃起的冲动。

跳着跳着,两位美女水蛇般的腰肢紧紧缠绕着,脸贴脸,慢慢地凑在一起,周围的音乐性感而深沉。终于,她俩那对丰润光鲜的嘴唇紧紧地贴在一起,两个美女像一对热恋中的情人,紧紧拥吻在一起,如痴如醉,肆无忌惮。周围再次响起忘乎所以的掌声和叫好声,不断地向她们抛洒鲜花和花花绿绿的彩纸彩带。

马克张着嘴,惊骇地望着这个场面,那张戴着墨镜的脸成了一个倒品字,他手一松,杯子滑到地上,摔得粉碎。他的大脑一片空白,只跳入一个英文单词:lesbian(女同性恋者)。嘉仪会不会是性错位? 还是在作秀? 这几年来和她不接触,和她的距离越来越遥远了,不免在心里悲哀地叹了一口气。

很快,嘉仪被安妮一帮人簇拥着,风风火火来到马克跟前,嘉仪又换了一套打扮,上身穿水红色尼龙紧身衫,丰满而轻盈,下身穿一条水洗斑斓的半截牛仔裤,脚下配一双细高跟鞋。她把手搭在马克的肩上,醉眼迷离地说,今天失陪了,谁让你来晚了……说着,身体摇晃了一下,然后,像一根面条,黏黏地粘在他身上。

马克平静地说,今晚你真让我长见识了,现在你喝醉了,我送你回家。

一边的安妮笑盈盈地对马克说,我师姐就交给你。说完,意味深长地瞟了马克一眼。周围的人也七嘴八舌地附和着。马克不失风度地点点头,看得出,嘉仪在这帮不男不女的人中间是个有凝聚力的女人,她有一种神秘的力量,始终让自己处于一种光彩之中。

大家七手八脚把嘉仪塞进马克的车里。

7

月亮露出了大半个脸,月光像水银一般静静地泻在江面,马克开足马力,沿着滨江大道向师大校园飞驰,轻车熟路,很快到了家门口。嘉仪用胳膊搂着马克,红嘟嘟的嘴唇贴着马克的耳朵说,我想你……,等一会儿,我表演个节目给你看。

马克警觉地推开嘉仪,生怕被彭霸天逮个现行,他搀扶着嘉仪帮她开了门。

一进门,马克立即被震慑住了。室内装潢得金碧辉煌,客厅宽大明亮,分成两个部分,一整套乳黄色真皮沙发,宽大而又阔气的围成一个区域,地面铺着巨大的波斯地毯,图案华丽,古色古香,一个巨大的茶几摆放在中间,上面堆满各式各样的洋酒瓶和高脚玻璃杯。主沙发上方悬吊着一块巨大的能收放的屏幕,彭霸天穿着浅褐色睡衣,正坐在茶几边的轮椅上,手握遥控器,眼睛盯着屏幕上的欧洲杯足球赛。客厅的另一个地方,更是开阔,靠墙处是一个吧台,吧台内壁柜里摆放着各种颜色的洋酒,好像是人头马、马爹利、还有天堂轩尼诗X.O之类的酒。吧台边有道门,直通卧室,门的对面是一架高傲的三角钢琴,庄重而贵气。在钢琴的周围,是一组播放器和两个样式前卫的音响,音响边摆着一台跑步机和按摩椅,不用说,这是嘉仪平时在家练功的地方。两个区域,男女主人公各霸一方。

马克眼睛都看直了,还在回味着,冷不防,彭霸天抄起茶几上一个高脚玻璃杯向嘉仪砸来,马克眼疾手快,扶着嘉仪的右手,闪电般地挡住了飞来的杯子。嘉仪酒醒了一大半,她甩开马克,箭步冲到彭霸天面前,愤怒地吼着,你疯啦,当着客人的面,你还有没有人性? 不愧是嘉仪爱的"狠人",彭霸天拎起酒瓶还要砸她,马克像一堵墙似的挡在轮椅前,双手像一把铁钳牢牢地按住彭霸天的胳膊,说,彭大哥,咱们是老校友,今天你请我来,我是第一次作客,总要给我个面子吧? 彭霸天斜眼瞥了一下马克,不说话了。

马克今天是第一次见彭霸天,他戴着副金边无框眼镜,脖子上挂一条银链子,面相还是挺斯文的,但果然心狠手辣,让人胆寒。唉,嘉仪这个老公真是挑对了,看来,她毛病不少,是否有点受虐狂的情结呢?

嘉仪蹬掉脚上的高跟鞋,轻声和马克打了个招呼,赤脚跑进卧室的洗手间洗漱去了。

彭霸天摆弄着手里的酒杯,呼着嘴里的酒气,说,对不起,马老弟,让你受惊了。王嘉仪真他妈的不像话,今天中秋节,我让她在家好好待着,陪我爸妈吃个团圆饭,再让她打电话请你到我家来,咱俩看球喝酒,这个要求不高吧? 可她偏出去疯,真他妈的是个贱货! 说完,狠狠地朝地毯上啐了口唾沫。

沉默了一会,他突然劈头盖脸地问马克,你们今晚不会是去宾馆开房了吧? 说着,哈哈笑起来,笑得马克火冒冒的,真想掉头就走,可想到嘉仪的确是怪可怜的,便忍着恼火,坐在彭霸天身边的沙发上,岔开话题,不动声色地问,彭哥,这几年过得还好吧?

彭霸天扶了下眼镜,一副居高临下、盛气凌人的样子,说,我都这样了,还能好到哪里,我是上面有想法,下面没办法啦。不过,别看我残废了,这辈子我也够了,这两年开了两个茶场,一个采石场,市中心步行街还有一栋写字楼,养活两个王嘉仪都够了。算了吧,说这个不是成心气我马老弟吗,老婆白白让我抢跑了,自己又没钱,又不能生育……哈哈。彭霸天又得意忘形起来,说,来,我今天请你喝酒!你不能再输给我吧。说完,一双醉眼露出凶光,直勾勾地盯着马克。

马克不说话,拿起茶几上的洋酒瓶,咚咚斟满两大高脚杯的牙买加罗姆酒,递给彭霸天一杯,冷冷地说,承蒙彭哥这几年关照我的同学嘉仪,小弟先干了,说完,仰脖一饮而尽。彭霸天也不含糊,也干了。

洋酒这个东西,真是个魔鬼,马克的眼睛开始朦朦胧胧,一缕醇香从他的咽喉钻进心里,拽着他的魂魄,忽忽悠悠飘到无我的境界。

彭霸天指着茶几上高低错落的洋酒瓶,诡秘地一笑,说,怎么样,洋酒就是口感醇厚绵柔吧,我喜欢喝洋酒,中国的酒现在全是假的,我这里世界各地什么酒都有,今天,老哥我用美国金酒给你调制一种特别的"鸡尾酒"。说完,从茶几上端起一高脚杯,杯里已盛着大半杯琥珀色液体,彭霸天迅速拿起杜松子酒瓶,将手里的酒杯斟满,又从冰盒里夹了两个冰块放进杯里,递给马克说,兄弟,好事成双,干了它吧,保证口味清香奇异,一辈子也忘不了。

马克也不推辞,接过酒杯,诚心诚意地一仰脖子,又干了。瞬间,马克愣怔了,他惊诧地望着彭霸天,脱口问,怎么又酸又涩,有股尿的味道?

彭霸天狡黠地笑了,笑得面目狰狞,说,哈哈,一点不错,但不能这么说,太粗俗了,应该说,你喝的就是老哥的体液呀,确切地讲,是加了杜松子的"鸡尾酒",彭霸天收住笑,一本正经地说,从化学的角度讲,尿里含有人体所需的各种营养成分和微量元素,像钙,蛋白质,镁,枸橼酸,酸性黏多糖等等,都是好东西。我是化学系的学生,自然比你要清楚。今天,你和嘉仪都累了,我想给你补补……

话没说完,马克一记老拳重重地砸在彭霸天的脸上,打得他满脸开花,金光四射,身体随着轮椅重重地向后倒去。

没等彭霸天缓过神,马克青筋暴露,双手从轮椅里拎起龇牙咧嘴的彭霸天,朝他脸上狠狠地啐了一口,说,畜牲!彭霸天捂着满脸的血,不依不饶地嚎叫着,打呀,继续打呀!有本事兄弟你现在就把我打死,反正老子也活腻了。彭霸天喘了口气,继续说,你打一个残疾人真是英雄啊,别忘了,我可是江城残联副会长,属于邓朴方主席领导的部队,我还是民盟成员,市政协委员呢……你动手打我就是暴力对抗一级地方组织和领导,殴打知名人士,你懂吗?性质是严重的,你这是在犯罪!

马克气糊涂了,真是遇到一个天大的无赖。他想马上回家,可心中实在是抹不平,中秋佳节喝了情敌的一泡尿,这个奇耻大辱正如彭霸天所说,好事成双,真是一辈子也忘不了。

他松开彭霸天,干呕了几下,硬是没吐出来,嘴里冒着一股说不出来的骚味。不行,我受不了,这比窦娥还冤。马克站起身,像一头咆哮的狮子,围着彭霸天的轮椅乱转。不知什么时候,王嘉仪抱着胳膊冷漠地站在他俩面前,对马克说,我都知道了,马克,别难过,这些年我就是这么过来的,也该老天爷报应了我……嘉仪面露愧疚,脸红红地说,刚才在大舞台,我没陪你,现在,咱俩跳一曲,好好放松一下,你同意吗?海明?嘉仪拉着长调故意问彭霸天,没等他反应过来,拽着马克的胳膊跑向她的天地。

马克甩掉身上的西装,又扯掉白衬衫,露出饱满结实的胸脯。他转过身,缓缓地地对彭霸天说,彭哥,对不起你了。然后,狠狠地将嘉仪的腰肢揽到自己胸前,两只眼睛前所未有地喷着火注视着她。

酒能壮胆,酒让他毫不掩饰自己的欲望。六年前,马克从不敢这么直接地看嘉仪裸露的身体的,他觉得嘉仪是一个女神,每次两人在一起时,他多半是闭着眼睛用手触摸。他知道她拥有光滑的肌肤,也知道她身上哪里是丰腴的,哪里是纤细的,只是他不敢用眼睛去细细端详。现在,他却完全丧失了理智,彭霸天让他无所顾忌了,上帝他也顾不了了,以后再忏悔吧。他的目光在嘉仪圆润的肩膀、突翘的乳房、纤细的腰身上横扫着。

嘉仪仰视着马克,面颊绯红,慵懒而妩媚,周身洋溢着诱人气息,她轻声说了句过去他们亲热时的话,来,我们打架吧……

马克出其不意扳过嘉仪的下巴,深深地吻了她一下。她嘴里有股熟悉的淡淡的薄荷香,如此甘甜的亲吻,马克是六年后第一次品尝。他深吸一口,觉得身体膨胀得要爆炸了。嘉仪也来劲了,她想马克的吻有种野性的冲动,甚至有股放荡,但这正是她偏爱的——打破常规,超越极限。

前卫的音响里摇摆舞的炮声在轰鸣,肆虐,马克和嘉仪和着节奏,在较劲,在疯狂,在扭动……两人动作缠绵奔放,酣畅淋漓。渐渐地,他们从客厅游走到卧室,又进入一个崭新的天地。一张宽大华丽的西式大床雄霸在卧室中央,上面铺满做工精致、色泽绚丽的西式床罩,床单四周的流苏垂挂到地毯上,别有风情。

马克粗鲁地一把将嘉仪掀翻到床上,把她胸前唯一的红色尼龙紧身衫扯到一边,嘉仪饱满高耸而又光洁润滑的胸脯肆无忌惮地裸露在马克面前。他说,今晚,我俩把六年前缺的课补上!然后,他便埋头在她胸前疯狂亲吻起来。

嘉仪已完全陶醉,用手捧住他的头,修长的十指插入他的头发,把他一头艺术家的大背头揉搓得纷乱如麻,嘴里发出梦幻般的呓语。她从未想到马克会如此忘我的投入,过去的他,总是小心翼翼,缺少激情。但是今天,太特殊了,他是当着丈夫彭海明的面,做这件不光彩,但却是复仇和快意的事情,这是他们从未经历过的疯狂体验,过去在一起的时候,都不曾有过今天这样的肆无忌惮、淋漓尽致。她想今晚的目的终于达到了。

此刻,她在马克几乎粗暴的挤压揉搓下,差不多激动得要哭出来了,她很俗气地说,我爱你,我要嫁给你,我过去对不起你……马克不说话,继续猛烈地撞击着她,嘉仪觉得自己快要融化了,渐渐不存在了,变成马克身体的一部分。

忽然,嘉仪想起什么,对着门外客厅兴奋地大声叫喊,海明,老公,你快来救救我,你不能看着自己的老婆被别人欺负啊……

门外的音响仍在疯狂地吼着,就听见"嘭"的一声闷响,好像是彭霸天把酒瓶砸在自己的脑袋上了。

8

马克换了一张手机卡,这段时间以来,父母的越洋电话老是无休止地"问候"他,逼他去上海领事馆,他无奈,只好连同将家里的电话线也拔了。这样,梅馥在上海好几次都联系不上他,以为家里出了什么事,乘马克上班的时候打电话给他。

马克正闲得无聊,拿起听筒听到是梅馥温暖地叫了一声"大哥"时,眼眶有点湿,心里又酸酸的。两个多月了,自己的生活过得很颓废,梅馥的声音让他又回到了从前。梅馥急切地告诉他,她的"老朋友"已经有两个多月没来了,她有点担心是不是又怀孕了。马克听了很平静,在经历输卵管通水和做试管婴儿手术的失败后,对梅馥怀孕的事情是醍醐灌顶想开了,哀莫大于心死。他平淡地说,应该不会吧,你走之前的那天晚上,我不就交过两次"公粮"吗?

梅馥忐忑不安地说,我想也是,上个星期我们进修班组织去了一次普陀山旅游,还去了无锡影视城游览,我们爬山,坐了快艇,很刺激,肚子也没反应。大哥,明天我去附近超市买一张受孕试纸检测一下。

马克心不在焉地说,行,这阵子马嫣和爸妈老是打电话催我去上海领事馆,我挺烦,所以换了个手机卡,我把号码告诉你,不要告诉别人,有事发短信给我。

梅馥在另一端很平静地问,那你为什么不听爸妈的话呢?上次我们不是说好了吗?

马克不耐烦地说,你别老是把我俩的事和他们扯到一起,我已经向你表明过我的态度了,你怎么这么不自信呢?

梅馥在电话那一端不说话了,沉默了一会,她说,我从家带来的中药已全部喝完了,昨天,我和霄艳姐通了电话,告诉她我现在身体的状况,她答应再去中医院找吴老中医开半个月的中药用快件寄来。你要是见到她,一定要好好谢谢她!

马克连连说,好的,我现在很忙。说完,就赶紧挂了电话。

其实,他一点都不忙,晚上,李洪斌约他去金海洋浴场洗澡。

在包厢里,马克告诉大头,他决心悔过自新,像大头说的,"退一步海阔天空",明确地说,他想和梅馥收养一个女婴,因为大头过去说过,他们妇产科每年都收治过许多弃婴,最后都送到市福利院。毕竟是从小在一起穿开裆裤的兄弟,大头很爽快地答应了,说他一定帮他物色一个健康漂亮的小宝贝。这样,马克觉得自己和梅馥的未来生活会有所改变,心情也很愉快了。

俩人出了浴场已是午夜,马克去停车场找自己的车位,刚打开车门,猛地从身后窜出两个人,对着他的后脑勺狠狠地打了一闷棍,他眼前一黑,就什么都不知道了。不过,马克在那一瞬间意识到是谁干的了。

过程很简单,李大头开车把马克送到了弋峰医院妇产科急诊室,因为外科急诊室已经住满了病人,只好就地将他安排在两个大肚子妇女中间的病床上,观察了一夜。毕竟身强力壮,两个小时后,马克神志清醒,恢复了常态,他苦笑着紧握李大头的手,说,多亏你了。李大头作为知识分子,从未经历过如此的暴力场面,仍心有余悸地问,你不是和黑社会有关吧……马克说,我想打错人了。

马克在外科急诊室又住了两天,继续观察,脑CT做了也显示很正常,他放心了。他想应该感谢彭霸天,没让他放血,和那晚喝了他的"体液"有关,电影《无间道》里也讲:出来混,迟早是要还的。他认了,不过,这也警告他:游戏必须立即结束,和王嘉仪的关系必须永远的划上句号,否则,他前面就是万丈深渊。

马克出院后回到家,家里收拾得整洁有序,几天不在家,丈母娘把家里打扫得一尘不染,又从老家带了不少蔬菜瓜果存放在冰箱里,桌上摆了一桌刚烧好的菜,人已走了。马克心里一阵难过,他打了个电话给梅馥,告诉她和李洪斌商量的事,梅馥没有正面回答,说受孕试纸检测是阳性,应该是怀孕了。但她想一个星期后回家找李主任做个B超看看,马克说好。

人常说,躲了初一躲不了十五。马克既没躲过彭霸天给他安排的"初一",也没躲过他老婆给他安排的"十五",王嘉仪又来兴师问罪了。

那天,她趾高气扬来到马克的办公室,正在低头上网的马克一抬头,大惊失色,立刻送瘟神似地推着嘉仪朝门外走,办公室的其他同事也都纷纷看着他俩,脸上露出惊异和好奇的神色。

马克来不及和办公室罗主任打招呼,拽着王嘉仪下楼,像大人领着做错事的小孩,匆匆地上了他的那辆奇瑞。嘉仪今天穿得很特别,头戴驼色宽边帽,身穿收腰米色风衣,手戴一副豹纹手套,显得高贵而冷艳。马克绷着脸不说话,开车径直上了滨江大桥。在车上,王嘉仪颐指气使,她讥讽地问,这几天你很忙啊? 手机也换了,是不是想躲着不见我?

马克冷冷地说,对不起,我现在正上班,你有什么事,快讲。

嘉仪现在可以居高临下对待马克了,因为马妈亲自打电话给她,授权让她监督马克速去上海签证,而且,有了中秋之夜的鱼水之欢,她更可以无所顾忌了,便说,我姐让我转告你,限你在十一月底去上海交材料,你说呢?

马克勃然大怒,说,痴心妄想!

嘉仪也急了,火冒冒地说,那你总要为我考虑吧? 马克语气缓和下来,反问,考虑什么? 我们不就是一般朋友的关系吗?

嘉仪单刀直入,说,那天晚上怎么解释?

马克说,我当初还认为你不在乎呢。嘉仪气急败坏地说,谁说不在乎? 越是不在乎的人就越在乎! 而且,我还没到不在乎的那一步,你说,我俩下一步怎么办?

马克减速将车停在滨江大桥的路边,一幅玩世不恭的样子,说,我早说过了,你我阳关道独木桥各走一方!

"啪"的一声,嘉仪出其不意狠狠抽了马克一个耳光。马克捂着火辣辣的脸,盯着嘉仪,猛地扬手回了嘉仪一巴掌,想这叫礼尚往来,但嘴里说,好了,从小到大,我都让着你,现在你是大人了,我不能总让着你,有福同享!

嘉仪又哭又叫,探过身撕扯着马克,好久才平静下来。

马克长叹了一口气,点上一根烟,深吸一口,无比沧桑地说,嘉仪,实际上你只爱你自己,你永远希望别人按照你所希望的去做,可你从未重视过我的感受,今天你说的话,我可以听,也可以不听,仅此而已,因为在我最需要你的时候,你漠视了我的感情,今天这种结果是你一手造成的。

嘉仪哭着说,流氓!

马克不说话,继续沉默。

嘉仪激动了,说,如果你真是流氓,我就只有去死了。马克推开车门,说,你去呀,长江没有加盖子,如果你觉得这种方式不妥,可以上网查一查自杀网站,保证让你能毫无痛苦地了结自己。

嘉仪不说话了,哭得天昏地暗。

马克口气似乎温柔许多,说,该说的话都说了,该做的事都做了,我们从此谁也不欠谁的了。如果你继续一味纠缠,我就只好报警了。

9

12月19日是师大90周年校庆的日子,恰巧也是梅馥3个月短期进修班结束的日子。

那几天,马克特别忙,曾经作为外语学院的高材生,这次他被学院抽去做校庆接待工作。他找了老范,老范又找了罗主任和局长,这样单位照顾他,给了他一个星期的长假。马克具体的事情是安排校友住宿,布置外语学院图片展览室,印制烫金红色请柬。请柬做工精致,像结婚证书,上面写着:诚邀海内外校友,襄 90 华诞盛典,叙师生桃李深情……

于是,海内存知己,天涯若比邻,马克和嘉仪的兄弟姐妹们,从沿海、南方城市和大洋的另一端飞了过来,重返这块曾经给过他们灿烂和勇气的伊甸园。十多年后,再次相聚,大家抱在一起,痛哭流涕,嬉笑怒骂,曾经的美女陆敏娟,安然,企业家俞晟文,还有在澳洲做访问学者的姚东升,在马克和嘉仪的陪伴下,参观了新校园十二层的视听中心,学生公寓,有着西班牙建筑风格的综合楼……他们笑着,聊着,几多感叹,几多缅怀,但在马克和嘉仪面前,大家都共同回避一个话题:他俩曾经是最靓丽的一道风景线。哇噻,正所谓:有情人不能终成眷属。

近来,嘉仪的心情不错,在马妈的帮助下,她面试通过,已顺利拿到移民纸,计划在新年到来之前赴多伦多,当然,是悄悄地走。马克呢,心情也不错,老妈腰间盘突出的老毛病犯了,躺在多伦多,不能和老爸一起回来参加校庆,这样,二老不能找他麻烦了;彭霸天没有继续纠缠他了,他和嘉仪的关系还没有恶化到反目成仇的地步。他借校庆的机会,主动找嘉仪谈心,晓之以理,动之以情,痛陈婚外恋的弊端。嘉仪像陌生人一样看着他,目光空洞而冷漠,最后,竟然幽默了一把,说,我就是把心掏给你,你会踩一脚,说是肉饼……一切都结束了,月亮永远是见不到太阳的。最后一句话好像来自哪本爱情小说,很有哲理,但语调透着一丝不易察觉的怨恨。马克心里窃喜,这正是我需要的结果,便说,希望你化悲痛为力量。

按计划,校庆那天晚上,加上感恩节和圣诞节的到来,外教俱乐部自然要举办一个盛大的晚会,这样,王嘉仪当仁不让成了最热门的人物。她将和她的拉丁舞学校的学员们闪亮登场;还要和陆敏娟、安然朗诵简·奥斯丁的《理智与情感》中的片断;另外,和姚东升友情客串一段探戈舞;当然,还要和马克深情地演唱一首爱情电影《一往无前》(Walk the line)的插曲《Jackson》,他俩将分别扮演剧中的乡村歌手约翰和琼。

彩排试唱的那天,嘉仪背着马克,找到校留学生电声乐队的电吉他手,一个金发小伙子,叮嘱他要按照电影剧情设计的风格,在他俩演唱这首轻松明快的歌曲中间,为约翰和琼留下较长时间的间奏曲,好让他俩说说话。金发小伙子连声用中文说,包您满意。

试唱效果极佳,两人配合默契,心领神会。马克想,有过肌肤之亲,感觉就不一样。嘉仪漫不经心地问他,看过电影吗?马克不假思索地说,没有,歌唱得好不就完了吗。嘉仪想就怕你看过。

　　校庆大会开始不久,乘着市领导和校领导在主席台上发表热情洋溢的讲话之际,马克开车溜回到单位门口,打电话让周霄艳下来,将家里的钥匙交给她,委托她下午三点开车去火车站接梅馥回家。周霄艳接过钥匙,大大方方地说,你忙你的吧,说完,扭头就走了。马克望着她的背影想,马周外交关系还没正常化。

　　激动人心的晚会开始了。整个晚上,嘉仪成了闪亮的明星,她上窜下跳,风景这边独好。终于轮到她和马克上场了,在色彩斑斓的灯光照射下,嘉仪的美丽和傲慢让台下的姚东升、俞晟文们再次眩目和心跳。此刻的嘉仪,上身穿着一件艳黄色尼龙紧身衫,下身套上一截缀满宝石的皮短裙,穿着高跟鞋的双脚交叉踩在一条直线上,目不斜视,长发飘飘,站在她身边的马克被她的美逼得连打两个喷嚏,像个小丑,分不清是感动还是感冒了。台下一片笑声,马克放眼望去,台下除了往届校友同学外,大部分是他熟悉的学院的老教授和他们的家属,还有不少花花绿绿的老外。

　　震耳欲聋的乡村音乐响起,约翰和琼开始演唱:

We got married in a fever, hotter than a pepper sprout,

We've been talkin' 'bout Jackson, ever since the fire went out.

I'm goin' to Jackson, I'm gonna mess around,

Yeah, I'm goin' to Jackson,

Look out Jackson town.

　　琼蹬掉高跟鞋,像只快乐的小燕子,拍着巴掌,欢快地唱了起来。约翰也被她的情绪感染,俩人站在麦克风前,边唱边摇摆着,如痴如醉,忘乎所以。姚东升陆敏娟们在台下和着节奏大呼小叫,发疯地鼓掌。

　　终于到了间奏曲的时候,琼回身示意那个金发小伙子,他心领神会,对身边的电贝司、电子琴、萨克斯管以及架子鼓的演奏员做了个手势,奔放舒展的间奏曲踩着架子鼓的节拍,汹涌澎湃,像是催着琼和约翰要说些什么。

　　琼转过身,摇身一变,逼视着约翰,大声说,我爱你,马克!

约翰一窘,继而反应过来,急急地说,我也爱你! 嘉仪,继续唱……。

琼拿起麦克风又说,可你是个流氓!

约翰一哆嗦,手中的麦克风差点掉到地上。

他恨不得钻进地缝,他咬牙切齿小声对着琼吼着,你疯了吗?……

琼抬起头,仇恨的眼睛直逼约翰,她一字一顿地说,各位老师,叔叔阿姨,还有娟子和东升,您们最清楚,我和马克从小青梅竹马,但是,他埋葬了我的青春和爱情,六年前,在我们就要结婚的时候他抛弃了我,而且,这六年多的时间,他一直无休止地纠缠我,玩弄了我的感情,让我身心疲惫,痛苦不堪,今天,在我即将出国之前,我要向大家揭露他丑恶的嘴脸……

间奏曲还在不依不饶地震撼着,几个洋人演奏手对所发生的一切全然不知,摆弄着手中的家伙,仍在自我陶醉着。

约翰那张脸由白变青,双唇不住地颤抖,他真恨不得上前撕碎琼,但是,他意识到必须克制自己,已经信耶稣了,中秋之夜已酿成大错,不能再犯错了,这是一场闹剧,绝不能上圈套。

台下滚过一阵嘘声和惊叹的尖叫声。安然陆敏娟和俞晟文们面面相觑,嘴唇嗫嚅着,惊骇地看着台上的俩人,不相信眼前发生的一切。拄着拐杖的老教授和老邻居们,个个摇头,唏嘘不已,窘迫地抬不起头,有的干脆站起身朝场外走,几个抱着胳膊年轻的老外嘴里嚼着口香糖,漫不经心地问,What's the hell going on? (到底怎么了?)……

间奏曲还在理直气壮地回响着。

约翰扔掉麦克风,抽身想走,琼顺势用手紧紧封住他的衣襟,气宇轩昂地说,你今天必须当着所有人的面,向我表示道歉!

约翰愤怒了,像一头咆哮的公牛,狠狠地拧开琼的纤细的双臂,低低地吼了一声,无耻! 他想和她终于撕破脸了。

琼对着约翰那张扭曲的脸恶狠狠地啐了一口,大声说,Fuck you!(去你妈的!)说完,拎起高跟鞋旋风般地没影了。

这句世界语终于震惊了在场的所有人,间奏曲嘎然而止,全场哗然,秩序有点乱。马克站在舞台中间,衣衫不整,呆若木鸡。整个闹剧不过三分钟,但他像过了二十年,一下子老了许多。几个学生模样的工作人员飞快地上台,像搀扶老爷爷似地簇拥着他,走向后台,漂亮的女学生赶紧报下一个节目了。

　　马克站在后台黑暗的走廊上,失魂落魄,仍在发呆,身边的后台门突然被推开,明亮的灯光一下子流泻进来,他的心忽地又被点亮了,梅馥和周霄艳外星人似的缓缓走近他,马克的眼泪立刻就流了出来,而且流得很厉害,他又看到了六年前的梅馥,她的眼睛又大又亮,满脸通红,额头闪着亮晶晶的汗珠。

　　结局和小说电影模式一样,比较圆满。梅馥走上前,紧紧搂住马克,咬着他的耳朵说,大哥,我想你,下了火车霄艳姐带我找了李主任做了 B 超,李主任激动地说,这次我真的是自然怀孕了,B 超显示一切正常,已经有了胎心和胎动,估计预产期是在明年六月,你真的要做爸爸了……

　　马克仍不说话,紧紧拥住梅馥,眼泪仍在止不住地流淌着。

　　梅馥也泪眼婆娑,说,大哥,我今天坐车累了,想回家……

　　马克像是从梦中醒来,连连说,回家,回家,你现在不打喷嚏了吧?

　　梅馥破涕而笑,嗔怪地说,你瞎说什么啊,打喷嚏也没事了,普陀山都爬过了,怕什么,今后注意点就行了。可现在回不了家,防盗门的锁眼被口香糖堵住了。

　　马克说,我有办法!

　　一转身,周霄艳已不见了,马克便抱着梅馥走出后台的门。

——刊自《百花洲》2009 年第 2 期

归　宿

傍晚，檀教授喝过皮蛋瘦肉粥后有个习惯，把自己舒舒服服塞进客厅的破长沙发里，眯上眼睛听电视。已是深秋，他身上盖着毛毛豆豆上幼儿园睡过的踏花小薄褥子，好像远在天边的孙子孙女就贴在他身上，总能感到一股隐隐约约的暖意。然而，暖意之后，内心深处还伴着一股说不出的窝火：半个月前，毛毛在自家花园里站在木梯上摘樱桃的时候摔下来，右胳膊现在还打着石膏呢。哼，两个大活人就知道整天满世界飞，孩子这么大了都管不好，瞎揪！（扬州方言：做事没有章法）檀教授在心里骂了一句。

央视二套经济信息联播正热火朝天讨论股市问题，全球对粮食的需求问题。主持人正襟危坐，还邀请了专家，他很有信心地说上证指数明年将在 4000 点上下调整，水泥、钢铁、铁路等行业将会有较好的表现。另外，明年世界主要农副产品的价格将进一步大幅上涨。屏幕下方即时滚动新闻跳出消息：据共同社 17 日报道，访问朝鲜的美国研究人员透露有关朝鲜核武器的最新动态。

股市和粮食问题与他教授的古代汉语联系不大，他无需关注，尽可闭目养神。只有电视此刻凑凑热闹让他心满意足，没办法，站了三十多年的讲台，就怕冷清。因为，这个时间段倪老师不会搭理他，她必须在阳台上窸窸窣窣侍弄一番花草，随便吟诵一句"今年花落颜色改，明年花开复谁在"之类的诗词，很有黛玉葬花的缠绵。然后呢，再漫不经心收拾衣架上的衣服床单，有时，还要眺望远处江边的太阳映照着中江塔慢慢落下，眼里闪着泪光说，还是洛杉矶的夕阳像个红苹果呢。

不知过了多久，檀教授已经微微打鼾，然而，就在电视里一个不男不女的主持人摆着招牌式的动作嗲声嗲气地说了一句"Yeah!"的时候，儿子东尧"嘭嘭"敲着盼盼防盗门，在门外吼着，爸——妈——，开门！声音气势都在。檀教授身子一抖,心脏哆哆嗦嗦一阵乱跳,胸口像揣了只小白兔一蹦一跳波澜起伏,真好像冠心病要犯了。他喘着粗气,艰难地坐起身,摸索着拉开门,东尧满脸阳光提着拉杆行李箱,旋风一样刮进门,顺手还稳稳地扶着老爸的胳膊。

还是老样子,皮肤黝黑,花格牛仔衬衫裹着宽阔的肩膀,一米八的身材魁梧得像宽银幕电影,挺拔的鼻梁上架着金边眼镜,目光坚定而温和。

爸,妈呢? 东尧东张西望,大声问,口气兴奋而不安。

老爸呼哧喘着气,一甩胳膊,说,别扶我,我和你妈好得很! 看你穷急吼吼的样子!

爸,你怎么了? 东尧冷不丁挨了一闷棍,愣怔地望着父亲。也难怪,从小到大,只要东尧有什么高兴的事,父亲就残忍地提醒他,甚至奚落他,也就是在这种泼冷水式的教育下,东尧戒骄戒躁,茁壮成长。因为酷爱天文和爱因斯坦,他就成了研究黑洞物理方面的科学家,整天德国意大利国内满世界讲学做试验带博士,还成了享受政府特殊津贴的专家。

还好意思问! 檀教授靠在沙发上,嚷嚷开了,看你把家弄得一铺狼烟的(扬州方言:乱七八糟)! 你和小梅一个在波士顿一个在深圳,一走就大半个月,噢,把两个霞崽(扬州方言:孩子)就交给墨西哥保姆,都不管啦,毛毛能不出事吗? 还教授呢,愣种!(扬州方言:做事不计后果的人)

东尧尴尬地一笑,小心翼翼地说,上次电话不说了吗,吉米最近也不知怎么逆反心理很严重,总是捣乱,是他推的吉妮,要不是阿曼达在一边挡着,情况会更严重。

算了,别跟我板板六十四的(扬州方言:一本正经),檀教授火更大了,什么吉米吉妮的,你不能讲中国话吗!

东尧憨厚地嘿嘿笑了,坐到老爸跟前,双手按住他的双肩,很习惯很自然地轻轻揉捏着,他调皮地一笑,拉长声音说,爸,算我错了,我这是扎怪(扬州方言:作怪),好了吧。

这句话是俩人讲和的信号,檀教授闭上眼睛不出声了,一种麻酥酥的感觉从肩头传遍全身,很受用,心里的气也消了不少。

东尧嘴狡黠地一动,清清嗓子继续说,爸,一年半没回来真有点想家哪,本来在科大博士点开个会直接到上海飞L.A(洛杉矶)。上次母校校庆市领导把我弄到宾馆住了一个星期,实在别扭,还是没有睡行军床自在啊。

东尧话音刚落,就听见一声 My God,倪老师风驰电掣般地从阳台冲到东尧跟前,富态的身子一下扑到高大帅气的儿子怀里,贪婪地呼吸着儿子体内散发出淡淡的古龙香水气味,神经质地问,你电话讲不是不回来了吗?不回来了吗?……她捶打着儿子,声音有点变了。东尧搂着妈,像瓦西里从前线回来搂着妻子。

檀教授白了老伴一眼,揶揄地说,哼,描眉画眼的,整天打扮得花枝招展,还为人师表呢!

倪老师猛地抬头,啐了一声,还要我揭你老底?好好反省你这段时间的表现吧!别以为我不知道!她嗔怒地瞪了檀教授一眼,转过那张满是皱纹却又保养得体的脸说,阿拉这辈子跟伊算是触了大霉头了,还教中文的,一点情趣都没有!唉,真是多情却被无情恼。倪老师引用了一句东坡老师的诗,然后阴转晴天,沾沾自喜地说,东东,侬晓得伐,我这件紫罗兰衬衫还是你去年在夏威夷买的呢,好看吗?说着,她很纯情地仰视着儿子,原地转了个圈,东尧微笑地频频点头,歪着脑袋很美国地耸耸肩,装腔作势地说,You look gorgeous(你的穿着真好看)!说着,熟门熟路搂着妈妈的水桶腰,在客厅里面走了个狐步,又来了个华尔兹旋转,妈妈很配合很投入,当然,跳得跟赵丽蓉差不多。

老婆一顿数落像热锅炒豆子嘎嘣脆,檀教授心里堵得慌,又不好发作,夫妻俩吵架 PK 一辈子,互有胜负,当年,倪老师风华正茂的时候,在英语系教英美概况,却偏爱《牡丹亭》和“采采卷耳,不盈顷筐,嗟我怀人,置彼周行”之类的封资修玩意儿,于是,她就和檀教授对上路了,可对上路后,才发现理想和现实相去甚远,后悔也就晚了。譬如,倪老师痛恨檀教授喜欢搓脚丫子后不洗手就吃饭,而谭教授呢,笑话她自己不嗑瓜子,看到别人嘴里吐着瓜子皮浑身就起鸡皮疙瘩。这样一来,两人磕磕绊绊,争吵免不了,年轻的时候还动过手。今天檀教授输了,输得有点儿心虚,但是又不甘心,便嘟嚷着说,没正经,光顾高兴,也不问问阿东吃了没有。

倪老师恍然大悟,连忙说,儿子,妈这就给你盛碗皮蛋瘦肉粥去。

东尧摆摆手,笑着说,不瞒您说,姆妈,我中午就没吃,一直憋到现在,您还不知道我的老毛病吗,不就好老孙家的小锅贴和鸭血汤啊。他做了个鬼脸,急不可待地蹬蹬下楼去了。

快一个小时后,东尧满头大汗满脸红光跨进门,喜滋滋地说,爸,真是呱呱叫啊,我还吃了两碗煮干丝呢。这下回去非馋死小梅不可。唉,可惜老孙头去年脑溢血去世了,东尧感叹一声,我吃了他整整十年的鸭血汤啊,刚才我丢给他小儿子孙胖子一百块钱,小伙子硬不要。哦,对了,爸,小梅特别叮嘱我请您这次一定烧一碗扬州狮子头带去呢。

檀教授满脸笑意地说,等你带回家不捂臭了才怪呢! 再说,过关给检查出来怎么办?

东尧说,上回我不是带过一碗咸鱼烧肉吗? 没事,只要真空包装就可以了。

檀教授慈爱地注视着儿子,朝书房一呶嘴,你妈把行军床支好了,这个老婆子疯疯癫癫的正翻你的行李箱呢,还不过去看看,她在窥探你的隐私呢。老爸口气有点幸灾乐祸。

东尧走进书房,果然,倪老师正在书房里大呼小叫,行李箱摊开来,地板上花花绿绿地散落了一大片东西,琳琅满目,全是世界名牌,什么 Chanel No.5 牌香水,Gucci 皮鞋,吉列三涡轮电动剃须刀,还有发卡、眼影、口红等女人用品,再有就是围巾棉外套之类的服装,还有一盒咖喱粉。倪老师啧啧感叹,还是阿东最关心爸妈呦,哪像阿敏这个小妖精,整天打电话吵着要和 Peter 闹离婚,你爸这个老不正经的还护着她,唉!

东尧说,小敏上个月去我哪儿,这盒泰国咖喱粉是她让我带回来的。

倪老师火冒三丈,她不知道我一闻那味就吐吗? 还不是孝顺她的 Dady 呢。对了,她是不是让你劝我同意她离婚?

东尧点点头。

倪老师怒目圆睁,咬牙切齿从嘴里迸出四个字,我,不,同,意!

东尧轻轻拍着妈的后背,岔开话笑着说,妈,别生气啊,我话没说完呢,小敏现在过得不错。这次转道从东京过来,我走得匆忙,除了这件棉外套和那把剃须刀是给您和爸的外,其余都是给刘畅和大头买的。

倪老师那双正忙得热气腾腾的双手突然停在半空中僵住了,她张着嘴,有些愕然,望着儿子半天没吭声,表情失落又复杂。

东尧盘腿坐在地板上,双手扶住老妈的肩膀,开始做思想工作,妈,我在家就待两天,然后去香港理工大学交代一些事情就回家,刚才我和大头通了电话,让他马上过来,把他宝贝女儿的申请材料交给我,这孩子 GRE 和 TOE-FEL 成绩考得都不错,我已经和 UCLA(加州大学洛杉矶分校)的护理学院联系好了,给她申请了奖学金。另外呢,来之前我和小梅商量过了,争取把刘畅接过去散散心,小梅说她一个人孤苦伶仃的实在可怜。

倪老师怄气般扭过身,说,侬个憨大,还是科学家呢,门槛勿要太精哦,小畅现在是忧郁症转变成轻度精神分裂症,刚从医院回来,你送这些口红她还用的着吗。她爸妈都没办法了,你能管得了?

东尧说,妈,我们从小一起长大,她太要强了,情感上受了刺激也有我的原因啊。大头嘛救过我的命,我能看着不管吗?

倪老师气呼呼地说,他救了你的命不错,侬哪能报他一辈子恩呀,再说,侬哪次回来也没亏待过他,唉! 这也应该,说着,口气软下来,你们不在家,为民把你爸和我当作父母,他在新街口菜市场支了个摊,从早累到晚,还天天给我们送蔬菜。唉,小畅跟侬真是勿搭界了。这种病一辈子是治不好的,你还不了愿! OK?

东尧轻叹一口气,喃喃地说,我那儿条件可能好些,但上海领事馆拒签率较高,我想下次去北京给她申请 B-2 短期签证,I'll try my best(我会尽力的),只能这样了。

正说话,李大头敲门了。他拎着一大篮子芹菜西红柿进门就高声大语,像回到自己的家,嘿,科学家回来了,你来就来呗,还带什么礼物给我! 大家被他的活宝样逗乐了,东尧说,就你贪得无厌,不拿自己当外人。

李大头说,我凭什么把自己当外人,这也是我爸妈,你们在地球那边快活,就不管空穴老人哪? 哼,告诉你,你不仅要管,还要管你的大侄女呢! 他将一个大信封忽地仍给东尧,东尧双手捧住,说,那是空巢老人。大头不服气,一梗脖子,就你有文化,你就不能给我留点儿面子吗! 从小到大都生活在你的阴影之下,你连考试卷都替我做过,想想我就害在你手里! 东尧给了他一拳说,我比窦娥还冤哪。大头嘎嘎乐了,他麻利地从菜篮里拽出一个小塑料袋,递给倪老师说,倪妈,这是昨天在花鸟市场买的牡丹和蝴蝶兰种子。倪老师忙不迭地说谢谢,然后告诉东尧,让他带回洛杉矶交给从南通来的施阿姨,她就住他家右前方的 Rose R. Block,因为倪老师曾在她家打过安庆小麻将,施阿姨托过她要买花籽。东尧挠挠头说想不起是谁,倪老师一拍他脑门,说就是那回全家在 Southwest museum(西南博物馆)大门口碰见过的脸上有黑痣的阿姨。东尧终于想起来了,他皱着眉说,Stonewood shop center(斯特伍德购物中心)不是有的卖吗。倪老师眼一瞪,正色地说,我就要让祖国的花朵开在美国!不行吗!对,李大头也附和着说,我和李琼说好了,等她落脚站稳了,我和她妈都去那里卖菜,顺便再和施瓦辛格交个朋友。不行吗!东尧无奈地笑着摇摇头。大头认真地说,别瞧不起人呐,真的,我们有这个想法呢。檀教授问,为民啊,最近菜好卖吗?大头唉了一声,檀伯伯,整天累死累活的,天天缴税缴费,还陪着笑脸,挣得钱还不够阿东买张飞机票的,不过,我也知足了,没听手机段子讲吗,今年最幸福的人是五月没在汶川,其次是没进股市,否则姚明进去,潘长江出来,西服进去,三点式出来,就是地球进去,也是乒乓球出来,其实那些都没什么,最值得高兴的,就是我们已经长大了,不用天天喝三鹿奶粉啦!大家都笑了。东尧说,别贫嘴了,把你的皮鞋拿走。

　　忽然,李大头想起什么,揪着东尧的胳膊朝门外走,东尧纳闷地问干什么,大头说,规矩不能破,泡妞洗澡请不起,看电影接受革命教育总可以吧,今天是《巴黎圣母院》和《叶塞妮亚》,怎么样?李大头兴致勃勃,楼下教工俱乐部有个放映厅,专放教学片和一些老电影,东尧每次回来,这是和大头的保留节目。看电影也是刘畅东尧小敏几个孩子小时候的共同爱好,一到暑假,几个人五分钱奶油冰棍一人一根,肆无忌惮地吮着,嘻嘻哈哈,猫在东方红电影院就是一个下午,吹着防空洞送来的冷气,既避暑又快活。然后,沿着长街黝黑滑溜的石板路,刘畅几个女孩子麻雀似的叽叽喳喳,跳房子,踢毽子,蹦蹦跳跳,有时候缠着大人买一碗藕稀饭或者凉粉皮,吃吃喝喝;大头他们几个呢,来到巍峨的中江塔脚下的青弋江畔,比赛似的一身上下扒得精光,在波光塔影里跳入清澈的河水里,周围立刻响起噼哩啪啦的戏水声,日落影移,陶然悠然。然而,有一天出事了,李为民奋不顾身地从漩涡里拽出了檀东尧,东尧被拉上岸时,气若游丝,嘴角淅沥沥淌出一线黏涎。往事悠悠,让东尧心驰神往,可他嘴里却说,我今天太累了。

　　早上,东尧醒得迟,眼睛没睁开,就听见两个老的又开战了。交战的原因很简单,倪老师还是想趁儿子在家彻底清扫一次卫生,把客厅的长沙发、书柜、拐橱和东尧小俩口结婚时堆放在储藏室的坛坛罐罐都扔掉。这个问题像巴以冲突几十年悬而未决。檀教授铁青着脸,边咳嗽边呼噜着表示坚决不同意,他从沙发里直了腰身说,你是越老越糊涂,换了沙发你不知道我睡不着觉啊,再说,那些柜子橱子我看了大半辈子,都是活人,要扔连我一起扔好了。倪老师那张经过精心修饰的眉眼分明荡溢着一种浓重的怨气,描了口红的嘴里吐出的话带着钢刺刺的绣花针,她噼里啪啦尖着嗓子说,受够了!受够了!这一辈子就是和你这个老古董还有垃圾生活在一起,一到黄梅天到处都是霉臭的味道!她也铿锵有力地表示这次如果不做改革就和他拼了。

　　东尧连滚带爬从行军床上跳下来赶到客厅,揉着眼睛不着边际地劝了爸爸几句话,檀教授又是一甩胳膊,脸涨得通红说,老都老了还神悉武悉的(扬州方言:神气的样子),你别护着她!东尧只好可怜巴巴来到厨房,倪老师气得把电磁锅朝门外扔去,东尧眼疾手快,伸出手没接住,右胳膊被瞬间飞来的电磁锅把手拉了道血口,血马上涌出来,哎呀,倪老师尖叫一声,战争立刻结束了。她懊恼得直跺脚,朝客厅凶神恶煞地吼了一声,老家败!都是你害的!檀教授拿来纱布和碘酒,虎着脸递给东尧。东尧笑笑说,看来只有武装流血才能解决冲突。最后,在东尧的调解下,双方达成协议,在确保双方的基本利益不受损害的前提下适当做些调整,客厅长沙发有碍美观必须换成真皮沙发,储藏室里东尧小俩口结婚时的家什全部清理掉,老爸眼里的那些"大活人"依然各就各位,由东尧负责修缮。但是,檀教授不依不饶冲着东尧又嚷嚷了几句,夹着本书"砰"地带上门去系资料室了。

　　东尧和妈击掌庆贺,说,这是历史性的胜利。然后,他飞快地找出纸笔,记录下需要做的事情。他先下楼去五金商店买了必需的配件,回到家第一件事把卫生间的抽水马桶垫盖包上一圈绒布,然后仔细检查大衣柜的5个挂钩,已经断掉3个,另2个钩子已经氧化松动了,难怪沙发上到处是衣服。等5个挂钩全部换掉后,他忽然想起电磁锅铁把手松了,必须换两个垫片把反面螺丝帽紧几圈就可以了,可是垫片工具箱里没有,对了,卧室的吊灯坏了一个灯泡,阳台沙门和纱窗滑轮坏了也要换。另外,厨房整体橱柜上面的印花瓷砖表面,裂了一道长长的像科罗拉多大峡谷一样深的裂缝,必须买瓶强力粘胶。于是,他又噔噔下楼跑了一趟商店,等回来时已经满头大汗了,他干脆扯掉衬衫,光着膀子干起来,后背上的三角肌因为他不停地旋转着螺丝刀也跟着起伏拉扯着,可以感觉到一股力在他的筋骨间来回游走,一边的倪老师心疼地递了瓶矿泉水,东尧低着头说,加冰块。倪老师赶紧去开冰箱,嘴里还絮絮叨叨,今年你爸带了个女研究生,长得真像林青霞呦,小丫头动不动就跑到家里请教,老头子像换了个人,念起书来摇头晃脑,长吁短叹的,竟然念什么"亲卿爱卿,是以卿卿,我不卿卿,谁当卿卿"的肉麻诗,听着我就烦,我就恨! 她控诉完老的,又开始数落小的,想想你这个疯妹妹我就有气,仗着自己漂亮。东尧费了好大劲终于将沙门的滑轮固定住,用力一拉门,纱门滑动没有吱吱声了,他满足地舒了口气,见妈心情不错,便把小敏的事情详细地汇报了。他说,小敏倔脾气,但心肠像姆妈一样老好哎,要不是 Peter 在外面又养了一个,她不会离开新加坡的。倪老师沉默了半天,长叹一口气,擦擦眼窝里的泪花,勉强一笑,问,那肚子里的小囡呢?东尧轻轻说,abortion(流产),She's in Ohio(现在俄亥俄州),和我同学宋贵辉在一起,就是那个长得像冯巩似的大个子,每次来我们家喜欢说笑话,小敏对他印象特深。倪老师语气沉重地说,阿东,小敏任性,又喜欢白相相,侬要多护着她,还有,伊个哮喘一到冬天就容易犯……倪老师有点啜泣了,东尧紧紧搂了一下妈。

接下来,东尧从行李箱翻出相机走进储藏室,翻箱倒柜,把衣服被褥还有毛毛豆豆的玩具全部摊开来,咔擦咔擦一阵拍,只留下几本相册外,其余都让废品收购站的小工把这段历史搬走了。

家务活也干得差不多了,东尧刚想喘口气,手机就响了,他接了两个电话,第一个是他带的博士生从科大打来的,他们谈的是地球和空间探测试验方面的事情,很遥远,涉及到光谱仪和大气层等方面,还有野外科学观测研究站,和锅碗瓢盆勿搭界,倪老师在一旁大眼瞪小眼,但面若桃花满心欢喜地注视着儿子。儿子说话果断从容,语气抑扬顿挫铿锵有力。第二个电话是夫人小梅打来的,他的语调立刻低沉下来,小梅带着哭音央求他快回家,吉米吉妮要造反了。

东尧问为什么,小梅像躲着谁似的小声用英语说,Jane asks me to get mother-and-daughter tattoos, or she'll fast.(吉妮让我做个母女纹身,不然她就绝食)。

东尧哭笑不得,说,yeah, tell her, right after you get nose pierced(好吧,告诉她等你打了鼻环再说)。小梅幽怨地说,东尧,谁还有心思和你开玩笑呢。

一旁的倪老师轧出苗头,从东尧手里抢过电话问,阿梅,侬有啥事体啊?小梅只好一五一十把孩子们的表现说了一遍。倪老师立刻叫吉妮听电话,然后,就听见她的洋泾浜夹杂着"honey"、"sweet"叫唤了半天,最后算是弄清楚了小捣蛋鬼的意思,毕竟是大学英语老师,她义正辞严地说,you want a tattoo, but you're not getting one!（你想纹身，但是不行）她晓之以理说了半天，吉妮像没听懂，脆生生地回了一句，when I am in trouble, daddy always says everything is going to be fine, I hate him, I feel lonely.（我一遇到麻烦，爸爸总是说一切都会好起来，我讨厌他，我很孤单）说着，掐了电话。

倪老师转过身来，一改刚才的慈爱，厉声问，都听见啦，是你说的吗？东尧神色黯然地点点头。倪老师火了，有你这么教育孩子的吗！东尧只好耐下性子解释说这种情况在那里很普遍，每逢周末，父母不在身边的孩子总会聚在一起，纹身这个主意肯定是吉妮从别的孩子那儿得到的。其实，这倒没什么，最担心的还是怕她 take pills（嗑药）……倪老师喃喃地说，唉，看来我和你爸明年还是要去一趟。

东尧掩饰不住内心的高兴，求之不得啊姆妈，明年春天，我们决定搬到南好莱坞区，房子在半山坡上，视野更开阔，有两个花园呢，你就尽情地种花种草吧。不过，爸会同意吗，现在系里有课又带研究生的……倪老师正色说，再忙也得去！伊拉独自看门我不放心！东尧明知故问，为什么？倪老师说，管那么多事干啥，侬想吃记头挞啊（用手轻拍后脑勺）！东尧摸着脑袋笑了。

东尧早早吃过晚饭来到中江塔边，他还肩负着吉米的重托，也是孩子的课外作业，他要将一只漂流瓶扔进浩瀚的长江里，希望它带着一切美好的祝愿从东海口一直飘到大洋彼岸。东尧拿出纸笔，匆匆用中英文写下一句话：
吉米：让我们从这里开始击球吧，希望你们都有本垒打的好运气。
爸爸妈妈　中国　江城
他用 DV 机摄录下这一切后，把纸条封好奋力将漂流瓶扔向宽阔的江面。夜幕已浓，站在中江塔下眺望远处，月华皎皎，渔火点点，东尧内心有种说不出的滋味。一切都没变，一切都在变化着。上次校庆回来，市领导陪着他们转了一圈，旅游码头、海关公园、滨江特色商业走廊，有着百年历史的海关楼和太古楼，这些建筑中西合璧，气势宏伟，但是，参观归参观，东尧就是没找到回家的感觉。现在，漫步在由夹竹桃和小叶榕编织的林荫道上，一切是那么陌生和熟悉，他竟然看到一个黄头发的老外牵着条牧羊犬悠闲地散步，还低声和狗进行跨物种交谈，他的心空荡荡的，觉得自己不属于这里，于是，立刻转身大步走向长街，不一会儿，终于踏上那条悠长的石板路，他踏实了，仿佛置身于一出旧戏场景中，融入一张黑白老照片的氛围中。这些黝黑的方石块块相连，紧密而匀整，洪水及内乱的肆虐、喧嚣与荣华的盛景，都未能改变它——十里长街，从过去一直延伸到现在……街两边的楼阁和店铺经过修整，依然古色古香，遗留着当年特有的温馨和沉郁。胡开文墨店、老余昌钟表、赵云生剪刀……毕竟成尘，这里已成为文物保护的重地，一些房屋断墙被划上大大的"拆"字，街上冷冷清清，偶有几个行人也行色匆匆，日光之下，原无新事！

　　他终于找到那间熟悉的老屋。来之前，妈妈提醒他刘畅的精神状态不稳定，她父母已从学校后勤处退休住在市区，目前只有一个表姐陪她住在这里，好像只有这里才能够减少她发病的次数。东尧也是这次回来才知道刘畅的情况。和东尧分手后，她立即和黄梅戏校的同班同学谈起恋爱，海誓山盟，轰轰烈烈，后来这位市长的儿子去了德国，她飞蛾扑火，做了流产手术，就弄成现在的样子。他轻轻叩门，开门的是位眉目慈祥的中年妇女，应该是她的表姐。

　　一番自我介绍后，东尧进屋坐下，他抬头环顾四周，光线昏暗，当头悬着一盏结着蜘蛛网的白炽灯，屋里散发着樟脑丸的气息，高高的木棂窗上糊着旧报纸，刘畅和身横躺在一张大床上睡觉。床的周围是一排旧书架和一些杂物。东尧有点局促不安。表姐递给他一杯茶小声解释说小畅刚出院，按医嘱每天晚饭前她要把镇静的药粉偷偷掺到饭菜里，刘畅吃过饭由于镇静催眠的作用总要躺一会儿。东尧点点头，简单询问了她的治疗情况。他注视着躺在床上的刘畅，依旧美丽宁静，他无法想像一个优雅知性的女孩会得这种病，她睡得是这样的安静，安静的像在沉思。小时候她就是个淑女的胚子，她懂得自己的美，会打扮，无论穿什么衣服，窈窕腰身，一条曲线从饱满的前额，高高的鼻梁、尖下巴直到颀长的脖颈，要多有气质就多有气质，最摄人魂魄的是她那双黑郁郁的葡萄眼，像一潭深水，平时淡淡的，可一旦击中某人，只需那么一瞥，没有不被命中的。当年，东尧就曾经被击中过。

　　刘畅终于醒了，她坐起身，捋了一下有些凌乱的黑发，朦朦胧胧抬起头，看到东尧，足有五秒钟时间没说话，张着嘴，那双好看的眼睛散发出迷乱和惊愕的光芒，好半天她才缓缓嘶哑着嗓音说，小东，真的是你啊……她慌乱地整了整衣襟，那双手不知往哪儿放。

　　东尧心里像给针刺了一下揪心的痛。眼前的刘畅样子虽然没变，但面容憔悴，动作迟缓。他迅速调整好情绪，很随意地笑笑说，小畅你好，真是好多年没见,你还是老样子。我听大头说你搬到这里来了,害我找得好苦呢。

刘畅低着头羞怯地说,嗯……谢谢你来看我,小梅和毛毛豆豆还好吧。

东尧点点头说,很好,小梅还让我给你带了些东西呢。他把化妆品袋子递给刘畅,她不好意思地接过来说了声谢谢,漫不经心地聊起单位的事。黄梅剧团工资发不出来,她闲在家没事,无师自通,学会了拉大提琴。东尧迎合着她的话题,搜肠刮肚聊起了马友友、圣桑以及格拉祖沃夫的《游吟诗人之歌》等等。刘畅渐渐放松下来,话也多了,东尧见她情绪不错,还算正常,就把他和小梅邀请她去美国度假的事说了出来。

刘畅抚摸着花花绿绿的化妆品,好一会儿,吃力而又缓慢地说,你代我谢谢小梅,我不能去,他们说我有病……她站起身,走到东尧跟前,弯下腰头朝下,摆出双手反剪朝上的姿势,艰难地说,我在医院的时候,他们几个人就这样揪着我,看到了吧,就这样,就这样……她边说边喘息着,嗓音又沙哑了。

她抬起头,涨红着脸,眼里闪着绝望的目光,来来回回在东尧面前转悠着。东尧站起身,惊慌失措,他搓着双手想扶刘畅,一旁的表姐赶紧冲到她跟前,抱着她连连安慰说,看到了……我们下次再也不去医院了。

刘畅竭力挣扎着说,东尧没看见……

看见了,看见了。东尧帮助表姐搀扶着刘畅,眼睛也潮湿了。

刘畅冲着东尧比划着说,我想回家,他们就用电棍捅着我的腰,一下,两下,三下……然后我就不知道了。她说得坚决彻底,又很天真,然后,剧烈地咳嗽着,气声哽咽。

表姐紧紧抱着刘畅往床边挪动,抱歉地冲东尧说,不好意思,她现在比以前好多了。东尧连忙摆摆手制止着表姐,轻轻拍着刘畅的后背说,一切都会好起来的……

刘畅转过身,重手重脚地紧紧抱住东尧,就像扳手拧紧螺丝帽那样越拧越紧,紧得东尧喘不过气来,但他坚持着,直到刘畅精疲力竭,软塌塌地往地下瘫,他和表姐赶紧把她架到床边重新坐下。表姐替她整了整衣衫,又歇了一会儿,从书橱拐角搬出一把大提琴挪到她跟前,略带责备地轻声说,小畅,东尧大老远来看你,你总应该有所表示吧,来,拉首曲子吧。

表姐一提醒,刘畅像换了个人,脸上放着兴奋的光。她摆正坐姿,将琴夹在双膝之间,腼腆一笑,手指调整好琴弦,屏气凝神,拉了一首最熟悉的《天鹅》。沉重的低音旋律舒展优美,好像天鹅昂首在荡漾的碧波上浮游着。听着听着,东尧有点沉醉了,他不敢相信是刘畅在演奏,闭上的眼睛又睁开了,刘畅恬静优雅,虔诚专注,真像幅油画。东尧再次怀疑自己的判断力,除了刚才她不正常的举动,现在要认定她有病简直是对一个兰心蕙质的女人的一种亵渎,一种玷污。

一曲终了,东尧的耳边忽然又想起那首家喻户晓的《天仙配》,大提琴另类地演奏出欢快喜庆的黄梅小调,真是别有情趣,俩人对视会心一笑,东尧更坚定了自己的判断,便说,你拉得真有专业水平,到美国我一定找机会请你看马友友的专场演出。刘畅低头没说话,脸上飞过一朵红云。

时间不早了,东尧起身告辞,他将一个装有邀请函和表格的信封袋递给刘畅,她迟疑地不肯接。东尧只好把袋子递给表姐,真诚地说,小畅,手续不麻烦,我已和代理公司联系过了,会有人帮助你做申请材料的。刘畅轻声地说,我送送你吧。东尧点点头。表姐关切地拉着东尧的手说,谢谢你,走好。你们不要走远……东尧亲切地拍着表姐的手背说,放心吧。

俩人漫无边际地走在石板路上,脚步声踢踢踏踏,更显得整个街区在沉睡着。朦朦胧胧的街灯像一盏盏氤氲的橘黄色的灯笼,从他们身边慢慢闪过,似有轻烟缭绕的光晕笼罩着他俩。俩人默默地走着,彼此都能听到对方的心跳声。还是东尧打破沉默,聊起他在那边的实验室和学生。他还轻松地聊起电视上经常看到的洛杉矶的棕榈树和好莱坞,还有加州辽阔的金黄色田野。他一语双关地说,在美国呆久了就想回这里,到了这里也安分不下来,人生就是这样,没有什么是一成不变的。刘畅听得很专注,好像被东尧那种特有的漫不经心的魅力所打动。周围的空气似乎甜甜的,到处弥漫着浓郁的暧昧。东尧又情不自禁地说起了他们小时候的事情,他转过身,乞求刘畅跳个房子给他看看。刘畅很意外,停顿了一会儿,还是羞涩地点点头,然后,单脚点地,变了个人似的,身轻如燕,沿着方方的石板路,单脚双脚交替有规则地跳进方石块里。毕竟是演员出身,有过练功基础,一招一式乖巧机智,童趣天真。东尧情不自禁鼓起掌来,好像又回到了过去,心里有种说不出的满足。

刘畅跳累了就在街边的石凳上坐下,抱歉地说她的脚很冷。原来出家门时她光脚只穿了双软底布鞋。东尧毫不犹豫地将她那双修长挺拔的双腿搬到自己的胸前,脱掉鞋,双手轻轻揉捏起她的脚心脚背,还不时地对着双脚呼出暖暖的热气。刘畅眼里闪着泪光，一动不动像只温顺的绵羊。

忽然，她不知从哪儿摸出个塑料袋，扯出一件新的羊毛衫递给东尧，气声嘶哑地说，听李为民说你要来，我替你买了件羊毛衫，很便宜，但是个心意吧。我对你的感觉就像这件衣服有弹性，你胖也好瘦也好都没关系，它永远都会有伸缩性。说完，她眼里闪着异样的光芒。东尧觉得此刻的刘畅还和从前一样，仍是个心智丰沛的女人。于是，他站起身爽快地说，我收下了，谢谢你。你也该回家了。不料，刘畅低头坐在石凳上一动不动，像在思考什么，又像在倾听什么。忽然，她抬起头，眼神散淡得发飘，喃喃地说，小东，我喜欢暴风雨来临前的宁静，就像贝多芬的命运交响曲，说着，她将脸贴在石凳上，发现新大陆似的嘴里含混不清地说，我听到小草在滋滋地生长着，春天就要来了……东尧猝不及防，怔怔地看着她。

第二天上午，李大头没出摊，让老婆看家，他打电话在最豪华的伯爵酒店订了一桌酒，要好好款待一下东尧一家，顺便带着女儿见识一下科学家。中午时分，东尧一家准时来到酒店门口，李大头高膛阔嗓说笑着领着大家来到金碧辉煌流光溢彩的酒店大厅。环顾四周，东尧笑着说，想不到你这个葛朗台今天还真放血了。李为民委屈地转过身冲着东尧爸妈说，看看，这个家伙处处看不起我，我真是好心当成了驴肝肺！二老都笑了。

服务小姐把他们引进一间欧式风格的大包间坐下，李为民拿着菜单很有气势地眉毛胡子一通吆喝，弄得站在旁边的服务小姐满脸绯红。桌上该上的特色菜和鲍鱼都点了，最后他还不忘点了自己最喜欢的回锅扣肉。不一会儿，满桌花团锦簇，姹紫嫣红。大家欢欢喜喜举杯庆贺。倪老师拉着李琼的手嘘寒问暖，喜欢不够。小姑娘长得很单薄，穿着极为朴素，但举止从容冷静，不卑不亢。东尧和她聊了几句很满意，嘱咐她签证要注意的事项。李大头前前后后忙着端茶倒酒，还不忘大口嚼着回锅肉，一幅满足的样子。身边的女儿皱着眉说，爸，您能不能注意一下自己的形象啊。

李为民满脸涨红，一抹油嘴说，嗬，小丫头片子，还没出国就嫌弃你爸了。这些都是你的亲人啊，没事！女儿默默地把自己碗里的扣肉夹到爸爸的碗中，不高兴地说，那也不能得意忘形。爸爸乐得咧开嘴连连说，好、好，就依你，爸爸规矩点，真是个小棉袄！哎，你别给我夹菜啊。女儿红着眼小声说，你和妈两个月才吃一回肉……东尧和爸妈面面相觑，愣住了，还是大头反应快，赶紧打着哈哈说,我是减肥呐,来,东尧,我们再干一杯!东尧没说话,轻轻叹了口气,举杯示意又干了。

大头又说,檀伯伯,您老上次让我修的大旅行箱的拉杆我修好了。

檀教授笑眯眯地说,为民,不着急,我们暂时还用不了。

倪老师一听不干了,声音提高八度,老头子,侬勿要瞎讲,放寒假我们就到东尧那儿过春节!

檀教授慢条斯理地说,你就跟我走头六怪的(扬州方言:不听话,不合作),我寒假新开的《唐诗研究概论》和《老庄导读》两门课你替我上啊。

倪老师低声说,哼,侬叫那个小狐狸精给你讲!

檀教授"啪"的把茶杯往桌上一掼,火冒冒地说,胡说八道,岂有此理嘛。

倪老师也火了,阿拉有证据的,上个礼拜三下午,你和她在系办公室肩并肩凑在一起鬼鬼祟祟的,有你这么辅导学生的吗!檀教授红着脸说,我没戴老花镜,不凑着行吗? 我光明磊落一辈子,谁像你!

倪老师气急败坏地说,我怎么啦,檀教授轻蔑地一笑,老皇历我不想再翻了,你和校工宣队刘队长的事连刚分来的小青年都知道!

倪老师声音有点变了,我讨好人家还不是因为你的老祖宗是资本家吗!说完,有点泣不成声。

东尧想这个时候再不去救火后果不堪设想。于是,他苦着脸说,爸妈,去不去我哪不是什么了不起的事,回家再说好不好。李大头一看形势不妙也不好多劝什么,便打圆场说,我去结账,李琼快给爷爷奶奶倒杯茶。东尧说,还是我去吧。李琼在一边不动声色地说,檀叔叔,您已经结过账了,这次还是您请客。东尧纳闷地望着李大头问,这是什么意思? 李琼说,喏,你问我爸。

李大头厉声喝道,小丫头,别瞎说!女儿冷冷地说,爸,你不说和檀叔叔都是兄弟吗,有什么关系的。东尧拽着李大头前后来到吧台,擂了他一拳问怎么回事。李为民挠挠头嘿嘿地笑了,说,你还记得二班的尹俊吗,他在步行街开了个皮货专卖店,我寻思你送给我的意大利皮鞋总不能穿着卖菜吧,就转给他卖了,所以……唉,李琼留学我和她妈把厂里下岗买断的钱和所有积蓄都换了美元。对了,老一班的黄海林孟良几个家伙这次吵着非见你这个名人,给我挡住了,下次你回来再说吧。东尧没吭声,他从上衣口袋里掏出皮夹,李大头硬是推了回去,咬牙切齿地低声说,你他妈的能不能给我点机会啊,千万别在二老面前提这事，我已经活得够窝囊的了。

　　回到家，两个老的继续相互揭对方的老底，但这次矛盾开始升级，吵着吵着，他们将矛头共同指向东尧，因为檀东尧不能旗帜鲜明地支持哪一方，总是在和稀泥做老好人。俩人以唯物辩证法的观点分析认为，是否去美国是次要矛盾，做父母的应该尽最大责任教育好子女是问题的关键。檀教授指责檀东尧没尽一个父亲的职责，倪老师先是涕泪涟涟的唠叨一番孙子孙女儿，然后抱怨小梅不应该去波士顿开美容连锁店，应该在家做全职太太。两个老的气出完了，东尧陪着笑脸小心翼翼地做了总结发言，您们去不去我和小梅都没意见，关键您们身体好就行。另外，爸，我明天要赶飞机去香港，你该做红烧狮子头了。

　　第二天一大早，科大派专车送东尧到浦东机场。两天后的傍晚，他在香港机场的隔离大厅给家里打了个电话。檀教授接的电话，倪老师还在阳台收拾东西。东尧没话找话聊了几句，提醒厨房的电饭锅插头有漏电现象，妈要注意使用。檀教授不耐烦地嘟囔着，我和你妈做事从来不稀大六缸的（扬州方言：做事糊涂，不认真），你和郝红梅把毛毛豆豆管好！他放下电话躺在真皮沙发上，感觉比以前更舒服了。今天不能听电视了，学生要来辅导。他把申视调到东方卫视，津津有味地看起正直播的舞林大会，选手们热辣的舞姿很刺激。有人敲门，檀教授赶紧换了个频道调到最低音量，站起身开门，笑容可掬地把那个"林青霞"引进门。小姑娘伶牙俐齿，师母老师叫个不停，房间立刻有了温度。倪老师不冷不热地敷衍了几句，抱着叠好的衣服进卧室了。檀教授招呼"林青霞"坐下，继续探讨学术课题。不知过了多久，电视里还是央视二套经济信息联播节目，发改委官员正讨论房地产业的宏观调控问题，屏幕下方跳出即时滚动新闻：一架从香港飞往洛杉矶的客机起飞后不久和地面失去联系，搜救工作正在进行。另一条消息是09年央视春晚筹备组正式成立。

　　　　　　　　　　　　　　——刊自《福建文学》2009 年第 7 期

老祖, 快跑

1

人在到了知天命年龄的时候,总爱伤怀往事。就说财政局的老祖吧,78届上海外国语学院的高材生,现在,也只能在他博客里,用他小资情调极浓的笔触描绘他曾经的梦想:挽着妻子的手,最好是他的同班同学陈冲,俩人相拥坐在泰晤士河畔,或者哈得逊河畔,要么是在尼亚加拉瀑布边,反正是在资本主义国家的河边翠谷,怀古抚今,大发幽情,让自己的心境如蓝天一样纯净高远。

老祖就是这么个爱做梦的人。

因为,大半辈子在机关跳蚤似地跳来跳去,最终只混了个主任科员。唉,陡然间,他就有了沧海桑田前世今生的忧伤和凄凉。不过,老祖也有过辉煌的历史。在上外院读书的时候,他可是叱咤风云的人物——英语系学生会主席。值得骄傲的是,他曾和陈冲演过莎翁的《第十二夜》,导演是当时的外教,赫赫有名的路易·亚历山大(L. G. Alexander)——《新概念英语》的主编,有剧照为证。毕业时,大部分同学分到外交部、电视台和海外派出机构等要害部门,最差也在赞比亚中国大使馆做一等秘书。而他也不知怎么,稀里糊涂地分回到老家江城。对此,老祖轻描淡写地解释说还是家乡好。提到老祖,现任财政局副局长的老蒋唏嘘不已,搓着肥手说,英雄迟暮,岁月蹉跎啦。这个同志体质不好,但乒乓球打得好,为人诚恳,工作认真,就是不擅于交流,一句话,是个好同志。可好同志就是升不上去。

老祖上班后第二年,就和插队时的中学同学结婚了,次年,老婆生下女儿丹丹,不幸的是,老婆在女儿两岁的时候死于一场无情的车祸,一个健硕的生命消失了,从此,相依为命概括了老祖父女俩20多年全部生活。丹丹也很争气，考上大学不说，还读了美国一所大学医学院的硕士。如果不是老祖又结婚了，父女俩决不会关系冷淡。

说到结婚，那也是个意外。一次，老祖和老蒋陪客户喝酒，席间，一个叫小秦的女人引起他的注意，倒不是她长得好看，而是她的体形圆呼呼肉滚滚的，像韩国动画片里的大笨熊，看着让人觉得很热。不过，老祖喜欢肉多的女人，前妻就是长得太瘦。后来，一来二往，俩人就熟了，小秦在超市上班，她说想向老祖学英语，让更多的外国人光顾他们超市，学着学着，俩人就在床上用英语对话了。最初，老祖是觉得自己寂寞，临时解决一下生理问题，也没多在意，不过，每次做神仙的时候，他也很谨慎，悄悄带上两个安全套，也不知是自己动作过于生猛，还是产品质量有问题，3个月后的一天晚上，小秦气势汹汹找上门来，说，你的二两肉毁了我，我大姨妈2个多月没来，我们领证吧。老祖跷着腿，睡在躺椅上，不动声色地问，不会吧，每次我都双保险呐。小秦圆眼怒睁，上前封住老祖的衣领，气吞山河地说，去你妈的！你以为我看上你啦，长得跟丝瓜条似的，你说，到底去不去！老祖苦着脸，摊开手说，去哪里嘛。小秦松开手说，好，死猪不怕开水烫，你不去，我明天上医院做AND，再把这个东西交给你们蒋局长，一激动，她把英语缩写DNA念反了，然后又从胸口扯出一团黑乎乎的布，在老祖眼前晃了一下，说，这是你的脏裤头，认识吧。说着，就朝门口走。老祖急了，额头冒出冷汗，脸色苍白，他一紧张就这样。他挡住门，低三下四地说，有话好商量嘛。几个回合下来，老祖败下阵来。后来，小秦告诉老祖那团黑乎乎的东西是她家擦皮鞋用的布。

结婚后，小秦在开发区买了栋带花园的二层别墅，小楼装修得金碧辉煌。她在家做了全职太太。小秦职高毕业，比老祖小21岁，她觉得自己嫁得值。父母都是菜农，虽然有钱，但都是粗人，老祖在她眼里就是本英汉字典，很新奇。老祖呢，继续过着悠闲清静的日子。比如，周末晃到离家不远的长街拐角，在旧板凳电影厅看一场插队时候看过的国产故事片，上班读读英语原版小说，下班听一段勃拉姆斯的D大调小提琴协奏曲等等。偶尔，晚上躺在床上，望着天花板，听着小秦的鼾声，想自己为这段婚姻付出的代价实在是莫名其妙，荒诞而极不真实，卢梭敢于正视灵与肉的冲突，写本书披露自己的卑鄙龌龊的灵魂，自己也应该忏悔才是。又想想女儿丹丹，几次打电话，女儿的口气都很冷淡，话没说到一分钟就挂了线，老祖觉得心头阵阵的隐痛，多希望丹丹还像小时候�‹嘴咬自己的下巴啊,还是怪自己。

　　但是,现在他没退路了,也没时间了,他的生活翻开了新的一页,这一页翻得艰难仓促,充满紧张和不安。老婆生了个儿子,而且还是个早产儿。小家伙从小秦肚子里被挤出来时候,只有4斤9两,血型随他都是A型。老祖将儿子掂在手里,就像捧着块五花猪肉,那胳膊也就老祖大拇指般粗。老祖打了个寒噤,眼里涌出泪,羞愧、怜爱和悲壮堵住胸口,这也是自己的血脉啊。老祖祖籍陕西米脂,特别喜欢小米,因此,他给自己的儿子取了个小名叫小米,很渺小很微弱,但他决心今后一定把他培养成玉米棒。

　　刚出生的几天,儿子的生命像一片树叶,随时可能被风吹走。老祖用眼药水瓶一滴一滴把奶水滴进小米的嘴里,一次喂10滴,他脸上掉了10滴汗珠。最让老祖恐惧的是,孩子一出生就得了溶血性黄疸症,巴掌大的"五花肉"放在产科监护室的保温箱里用蓝光照了三天才完事。出院后,小米总是病恹恹的,请了个住家保姆小花早就不想干了,主要是天天抱着孩子往医院跑,这罪谁受得了啊。要不是老祖隔三差五瞒着小秦在小花滚圆的屁股后的口袋里塞零花钱,老祖这把骨头不被折腾死才怪呢。

　　自从有了儿子,小秦俨然成了皇太后。除了逛街、打麻将、做头外,她给自己定了2个任务:做爱和减肥。这是一个减肥老中医告诉她的秘方。老中医摸着自己下巴上一块长着几根白毛的黑痣,慢条斯理地说,打个比方,夫妻同房一次,可以消耗相当于刘翔110米跨栏所需要的热量。小秦眨了一下圆眼睛,相信了。这样,老祖就倒霉了。每天下班后,除了喂奶换尿不湿外,他就被小秦逼到卧室里做那事,而且,小秦还喜欢叫床。她肥圆的大胸脯只要一碰到老祖身体的任何部位,就会兴奋得乱喊乱叫,甚至吟唱什么"我爱你,就像老鼠爱大米"的歌曲……唱得门外小花惊慌失措,隔壁房间的小米在摇篮里哇哇乱叫,老祖苦不堪言,事后身体一阵发热,好像是发低烧。从此,他只好尽量晚点下班。

2

　　老祖下班回家很迟,今天倒不是躲着小秦,下午全局召开全体职工动员大会,蒋副局长宣读了本年度科处级干部竞争上岗和副调研员公开选拔任用的实施方案。蒋局长代表局领导郑重表态, 本次竞岗和非职选拔坚持公开、公平、公正的原则, 并结合实际坚持考试与考察相结合。特别是长期默默无闻工作而非职问题仍未解决的老同志, 局领导将认真优先考虑解决。说完, 蒋局长目光扫视了一下坐在下面前排的老祖。老祖脸色平静, 一副宠辱不惊的样子, 不过, 很快他的眼里又闪过一丝愉快的目光。蒋局长轻咳一下继续说, 当然, 非职干部的考察选拔以民主测评为主, 适当进行考试, 考试内容嘛, 以党政干部选拔考试大纲为主。

散会后, 老祖在电梯口碰到老蒋, 他叼着烟, 见没人拍着老祖瘦削的肩膀, 笑咪咪地说, 放心吧, 就凭咱俩20多年的球友关系, 这次太阳一定会从西边出来。哎, 对了, 你帮我买副反胶海绵球拍, 等我从党校学习回来, 我俩再过几招。老祖点头说行。

已是初冬, 天黑得早。老祖开车径直去外文书店夜市, 买了本考试大纲。他想早点回家, 这两天儿子有点咳嗽, 儿子2周岁了, 体质还像个面团似的, 经不起拿捏。去保健站体检, 医生说孩子缺少人体所需的所有微量元素, 唉, 平时只要小米无意之中一声轻咳, 或者打一个喷嚏, 都能让他心惊肉跳。

老祖夹着书低头朝停车场走去, 迎面碰见小花的丈夫罗文。这个家伙长得瘦小羸弱, 头大像外星人ET, 脸苍白的就像一张白纸, 戴着副深度眼镜, 两眼微微突鼓, 透着一股邪劲, 一看就是在江湖上飘的人。

祖大哥, 你好啊。罗文口气热忱, 但不失老练, 并不因为自己老婆做下等事而低人一等。的确, 这家伙以前上大学很有灵气, 因为赌钱输了盗窃被学校开除。现在电子器材厂跑供销, 兼技术部经理。老祖厌恶他, 赌博输了钱就狠劲揍小花, 打得老婆鼻青脸肿不能上班, 还逼她找老祖借钱。老祖忍了几次没叫小花还钱, 主要是儿子对小花有感情, 一时也找不到其他人替换, 而且小花人也勤快, 做事和老祖配合默契, 人长得不错, 也会来事。老祖嘴角浮现嘲讽的笑意, 点点头算是打过招呼。罗文迅速递上一张名片, 热切地说, 我现在跑销售, 刚才和书店经理签了合同, 帮他们安装一套电子防盗系统。今后大哥单位如果需要购买这类产品, 直接找我, 我可以让2%到3%的回扣。说完, 狡黠地笑着。老祖不冷不热地应付了几句, 赶紧开车回家。

到家老祖照例洗澡吃饭, 楼上健身房里小秦仍在热火朝天踩着自行车挥汗如雨, 不时还唱着叫着。老祖皱着眉, 上楼蹑手蹑脚地进了儿子小米的房间。小花正推着摇床哄着儿子睡觉。老祖细细地端详着小米,心头绵绵柔情油然而生。儿子长得像他,光洁饱满的额头、柔嫩白皙的皮肤,高挺的鼻梁,还有长长翘翘的眼睫毛。老祖就是看不够。

见老祖俯下身亲儿子,小花凑近老祖,粉红色高领羊绒衫裹着一对饱满突翘的乳房在老祖面前晃来晃去,老祖抬起头,有点不自然地问,宝宝没咳嗽吧,橙汁喝了吗?小花轻快地说,喝了一奶瓶。加热了没有?老祖警觉地问。小花说,没有。老祖一拍大腿,厉声问,为什么? 要是闹肚子咳嗽怎么办!小花怯怯地说,大哥,我大姐不让我用微波炉,说微波射线破坏营养成分。再说,每次只要大姐抱小米,孩子就咳嗽打喷嚏,她身上抹的减肥香薰油呛得我也受不了……老祖一激灵,想起儿子是过敏性体质,医生关照过不能接触花粉和油漆之类化学品。他有点火了,问,为什么不提醒她?小花低头摆弄着两支红色小电筒,嘟囔着说,我不敢。老祖叹了口气,盯着小花手里的玩艺问是从哪弄来的。小花说,罗文厂里生产的新产品,让我送两个给你们用,除了照明还能听广播呢。

正说话,小秦满面春风推门进屋,房间的温度好像升高许多。她穿着睡袍,体型像顶帐篷。见老祖和小花凑得很近,她旋风般地刮到老祖面前,拖着长音嗲兮兮地说,老爸爸终于回来看孙子喽。说着,对着老祖的腮帮"啵"的亲了一记,又回头命令小花说,妹妹,快把卧室空调打开,温度打高点儿。老祖没提防,身子一歪差点歪倒在摇床上,一股浓烈刺鼻的脚丫子气味扑到脸上,几乎让他窒息。果然,刚才还在吃吃笑着的小米,又是一阵猛咳,粉嫩的小脸蛋憋得通红。老祖心疼得不停地拍着儿子后背,嘴里不停地说,乖乖不哭。他喉头滚动两下,压着火说,你能不能少抹点香薰油,小米过敏。小秦不高兴了,打机关枪似地说,你别猪鼻子上插大葱——装大象,不懂装懂,也不想想,昨天下午你和小花在花园扒开小米屁股晒了大半天太阳,孩子不冻生病才怪呢。老祖分辨说,晒太阳是增加钙吸收嘛……

小秦打了个哈欠,无精打采地说,好啦,老爸爸,你说得对。我现在困了,说着,拖着老祖往卧室走。老祖推开小秦说,孩子咳嗽你还有心思睡觉!快去叫小花冲一杯小儿咳喘宁来。小秦见老祖真急了,只好悻悻地喊小花去了。

一切收拾停当,已经是夜里 12 点了。小花哄小米睡着了,老祖凝神屏气推开卧室的门,屋里漆黑,小秦鼾声大作,老祖轻吁口气,挪到宽大的席梦思床边,褪蛇皮一样褪掉衣服,不声不响躺在小秦身边。不料,头还没挨到枕头,小秦猛地咯咯笑了起来,翻身骑到老祖身上,肥胖的身体像块烙饼把老祖覆盖得严严实实,嘴里还哼哼唧唧,老祖动弹不得,只有投降,渐渐下身又不争气地膨胀起来。

就在两人在床上进行古典式摔跤时,门外响起小花嘭嘭的敲门声,小花带着哭音叫着,大哥大姐,小米喘不过气来啦。老祖吓懵了,光着身子跳下床,冲到门口拉开门和小花碰了个满怀。小花嗷的一声,像给鬼掐了脖子急忙扭过身。老祖赶紧跳回屋套上衣服,冲着小秦喊,你别过来,快去车库把车发动起来。说完一阵风似地冲进小米房间。

摇篮里的小米脸色青紫,喘息困难,嗓子带着呼呼的哨音。老祖凭着带过丹丹的生活体验,判断孩子得了急性支气管哮喘。他不由分说抱起小米对小花说,去医院,拿床棉被和保温瓶! 小花嗳嗳答应着,提着东西跟着老祖前后脚下楼,小秦已将车开到门口,老祖命令她下车在家待命,然后和小花钻进车。

急诊室里,值班医生和护士七手八脚一阵忙乱,给小米上了呼吸机,又注射了名字听起来很怪的激素,像什么辅舒酮万托林之类的药,小米的呼吸终于平稳了,脸色也红润起来。老祖守在病床边盯着儿子,脸色暗淡,垂头丧气,嘴张成了标准的"O"字型。半靠在病床上的小花搂着小米也是蓬头垢面,哈欠连天。老祖握着小电筒仔仔细细检查了输液瓶里药水下滴的速度,又看看小米安详熟睡的样子,堵在嗓子眼的那颗心落回肚里。他掏出50块钱轻轻捅了下正低头瞌睡的小花,说,拿着,你的加班费。小花睁开眼,目光落在绿色的票面上,身体打摆子似地一抖,她抬起头,有点羞涩地说,大哥,上个星期你不给过20块钱了吗,这个又……老祖说,孩子多靠你了。小花说,那谢谢大哥了。伸手接过钱塞在枕头下。

的确,小花虽然是农村人,又不识字,可内心有股刚劲,最能吃苦耐劳。她长着一张有文化的脸,平时眼里总是涌动着朴实无华又充满爱意的神情,怪的是,小米再闹腾,只要小花抱在怀里,像中了魔法立刻就安静了,她说以前在农村替人做过奶妈。老祖除了惊异欣喜外也只有佩服。小秦是个笨猪,自己岁数大了,心有余力不足,目前,只有靠小花挑大梁了。

忽然,小花想起什么,有点迟疑地说,大哥,求你个事……老祖有气无力地点点头。小花又有点羞涩地说,刚才抱着小米上下折腾,我的胸罩带扣子脱掉了,怪难受的,我腾不开手,麻烦帮我把背后的扣子系上。老祖吓了一跳,连忙摆摆手说,不行,不行,我来抱小米,你自己扣吧。折腾半天,老祖只要一接过小米,孩子就哇哇直哭,小花只好说,那就算了吧。不过,她还在不住地晃着上身,挺难受的样子。老祖看着小花乞求的目光,搓搓手一咬牙,想为了小米只好这样了。他心虚地凑近小花,做贼似的四周看看没人,两只手才小心翼翼伸进小花后背的羊绒衫,丰润温暖的脊背立刻让他过电般地哎哟叫了一声,他战战兢兢地问,没摸到扣子啊。小花低声说,在胸口呢……老祖两只手只好沿着绵软细腻的肌肤从左右两边滑到前胸,这样,就碰到了两只活蹦乱跳的小白兔。老祖一阵眩晕,他哆哆嗦嗦摸索了半天,终于找到系扣。小花有点喘息,说,大哥求你别动,再抓一下,我这里真痒……老祖连摸带挤弄了几下,听到门口有动静,他飞快地系上扣子抽出手,脸和身上又一阵发热。他为自己刚才的大胆吃惊,为自己的"犯罪"而毛骨悚然。

这时,刚才的女值班医生进来了。抢救小米时,她戴着口罩忙忙碌碌的,现在,老祖算是看到她的庐山真面目了。她40岁的样子,身材匀称丰满,面孔精致秀美,有种典雅从容的气质。可能和她的职业阅历有关,这种温婉和优雅显得尤其成熟,像熟透的苹果可以摘下来。

老祖莫名其妙有种想和她说话的愿望。

老祖注意到她的胸牌,哦,她叫陈菲,小儿科主任,真有趣,和陈冲的名字一字之差。让他印象深刻的是她那双矜持而又妩媚的眼睛,从这双眼中,很难读到她曾经有过的沧桑,而且隐藏着一种过目不忘的东西,想了半天,老祖捕捉到那是种失落。

陈医生娴熟地拨弄着输液瓶上透明的细软管,又检查了小米额头上粘连着的细针头,看有没有渗血。她那双修长如玉兰花般的手指在老祖面前晃来晃去,他眼花缭乱,觉得心头忽然吹过一阵春风,千树万树梨花开了。

老祖站起身,不安地问,陈主任,打扰您休息了,孩子下一步该怎么治疗呢?

陈医生谦逊地摆摆手说,主任不敢当,就叫陈菲吧。陈菲详细介绍了小儿哮喘发作的病因、治疗方法和注意事项,还说近期医院将引进一种家庭用喷雾器,这样就能有效预防孩子哮喘病急性发作。陈菲说话莺声燕语,像个姑娘似的,言语态度间,透着温暖和亲昵,但分寸分量都在。老祖简直有点想入非非了。

忽然，老祖发现了一个新秘密，陈菲的白大褂左边口袋里露出一本英语版的《白朗宁夫人诗选》，他有点蠢蠢欲动，好像自己又是当年的学生会主席，可以天马行空指点江山了，于是，他不再犹豫，轻声吟诵起来：Let us stay rather on earth, Beloved,——where the unfit contrarious moods of men recoil away. And isolate pure spirits, and permit. A place to stand and love in for a day, with darkness and the death-hour rounding it.(让我俩就相守在地上吧——人世的争吵、熙攘都向后退隐，留给纯洁的灵魂。一方隔绝，容许在这里面立足，在这里，爱上一天，尽管昏黑的死亡，不停地在它的四围打转。)

陈菲吃惊地看着他，却不经意地说，我不太喜欢《Sonnets from Portugue》（葡萄牙人的十四行诗），但诗人的爱情生活让我无法释怀。相比我更喜欢雪莱的诗，浪漫而富有幻想。

老祖感慨地说，是吗，白朗宁夫人一生很悲苦，但内心充满爱。我欣赏她没有病疼没有预感离开世界的那一刻。那是一个晚上，她和丈夫聊天说笑，卿卿我我，后来她好像累了，就偎依在丈夫的胸前睡去了。然后，身体就往下沉，白朗宁以为妻子晕过去了，但是她去了，再也不回来了。她平静而幸福地在他的怀抱中离开了这个世界。她的容貌是那样安详，毫无痛苦。你学过英国文学吗？老祖感觉特别好，口气也变得轻快绕舌起来。

陈菲肃然起敬，红着脸说，你是大学老师吗？改日真的要向你请教呢。

老祖连忙说，共同探讨。

一边的小花搂着小米看着俩人谈兴甚浓，除了吃惊，觉得他们不是在讲人话。好半天她怯生生地打断老祖说，大哥，小米醒了。

3

小米出院回家后，老祖又不断打电话向陈菲请教，小米终于不咳嗽了，在小花服侍照料下，脸色又红又白，老祖又放小花一天假。小秦借机找老祖吵架，她双手叉着肥腰，说小花看他眼神不对，警告他不要沾花惹草玩火自焚。否则，不是小花回家就是她滚出新家回老家。说完，她狠狠淬了口唾沫。其次，为了孩子她可以不再抹香薰油了，但是减肥运动一定要坚持到底，而且老祖必须密切配合，具体是每周亲密接触一到两次。最后，她总结说，你也老大不小的人了,没我你至今还是老光棍呢,记住,今后要说老实话做老实事,Do you understand? 小秦说了句漂亮的伦敦英语。老祖低头不再说什么,荒唐的婚姻培养出荒唐的人,这没什么奇怪,她现在就是女萨达姆,蛮横无理。再说,和陈菲那天晚上的聊天,他心里有了一丝隐秘的愉快和期待,对老婆的态度除了敷衍还能有什么呢,而且,为了儿子他必须认命。

　　小花回来后情绪沮丧。老祖吃惊地发现她的额头又多了块淤血肿块。老祖问她是不是又挨打了,小花含着泪点点头。老祖问,他又输钱了? 小花摇摇头说,那个死鬼说这两天手痒就是想揍我,没理由。他还说不让我在你家干了。最后一句话让老祖又惊又怕,他说,这就怪了,他脑子有水啊,还懂不懂法,再这样虐待你就告他! 小花低着头说,要不是为了儿子我早就和他离婚了。其实,大哥大姐你们对我都不错,我也舍不得离开小米。我在你家做家政也习惯了,也没做出格的事。就说那天晚上在医院,我让大哥你帮我系胸扣,也是几天前我胸口让他喝醉酒用手划了道口子,伤口好了结疤实在痒得难受,才麻烦大哥的……老祖心虚地连忙摆手说,不提这个,你说他还想干什么?小花说,他不喝酒没事时,就戴着大耳机捣鼓起无线电。犹豫了片刻,小花想起什么又说,他老叹气说现在生意难做,如果大哥单位朋友能帮忙推销他们厂子里的电子器材就好了。老祖无奈地叹口气,挠挠头说,我心里有数了。

　　第二天中午吃过饭,老祖换上T恤衫短裤头,拎着球拍来到5楼活动室。老蒋已经和一帮人较上劲了,他的水平老祖实事求是地评价是不及格,而且多年来没长进。但是,今天他状态奇好,见谁灭谁,灭得他圆肥的秃头上被摩丝固定的一小撮可怜的毛发也乱了,挂在耳边不停地摆动着。

　　见老祖过来,他举着球拍嚣张地喊着,不怕死的过来,马琳刘国梁来我照样毙他们,今天我有秘密武器了! 说着,晃晃手里的新球拍朝老祖会心一笑。老祖也笑笑一屁股坐在球台边,顺手把老蒋的茶壶递了过去,很随意很自然,老蒋接过来猛灌了一大口,喘着粗气说,老祖咱俩比比!

　　老祖咝咝吸了口冷气,摆摆手说,蒋局你累成这样,这不公平,歇会儿再战。一旁收发室的老魏起哄说,没关系,蒋局长今天吃了春药,再说,人逢喜事精神爽嘛。后面半句话算说到点子上,连老魏都知道明年老蒋可能调到省厅任职,因为他是省里某领导的外侄子。

　　老蒋舒服地放了个响屁,蒋局长这个人什么都好,就是肠胃不好,也就有了这个坏毛病,放起屁来不仅响还不顾场合。老祖担心自己的这次虚职不会像蒋局长的屁那样放完就无影无踪了,所以,昨晚他苦心经营一夜,想在他那里找到结果。

老祖替下老蒋上台一阵发飙,没有悬念,老魏等一溜人立刻弃甲而逃,最后剩下老蒋,他扭扭肥胖的将军肚甩着胳膊上台了。老祖稳稳神,开始喂球了。老蒋20多年来的球路一直是两面反胶弧圈球结合快攻,而且,利用中台空间大,拉扣自由。以往,老祖想赢他,前三板不让他喘气就让他趴下,今天他不紧不慢,回球节奏不变,落点恰到好处落在前台或后台老蒋的正手位,喂得老蒋舒服极了,他抓住机会,突然跨前一步,绝地反击,反手一个快攻,这是他的强项,老祖抬腕手稍稍用力,球就飞了。周围一片叫好声。就这样,老蒋左一下右一下在台上划出各个角度弧线,老祖不挪脚步,也右一下左一下随意发挥,最后老蒋连赢两局。

老魏不服气地喊着,老祖,你马屁不能这样拍吧,再放水我们以后不陪你玩了。老祖捏着拍子做出无可奈何的样子说,今天蒋局发挥真好,我也没办法啊。的确,老祖感到身上有点发热,心脏阵阵乱跳。老蒋美滋滋地用白毛巾擦着肥脸,喝口水打着哈哈说,你们这些同志就是眼红,输球还不服气,不跟你们一般见识,走,老祖到我办公室坐坐,我给你泡一杯太平猴魁。说罢,拽着老祖就走。众人哄笑着作鸟兽散了。

今天老祖球喂得实在好,老蒋心情更好,所以,在办公室他和盘托出,说这次他的调研员虚职经过局里慎重讨论研究已经确定通过了。老蒋还说,老朴是朝鲜族人,条件级别和老祖相当,后来是他的力荐才成全了老祖。老蒋严肃地说现在必须保密,他这也是违反组织原则,希望他再接再厉,把今后的工作做得更深入扎实。老祖一阵窒息,他激动地说,谢谢蒋局对我的关爱,我知道该怎么做了。对了,待会儿让你司机到我办公室拿两条软中华吧。老蒋拍着肥头一笑说,看不出你也是个性情中人,好,无功不受禄,我收下了! 老祖趁热打铁,又把罗文推销电子器材的事向老蒋摊牌了,老蒋沉吟片刻,说,明年初9楼多功能舞厅要重新装修,上星期局办公会议研究决定购置一些器材,到时再说吧。老祖听出他口气明显有点敷衍,便不再坚持了,今天的收获已经巨大了,于是赶紧告退。

晚上开车回家,老祖一路加速,还打开车音响,情不自禁随着CD哼唱起来:桑木扁担轻又轻,一路春风驻洞庭,船家他问我哪里去呦,北京城里呦,探亲人……唱完了扁担,他又哼起了大海,我爱这蓝色的海洋,祖国的海疆壮丽宽广……他唱得很尽兴,好久没有这么痛快了。虚职不算什么,可老蒋说也是二十分之一啊,这是他几十年来乒乓外交的胜利,当然,老蒋为人的确重情重义。自己是精神贵族,但也是红尘俗人,也需要这样的虚荣。

几天后的一个晚上,在老祖牵线搭桥下,罗文安排老蒋老祖还有司机小江三人开车来到江城市郊的绿林好汉大酒店。罗文早就站在门口恭候老蒋一行,罗文一身白色休闲装,哼哼哈哈讲了几句客套话,还是不卑不亢的,两条腿像装了弹簧一样活力无限地蹦前蹦后,把老蒋、老祖几个人引进二楼大包间,几个打扮时髦的小姐守在门边,见来了客人齐声高喊,青山不改,绿水长流,欢迎壮士光临!说罢,齐刷刷地单腿跪地,双手作揖,有点现代版古装片的意思。老蒋哈哈大笑,连连说,好,好,这里有特色!

老蒋气喘吁吁一屁股坐在主座,吆五喝六地支使服务小姐要这要那,烧鱼翅冰糖燕窝奇汁鲍鱼一顿乱点,嘴里还说,大家都是朋友嘛,不要太破费了,老祖是我老哥,随便吃点就行。老祖心虚地瞥了一眼菜牌,乖乖,罗文今晚要放血了。

罗文坐在买单位子上,不动声色地点头致意,手傲慢地指了一下另一份菜牌说,再点几份农家土菜。转眼间,酒菜上齐,土菜用瓦罐盛装,白菜烧豆腐,清炖母鸡,原汁原味。罗文端起杯子站起身,直奔主题:蒋哥,感谢给我这么难得的机会,你们就是我们这个小厂的财神菩萨,这套器材如果能够定购下来,下季度工人的奖金就有谱了。我是个粗人,不会说话,但酒能见真性,这杯水酒小弟先干了!说罢,一仰脖子,三两一杯的酒喝了个底朝天。

老蒋满面春风地说,这个项目招标方案如果定下来,我们一定优先考虑你们,为企业分忧也是我们的责任。只要不违反财务制度,合情合理,应该没问题。你说是吧老祖。老祖连忙附和说,蒋局说得对,我这个堂侄子做人做事爽快利索,绝不让领导为难。老祖为了儿子只好认了这一门亲戚。

罗文手擎酒杯,微笑着说,蒋哥刚才一番话拉近了我们的距离,一句话,从现在开始,我们就是兄弟了。我再干了这杯酒。说着,又干了一大杯。罗文红着脸,酒杯放大了他那双突鼓的青蛙眼,如一潭深水。他接着说,蒋哥,我说个段子给您助助兴,说猪和野猪聊天,猪说,到我们这边来干吧,这里管吃管喝,一辈子有数不尽的好处,还有医疗保险呢……野猪微笑着说,的确,但是你们都干不到退休啊。哈哈……罗文笑起来。老祖听了脸上的笑意有点僵硬,司机小江白了罗文一眼。

一旁的老蒋不管不顾,嘴里哼哼唧唧说,有意思,有意思。说着,不屑地扫了桌边几只土瓦罐,全身心对付满桌的海鲜了。老蒋吃得真有水平,毕竟见过很多大台面,吃烧鱼翅时香菜放的不多不少,切鲍鱼片刀法纯熟得像个一级厨师,一大盘九节虾肉变戏法似的眨眼工夫就吸进他的将军肚里,几层空虾皮整整齐齐摆放在盘中,最后上来燕窝,他加糖水,加杏仁露,忙得是从容不迫,满桌海鲜几乎被他全部对付掉了。老祖在一旁看得眼发直,想人比人真是气死人啦。

罗文晃着大脑袋,只夹了几筷子白菜豆腐塞进嘴里,不紧不慢地嚼着,像在品味着什么,他不动声色地看着老蒋的吃相,手指很有节奏地敲着桌面。

酒足饭饱,又吃了一大盘水果拼盘,老蒋接过老祖递过的热毛巾猛擦了一顿脸,舒服地放了个响屁,惬意地用牙签剔着牙,对老祖说,你的这个侄子真实在。老祖连忙点头。

罗文笑着问,大哥说这话见外了,还满意吗? 老蒋晃着脑袋说,当然满意。

罗文掏出信用卡,让小姐付了帐。又用他的青蛙眼示意周围的小姐退出去把门带上。老蒋的司机小江见状连忙起身说下楼发动汽车,也先告退了。一旁的老祖也识趣地站起身,罗文连忙摆手让他坐下,然后,哗啦地拉开手包拉链,掏出两只精致包装的新款手机和一个信封袋,推到老蒋老祖面前,还是不卑不亢地说,蒋哥,一点小意思,这款手机是我们厂生产的新产品,你和我叔试用试用多提意见吧,喏,这3万块钱我们厂长特别关照我一定要请蒋哥收下,这是厂里正常对外招待费用,专款专用,和我做业务没关系。说着,把信封袋塞到老蒋的肥手里,老蒋推辞一番,说手机收下,钱不能拿,要犯法的。罗文慢条斯理地说,一点小意思,请蒋哥别让我不好意思。说着站起身说,走,我们洗桑拿去。老蒋半推半就把信封塞进自己的包里,喷着酒气对老祖说,老祖哥,怪我瞎了眼,这么多年没发现你这么有才。老祖想说什么,终于又没说什么。

4

老祖第二次见到陈菲是在医学院陈菲的家里,确切地说,是在一间大教室里。

那天刚好是周末,小花放假一天,老祖小秦在家哄小米吃奶糊,还给小家伙洗了澡。老祖忙得满身大汗,嘴里哼着儿歌,小白兔白又白,两只耳朵竖起来……他唱得聚精会神,这时,手机响了,他拿着新款手机一接听是陈菲,很意外,她的语气还是那么柔和平静,她说下午如果有空上她家拿哮喘喷雾器,还请他喝咖啡。老祖紧张地低声说好,转过身告诉小秦,说医院通知他买喷雾器,时间早他再去单位复习竞争上岗的考试大纲。小秦见一切收拾停当,也不好再说什么,便懒洋洋地说,老爸爸,你不会是去会女朋友吧,你可要说老实话做老实事哦。老祖说,怎么会呢。

老祖钻进隔壁书房,从大书柜里抽出本《雪莱诗选》揣进怀里,穿上风衣,心虚地下楼开车出门,不一会就拐进了医学院教师宿舍楼。

陈菲家在实验楼东侧附近,一间老式的红砖灰瓦大教室爬满了常青藤,周围的园子里长满了丁香、刺梅和忍冬,还有几棵柳树和石榴树,灌木和藤萝严实地遮蔽了过往路人的视线,这里看起来像个世外桃源,显得古朴、宁静和神秘。老祖一下子像回到他的梦里,回到上外院的校园里,景物、位置、甚至气味都像极了。

他缓缓走近园子,冬日被过滤的阳光折射出若明若暗淡淡的光晕,老祖在这光晕中停下来,朦朦胧胧。这里的一切是那么虚幻,给人一种恍然若梦的感觉。他知道,在这间教室里,所有的声音和动作都被隔绝,再向前走,也许所有的故事和浪漫都可能发生,他有点紧张。不过,瞬间又坦然了,不就是一对小资男女凑在一起喝杯咖啡,相互撩拨一下无聊的心绪吗,每天满大街都是,他只不过在重复别人做过的事而已。老祖忽然觉得这一切又十分虚假,也极不真实,像一个无聊的作家精心编织的游戏,再戏弄他一次。为了儿子必须和陈菲搞好关系,这是最现实的。而且,眼前的一切又着实让他心软。陈菲斜着身子,倚靠在门边抱着胳膊,温暖地笑着看着他呢,浑圆的额头散发出皎洁的光,落落大方的神态透出懒散,像幅油画。她穿着宽松的米色套头牛绒衫,瀑布般的黑发松松地挽在脑后，真不像 40 岁的女人。

见老祖傻乎乎地站着不动，她说，还愣着干什么呀，这么快就到了。老祖跟着她抬脚进屋吓了一跳，像走进上个世纪，跳入眼帘的是两条巨幅醒目的红色标语，左右贴在教室的两面墙上，上面苍劲地写着：伟大的中国共产党万岁，全世界人民大团结万岁。

老祖惊诧地说，有意思，把天安门广场的大标语搬回家来了。

是吗？我记得告诉过你，我老公家在皖南山区，他上高中就入了党，他说没有共产党，他就不可能考上大学，就不可能娶我做老婆啊。陈菲幽默了一把。

老祖想起陈菲上次说她爱人是全国恢复高考第一批大学生，现在是医院外科主任，2 年前到也门援外医疗队去了。他注意到墙上还挂着许多木相框，都是她和老公恩爱的合影，还有她在伦敦泰晤士河边的留影，很温馨，就是没看见她孩子照片。

老祖还在胡思乱想，陈菲轻盈地跳到老祖面前，在空旷的水泥地上，像京剧里的武旦嗖嗖连翻了两个前空翻，然后，歪着脑袋站在原地看着他。老祖简直有点魂飞魄散了，他哆嗦地问，你这是干什么？

陈菲调皮地说，欢迎你啊，这是我和老公下班后的见面礼。小时候在少年宫练过武术，好长时间没练习了，你别多心啊。再过半年他就回来了。

老祖脸上有点发热，自嘲地说，嘀，我的档次和你老公一样啊。放心，我不会自作多情的，为什么不练瑜伽做体操呢？

陈菲浅浅一笑，说，老啦，赶不上时代了。

老祖岔开话题，问，你不是请我喝咖啡吗？

陈菲微带挑衅地说，急什么，我可是手工磨咖啡，经典着呢，你会吗？

老祖微笑着不说话，跟着陈菲来到教室东侧拐角的整体橱柜边，陈菲指着一架老式手摇咖啡磨豆机和一把摩卡壶（Mocha），得意地说，2004 年我在伦敦大学医学院进修时买的。老祖带着欣赏的眼光看着咖啡机，深情地说，真是好东西。说着，将一小碟咖啡豆倒进机器里，手摇木柄说，念书的时候，有个英国老师请我们作客，教我们手工磨咖啡，他说磨咖啡时动作一定要轻，要轻轻地摇，尽可能不要产生摩擦，这样咖啡的香味就不会散发。你用的是上品的苏格兰咖啡豆，喝咖啡就要有上好的咖啡粉，就像做人，不论你外表多么迷人，但骨子里首先得称得上是精品，你说呢？

　　陈菲脸颊现出红晕,轻声说,我是精品吗?看着老祖动作熟练的样子,她说,没想到做咖啡你也很在行呢。老祖将研磨后的咖啡粉倒进摩卡壶里,放在炉上加热,说,当然啦,我当年是学生会干部,见多识广啊,嗯,咖啡温度最好加至86到90度最好,这样冲出的咖啡香浓可口。没一会儿,老祖将两杯热气腾腾的咖啡推到陈菲面前。她端起杯子抿了一口,点点头说,味道不错,说实话,你磨咖啡的水平和我老公差不多呢。

　　老祖坐在餐桌边,用小铁匙轻轻搅动杯子,环顾四周,整个大教室到处是堆积如山的临床医学书籍,没有书橱,全堆在一排排课桌上,靠近双人床的右侧,放了一架钢琴,墙上方挂着幅《向日葵》,还有挂毯和长毛绒动物玩具,温馨而典雅。正是冬日温暖的下午,挂了窗帘的教室光线很暗,四周亮着的壁灯发出轻微的嗡嗡声。陈菲呷了口咖啡说,过去这里是解剖室,我们一住就是10年,他念旧,喜欢校园气氛,在市区买了房子,就是不肯搬。

　　老祖漫不经心地问,你们孩子多大了?陈菲用铁匙轻轻搅动杯子,淡淡地说,儿子两岁的时候得了眼扁平上皮癌,就是眼癌吧。

　　老祖差点把咖啡吐了出来,问,怎么还有这种病……那为什么不再要一个呢?

　　陈菲说,心里有阴影了,前年我又做了子宫肌瘤半切除手术。她顿了一下,又说,我的工作每天给孩子治病,可我自己想要个孩子的愿望永远成了一个梦,所以在别人面前,我们始终有抬不起头的感觉。其实,我们的生活缺少的不是爱,而是完整。这些年我们一直是在逃避……

　　老祖说,唉,有小孩也有无止尽的麻烦,你看我弄成这样。对不起,让你难过了。他想这个话题很沉重,又很脆弱,就赶紧从怀里掏出那本书递给陈菲。陈菲接过书,白净修长的手指摩挲着泛黄的封面,若有所思地说,雪莱的才情是因为有了第二任妻子玛丽,爱再次成就了天才和浪漫。

　　老祖感慨地说,是啊,最近在读什么书?

　　陈菲说,没看什么,随便翻翻我老公看的书,像《一双绣花鞋》《第二次握手》之类的。

　　老祖很惊讶也很兴奋,说,你也很怀旧啊。

　　陈菲不动声色,可心里得意,便说,我不太喜欢现在的小说和电视剧,没什么可看的。

　　沉默了一会儿，两个人好像没什么话可说，忽然，陈菲神秘兮兮地说，你过来，我给你看本书，说着站起身，领着老祖来到宽大的写字台前，指着几本点字书问，知道这是什么？

　　老祖开玩笑地反问，你不会把我当瞎子吧，这不是 Braille（布莱尔）盲文书吗？让我简单介绍一下历史吧，中国盲文是 1874 年由英国传教士与中国盲人合作制定的，以《康熙字典》的音序为基础，才有了最早的康熙盲字吧。你为什么要学盲文呢？

　　陈菲有点吃惊，又有点娇嗔地说，讨厌，你怎么什么都知道呢，我们儿科临床医生接触患儿大多需要靠手来诊断病情，我想学盲文或许能够增强手指的敏感度。再问一句，会读盲文吗？

　　老祖摇摇头，陈菲随手翻开一本盲文书，白皙柔软的手指轻轻贴着凹凸的页面，眼睛直视窗口，迷离而忘情，她轻声念诵着：你可会忘记那快乐的时刻，被我们在爱之亭榭下埋没？对着那冰冷的尸体，我们铺了不是青苔，而是叶子和鲜花……

　　老祖说，这是雪莱的《往昔》。

　　陈菲温柔地小声说，把你的手拿过来，Close your eyes，我来教你。

　　老祖端着咖啡杯，脸上又一阵发烧，但又抹不开面子，贴在陈菲的身边，闭上眼，乖乖伸出右手，想老都老了还浪漫一下。陈菲用修长润滑的右手轻轻握住老祖的五指，慢慢地在书面上滑动，嘴里仍在说，啊，鲜花是失去的快乐，叶子是希望，还依然留存……

　　老祖的鼻尖几乎贴到了陈菲乌亮的黑发，他的前胸已经感受到她身体的柔软和温热，更令他尴尬的是，从陈菲雪白的脖颈深处，一股淡淡的温暖，融合着咖啡的清香，正慢慢地涌上来。老祖一阵恍惚，又一阵慌乱，他抽回右手，赶紧说，谢谢你的咖啡，我该回家了，老婆在家带孩子我不放心。正说着，手机还真响了，老祖一接听，正是小秦的声音。她粗声大嗓地叫着，老爸爸，还不赶快回来，小米拉肚子了！

　　老祖紧张地看着陈菲问，小陈，我儿子腹泻该吃什么药？陈菲轻叹了口气，微微蹙了蹙眉，说，你先观察一下吧，如果严重了，就口服一瓶小儿小诺霉素口服液，药店有的卖。

　　老祖连连说，好的，好的，先走一步，下次我请你吃饭。说完，接过陈菲手里的哮喘喷雾器,赶紧走出大教室,开车回家去了。陈菲默默地看着他,满眼失落。

老祖到家一进门,小秦正抱着小米在花园里晒太阳,一副悠然自在的样子,见他失魂落魄的样子,小秦得意地笑了,摇着儿子的小手说,快叫爷爷。

5

春节过后,一天傍晚下班,老祖匆匆走出大门到院子里发动汽车,收发室的老魏叫住他,说刚才有个国际长途打到他那儿,是个女孩要找他。老祖立刻紧张起来,一定是丹丹,奇怪,平时女儿从来不主动打电话给他,今天一定是遇到什么急事。老祖有点害怕,赶紧掏出手机,这才发现手机关机没电。

情急之下,他想起前两天自己办公室电脑装了视频摄像头,便又回到五楼办公室,先给小秦打电话说晚上临时加班晚点回来,不要等他吃饭。然后,打开电脑,登上 Hotmail 视频对话框。

他先用办公室 IP 电话接通丹丹公寓的电话。顺便提一句,老祖的女儿丹丹两年前在纽约大学医学院毕业后,又考进了该大学康复医学院护理专业,最近刚拿到了工作执照。

果然,女儿丹丹听到老祖的声音,嘤嘤地哭起来,说,爸我想你。老祖听到女儿的声音,滚滚热流涌遍全身。父女俩心中结的冰融化了,他有点悲壮地说,别哭,有话慢慢说,天塌不下来,有爸爸给你撑腰怕什么呢。老祖说得理直气壮,好像他就是美国总统似的。

老祖让女儿立刻登录视频对话框。有了高科技,世界真奇妙,5 分钟后,丹丹稳稳地坐在老祖的桌子上。视频里的丹丹和所有女孩子一样,青春靓丽,上身穿红色的长袖圆领针织衫,头发简单地束在脑后,用发卡夹住,不经意地散下两撮发丝,抚弄着修长白皙的颈部,她双眼有点红肿。她断断续续地说她在医院神经内科的岗位,2 天前无缘无故被一个不如她的黑人女孩替代了,她感到世界末日就要来了,实在想马上回家不干了。

老祖看着女儿憔悴悲哀的面孔,也心如刀绞。异国他乡,举目无亲,前途险峻,是所有留学生面临的挑战。可女儿已经坚强地一步步地走过来了,绝不能再半途而废。老祖凝视着女儿,再次举出女儿上中学时给她讲的伟人发奋成才的故事，像什么凯伦、贝多芬之类的，讲到动情处也鼻酸眼热。但宗旨一条：你是爸爸的血脉，爸爸老了，但你要坚强，要向命运抗争。渐渐地，女儿心境也就开朗起来。最后，老祖采用他惯用的老办法，让女儿背诵上中学时背诵的毛主席语录：不管风吹浪打，胜似闲庭信步。雄关漫道真如铁，而今迈步从头越。

退出对话框，老祖心潮澎湃，又登上自己的博客，引经据典，写了一段只有受过高等教育的人才能理解的心得体会：

记得有位哲学家说过："人的生命具有神秘性、偶然性和脆弱性，而恒处于挣扎或抗争之中。"仔细一想，这话的确说中了人的真实处境，有的人在烦恼、沮丧的泥潭里抗争，有的人则在委琐、庸俗、阴险和罪恶的沼泽中挣扎，可以说，除了少数超越红尘的圣人，几乎每个人都被一只无形的巨手捉住，难以逃脱。曾经的隐痛让我无力挣扎，我觉得自己不配做一个坚强的父亲，我劝慰丹丹的言辞是那么的苍白无力，因为我自己就是一个软弱无能的人。

这几天，在我的生命中又接触了一个新的女性，她让我回到过去。她的境遇和我有着惊人的相似：她美满的婚姻中有不幸，而我荒唐的婚姻中有荒唐的美满，我们都清高，但都不幸，都在作茧自缚，都是"局外人"，卡夫卡说，"一切障碍都能摧毁我"，我也是。有时，我企图挣扎，但是，总感觉自己是那么渺小，卢梭在《忏悔录》里说，"大多数人都是在运用力量已经太晚的时候，才埋怨缺乏力量。这时便向上帝哀祷："为什么你把我造得这样软弱？"上帝却不管我们怎样辩解，只是对我们的良心回答说："我是把你造得太软弱了。以致你自己爬不出深渊，因为我原先把你造得够坚强的，你本来就不会掉进深渊。"

我现在站在自己精神的废墟上很迷茫。

老祖写下这段虚无缥缈的话后，心灵的郁闷得到一次释放，又出了一身虚汗。他开车到家已是晚上九点多钟，一进门，见小花坐在客厅的沙发上看韩剧，全神贯注。小花见老祖回来慌忙站起身，老祖摆摆手示意她继续看电视。的确，这两个月来小花很辛苦，几乎是贴身伺候孩子，小米的身高体重都见长，每天又定时用喷雾器做治疗，整个冬天小米没犯过一次哮喘病，正稳步朝着玉米棒的方向发展。老祖在心里感激小花和陈菲。两个女人给他沉重的家庭生活减少了不少压力和负担。小花说大姐去棋牌室打麻将了，小米刚刚喂过奶也睡了。老祖说不用忙，弄点吃的就可以。小花赶紧去厨房热饭菜，老祖吃了喝了脸上又有了精神,便坐在餐桌边悠闲地剔着牙。

　　小花见老祖心情不错,就把罗文厂里购买音响器材的事再次提醒他,老祖连连点头,答应尽快想办法。他想只有义不容辞地报答小花付出的努力,才能真正稳定目前的家庭生活,而且老祖在承诺小花的同时,也决定继续保持和陈菲医生的纯洁友谊,具体地说,他要背着小秦实施一项大胆的计划,当然,不是请她吃饭,太没意思了,他要请她出去亲近一下大自然,计划参加一次一日游,地点在"春江第一漂"。那里曾经是他插队的地方。老祖用手机告诉陈菲他的这个想法,并一再解释说儿子总是给她添了不少麻烦,心里过意不去。陈菲爽快地答应了。

　　那天是星期三,陈菲大夜班轮休,老祖一大早就告诉小秦说今天去郊县出差,早出晚归。可能是头天晚上老祖表现不错,小秦很尽兴,便不再找碴,还深情地贴着老祖的额头亲了一口,唱着,轻轻的一个吻,叫我思念到如今。老祖胡乱应付了几句,开车径直驶向医学院,在大门口接上陈菲。

　　时间还早,他们先去了城南的森林公园。不是周末,公园的游人很少。春天的阳光从茂密的树叶中洒下来,小鸟在树杈间欢快地鸣唱着,刚修整的绿草坪散发着小草的清香,空气里弥漫着一股舒适的悠闲。

　　陈菲和老祖沿着公园弯弯曲曲的石子路漫步走着,城市的喧嚣渐渐远离他们,烦闷的心情逐渐化解在洁净的天地里。老祖说,这里的一切很像他上学时的学校大草坪。接着,他回忆起校园的生活。他不停地说啊,说啊,其实,他津津乐道的怀旧故事已经不是什么新鲜事儿了,网络报刊杂志随便翻翻都能找到,不外乎是八十年代改革开放初期的生活,像穿着喇叭裤背着吉它理着大背头的时髦青年,街头录音机里播放的邓丽君的靡靡之音,还有穿着黄军装拼命读书的大学生们……这些陈芝麻烂谷子的事情他说得声情并茂,可就是不怎么煽情,一旁的陈菲静静地听着,看着他眉飞色舞的样子,觉得很滑稽可笑,好像这么多年来,他把想说的话都集中到这个时候。

　　不过,他说的两个小故事还有一点怀旧的意思。第一个故事讲的是抢座位。那时的学校图书馆就是两层破旧小楼,仅有三百多个座位,因此,每天晚上自习占座位就是一项艰巨的工程。他是班长,为了保证班级每个同学都有自己的位子,每天晚饭前他布置同学买了链条锁,成双成对的将每两把椅子牢牢地拴在一起,像他们的临时主人一样,生死相守。这样,大门一开,排山倒海,占座的热闹一浪高过一浪，没有男女之别，没有绅士风度，没有高矮大小谁让谁的道理……而他们班级所有的同学都很悠闲自在，不慌不忙找到自己的座位，看到别人在争抢座位时的紧张和不安，内心得到巨大的满足，他这个班长也就尽职了。另一个故事讲的是他的老乡不知道什么是女用卫生巾。他老乡来自农村，一次在女生宿舍玩，见一女同学床头放一卷彩色卫生纸，就对它发生深厚兴趣，他刨根问底，问她为什么用这么好的纸，能不能送几卷给他。女同学红着脸说，你到商店里问售货员吧，说完，老祖像个孩子开心的笑了。

陈菲没有笑，但还是善解人意地不住地点头，眼睛探究地望着老祖，眼神迎合着他的神情和语调。老祖便说边侧过脸来端详她，说不出什么，陈菲今天看起来优雅端庄，鹅蛋型脸庞，轮廓朦胧而柔和，她身穿休闲装，依然女人味十足。老祖忽然有种怜香惜玉的冲动。

他问，小陈，我说的你听得不耐烦了吧？陈菲凝视着前方，说，没有呀。不过，她轻声说，我想他了，昨天晚上他电话里说，医疗队还有许多事情没理出头绪，要到九月份才能结束。

老祖不屑地一笑，说，这有什么，不就是晚点回来吗？Let it be，顺其自然嘛。口气一语双关。

陈菲说，你喜欢披头士的这首歌吗？

老祖感慨地说，岂止是喜欢，那时候，没有 CD 网络，没有演唱会，唯一了解 John Lennon（约翰列侬）和西方音乐发展史就是靠书本，幸运的是，第一次听这首歌是我们的外教亚历山大给我们讲新概念时，他介绍了摇滚乐的变革和发展，在教室用录音机播放了披头士的经典作品，其中就有这首歌，当时那个内心被强烈地震撼啊，不亚于听崔健的《一无所有》，怎么说呢，这首歌有诗一样的浪漫和乌托邦，永远难忘。老祖情不自禁地哼唱起来。他的嗓音低沉浑厚，富有磁性，陈菲听得入神，不禁挽住老祖的胳膊。老祖内心一阵荡漾，发现天更蓝了。这时，不断有人从他们身边走过，他怕见到熟人，心虚地从陈菲的胳膊里抽出手来。

6

"春江第一漂"位于城郊四十公里的杨溪乡吴村，当年老祖下放就在这里,全溪长二十多公里,这里山高水秀,云雾缭绕,村庄依山傍水而筑,沿溪而筏,就有"两岸猿声啼不住,轻舟已过万重山"的意境了。

老祖搀着陈菲跳上竹筏,并排坐在竹椅上,筏工轻轻用竹竿一点,竹筏缓缓离开岸边向前漂去。陈菲贪婪地眺望岸边的古石断桥和冒着袅袅炊烟的青砖瓦房,嘴里不时啧啧赞叹,想不到你下放的地方真是风景如画。

老祖笑了笑,用手在溪水里撩了一把,春天的溪水暖暖的,清晰的水面下有许多鱼吐着泡泡,偶尔会有鱼突然钻出水面,又扑通沉入水底。老祖触景生情,开始忆苦思甜,说,我下放是在1973年,火红的年代啊,我记得那天我们二十名知青戴着大红花来到生产队,队长当天晚上召开社员大会热烈欢迎我们。我代表插队知青向队长赠送了毛选四卷,决心一定要虚心向贫下中农学习,认真改造世界观,在农村广阔的天地里,滚一身泥巴,磨一手老茧,炼一颗红心,干一辈子革命。老祖连用几个排比句,说,对了,你看,现在我们到了六雀岭,老祖指着左前方五十米处的一条深沟说,当年我们乡为了备战备荒,抽调100人的民兵连在这里开挖水电站大坝。正是寒冬腊月,我和6个知青就在这里简易的草棚里整整住了三个月,天天吃的是酱油泡饭,挑土挑得腰都直不起来,我严重的贫血,经常昏倒,三个月结束后,100人的民兵连就剩下20人,我的体形就成了现在的样子。陈菲不说话,听得很认真,身体紧靠在老祖身边,老祖没察觉,面色凝重继续说,现在的年轻人根本不能理解到我们这一代人的生活,他们对那个年代的了解靠的是网络和书本,当然也更不感兴趣了。真的,连我自己对那段生活也麻木了,因为现代人都向前看了。老祖自嘲地说。

陈菲一本正经地说,那可不行,忘记过去就意味着背叛。说完,俩人都笑了起来。

这时,旁边不断有竹筏从他们身边漂过,大多是一对对花团锦簇的年轻情侣,个个兴高采烈,模样亲昵,还有一对旁若无人地搂着在接吻,陈菲双眼直逼那对情侣,竹筏驶过去了,她还瞪着他们。老祖捅捅她说,算了,别看了。

陈菲恨恨地说,这么好的青山绿水还好意思污染环境。

老祖说,你不会是嫉妒人家吧,看来我们都老喽。

陈菲扫了他一眼,说,那是你老了。她好像不高兴了。

老祖笑笑,乘陈菲没注意,他变戏法似的从水里捞出两条活蹦乱跳的鲫鱼来，在她面前一晃，说，走，我们到对面的石滩上烧鱼去。

陈菲惊喜地看着他说，哎呀，你真有本事，在哪里学的？手真快。

老祖有点得意，说，下乡插队时练的手艺，这两下子不算什么。他招呼筏工将竹筏停靠在对岸。

俩人上岸，陈菲坐在一块大石头上，静静地看着老祖在忙碌。老祖捡了几根竹条堆在一起，然后，洗鱼剥鱼，又点燃竹条，动作利索，不一会儿，竹火噼噼啪啪烧得很旺。老祖把两条鱼穿在竹条上，放进火里烧烤，一会儿，周围飘出烧鱼的香味。陈菲咯咯笑着说，快点，我饿得都快流口水了。老祖递给陈菲一条鱼说，慢慢吃，别把鱼卡吞到肚子里。陈菲接过鱼，放在鼻尖下闻闻，很香，但就是不敢张嘴。

老祖笑着说，放心吧，陈医生，很干净，真正的野味啦。

陈菲小心翼翼地咬了一口，眉眼立刻舒展开了，连连点头说，不错，真鲜，想不到鱼还有这种吃法。她的脸上浮现一片红晕。

老祖看着陈菲的吃相，满意地点点头，陈菲也抬头看了他一眼，她的眼睛亮亮的，充满着妩媚和亲切。

老祖又把自己的那条鱼递给陈菲说，好事成双，都吃了吧。陈菲也不客气，接过鱼调皮地眨眨眼睛。

老祖用竹条指着周围连绵起伏的青山，说，那时一到春天，我们几个知青扛着猎枪到山里打野鸡野兔，还采蘑菇，拔竹笋，再用瓦罐炖着吃，那才是真正的绿色环保食品呢。老祖一脸的怀旧。

吃罢了鱼，俩人又上了竹筏。陈菲吃了野味，兴致更高，主动要过筏工的竹竿撑起筏来。老祖在一旁仔细告诉她撑筏的动作要领，陈菲开始的时候有点整手整脚，动作也不协调，经过老祖和筏工的指点，竹筏也撑得像模像样起来。

老祖痴痴地看着陈菲，一股热流从心里往外涌出。她的一招一式虽然机械生疏，但姿势有种说不出的优美，竹竿点在溪水里一停一落激起层层水波向四周蔓延，那种悠闲快乐让老祖恍然若梦，一时不知天上人间。

老祖说，怎么样，不虚此行吧。

陈菲掩饰不住内心的兴奋，说，当然喽。正说着，竹筏突然碰撞上前面的一块石礁。竹筏一阵乱颠簸，陈菲斜着身体，眼看要跌进水里。老祖慌忙用力把她向里猛拉，陈菲被她拉到怀里。老祖真真切切地感触到陈菲的胸，她的饱满温暖的胸脯贴在老祖瘦削的胸口,有股暖流传遍他的全身,他赶忙扶正陈菲,尴尬而又不失幽默地说,对不起,都怪我,又给周围环境带来视觉污染了。

陈菲满脸通红,小声地说,怕什么,又不是故意的,这是自然灾害……说着,俩人都不由自主地笑了。

"一日游"结束后,老祖陈菲开车到家已是下午四点钟。老祖想时间还早,就开车到了江边一家僻静的小吃店请陈菲吃晚饭。老祖点了几道下饭的菜,荤素搭配,又要了2瓶长城干红,俩人又累又饿,风卷残云,吃了喝了。陈菲面颊绯红,眼光水润,一副意犹未尽的样子,老祖也有点心猿意马,他看着窗外,天色已黑,便又建议去旧板凳电影院看场老电影。陈菲很惊讶,说,没想到生活了这么多年,还有这么个地方。

为掩人耳目,老祖开车悄悄来到离电影院一公里远的地下停车场,俩人心照不宣,一前一后去了放映厅,等老祖坐在陈菲身边时,气势宏伟的电影音乐响彻整个大厅,电影开始了。今天放的是《瓦尔特保卫萨拉热窝》,可能是战争片,情节紧张,吸引了不少青年男女,放映厅坐满了人。"空气在颤抖,仿佛天空在燃烧,是啊,暴风雨就要来了……"老祖被钟表店老板的沉着冷静而吸引,但是,他现在有点心不在焉,身边陈菲暖暖的身子紧贴着他,像只温顺可爱的小花猫,黑暗中的那双眼睛时而注视着他,满是柔情和体贴,他有点把持不住自己,他想尽快送她回家,否则,暴风雨真的要来了。他小声提醒她不早了该回家了,但她兴致盎然不理他,老祖没办法。

电影一散场,老祖开车一路加速,径直驶到大教室外的花园口,陈菲慢吞吞地下车,脚像踩了棉花,有点站立不稳,她不好意思地朝老祖笑笑,目光乞求,老祖只好用胳膊搭着她的腰,扶着她慢慢地沿着花园的碎石路向教室大门挪去,快到门口时,陈菲从口袋里掏钥匙脚下一歪,打了个趔趄,差点跌倒。老祖慌忙两只手抱住她的腰,两张脸几乎贴在一起,陈菲笑起来,说,你的脸红了。老祖讪讪地说,进门后,你可别再翻跟头了,不然我可伺候不了你。他想吃过晚饭她也不是这样的,还是那瓶长城干红劲大闹的,自己头也晕乎乎的。

进屋后,老祖直接把陈菲搀扶到床边的长沙发上,让她半躺着,又到远处拐角的橱柜上翻了半天,冲了杯蜂蜜水送给她喝了。刚才一番折腾,他自己身子也觉得要散了架,便坐在餐桌边,倒了一杯水,他想气喘均匀了就回家。

就在他眯着眼歇气的时候,他的耳朵里忽然就飘起了一段悠扬抒情的旋律，很耳熟，对，没错，就是那首莫扎特为费加罗结婚时写的曲子。钢琴的旋律比小提琴的音律更加波涛汹涌，情意绵绵，一下子就把老祖推到浪尖上了，一阵欣喜像电流涌遍全身。他站起身，慢慢挪到钢琴边，陈菲没有理他，修长、纤巧的十指仍在琴键上滑动着，琴声像一团舒适的氤氲包围着他，抚摸着他那颗苍老的心。一曲终了，陈菲也没抬头，深深吸了口气，来了个漂亮的车尔尼式的高抬指触键，叮叮咚咚，一串均匀饱满、玲珑剔透的音符飞了出来，正是那首让老祖梦萦牵绕的《let it be》的前奏，旋律轻盈流畅，如珠走玉盘。

　　陈菲从容不迫地弹奏着，温柔地点头示意他，老祖心中那团火忽地就点燃了，他随着节奏唱了起来：When I find myself in times of trouble, Mother Mary comes to me, speaking words of wisdom, let it be……唱着唱着，他就觉得自己年轻了，有活力了，太了不起了，内心就有一股火苗往脑门上窜，还伴着一丝说不清的战栗，他越唱越心慌，太激动了。没唱完，他摆摆手，嘴里含糊不清地说，对不起，有点累了，就到这里吧。说完，扭过身，摇摇晃晃朝教室门口走去，乐声嘎然而止，陈菲莫名其妙，像被人从半空中抛下来，好不难受，她站起身，愣怔地看着老祖走到门口，又看他转过身，慢慢走到她面前，表情不自然地说，对不起，我车钥匙忘了。说着，拿起钢琴台面上的钥匙，陈菲不说话，走到他跟前，忽然跳起来，猴子似的双臂勾住老祖的脖子，整个身体紧紧地缠绕着他。这出其不意的动作，又像她当初翻跟头似的让老祖哆哆嗦嗦起来，他被她骑着，重心失去平衡，跌跌撞撞没走两步，就滚到钢琴边的床上了。陈菲很快就解除了老祖的武装，又三两下扯掉自己身上的休闲套衫，黑色透明的胸罩和粉红色的内裤，光裸的身子一下子就给老祖带来强烈的视觉冲击，雪白的肌肤和滚圆的肩膀，饱满而又柔软的乳房和腹部，丰腴的大腿，还有中年女人特有的淡淡的体香……暴风雨真的来了。老祖想自己再犹豫就不是个男人了。

　　没有前奏，两人直奔主题。

7

　　江城的梅雨季节来了，雨下下停停，一下就是好几天，一直下得周围一切开始发霉。空气中到处散发着潮湿、温热和霉烂的气味。大自然真怪，许多东西在这个季节发霉变质,又有许多东西在这样温暖和发霉中滋长,老祖的情欲也在这个时候疯长蔓延着。

又是个周末,老祖带着一家人照例开车去市区步行街的麦当劳打牙祭。其实,儿子小米什么都吃不了,主要是小秦嘴馋,老祖目的是让孩子感受一下这里的儿童世界,到处都是花花绿绿的小朋友,吃套餐还能赠送米奇高飞的卡通玩具。本来今天是小花的轮休日,老祖让她打电话给罗文说不回家,老祖打算上街给小花儿子买几本书和几件春秋衫。

一直在下雨,老祖车开得很慢,小秦小花坐在后排唧唧喳喳逗着小米玩,这时,老祖的手机响了,他一接听是陈菲,慌忙将手机音量按到最小,装作漫不经心的样子大声说,喂,哪位?

陈菲语气平淡的问,在哪儿?

老祖说,噢噢,小江啊,蒋局在省城开会还没回来吗? 我现在没事,全家人正开车去步行街吃麦当劳呢。

陈菲幽幽地说,真会演戏啊,我不舒服,要来例假了,肚子疼得厉害。

老祖慌了,赶紧说,那你忙吧,你告诉蒋局,我一定好好复习,考出好成绩。

陈菲说,我马上去麦当劳看你。说着挂了电话。

老祖握着方向盘的手有点发抖,心里七上八下的,陈菲真的去麦当劳,小花认识她,要是让小秦察觉出来,那就是杀身之祸。有了那天晚上的肌肤之亲,老祖的怀里像揣了个定时炸弹,内心交织着恐惧和不安。虽然陈菲给了他心灵和肉体的抚慰,让他激动,但他清楚这只是夜晚的流星一闪而过。

老祖把车停在门口,领着一家人进了店门,今天麦当劳生意不错,有点人满为患。好不容易找到一张空座位坐下,老祖的手机振动了两下,他趁小秦小花抱着小米到店内的滑滑梯玩的时候,低头一按键,陈菲的短信飘来:我在店门口看着你呢。老祖抬头朝大玻璃拉门望去,果然看到穿着米色风衣的陈菲侧着身从容地朝他狐媚一笑,还挥了一下手。

老祖紧张得有点透不过气来,这时,陈菲推门走进来,像电影慢镜头里的人一样飘到他对面的一张桌边坐下,她捋了一下蓬松的黑发,落落大方的样子,然后,瞥了老祖一眼,似笑非笑,脸上交替出现得意和复杂的表情。老祖赶紧把头低下。

这时,小秦小花气喘吁吁搀扶着歪歪倒倒的小米,笑着闹着回到桌边。小秦最近减肥效果不太成功,但手气不错,打麻将连创十五局不败纪录。一高兴,她就用赢的钱到医院做了激光割双眼皮的手术,这两天,两只眼睛肿得像小灯笼似的,见人抬不起头,一幅低头认罪的样子。

服务生把薯条、炸鸡腿果汁满满摆了一桌,老祖赶紧招呼小花动手,小秦低着头没好气地说,我妹妹吃东西还用得着你来操心,多管闲事。她递给小花一根小手指粗的薯条。

小花抱着小米不好意思的说,大哥大姐你们先吃吧,我带儿子来过几次。老祖硬是把两个炸鸡腿塞到小花手里。要在以往,小秦非得夹枪带棒连讽刺带挖苦地捉弄一下老祖,可今天眼睛不舒服就没吭声。

这时,老祖的手机又不争气地振动了两下,他低头一看:我在洗手间等你。老祖慢慢抬起头,陈菲端着杯桔子汁,在他对面不远处的座位上,微笑地看着他,那张鹅蛋脸还是那么细嫩光洁,很有女人味,她双唇涂了浅粉色唇膏,亮晶晶的,像抹了蜜。她不慌不忙站起身,沿着过道径直向右边的洗手间走去。

小秦见老祖低头看手机,问,从路上到现在就看你打电话接短信,谁的短信? 她的嘴像含了醋,吐出来的每个字都是酸不溜叽的。

老祖说,哦,是天气预报,明天阴转晴,最高气温23度,对了,小花,明天要给小米再加一条棉毛裤。小花点点头,端着杯子哄小米喝果汁。老祖站起身,若无其事地说,我去一下洗手间,便向陈菲的方向走去。

这里的洗手间狭小,男女合用,主要供大人带小孩临时小便,简易门只有老祖大半个人高。老祖试探着推开门,还没反应过来,陈菲顺手一把将他拽进来,砰地一声将门锁上了,接着,老祖稀里糊涂就被陈菲抵到墙上,他还想说什么,一张口,滚烫松软的双唇紧紧堵住了他的嘴,舌头像跟泥鳅在他嘴里滑来滑去。老祖魂飞魄散,靠在墙上动弹不了,只好就势沿墙滑下。他像被人按在水里憋闷了许久,好半天才露出水面,挣扎着喘着粗气说,你不要命啦。

不要了,你不说我老了吗,今天就让你看看。

放开我,我老婆看见要杀了我。

杀了更好,大家都省心。

我求你,我血压高,不要把舌头在我的嘴里乱搅和,我受不了。

This is a French kiss(这是法国的舌吻)。星期四晚你到我家来就放了你。

陈菲喘息着,声音发抖。

老祖脸色苍白,拼命地点头。

陈菲这才松开手。老祖箭一般冲出门,四下张望没人,便赶紧理了一下外套,逃回到小秦和儿子身边,前后不过一分多钟。小花见老祖慌慌张张,脸色很不自然,便问,大哥,你的嘴怎么红兮兮的? 老祖一抹嘴巴,连忙说,是刚才吃的番茄酱。

第二天上午上班,老蒋把老祖叫到办公室,关上门,神色庄重,开门见山地说,上次局里开会研究定下你这个虚职名额,有人提意见,说老朴是朝鲜族,党的少数民族政策应该体现关怀才对,而且,他的年龄比你大,工作也很积极出色,所以,为了接受群众的监督和考评,局里决定对虚职的任用必须要坚持三公开的原则,考试和民主测评相结合,下午三点在三楼会议室,你和老朴一起参加笔试和面试吧,这是你的强项,你应该复习过一段时间了吧。

老祖点点头,埋头洗耳恭听。老蒋继续说,真有意外,我再去省里给你争取一个名额,你放心,我调走之前一定把你的问题解决掉。老祖瞠目结舌,问,太快了吧蒋局,什么时候走。老蒋脸色和蔼,伸出胖乎乎的右手拍着老祖瘦削的肩膀说,不出意外,这个月底吧,你是我老哥,我们共事也有几十年了,应该是有感情的。记住,要树立未来意识,我给你交个底,这次你应聘上副调研员后,可能要主持局里综合业务科的工作,你有工作经验,要做好传帮带。老祖不知所措,但心里高兴,又提了一句罗文的事,蒋局,你走后我堂侄子的事还请你多费心啊。老蒋摆摆手,说,我们在一起不就是吃了顿便饭吗,这种事我见的多啦,我尽力争取,实在不行,我也不能干涉下一届新的领导班子工作,你说是吧,老哥。老蒋反问老祖,老祖只好点点头,不说话了,他想大不了自己这次放血,做回冤大头,三万块钱替老蒋还给罗文,一来算是感谢老蒋对他的提携,二来和罗文讲清楚,帮不上忙,他应该能理解,自己已经尽力而为了。

下午,老祖真的参加了笔试,突然进考场,找到座位后,他有点紧张,这有点类似当年的高考,不过,他很快就放松下来,毕竟自己准备过一段时间,再说,有老蒋给他撑腰,考试只是形式而已。下午先是考了综合试题,又考了申论题,老祖沉着冷静,知道的不知道的全部塞满了试卷。第二天上午,又进行了面试,老祖老朴和十几个参加竞争上岗的年轻人像看病似的,一溜排坐在考场外,面试之前,还像模像样地进行了抽签仪式,决定面试的次序,老祖抽了第五名,他一进考场,就看到评委席上坐着老蒋和其他几名局领导,还有一名从高校请来的教授。老祖的自我陈述很有气势,感觉也不错,随后他又回答了几个问题。面试很快就结束了。下午是民主测评、找相关人员谈话等等,程序进行很快,星期四上午上班,老祖经过收发室边的公示栏时,他一眼就看到了自己和老朴的照片。老魏在一旁无限感慨地说,我要是有个领导做靠山,就不会干收发了。老祖没说话,心里长长地出了一口气。公示时限一个星期,被公示人在德、能、勤、绩、廉五个方面如有问题,可以电话或谈话方式联系局办公室。老祖想这次真的是船到码头车到站了。

导火索一点燃,火就熄灭不了。晚上老祖怀里揣了瓶红酒,手里还拎了一支玫瑰花,偷偷摸摸又去了大教室。陈菲一开门,老祖微笑地将花递给她,瞬间,老祖觉得自己有点做作,又有点滑稽可笑,而陈菲却鼻子一酸,眼睛湿湿的。她解释说刚值大夜班很累,还说每次例假来之前心里都很烦躁,头痛得厉害,想找个人说说话。

俩人都有点不好意思,都知道要干什么,却磨磨蹭蹭,左顾右盼来到钢琴边的大床,都没说话。老祖从怀里摸出酒瓶,咚咚喝了几口,喘着气看着陈菲。陈菲乌黑的长发像贵妇人似的盘在头顶,露背吊带裙的领口很低,使她雪白的脖子显得长长的,很挺拔。这次是老祖主动出击了,他先是脱了衣服,浑身干瘦,像个衣架,有点猥琐,然后,他迅速帮助陈菲,她像个温顺的小女生,任凭他摆布。很快,就像外国电影里的镜头一样,衬衫、内裤、文胸被一件件扔到床边,镜头慢慢摇到窗外,外面淅淅沥沥地下着雨。这一镜头很老套,但现在确实是真的。

接下来的一切就是疯狂,双方各自在比拼速度和耐力,都想吃了对方,最后,两人从悬崖上腾空跃起,在云中漫步,又跌落到地面。老祖半梦半醒,闭上眼,奄奄一息,他觉得自己正和陈菲,不,确切的说,是和陈冲躺在尼亚加拉大瀑布前不远处的草坪上看着蓝天白云呢,他的小腹上还有几只毛毛虫在爬来爬去,冰冰凉凉的。他实在是幸福得一塌糊涂。当然,这是他的幻觉,陈菲见他迷迷糊糊的,悄悄地从床头柜上拿了一支唇笔,在他的干瘦的小腹上画了一颗用箭头穿过的红心。

事后,陈菲把头枕在老祖的胸前,从枕头下摸出一盒摩尔烟,抽出一根熟练地用打火机点上,深吸一口,递给老祖,老祖头发凌乱,疲惫不堪,他摇摇头,抚弄着她盘起的黑发,问,为什么要抽烟呢?

进修的时候,那里老是无休止的下雨,气候阴沉烦闷,就抽上了。陈菲吐了口烟,淡淡地说。

老祖紧紧搂了她一下,指着床边墙上的结婚照,得意地问,我和他谁好?

沉默半晌,陈菲轻轻地说,他冷静智慧,像我的父亲,应该比你强,而且,很强壮。

老祖浑身像被一盆冰水浇个透凉,他蠕动着发干的嘴唇,小心翼翼地问,那你为什么看上我呢?

陈菲说,三毛讲女人一生一定要做一次第三者,这样,才能体味爱情的凄凉。再说,你有才情啊,有时还很浪漫,总让我很意外。不过,我们今后不要再来往了,我觉得这样不好。我们是生活在两个世界里的人,你说呢。陈菲送给他一个蒙娜丽莎的微笑。

又是一盆冰水,太快了,陈菲一个华丽的转身,简直没有过渡,老祖沉默了半天,说,也好。他想为了小米已经走了一段险路,再这样下去,可能就是万劫不复了,无聊的作家精心编织的游戏也该结束了,而且,和她的交往,让他有过一次激情四射活力无限的经历,他终于年轻过一回,怀旧了一回,也无怨无悔了。今后只要和她保持正常关系,治好小米的病应该是没问题。但是,想到要回到以前不咸不淡的日子里,他心里又有点淡淡的忧虑和惆怅。都说女人是所学校,老祖在陈菲这所学校里还是个小学生,他清高了大半辈子,但从未有过风花雪月的体验,他有点自卑了。

陈菲见老祖不说话,亲昵地用手抚摸他的胸脯,样子恢复到以前的妩媚和端庄。忽然,她警觉地坐起身,说,不对,你身上滚烫,一定在发烧,我来拿体温表。

老祖苦笑着,摇摇头说,累很了就这样,多少年了。

陈菲很职业地说,不行,改天我送你去医院查查血项。

老祖长叹一口气,又不说话了。

8

老蒋没有等到月底,也没等到老祖公示期结束,说时迟,那时快,星期五上午他就到省厅报到去了。下午，全局召开大会，新一届领导班子正式亮相，之后，正如老蒋所言要树立未来意识，新上任的卢副局长立即找老祖谈话，郑重希望他要勇挑重担，加强自我完善，发挥老同志的带头作用。老祖很激动，欣慰之际，他不得不感叹老蒋为他所做的工作，这也是老蒋对他的回报吧。

　　但是，梅雨还在不停的下着，老祖的霉运还是不可阻挡地找上门了。晚上下班，他一进家门，后院就起火了。小秦像一只恶虎咆哮着扑到他身上，又抓又掐，排山倒海，势不可挡。她咬牙切齿，噼哩啪啦扔出一串串重磅炸弹，一个接一个轰炸，炸得老祖魂不附体，晕头转向。她追赶着老祖，喊着，叫你说老实话做老实事，你竟敢在外面养女人，长出息了，是吧。楼上楼下，像动画片里猫捉老鼠。小花抱着小米在一旁插不上手，也哭着叫。小秦闹够了，累了，左手手指戳着老祖的脸，右手拎着两张照片，喷着唾沫星质问他，看看，早上丢在大门口，这是哪个骚女人？老祖衣衫不整，蓬头垢面，扫了一眼照片，冷汗立刻冒了出来，正是他和陈菲那天在森林公园亲昵地手挽手的合影，角度、焦距和光影恰到好处，简直像摄影作品。老祖不敢抬头，捶胸顿足，一再解释说这是电脑合成的照片，一定是有人陷害他。小秦倒退一步，像不认识似地看着他，哼哼冷笑两声说，好哇，你还是像当年那样死猪不怕开水烫啊，不承认是吧，我明天就找你们蒋局长。老祖苦着脸，底气不足地说，求求你，我说的是真话，再说，老蒋也调走了……小秦泼妇似地吼着，其他领导还他妈的没死吧，我要让所有人知道你是个道德败坏的 hypocrite（伪君子）！这是托福词汇里的英语单词，小秦知道真不容易。

　　最后，在老祖顽强的抵赖下，俩人都做出让步，老祖就是不松口，说一定是有人恶意嫉恨他，想在他公示期间损害他的名声。小秦想想也是，现在什么都能作假，而且也没找到实质性证据，也只好作罢，但是，她气咻咻地坚持要老祖先滚出家门，回到自己的老家住几天，要写出深刻检讨，反省自己。老祖连连点头。他想，火终于没烧到单位，但这件事的确让他惊恐万分，疑惑不解，到底是谁在跟踪他呢。

　　老祖临出家门前，背着小秦，千叮咛万嘱咐要小花带好小米，过几天他就回来，小花也含着泪不住地点头，老祖又悄悄塞给她零花钱，小花不要，但老祖硬是给了她，不为别的，就为她聪明善良，守口如瓶，为他保守了一个秘密。最后，老祖紧握小花的双手，仿佛战场上两个生死战友诀别似的，那个意思就是一切尽在不言中吧。

老祖又回到老家,一切依旧,只是到处是霉味,他清扫了一遍卫生,最后,累得躺在躺椅上,简直要虚脱了。这几天发生的事情,是他大半辈子所发生事情的总和,既荒唐,又真实,他无法承受,无法理解,心里有一团乱麻,无法理出头绪。一句话,他的生活轨迹被改变了。

晚上冲淋浴时,他才发现陈菲留给他小腹上的那颗红心,还清晰可见,他心里发酸,淋蓬头喷出的热水一泻而下,他赶紧用毛巾护住这最后的纪念品,这是他人生中唯一一次亮点,他不愿意就这么很快消失,隐约中内心掠过一丝伤感。

胡乱吃了点东西,老祖倒上床就睡,不知过了多久,手机就响了,他有气无力地按住接听键,一听是罗文,这几天他一直打电话催他订合同的事,老祖支支吾吾搪塞了几次,但今天实在是推脱不了了,他只好用商量的口吻告诉他,外面下着雨,他也累了想休息,明天找个时间见面再详谈。不料,罗文还是那么不紧不慢和蔼可亲地说,大哥,你心情一定不好,但是一定要出来,我请你喝酒。

老祖不作声,沉默了片刻,罗文又说,大哥,提醒一下,你还有几张照片和电话录音在我这里呢。

这句话像根钉子戳痛了老祖的屁股,他的脑袋嗡地一下就大了,他像弹簧似的反弹起来,搞了半天,暗藏的阶级敌人在这里。他惊慌失措了半天,像从梦中醒来似的连连说,你等我五分钟,我马上出来。

老祖摇摇晃晃爬进了罗文的破丰田皮卡车,罗文像多年不见的老朋友,紧紧握住老祖的手,脸上露出歪歪斜斜的笑容,他挑起眉毛,那双青蛙眼露出一部长篇小说的复杂内容,俩人不说话,开车去了医学院不远处挂着大红灯笼的小餐馆,罗文对这里很熟悉,挑了个角落俩人坐下,老祖义不容辞地喊服务员点了几个菜,很有特色,基围虾,清蒸桂鱼,还有荷兰甜汤,澳洲烤牛排,中西杂烩,又要了瓶白酒,很丰富很隆重。

老祖抱歉地说,你的事我没办好,合同签不下来,主要是单位机构变动,蒋局长要……

罗文摆摆手,砰地打开酒瓶,满满斟了两大杯白酒,说,大哥,这些我都知道,人在江湖漂,哪有不挨刀呢,来,借花献佛,咱俩先干一杯。老祖很想推辞说身体不行,见罗文的青蛙眼里闪着执拗,也不好多说什么,一咬牙,就干了这杯酒。酒一下肚,老祖的头就开始云山雾罩了。罗文像鬼子进村,胃口大开,筷子不停地在盘子间移动,很滋润也很满足,他一抹嘴,说,谢谢大哥大姐对我们全家的关照,现在钱难挣,屎难吃呀。老祖连忙附和,他僵着舌头解释了事情的经过和难处,并保证如果罗文有难处,那三万块钱他可以补偿,老祖一脸的诚惶诚恐。

罗文微笑着用手指习惯地敲打着桌面,他好像有点醉,矮小的身体软塌塌地靠在椅子上,他叹了一口气,这气叹的百转千回,像京剧里的叫板似的,他没接老祖的话茬,好像动了感情,断断续续倾诉了自己的痛苦人生。他和小花同住一个村,在家排行老五,也是当地唯一考上电子科技大学的大学生,学的是电子对抗工程专业,在校学业突出,准备重点保送读研,读大四的时候,生活实在枯燥就染上赌博,为了还债,竟然和社会上的小混混谋划偷窃学院国家重点实验室的实验器材,计划未实施就被学校发现受到处分,他全家四处借债,拿了两万块钱送给系主任,结果钱没了,自己也以最快的速度被学校开除了。然后,他的人生答卷上就划了一个鸭蛋,起点和终点就交会在一起了。

罗文凄然一笑,说,最后,我的女朋友和同学都纷纷远离我,我自己就像鲁宾逊陷入一座无人烟的孤岛中。我记得我和女朋友分手时,我留给她一句话:我和你一样有灵魂,也完全有一颗心,要是上帝赐予我容貌和财富的话,我也会让你难以离开我,就像我现在难以离开你一样。罗文引经据典,竟然说的鼻涕眼泪都流了出来,他说,你觉得我很脆弱吧,我恨自己,也恨不公平,从此,我就脚踩西瓜皮,滑到哪是哪。

老祖愣愣地望着他,想这个人还有点内涵和男人的柔情呢。

罗文揩了把鼻涕,又说,大哥,今天还是我做土豪,再干一杯。他又端起酒杯和老祖碰了一下。以前老祖应酬,放颗卫星能冲到半斤,今天身体虚弱,但抵不过罗文的逼迫,只好又干了。

俩人的酒劲都上来了。老祖的头耷拉在胸前,而罗文满脸红光,哗啦又从手提包里倒出几样东西,一个卡式微型录音机,一只红色手电筒,还有几张照片。他笑眯眯地说,大哥,我来给你醒酒。他一按录音机播放键,老祖和小花在医院的对话声出来了,小秦的叫床声,老祖和陈菲的电话录音,还有蒋局长和一个女人发怵的浪笑声……

　　老祖忽忽悠悠地就站起来了，身体开始颤抖，双臂无力地垂落下来，一幅低头认罪的样子。他嘴里嗫嚅着，口气慌乱而震惊，怎么会这样呢，这从哪弄来的，这不是侵犯人的隐私吗，你这是在犯法，是变态……

　　罗文从鼻孔里哼哼笑了两声，说，老哥，现在都 E 时代了，再说，人民群众的眼睛是雪亮的，别忘了，我可是高级工程师，专门负责技术呢。他指着桌上这堆玩艺，手指继续敲打着桌面，轻松地解释说小花拿来的红色小电筒除了能收音照明外，实际上是微型录音机，能超常录音三十小时，送给老蒋老祖的手机里安装了美国原装监听芯片，通过高清晰度数字化处理等性能进行监听，可以拦截对方通话，还有 GPS 卫星定位系统呢，当然和市场网络上兜售的假冒产品有本质的区别。

　　老祖脸色苍白冒着冷汗，战战兢兢地问，你为什么要干这种伤天害理见不得人的事？

　　罗文摊开手，红红的青蛙眼冒着绿光说，和你一样，为了吃饭啊。现在不是讲要找市场不要找市长吗，市场竞争这么残酷，为了拉住客户，这是下策，我们有这个条件和技术，当然代价很大，不到山穷水尽，我们决不会用这个杀手锏。目前，我们还没试过这一招呢，今天你是个例外。

　　罗文长长叹了口气，说，好啦，老哥，小花让你摸了，陈菲医生也和你睡过了，副调研员你也搞到手了，三万块钱也没了，拿人钱财，总是替人消灾吧。

　　罗文像是咬住自己尾巴的疯狗，沉溺其中而不能自控，再打狂犬疫苗也无济于事了。因为，他洞悉了老祖内心的每一个最隐秘的涟漪，扒光了他的衣服，让他的灵魂无处躲藏，那些照片、录音亦真亦幻，惊心动魄，几乎击垮他的精神世界，这是他人生受到的又一次重创。他带着哭腔说，罗文兄弟，看在我比你年龄大的份上，求你了，我血压高，心脏又不好……说着，他人往下瘫。

　　罗文赶紧站起身，扶着老祖连声说，坐下坐下，大哥，开个玩笑，都是一家人嘛。老祖重新坐下来，那张缺乏光泽的老脸，在灯光映照下，风干萎缩，眼角四周爬满刀刻般的鱼尾纹。

　　罗文说，大哥，怎么说你也是个好人，我要是害你既不会出面，也不会让你等到现在。你放心，小花会继续在你家干活，大姐也绝不会知道你和陈菲的事。不就是三万块钱嘛，我有办法把帐平掉。他将桌上的录音机和照片推到老祖面前，说，我向毛主席保证，这些都是原版，没有盗版复制，你自己处理吧。

老祖蹦起来，几乎要给罗文下跪了，他语无伦次，兄弟，我一定补偿，一定补偿……

罗文打了个酒嗝，像猜透了老祖的心思，说，把心放在肚子里吧，大哥，太阳照常升起，只是你必须满足我一个愿望。罗文的神色凝重起来，老祖心中又一阵颤栗，他惊恐地望着他。罗文没理他，卷着舌头喊，小姐买单。

老祖挡住罗文，赶紧到吧台结帐去了，他转身回来时，罗文已经不在了，桌上的"罪证"也不见了，只有一件透明雨衣和一副蓝牙耳机。老祖的腿又开始抖起来。

9

老祖穿上透明雨衣，深一脚浅一脚，晃出大红灯笼酒馆，街上稠密的雨丝如烟似雾，让黑夜的江城充满忧郁。

老祖看着街上的灯火和车流，内心无比黑暗。他狐疑地四下张望，周围行人稀少，没找到皮卡车，就在这时，手机响了，果然是罗文，他说正在不远处的车里看着他呢，命令他立即带上刚刚丢给他的蓝牙耳机，老祖乖乖地照办了。接着，罗文语重心长地说，大哥，我上小学的时候，老师就教育我们要做诚实善良的好孩子，高尔基讲过，诚实是人生中最美好的品德，所以，我希望大哥你应该对你过去所做的一切敞开自己的心扉，让大家监督你，接受你的忏悔，你说呢。罗文的口气既像是玩笑，又不容置疑。

老祖惊诧地问，什么意思？

罗文慢条斯理地说，很简单，你可以向路边的行人谈谈你跟陈菲偷情的感受，聊聊蒋局长是怎么收人钱的，还有……

不，不，不！老祖连说几个不字，几乎是手舞足蹈，罗文兄弟，你千万别这样，我求你了……

罗文嘿嘿笑着不说话，沉默片刻，他说，大哥，冷静一下，西塞罗也讲过，坦白是使人心地轻松的妙药。我就这么个小小愿望，总该满足吧，我看你活得也压抑，不如释放一下自己。再说，你不会让我走极端吧。这句话立刻让老祖安静下来。罗文就是这个社会吐出的一口痰，再恶心再污浊，事到如今，自己也得咽下去。老祖不说话，像个梦游患者在雨中麻木地走着，周围的人也用奇异的目光看着他，而他觉得周围的房屋、建筑和行人，都向一边倾斜着，他边走边睁大眼睛，周围一切远离他了，但是，周围的一切仍在僵硬地挺立着，他晃晃脑袋，发现自己的头是歪着的。

不知不觉，他发现自己站在医学院门口，他暗自吃了一惊，怎么会在这里，原来，喝酒的地方和这里只有一站路。已是夜里十点钟，少数学生三三两两进出大门，车辆进出时射出的刺眼的光柱刺得人睁不开眼。外星人罗文在他耳边叫起来，大哥，游戏现在开始，我说什么，你就说什么，勇敢地说！最后一句话如一声霹雳，老祖战战兢兢，摇摇欲坠。

罗文说，秦永佳老婆，我对不起你，我和这个医学院里的陈菲女人搞过婚外恋！

老祖不敢怠慢，蚊子似地哼了一句。

罗文吼着，不行！要像狼一样大声地叫！不然，你就没机会了！

老祖插队时，听到过狼的嚎声，那是一种呜咽悠长凄凉的哭声。他便捏着嗓子声嘶力竭地吼了一声，秦永佳老婆，我对不起你，我和这个医学院里的陈菲女人搞过婚外恋！口齿不清，但力量气势都出来了，远处的外星人在另一端说好好好，他也开始激动和狂热起来，不停地在车里也吼着叫着，好像把积聚多年的毒素、脏水毫无保留肆无忌惮地倾泻给老祖。

老祖像受到电击，龇牙咧嘴，蹦着叫着，原地转圈，他说，我主动到陈菲家去的，我和她做过两次爱，第一次她主动，第二次我主动……他说得很诡秘，但声音大得吓人，这是从未有过的体验，羞辱、惶恐、紧张以及他所承载的一切社会角色都不存在了，不过，可能用力过猛，鼻子一热，一股热流从鼻腔喷薄而出，这也是他第一次流鼻血，他用右手紧紧捂住鼻子，血仍从指缝间无声息地溢出来，他赶紧掏出餐巾纸，揪成两团，一边一个塞进鼻孔，模样怪诞滑稽，像个小丑。

门口渐渐有学生和行人停下来，围住他，指指点点，老祖浑然不觉，仍在张牙舞爪吼着，我不是个好丈夫，不是个好爸爸，我是这个社会的垃圾，流氓无赖……周围人越聚越多，不时发出尖刻、怪异的哄笑声，看着一个酒鬼在耍酒疯，有人叫着，你快脱裤子啊。老祖借着酒劲，摆弄着双臂，既像是扭秧歌，又像是跳摇摆舞，他严肃起来，神秘地说，我不干，不干，那很可耻，可耻。周围人哄笑起来。他显然对自己的表演很满意，摇头晃脑，鼻孔嵌着白纸团，带着浓厚的鼻音，尽情地吼着，那吼声含血蕴泪，悲中溢欢。

忽然，他停止舞动，僵直身体，表情严肃，沉默片刻后，大叫一声，首长现在命令我，立正——，稍息，齐步跑——！没等众人反应过来，不管不顾冲出人堆，甩开大步，向开发区方向跑去。身后的人群哄笑着，叫着，疯子跑喽，跑喽。渐渐人们散去，周围又恢复了宁静，一切都没发生过。

老祖个高腿长，跑起步来竟也像小伙子似的，风生水起树木摇动，他激情澎湃，他跑啊，跑啊，他要跑出这座古老而年轻的城市，跑回到上海外国语学院。他边跑边唱，青春哪青春，多么美好，我的心哪，有时像燃烧的朝霞呦，有时像月光下的大海，想到那更美的未来，我要从心里唱出来……周围的街道厂房离他渐行渐远，不知不觉他就跑到单位门口了，又跑回到现在了。罗文开着车在他身后五十米远的地方也停了下来。这时，老祖的酒醒了一大半，真是奇了怪了，怎么到了这个地方？老魏的收发室还亮着灯光，他忽然就想到了公示，他又紧张了。

外星人开始发号施令了，老祖又蚊子似地哼了一句，蒋小红……

外星人像个导演，声色俱厉，不行，再来一遍，大声地说！你不需要我再提醒你吧！老祖像个被困在笼子里的狮子来回乱窜，忽然，他发作了，人常说，老实人最有暴力倾向，像老祖这类人多少年见人不冷不淡的，性格其实十分暴躁，一旦动火，就像个魔鬼。

老祖打机关枪似地咆哮起来，蒋小红你以权谋私受贿三万元你还男盗女娼……说完，摘下耳机，双手捂着，冲着迎面向他跑来的老魏连连问，我喝多了，喝多了，言不由衷，你没听见吧，没听见吧……老魏凑到老祖跟前，瞪大眼睛，围着他转了一圈，看着他那张希特勒式的恶狠狠的脸，鼻孔还插着白纸，就哈哈大笑起来，笑得上气不接下气。

老祖不搭理他，鬼鬼祟祟又戴上耳麦，立刻像个狂躁型的精神病人，不断地受到电击后上下乱跳起来，他避开老魏，跳到一角，嘴里像吃了辣椒，咝咝吐着冷气说，不，不，求你了，兄弟，这不能说，不能说，他好歹是我领导啊，他对我有恩哪……他捶胸顿足，忽然，他毕恭毕敬，口气又软下来，噢，噢，我说，我慢慢地说……

老祖躲在角落里，停顿了一会儿，气沉丹田，又是一声狼嚎，你，你。蒋小红，你和黄梅戏团的张冬梅睡过觉，她说你的嘴太臭，你肚子上的毛像猪毛刺得人受不了……他说得一字一顿,满腔悲愤。老魏不笑了,他凑到老祖跟前,惊骇地张大嘴,停顿了半天,缓过神来连连问,你没病吧,老祖,你怎么血口喷人,胡说八道呢,你这是……老祖又摘下耳麦,揣进口袋,一边嚎啕哀叫,一边抽着自己的脸,说,我不是人哪!……

忽然,他想起什么,又重新戴上耳机,听着听着,他就不动了,僵直了,雨水血水顺着脸往下尽情地流淌着,然后,他的身体就失去了平衡,摇摇晃晃,飘飘洒洒地倒在地上。老魏急忙弯腰抱着他,摇晃着他,像老电影里班长抱着受伤的战友一样。

10

老祖是被罗文开车送回家的,他不愿意去医院。

罗文烧水帮他擦洗了一遍,扶他上床躺下,老祖发着高烧,昏昏沉沉。罗文打电话给了陈菲,自我介绍一番,并告诉她老祖的情况。等一切忙完后,他给老祖盖上毛巾被,拍着他瘦骨嶙峋的后背,大声说,好好休息吧,老哥,我们两清了。说完,将用塑料袋包着的"罪证"悄悄丢在老祖的枕边走了。

第二天上午,陈菲急匆匆地赶来了。老祖靠在床上,眼窝深陷,面颊绯红,他有气无力地和陈菲点点头,俩人的目光再次相遇,碰撞了一下,好像溅出了星星点点的火花,洒落到地上,暗淡了,又消失了。陈菲坐在床边,摸了摸老祖的额头,又给他在腋下量了体温,高烧近40度,她当机立断让老祖准备一下去住院。

老祖摆摆手,说等等,他想和她交代一些事。他平静地告诉陈菲他隐瞒了二十多年的病史。上世纪七十年代末,他考上上海外国语学院后,体质一直不好,插队时落下的贫血症一直困扰着他,但他坚持锻炼,生活有规律,也就没有什么大的并发症。由于他品学兼优,毕业分配时,他的去向是纽约总领事馆,这是当时人人羡慕而又崇高无上的职业,但是天有不测风云,可能是毕业时紧张劳累过度,他发了一次高烧,住进上海华山医院,医院没有最后确诊他的病症,但确诊他的造血功能有问题,并郑重告诫他选择职业要慎重考虑。

老祖说完了,极度地虚弱,呼吸有点急促,握着陈菲的手,让她打个电话告诉他女儿,让她尽快回来,他觉得自己从来没有这样难受过。陈菲点点头,轻轻将冷毛巾敷在他的额头，安慰他不要着急，她一定会想办法。老祖喘息着，又简单地把这几天发生的事情，包括他被小秦赶出家门的遭遇，特别是昨天晚上磨难的经过告诉了陈菲，并让她尽快变更手机号码。

陈菲听了，双手捂着脸，沉默了一会儿，她又恢复了历来的平静，她抚摸着老祖的手说，你读过玛丽·雪莱的科幻小说《Frankenstein》（弗兰克斯坦）吗？

老祖点点头。她说，科学家弗兰克斯坦创造的科学怪人具有善和恶的双重性格，他如果长期受到社会的压抑嫌恶，性格就会扭曲，就会变得疯狂，何况现代人呢。老祖的嘴角浮出一丝苦笑，疲惫地闭上眼睛。

这时，陈菲的手机响了，她站起身走到客厅，悄悄在说些什么，时而发出低笑声。老祖断断续续又听到她柔软亲昵的声音，她好像是在和一个文化人谈诗歌，她说她的诗写得还缺乏韵律，晚上找时间上他家专门请教。老祖脑袋忽然就跳出《围城》里苏文纨和那个四喜丸子曹元朗惺惺相惜互相探讨的那首诗：难道我监禁你，还是你霸占我，你闯进我的心，关上门，又扭上锁……。他浑身起了一阵鸡皮疙瘩，又一阵轻松，如释重负，内心像经历了一次洗礼，他挣扎着用双手使劲揉搓自己的小腹，想立刻把那个痕迹擦干净。

陈菲转身回来，要给老祖额头上换冷毛巾，老祖挣扎着摆摆手，不认识似地盯着她说，别动，就这样，你可以走了，right now!（就现在）

陈菲愣怔了，迟疑而吃惊地望着他，为什么？

老祖点点头，微笑地说，不为什么，你不说我们是生活在两个世界的人吗？

陈菲似乎明白了什么，也点点头，怔怔地看着他，缓缓退到门边，扭过身走了。

老祖自己叫了120急救车去医院住院了。陈菲也就此蒸发了。她更换了手机号码，最后给老祖发了条短信，祝愿他早日康复。不过，老祖再也不能康复了，骨髓穿刺的诊断报告是晚期白血病，是那种早幼粒细胞型（M3），很厉害，医学推论生命最长不超过三个月。主治医生惊叹这么多年他的造血功能和免疫系统竟然如此坚强地维持到现在，这实在是个奇迹。不过，老祖心里清楚这些年自己是怎么熬过来的。

小秦搀着儿子和小花来医院哭了几次，真的是很伤心，她动了真感情，挺梁山伯与祝英台的。老祖对小秦倒没什么感觉，只是看到儿子很揪心，儿子活蹦乱跳，围着病床东张西望，一双大眼睛好奇地看着老祖身边各种各样的瓶子和管子,不时还问着妈妈和小花。老祖看在眼里痛在心里,还是千叮咛万嘱咐,让她们把小米培养好。老祖的父母都是老干部,早去世了,几个兄弟姐妹都在外地,现在服侍照料他只有小秦的父母和几个农村亲戚。罗文倒是经常来医院为他值夜班。单位工会和同事来了一拨又一拨,送来了鲜花和祝福,祝贺他荣升副调研员的职位,也祝愿他早日康复,重返工作岗位。卢副局长还发动全局职工自发为他捐款,老蒋也打电话委托工会包了200元钱,其它就没有什么了。

由于化疗的作用,老祖的头发日渐稀少,身体也更加消瘦,脸色灰暗,还必须每天带着大口罩,避免口腔感染。老祖心里明白,自己的日子不多了。一有空,他就用笔记本电脑在博客上写几段文字,每写几个字,常常是累得虚汗淋漓,阵阵恶心。女儿和他通了几次电话,每次通话,老祖涕泪横流,心碎欲绝。女儿说刚刚找到新的工作,不能马上回来看望他,但近期肯定回国。没捱多久,他就不能进食了,靠的是各种药物和营养液来维持生命,夜里做梦经常喊着丹丹的名字,一旁的罗文听了,那双青蛙眼也禁不住流下滚滚热泪。

不久,老祖就被送进重诊监护室,嘴巴鼻孔插着几根管子,嘴角不时微微嚅动,眉头紧皱,喉咙里还含糊不清地呼噜几声,样子很痛苦,很恐怖,好像他一直是在吸气,而没有吐气。终于在一个傍晚,女儿回到了父亲的身边,但是,父亲已经三天三夜昏迷不醒了。

丹丹还是那么靓丽挺拔,但更多了几分成熟稳重,毕竟是学医出身,而且在海外闯荡了几年。她冷静地听了主治医生对她父亲的临床治疗方案的介绍和分析,她很满意,不住地点头,只是那双善良的眼神里隐含着深深的悲哀和凄苦,看着父亲双眼紧闭,盖着白床单的身体还一阵一阵地抽搐着,她再也控制不住自己,双手捂着脸,肩膀不住地抽动起来。一边的值班护士轻声告诉她,说她父亲清醒的时候,让医生转告他女儿,一定要登录他的博客,看看他给女儿写的留言,也就是遗嘱吧。

丹丹强忍悲痛,急忙打开父亲的笔记本电脑,就看到了父亲的一段留言:

我最亲爱的女儿丹丹:

当你看到爸爸这段话时,爸爸可能神志不清,或者已经离开这个世界找你妈妈去了。爸爸一辈子活得很悲苦,也很窝囊,归根结底,是爸爸生的这种病,它几乎摧毁了爸爸的整个精神世界。但是,爸爸在心里为你而自豪,你很坚强,而且你的血型随你的妈妈,这也让我很宽慰,我不知道这种病是否有遗传因素,你的弟弟小米和爸爸血型一致,所以,你一定要承担起照顾你弟弟的责任,今后遇到困难,还要坚持背诵《毛主席语录》。

爸爸不惧怕死亡,只是活着的每一分钟,身心实在痛苦不堪,真有生不如死的欲望。所以,如果爸爸的心电图和脑电图曲线接近呈直线时,你无论采取什么方式,一定要尽力帮助爸爸,尽快拔掉我身上的插管,让我接受 Euthana-sia(安乐死),亚里士多德和柏拉图在著作中都有过类似的阐述,这是文明进步的做法。可能现在医学伦理道德和法律不容许,但是,在今天以人为本的和谐社会里,我相信你是不会受到责难的,就让爸爸也像勃朗宁夫人那样安详而沉静地睡去吧。

爸爸在网上看到英国的科学家研究过"濒死经验",推论人在脑死亡后,应该有结构完整、思路清晰的判断推理和记忆,真如科学家所言人死后有灵魂,希望你在拔掉爸爸身上插管的瞬间,抬起头,爸爸一定在天花板上俯视着你,保佑你,让我们一言为定。记住,再咬一次爸爸的下巴,爸爸永远爱你,另外,将爸爸以前收藏的两百部老电影和世界名曲的碟片一起火化,爸爸还要到天堂继续欣赏呢。实在太累,写不下去了。永别了,亲爱的战友们,我很想念你们。

爸爸即日

难以置信,爸爸在极端病痛折磨下,最后和这个世界无奈地幽默了一把,那是优秀革命战士李侠说的一句话。

夜幕已完全笼罩着江城,丹丹泪眼模糊,她推开窗,栀子花香扑面而来,她眺望远处的江城,霓虹闪烁,整个城市像个青春勃发的少女挥动着绸带在跳跃,飞翔。趁着值班护士去注射室换输液瓶时,她径直走到父亲的床头,再次看了一眼心电图机显示趋于平直的不规则颤动的曲线,毅然而熟练地拔掉父亲嘴里和鼻孔里的插管,父亲蜷缩抖动着的身体立刻像一张白纸舒展开来。丹丹哽咽着,俯身轻轻抚摸了一下父亲瘦削的脸庞,安详而毫无痛苦,又轻轻咬了一下他温热的下巴,抬头望望天花板,什么都没看见。

从明天起

1

故事的开头还是先抒情放松一下吧。

春天的大学校园是鲜花盛开的村庄。美丽和浪漫深藏在绿草里,融汇在外教公寓楼前的大草坪和鲜花里。翠明湖畔,绿树成荫,花团锦簇,粉红色的山楂花和淡粉色的桃花倒映在草坪边碧蓝的翠明湖中,外教公寓楼前通往远处锈蚀废弃的物理楼的水泥大道两边,开满了从外国引进的品种"英国水仙",颜色淡黄,随风飘动,像芭蕾舞剧《胡桃夹子》中的仙子在跳《糖梅仙子之舞》……

这是周末的下午,三三两两的留学生和在校生坐在草地上,或睡在彩色躺椅上,讨论学习,欢声笑语。一群教师家属的孩子在玩荡秋千和跷跷板,三五个黑人学生和扎着马尾辫的黑发姑娘,沿着翠明湖畔像欢快的小鹿蹦跳着消失在远处……此刻,所有肤色的人都能找到属于他们自己的那份乐趣和惬意。

当然,也包括一个叫董尔超的中年人。

现在,他正懒洋洋躺在草坪上,闭着眼无聊地做着年轻时的梦:背着装有名著的大书包——徒步或者搭顺风车,骑自行车也不错——漫步在惠特曼的诗歌中所描绘的大路上,当然,要有位女孩依偎在身边就更好;他们沿着西部州际公路向 Vegas 挺进……

一只小蜜蜂嗡嗡低空盘旋着轻轻蜇了一下董尔超的额头,他一晃脑袋,费力睁开眼,天空蔚蓝如洗,什么都没有,只看到一团白云正慢慢地试图遮挡灼人的太阳,可阳光却直射到他的眼睛里,酸涩疼痛。他瞟了一眼正前方的女儿蓓蓓,小姑娘正被一个金发姑娘前后推着荡秋千呢,她兴奋地挥着手嚷着:我要飞了……董尔超重新闭上眼睛。不料,五秒钟不到,脸上又被什么东西轻轻划了一下,他啪地给自己一个耳光,一睁眼就看到了骨瘦如柴的校外事办副主任金霈文,手里拎着根柳树条。

打断一下,这俩人上大学抵足而卧,交情笃深。金霈文大董尔超三岁,最早是南京大学中文系的高材生,上大一时因为生活不检点被学校勒令退学。他真是个天才,没费什么劲第二年就考上江城的师大英语系。快毕业的时候,他三下五除二又把 TOFEL 和 GRE 全拿下了,轻轻松松被美国一所社区天主教会学院全额奖学金录取。可他苦着脸找到白发苍苍的系主任毛教授,说想留在校外事办工作,因为他实在热爱母校的一草一木了,而且,自己性格单纯内向不适合在社会上闯荡。德高望重的毛教授既震惊又被他的这番话感动了,他还从来没见过这么低调沉稳品学兼优的学生,一激动,就答应了他的请求,一糊涂,不久又让他变成自己的女婿。

后来,金霈文告诉董尔超,他思前想后认为出国太苦没意思,而且,他考试的目的是想引起毛教授对他的注意,因为他看上他的女儿了。另外,他想利用外事办这个平台和世界各地的女留学生睡睡觉。这可是人生最重要的一门课啊,因为梵高、弗洛伊德和毕加索这些天才们的灵感和智慧多半是被女人激发起来的。当然,这话是玩笑没根据,金霈文年年都是单位的先进工作者。他深有感触地告诉董尔超之所以高分拿下 GRE,就是因为从背诵女人身体器官的单词中受到启发,采用联想法,什么 ovary(卵巢)、matrix(子宫)、pelvic cavity(盆腔)……这些单词让他如此好奇兴奋,极容易归纳记住。然后呢,再找一些畅销的原版 fiction(小说)中情色描写段落阅读,这样,也找到记忆其他新单词的兴奋点,雪球越滚越大,单词越记越多,闻一以知十。至于新东方俞敏洪的红宝书都是扯淡,那些单词对大多数人而言是皮带没眼系(记)不住的,只有他这种记忆方法最实用。最后,他还郑重其事地总结了两点体会:人这一辈子不能只有一个女人,否则老了会后悔;其次学习西方文化除了读原版小说看原版电影外,还要和原版老外多交流等等。

董尔超静下来想想他的谬论有些还是有一定道理的。于是,他沉下心来读了不少诗歌小说和哲学书以指引他人生的道路,像卢梭、笛卡尔的著作,最喜欢的还是休谟的东西,休谟的观点就像是为他写的:幸福和情欲的性质密切相关。情欲的各种表现、性质决定幸福的成功与否；人的生活主要靠运气而不是靠理性来支配的，它较多受具体的性癖影响而较少受一般原则的制约……他还记了不少经典名句。渐渐地他像个气球膨胀起来了，觉得自己有点满腹经纶、学贯中西了。

可是，董尔超个性注定了在做人和事业上难以突破。他出生在单亲家庭，父亲是上海老三届下放知青。他三岁的时候，父亲撇下他母亲——村里的小芳，独自去外国发展了。父亲什么没给他留下，只遗传给他多愁浪漫的性情。金霈文曾谆谆教诲他，一个男人，十几年的教育，二十几年的社会生活，如果这些都没整出动静来，就不要为难自己了，要记住：芸芸众生，不是谁都能傲视天下，这其中有命有运，不要做老愤青。OK? 董尔超相信了，事业不成可以，但美满的家庭生活一定要有。

金霈文的成家立业彻底改变了董尔超的人生轨迹。

董尔超家在江城县郊，毕业后分配到海事局船检科，长期和海关、边防等职能部门的官员登上往返江城港的外轮联检，办理船员注册登记、船舶国际证书各类手续。时间长了，也就和这些人混熟了。金霈文在外事办分管外籍专家学生的行政管理工作，包括处理安置来师大留学教书的外籍人员的分离运输行李、教学器材等。办理这些手续经常和海关边检打交道，很多复杂棘手的程序因为有了董尔超的周旋轻而易举地简化了。特别让金霈文感动的是，老婆孩子移民到美国费城后开了家中医诊所，起步阶段董为金办理了大量的中药材和针灸器材的船舶托运手续。有些手续合情不合理，打了许多政策上的"擦边球"。为了报答老同学的鼎力相助，也为了牢固地维系这种关系，金夫人不惜花费国际长途话费，亲自为董尔超和她家过去的邻居——中文系索教授的女儿索源——牵上一段姻缘。

他一直记得金霈文第一次把索源带到面前的情景。索源高高地扬着秀丽的瓜子脸，雪白的脖子长得像白天鹅似的，她扎着马尾辫，穿着件纯米色的紧腿长裤，柔美的线条毕现，上衣是件浅色的套头衫，朴素而从容。董尔超暗暗佩服金夫人的眼力。金霈文笑着介绍说索源可是正宗的满族旗人后代呢，搁在过去就是格格了。他还搜肠刮肚地保证她家保存的满族家谱记载她祖上姓钮钴禄氏，和叶赫那拉氏不是一家人。董尔超被索源大家闺秀的气质深深吸引住了，暗自下决心一定要征服这只白天鹅，改变自己的命运。

要说董尔超自身条件也没得说，人高马大，长得像荷兰足球队的古力特，过去也爱扎着条马尾辫。刚开始，碍于毛家老邻居的面子，索源对董尔超的态度不咸不淡，完全出于礼节。她在市委组织部上班，正和同事陆万松谈恋爱。尽管金霈文多次充当电灯泡，两人的关系仍处得不冷不热，甚至毛教授多次出面斡旋也不起作用。索源认为董尔超难处，脑子里经常有稀奇古怪的思想。有段时间，索源干脆躲避董尔超了。董尔超苦思冥想，决定破釜沉舟。

一天傍晚，董尔超照例来到索教授家的二层楼前嘭嘭敲门，索源的姐姐开门笑着说，她还没下班呢。董尔超不说话转过身，径直走到门前屋檐下的一棵香樟树下，噌噌爬上树，扯下一段树杈，跳下来走到索教授家门前的石阶上坐下，择下一大把树叶塞进嘴里大口嚼了起来，小时候在家肚子饿了泥巴都吃过，这算什么。他嘴角流着绿汁，还挥着手臂背起一段莫名其妙的话：生存都是以不生存为前提的，你要变成工具、文字、齿轮……姐姐惊呆了，转过身砰地关上门。很快，门又被拉开，索源红着脸，蹬蹬走到董尔超跟前，气急败坏推了他一下，你脑子有毛病啊？董尔超就势歪倒在地，无限幸福地坏笑起来。几个回合下来，董尔超死缠烂打的毅力和无厘头的怪招终于感动了上帝，他不可理喻的举动有点憨态可掬，这是率直也是癫狂。索源心软了，毕竟是教师子女，很单纯，两人终于确定了关系，而陆万松只好黯然地暂时援藏去了。

俩人关系取得实质性突破的时刻还是在千禧年到来的前夜。索源的单位举行新年聚会，董尔超借故感冒没去。索源和同事们玩到大半夜，让金霈文开车接她回师大校园。当时天空纷纷扬扬飘起雪花，疯狂的学生仍聚集在广场跳着唱着，等待着激动人心的倒计时。金霈文的车缓缓驶进广场，两道车灯光柱直射前方的人群。忽然，索源一眼看到几乎赤身裸体（仅穿着三角内裤）的董尔超举着张木牌瑟瑟发抖地向她示意呢，木牌上写着：To be,or not be,this is a question（生或死，这是个问题）。周围的学生哄笑着，车里的索源羞恨交加。董尔超跟着车跑了五十米后，拉开门钻进车里，索源抱着他狠狠地在他肩膀上咬了一口。董尔超嗷地一声。他为自己的举动而陶醉，还得感谢那些"天体营"的首创者们，让自己获得了赢取爱情的灵感。当然，这些年的书更没白读，开阔了眼界。

董尔超的婚后生活平平淡淡，这是后话。抱歉，铺垫交待得够多了，还是回到刚才花香鸟语的氛围里吧。

2

英国人见面谈天气,上大学起金董二人聊天总是先探讨一下彼此的精神状态。金霈文歪倒在董尔超的身边,嘴里含着片柳树叶,漫不经心地问,心情怎么样?

不错,索源出差晚上到家,见鬼,这次外调去了一个星期。

预计明天上午心情呢? 他又问。

一般,上午要和我儿子登"秃鹰"轮联检。"我儿子"是他给科长董正起的外号。10年前,有次在外轮上他喝得大醉,不留神将公文包里的印章丢在大副房间,后来印章跟船去香港旅游了一趟又回到江城,他惊得一身冷汗,幸亏没出大事,但董正将情况汇报给局领导,他受到严重警告处分,待岗半年。他罪有应得,但气得背地咬牙切齿,我将来生个儿子一定叫董正! 从此两人结下绊了。

明天下午呢? 金霈文继续无聊。

董尔超踢了他一脚背过身。金霈文笑了,捅捅他说,哎,说正事,毛雨萍打电话来讲这次有半个集装箱的红花油和麻黄浸膏粉要走呢,我已经和船代理贷打过招呼了,就跟明天的"秃鹰"轮。他点上根烟。

董尔超皱着眉说,海关现在风险布控查验率提高了,光靠老闻他们恐怕不行,这些东西本来应该报关,麻黄浸膏粉属于国家贸易管制货物,需要出口许可证和商检,而且,麻黄是制毒的主要成份呢。金霈文沉吟半晌,扑哧一笑,喊,我不是给你吓唬大的,这又不是第一次走货。董尔超生气了,这些年你就让我在刀口上过日子。金霈文"哦"了一声,似笑非笑地说,麻黄那个东西只有2公斤,放在哪都不起眼,唉,还是小萍家那个印度邻居要的,保证这是最后一次,下次走板兰根感冒药总可以吧。董尔超没好气地说,那今后也得报关! 我不能老给你担风险。金霈文也阴沉着脸说,那我找你干吗? 不就是出口许可证办不下来吗? 再说,还不想省点费用大家喝喝酒嘛。算了,睁开眼看前面那个人。金霈文语气轻快起来。

董尔超揉揉眼,顺着金霈文的手势看到在郁金香的簇拥下,刚才的金发姑娘还在推着女儿荡秋千呢。他愣住了,这还真是位金发美女,一米七的个头，身材匀称挺拔，金黄色的长发扎成根独辫子垂到脑后，别有情趣，很典雅，饱满光洁的额头下是双浓眉大眼，鼻子有点翘，鼻翼两侧散落着几点淡淡的雀斑，真有点波姬小丝的气质，最惹人注目的地方还是她胸前高耸突鼓的地方，丰满的轮廓足以让他想象出里面那一片柔美的天地了。

董尔超下意识四下望望，大学校园的确是滋生美丽和浪漫的象牙塔。在郁金香、桃花、梨花和小菊花这些色彩斑斓的花的世界里，在蔚蓝的天空映衬下，空气是透明的，那个金发姑娘的身体也是透明的。眼前的鲜花、女孩、外教公寓楼以及云彩显得很不真实，似乎是梦中的一块块碎片拼凑起来的，他使劲晃晃脑袋，这一切又的确存在着。他忽然涌出一股渴望，这是结婚几年来从未有过的伴随着情感孤独的渴望。

金霈文玩弄着手里的打火机，歪着脑袋介绍说她叫白瑟琳，二十九岁，W国人，基督徒，她可不是留学生啊，教研一生的写作课，非常热爱中国文化，性格也很传统内向，见到异性就脸红，别说拥抱，握个手都很困难。

董尔超反问，你怎么知道那么详细？

我不就干这份事的吗。喏，瞧她的臀部，她的 pelvic cavity（盆腔）一定很窄小，做爱肯定舒服。金霈文又卖弄起他的 GRE 词汇了。怎么样，你要能和 Miss 白瑟琳拥抱一下，亲她一下美丽的前额，这张富兰克林先生就归你了。他掏出一张 100 美元的纸币在董尔超面前晃晃。

董尔超挑起眉毛，正色地问，这是你说的？

金霈文把纸币重新塞进上衣口袋里，露出久经沙场的笑容，都奔四的人了，还这么冲动。算了，别跟我赌了，你赢不了。

董尔超一个激灵站起身，迈开大步向白瑟琳和蓓蓓走过去，金霈文在身后嘿嘿笑了两声，又吹了声口哨，董尔超听到哨声立刻放松下来，想瞧他就这点出息，还是主任领导呢。

他面带微笑来到姑娘面前，用英语和她打了声招呼说谢谢，很自然地和她一起推起蓓蓓来。蓓蓓兴高采烈地说，阿姨，这是我爸爸。

白瑟琳转向他腼腆地点点头，那双幽亮温美的眼睛荡漾着笑意，她用中文说，您好，您的女儿真可爱。俩人相互介绍后，漫无边际地聊起来。董尔超夸她中文说得好，想请她教英语口语。白瑟琳已经习惯中国学生的这点请求，爽快地说，下个星期六晚上七点钟，我们外教老师有个 reading group（阅读小组），讨论托马斯·哈代的《德伯家的苔丝》，如果有兴趣，可以准备一下来听听。

　　董尔超高兴地点点头，没说话，气氛有点沉闷，可能是用力的缘故，白瑟琳的呼吸有点急促，这急促像掩饰着内心的不安和焦虑。董尔超无声地笑了，他想自己就是条大河，白瑟琳不过是条小溪而已，小溪终归要融进大河里的。于是，他宽厚而磁性的声音再次轻缓地流淌出来，Will you do me a favor?（帮我个忙好吗？）

　　白瑟琳睁着蓝灰色的眼睛点点头，Yes?（说吧）

　　董尔超边说边比划着把和身后金霈文打赌的事说了出来，当然，他没说出金霈文的名字，并一再表示没别的意思，只是个玩笑。

　　白瑟琳抬起头，脸上掠过一丝警觉和窘迫，犹豫了半天，最后，还是很宽容地点点头，俏皮地问，May I get 50 bucks?（我可以拿到50块吗？）

　　董尔超连说当然。白瑟琳大大方方跨前一步，仰起略有疲倦的脸，整个人就在董尔超的俯视之下了，凸凹有致的身材被夕阳镀上一层余辉，像爱情电影里的画面，一条十字架项链挂在她细巧的脖子上，闪着幽微的蓝光，触目惊心。他自然而然抬起双臂，轻轻揽住她的肩头，很温柔地把她拥入怀里。

　　白瑟琳既没有挣扎也没有迎合，身体微微颤抖了一下，随即又变得温顺起来。董尔超感受到她饱满柔软的胸脯，一股温暖正变成荡漾而起的涟漪传遍全身。随后，他又自然地在她光洁的前额上轻轻地吻了一下。周围响起学生惊异的尖叫声和笑声。蓓蓓歪着头奇怪地看着爸爸。董尔超松开手冲着白瑟琳笑笑，说了声谢谢，转过身眼睛搜索着金霈文，只见他像米奇妙妙屋里的高飞拍着屁股跑了。

3

　　董尔超肩膀扛着蓓蓓雄赳赳回到家，索源从厨房里走出来，站在父女俩面前，一边轻责着女儿下来，一边对丈夫娇嗔地笑着。

　　董尔超因为和白瑟琳刚才的小插曲而显得很愉快，他也温情地注视着妻子，放下女儿，轻轻地搂了她一把，这是多少年的老习惯了。蓓蓓兴奋地上前扑到妈妈的怀里喊着，妈妈，我好想你，眼泪快掉下来了。索源搂紧女儿，说，蓓蓓，妈妈给你买了动画碟片呢。蓓蓓抬起脸高兴地说，太好了。对了妈妈，告诉你一个秘密,爸爸刚才和一个金头发长得像灰姑娘的阿姨拥抱呢。索源转过身疑惑地望着丈夫,董尔超笑着推着女儿说,别瞎说,快叫妈妈去书房把电脑打开看动画片吧。

蓓蓓嚷着拽着索源去书房了。董尔超胡乱地扒了几口饭,又洗了个脸,见妻子从书房出来,又瞄了一眼女儿正聚精会神地看动画片,便放心了,乘机拥着妻子往卧室里走,索源半推半就愠恼地说,你真烦人,马上要给蓓蓓喂饭呢,今天不是时候……董尔超喘息着将妻子推倒在床上说,就一会功夫……索源挣扎着说,你还没交代刚才蓓蓓说的话呢。董尔超趴在妻子身上已经兴奋起来,含糊不清地说,没什么好说的。索源只好仰起天鹅一样的脖子,先尽妻子义务了。董尔超像看到了白瑟琳的脖子,牤牛样的身体长驱直入,索源努力地迎合着他,最后,伴随着一声深深的低吟,董尔超迷失在短暂的高潮中。

完事后,索源温顺地依在丈夫的怀里,片刻,轻轻地说,和你说正事呢,下星期三还要去深圳一个星期。我想把妈从老家接过来住几天,你带蓓蓓我不放心。索源的爸妈退休后一直和姐姐住在沈阳老家。董尔超不高兴了,闭着眼说,正是春耕时节,家里两亩自留地怎么办?再说,妈还有风湿病……你这么老出差也不是个事啊。我正考虑请个钟点工或者给蓓蓓办个全托。

索源轻轻叹口气,坐起身默默穿上套头线衫,说,我不在家,你也让我不放心。董尔超转过脸反驳,你才让我不放心呢,这次你还不是和那个姓陆的一起出差的吗……索源气恼地说,真无聊,站起身去厨房了。董尔超不说话了。

这世界上的情缘真是奇怪。照说董尔超和索源外表上看挺般配,可性情截然相反。董尔超自有他的生活原则。当初,董尔超费尽心机追求索源,就是认定她单纯、善良,像一枝沉静的百合,散着幽淡的暗香,丝丝缕缕,挥之不去。他认为应该和她的满族血统和书香门第有关。家就应该有这样的主妇。但是,长期的平淡生活让他如嚼隔夜的剩饭,越嚼越没味道,连做爱都是定点定时。的确,索源永远都循规蹈矩,温柔敦厚。除了忙女儿丈夫,最多也就听听丈夫戏谑为老掉牙的情歌,像什么"想念你的笑,想念你的外套"之类的,而索源认为生活就应该这样,平平淡淡就是真。今天,金霈文的无心插柳,让董尔超眼前一亮,白瑟琳的异国风韵像威士忌酒让他兴奋,从轻轻拥吻白瑟琳的那一刻时,他明白了什么叫气味相投,他想当然地认为他们之间的相互吸引和欣赏是不需要挑明的,语言来表达这种微妙的情感也是多余的。

董尔超洗了澡,从书橱里抽出上大学时读的原版《德伯家的苔丝》,坐在客厅的沙发上翻了几页,感觉就有了,毕竟以前还写过英语读后感,嗯,一个凄美的爱情经典。他正读着,蓓蓓拽着妈妈来到客厅,上前抢过他的书,甜甜地说,爸爸我们玩个老鹰捉小鸡的游戏吧。不行,董尔超口气虽硬,心立刻就软了下来。蓓蓓不由分说拉着他的手命令说,老鹰,快点过来!说着,熟门熟路乖巧地躲到妈妈的身后。游戏开始,老母鸡左右前后护着小鸡,老鹰只好愚蠢地来回故意寻找突破口,直逗得小鸡乱跳乱躲,咯咯笑得眼泪都流出来,最后老鹰张开双臂一把搂过老母鸡和小鸡滚到沙发上,大家笑得气喘吁吁,滚作一团。董尔超说,蓓蓓,爸爸妈妈想给你在师大幼儿园办个全托,愿意吗?蓓蓓立刻不高兴了,噘着小嘴说,不行。妈妈温和地问,为什么呢?蓓蓓说,全脱我害羞,再说还容易感冒呢!董尔超索源对视一下,哈哈大笑。

董尔超见妻子眼里流露出尽是幸福的光,见缝插针地说,我倒有个主意。他将下午偶遇白瑟琳的事向索源汇报了,当然,忽略了主要情节。他想让白瑟琳不定期下午到幼儿园接蓓蓓,这样,既可解决俩人暂时的后顾之忧,也让蓓蓓能学习正宗的英语,师大已经有老师的小孩这么做了,这也给老外找一个学习中国文化的机会,给金需文打个招呼肯定没问题。索源捋了一下额前的乱发,担心地问,那能行吗?董尔超轻松地说,不就你出差期间这么做吗,再说,老外干不干还难说呢。索源叹了口气,你尽出这些不着四六的主意。我可警告你,蓓蓓要有什么事儿,我饶不了你。董尔超知道这是同意了,嘿嘿笑了,反问,能有什么事呢。索源接着说,等这阵子忙完了,我们带蓓蓓回家看看妈,蓓蓓又想看扬子鳄了。董尔超不屑地说,你什么时候清闲过?索源不高兴了,赌气地说,再忙,你上班的哪件制服和衬衫不都烫得服服帖帖的吗?董尔超不吭声了,今天的目的已经达到,他低头继续翻书。

索源心里有点不安。这些年来自己在外忙忙碌碌,多亏丈夫对蓓蓓的照顾,尽管做得磕磕碰碰,甚至鲁莽,但他已经尽力了。作为妻子和妈妈她有时很愧疚,但同时觉得这也是种幸福,这是丈夫给予她的幸福,虽然他喜欢天马行空胡思乱想,用时髦的话讲,他是个顽固的理想主义者,但他的心还是在家里的。这样的生活温暖、安宁、和美,她希望自己永远拥有,可目前的生活状态不稳定。她默默地领着女儿去卫生间洗漱去了。

夜已深,老婆和女儿已经熟睡。董尔超书看得有点兴奋,便走到院子里伸了个懒腰。四周静悄悄的。他抬头仰望天空,满天的星星又大又亮,像浮在水面上的银子,一颗流星从天穹中划过,好像直冲他脑门而来。他转过身,看到当年自己爬过的那棵香樟树已经有他腰那么粗了,枝繁叶茂,一阵轻风吹来,大树发出沙沙声,似乎在温柔地叹息。整个夜晚格外辽远,也格外动人。

董尔超蹑手蹑脚走进卧室,台灯微亮着,蓓蓓睡觉怕黑不让关灯。索源搂着她侧身躺着,发出均匀细细的鼾声。他不声不响在老婆身边躺下,还是睡不着,想到下午的拥抱,想象和白瑟琳不该是轻吻,而是吻得静海深流,迷醉癫狂……他不忍心弄醒索源,屏住呼吸,双手窸窸窣窣拨弄起下身来。索源不在家时候,他经常这么做。不料,他还是被妻子发现了。她扭过脸,惊诧地问,你这是……董尔超冷不防被质问,双手立刻僵住不动了,他尴尬而勉强地说,没什么,我挠痒,睡吧……索源盯着他双手的位置,终于明白了什么,狠狠踹了他一脚,低声说,下流。董尔超几乎被踢下床,他又恼又羞,所有的好心情无影无踪,怏怏地抱着被子躺到客厅沙发上了。

4

早上一上班,董尔超跟着董正还有一大帮联检官员来到码头,几个人从舷梯口蚂蚁似的慢慢爬上雄伟的秃鹰轮,胖子董正每次登轮,董尔超总是小心翼翼地扶着他,这点阶级感情他还是有的。别看董正迈着外八字粗肉腿,满脸横肉、相貌粗野,可却是个工于心计的人。董尔超和他共事这些年,总是不能进步。

这艘船除了船长是高鼻子美国人,其余都是中国船员。大家坐在船长接待室里抽烟喝茶,打着哈哈,显得格外随意。管事和船舶代理抱着一大摞的船舶国籍证书、国际运输工具人员登记本、护照和进口舱单等证件点头哈腰分发给海关、边检和董正几个官员。趁着大家忙着签字盖章的功夫,董尔超溜到管事房间,给金霭文打了个电话,皱着眉说这艘集装箱船靠港一天半,装三百个标箱,理货戴维森已经将海关盖了放行章的装箱单交给货代了,一个小时后三号六号塔吊同时起吊作业,加班干,关键是海关的老闻去上海出差了,这个航次是货管科的小江科长带班,他海关学校毕业,年轻气盛,和董正关系还讲得过去,目前只有先不露声色。庆幸的是小戴已经将他的标箱悄悄安排在货舱底部,集装箱号只要海关不知道,也只有天知道了。金需文连说几个好,叮嘱他只要把场面控制好就没事,毛雨萍昨天从香港过来,明天晚上请大家吃个便饭,联络一下感情。董尔超见金需文兴致很高,就将请白瑟琳接送蓓蓓的事情和盘托出。金需文一听立刻心领神会,项庄舞剑,意在沛公啊,这需要外事办批,祝你成功!然后他神秘地说,等你们处得差不多的时候注意,只要Miss·白瑟琳穿了新的三角内裤,肯定百分之一百可以动手,这说明她事先和你有了Fuck的心理准备。金需文还在电话另一端宣泄他的无耻,董尔超红着脸说,你他妈想哪去了,别忘了还差我一百美元呢……说完挂了电话。

　　按惯例,为答谢各联检单位的辛勤工作,船方总要从烟酒库里拿出高级的免税烟酒送给每位官员。管事将两只装有红中华香烟的牛皮纸袋递给他,他笑着接过来说了声谢谢,低头走出房间,掏出手机把戴维森叫到船头,悄悄将自己的那只牛皮纸袋递给他,又在他耳边说了几句话,小戴接过牛皮纸袋点点头。董尔超转过身,迎面碰到董正迈着八字步踱过来,董正那双紧箍入鬓边肥肉内的眼镜后的三角眼似乎察觉到什么,毕竟是领导,多年养成了未雨绸缪观颜察色的好习惯,而且不露声色。瞬间,他用那只肥手抹了一把油汗四溢的胖脸,不紧不慢地问,超啊,绕了一圈没见厕所嘛,董尔超赶紧将牛皮纸袋递给他,领着他走开了。

　　毛雨萍真的回来了。当天晚上,她来到索源家,带了不少化妆品和玩具。董尔超应酬还没回家,俩姐妹聊得亲亲热热。毛雨萍天生是个美人胚子,比索源大四岁,一米六九的身高还有三围身材真不容易,只是脸色憔悴,又刚做了隆鼻手术,鼻梁处有块浅红色的疤痕,看上去怪怪的,但脸部轮廓清晰靓丽,很有股不凡的洋韵。她嘴里不自觉地总是蹦着英语单词,说话半中半英,但动了感情。她说这几年虽然中医诊所越做越大,可吃了很多的苦,实在不容易。多亏了老邻居一家的鼎力帮助,等这几次中药材全部出口后,她不准备在这里出口中药了。最后,她真诚地表示今后一定争取把他们一家办过去,也算是对老邻居的回报。

　　索源微笑着不说话,静静地听着,不时把女儿搂在怀里,轻轻拨弄着她头上的蝴蝶发夹。她对出国实在不感兴趣,可为了女儿有个好未来,更重要的是自己家的那个神经兮兮的人天生像是为美国而生的,到了那儿,应该就像小鱼归入了大海，未来的生活可能会变得美好而充满希望。所以，她破天荒地说了一句，小萍，你也别客气，今后大家都是一家人了。

董尔超很晚才回到家，鞋没脱，醉醺醺歪倒在床上。索源想过两天又要出差，昨天晚上的气消了不少。等把蓓蓓弄到小书房哄睡着后，她主动投怀送抱，夫妻俩又温存了一番，她的脸贴在丈夫饱满的胸脯上，鼻翼微微翕动，她喜欢他身上散发出来的淡淡的檀香皂混和着烟的气味，可能和她喜欢的那首老掉牙的情歌有关。她说姐姐从沈阳打电话让他们十月份回老家过颁金节，还把毛雨萍的感谢和承诺重复了一遍，董尔超扯动嘴角，轻轻笑了，说，这是驴子面前挂一串胡萝卜。你也不想想，当初我托福成绩考了580分，她说要600分才行。等我过了600分，她又说开办诊所流动资金周转不开，担保金不够，唉，哄蓓蓓的小游戏你也信？索源推了他一把，说，我看这回小萍是认真的，她还让我没事找一些针灸方面的书看看，将来过去了我还能帮帮她呢。老婆的职业特点决定她的逻辑判断能力不差，董尔超不想争论什么，懒洋洋地说，好吧，我们骑驴看唱本。

第二天晚上，金霈文在美食街的毛家湾饭店摆了一桌酒，呼风唤雨地喊了一帮核心人物，海关的小江科长，秃鹰轮的大副和管事，董尔超和董正，董正带了他的"女朋友"。大家在革命歌曲声中走进包厢落座。除了小江以外，个个都能喝酒，在品味了伟人喜爱的红烧肉而啧啧赞叹后，还干干净净消灭掉了三瓶路易十六。金霈文不愧是领导，酒席上一杯又一杯灌得董正非常惬意，他拍着大肚子端着酒杯冲金霈文叫着，大海航行靠舵手，兄弟替哥喝杯酒。金霈文笑着对董正身边的"女朋友"说，春眠不觉晓，处处闻啼鸟，举杯问美女，我该喝多少……满桌哄堂大笑，只有小江不失礼节地点点头，笑着不说话。

酒至半酣，菜过八味，金霈文开始按人头发给每位客人一件小礼物，这些东西都是毛雨萍从香港带回来的。董尔超终于拿到他赌赢的一百美元。董正得到一件品牌衬衫，他醉眼迷离的望着衬衫上的价格标签惊叫，乖乖，两千港币啊……

小江科长掂着手里的金利来领带，清清嗓子说，谢谢金主任的盛情款待，酒肉穿肠过，政策心中留，今天就到这里好不好，明天上午还有个集装箱要抽查。这是下午接到举报必须要做的规定动作，应该不会和金主任的中药材有冲突吧。

众人愕然。

金霈文打着哈哈,手一挥说,没关系,我们做了这么多年绿色环保产品出口,就是不能违反规定,不能让领导为难,他瞟了一眼董尔超。董尔超心里咯噔一下,下意识地又瞥了一眼董正,董正也附和着说,不会有事的,江 sir,这点小事你还搞不掂吗?他打着酒嗝,那只肥胖的手不停地在"女朋友"的大腿间来回游走,嘿嘿笑着。不会是家鬼害家人吧。董尔超一直按金霈文的叮嘱不动声色,没告诉董正一个字,只有小戴知道,可小戴今天没来,每次喝酒他都参加。看来怕处有鬼,痒处有虱。

果然,第二天上午出事了,怪就怪出事的直接原因和董正的那只肥手有关。

5

星期六晚上,董尔超准时来到外教公寓楼。

来之前,他上网谷歌了一下,知道这种读书会的形式起源于十七世纪,巴黎的一些名流贵族志趣相投,聚会一堂,一边喝着饮料,欣赏典雅的音乐,一边就共同感兴趣的各种问题抱膝长谈。他在美国电影里也看到过这种家庭读书会,一些家庭主妇定期聚在一起聊聊读过的小说,很有趣。他精心准备了一番,一定要让白瑟琳另眼相看。

这里管理很严格,幸亏金霈文事先打了招呼,又办了个出入登记卡,他很快敲响了四室一厅的大门,白瑟琳微笑着开门说了声嗨,把他引进屋。在师大生活这么多年,第一次来到这里,像进入另外一个世界,除了白瑟琳,这里还住着布朗夫妇和一个瑞典小伙子杰克。

走进客厅,董尔超有点缩手缩脚的,因为自己必须用英语来应对这里的一切了。他环顾四周,正面墙上显著位置挂着一把巨大的中式折扇,周围的墙壁上零散地挂着大大小小的木制相框,都是布朗夫妇和白瑟琳一家的家庭生活照,温馨浪漫。大厅中央是一排长沙发,右侧是排书架和一台钢琴。布朗先生正坐在钢琴前弹着那首耳熟能详的《圣母颂》,他冲董尔超慈祥地微笑着点点头,用中文说了一句你好,那双枯瘦的双手指尖在琴键上流畅地跳跃着,庄重低缓的琴声时而风轻云淡,时而月光如水。布朗太太靠在沙发上,正小口啜着咖啡,手里还捧着本《圣经》,身边落地台灯柔和的光晕包裹着她,更显得她气质雍容华贵。

客厅很大,宽敞的落地窗帘,沉甸甸的幽暗、温馨的灯光,还有柔美的琴声,轻而易举地把董尔超淹没了。他觉得自己像一条长期被困在泥沼里绝望挣扎的小鱼,被白瑟琳忽然放到树木倒映的翠明湖里,欢天喜地地拥抱着湖水,自由地呼吸着,游来游去。

Dong,50 bucks?白瑟琳斜靠在客厅左侧的厨房玻璃门框上,抱着双手半开玩笑地问。

董尔超有点惊讶,又很快反应过来,Sorry,今天忘了,下次可以吗?

白瑟琳点点头说,明天早晨我在翠明湖边跑步,希望能见到你。说完,她捏着嗓子用蹩脚的京腔问:吃了吗您?董尔超嘿嘿笑着点点头,你会说北京话?

白瑟琳得意地说,Sure(当然),我还会做扬州炒饭呢,Come on。她领着董尔超走进厨房,围上围裙,很娴熟地将现成打包好的胡萝卜、火腿、米饭、鸡蛋等原料倒进平底锅里,嚓——,点着火,她边说边炒,动作娴熟利索,狭小的厨房里,她在董尔超左右忙碌着,还不时地蹭着他的身体,她身上弥漫着一股法国香水和因燥热而出了一层细汗的体味,丝丝钻入他的鼻腔,撩动着他的微妙的心跳。他离她如此之近,可以毫不费力地闻到她T恤衫紧包裹的身休内透露出暧昧的性特征。董尔超很敏感,索源经常出差不在家,他已经难得体会到这种家庭厨房的温馨和甜蜜了,一种说不出的感觉伴着欲望涌上心头。

很快,一盘蛋炒饭粉墨登场,黄白相间,素雅端庄,白瑟琳兴高采烈地说,尝尝吧。他摇摇头,借题发挥,改日我请你吃西餐吧。白瑟琳未置可否,自己先尝了一口,说,扬州炒饭的历史最早可以追溯到隋朝的《食经》里面的"碎金饭",去年我去扬州旅游时学会的,你会做吗?董尔超尴尬地点点头,他心里有点虚。

趁白瑟琳吃饭的工夫,董尔超悄悄来到书架边随手翻出两本原版畅销小说来,一本是获美国国家图书奖的著名作家查尔斯·弗雷德的小说《冷山》,另一本也是美国著名畅销小说家约翰·格里森姆写的反映基督徒生活的《遗嘱》。白瑟琳端着盘子凑到他面前,那双无痕的深蓝色眼睛晶亮地眨着,她不急不缓地将一勺勺饭送进嘴里,慢慢嚼着,动作优雅,不发出一丝声响,董尔超随意翻着书,感叹这个女孩吃相斯文。白瑟琳指着他手里的小说《遗嘱》说,你信耶稣教吗?他抱歉地摇摇头。那好,白瑟琳说,这本书我送给你了,希望你能了解我们信徒的内心世界。

董尔超连说谢谢,捧着小说爱不释手。

白瑟琳又说,《冷山》这本书很有意思, 你看扉页上的第一句话:Men ask the way to Cold Mountain. Cold Mountain: there's no through trail.这句话的中文意思是:人们打听通往冷山的道路,却一无所获。有一首唐诗可以表达这句话的意思。

董尔超惊讶地几乎将嘴张成一个 O,他不敢开口,也的确开不了口,这个女孩太厉害了,这才叫学贯中西呢。他只好放下矜持,让他白瑟琳解释一下这句英文的典故。

白瑟琳慢悠悠地说,唐朝诗人寒山有首著名的诗是:君问寒山路,寒山路不通。夏天冰未释,月出雾朦胧。似我何由届,与君心不同。君心若似我,还得到其中。诗的第一句话应该就是这个意思。我很喜欢这首禅诗,像一幅中国的国画,充满历史和写意感。其实,人活着免不了为尘世所累,心静下来,坦然面对自己,就能够达到自己心目中的寒山了,你说呢? 董尔超只好点点头,赶紧避开白瑟琳,来到沙发边坐下,一动不动,他的情绪变得懊丧起来。

我们可以开始了吗? 布朗先生不知道什么时候坐在董尔超身边的沙发上,亲切地握着他的手说,孩子,读过《Tess of the D'urBervilles》(《德伯家的苔丝》)吗? 董尔超自信地点点头,底气十足地用英语说,这是英国著名作家托马斯·哈代的名著,写的是一位美丽农家少女苔丝的爱情悲剧。他还着重介绍了哈代的韦塞克斯的系列小说的特点和风格。这是他当年写读后感的一段话,他背得干净利索一气呵成,布朗先生竖起大拇指,赞叹地说,It's terrific(真了不起)。那双深陷在细密皱纹中的眼睛闪烁着婴儿般兴奋的目光。他转向白瑟琳,嘿,Honey,你的这位中国朋友真厉害。

白瑟琳显得随意,扬扬手里的小说,Dong,我们翻到 561 页吧。

满头银发的布朗太太皱着眉,扶了扶鼻梁上的眼镜说,喔,不对,孩子们,是 594 页,嗯,上个星期我们提到这句话:"他的爱情是那种当发现了变化就变了的爱情。"我理解这句话是安吉尔发现苔丝的过去后对她的爱情就变了,它应该出自——

白瑟琳仰起脸,盯着董尔超,期待他说点什么,可他飞快地将目光移到三角钢琴上。

出自莎士比亚十四行诗第 116 首。白瑟琳只好补充道。

对，布朗先生清清嗓子说，Go on(继续)，还有这句话，"他在名义上是贤德的人身上看到了荡妇，在肉体上是妓女的人身上看到了精神上的贞女。"解释一下，Faustina 是古罗马的一位皇后，她可是个放荡的女人……

白瑟琳轻快地说，但 Cornelia 是古罗马将军庞贝的太太哦，用中国的成语讲是——她冲董尔超温柔的一字一句地启发，贤——妻——

董尔超赶紧小声附和着，贤妻良母……

Woo, it's cool.(哇，真酷。)布朗太太将手里的咖啡杯放在茶几上，做了个"完美"的手势说，我来解释一下这个章节里涉及《圣经》的几个典故吧。她扭脸冲董尔超调皮地眨眨眼，我想我们的帅小伙子一定会感兴趣的。

董尔超嗫嚅着嘴唇，勉强地挤出一丝笑意，脸上阵阵发烧。刚才的欣喜和新奇已经无影无踪，他觉得这些年苦心经营的知识积累被白瑟琳和这对老夫妇的几句漫不经心的闲聊弄得一败涂地。看来，这不仅是以前读书囫囵吞枣，不能够深入理解小说的精髓的问题，而且自己的知识结构还是没能和国际接轨啊。唉，为什么我知道的他们都知道，他们知道的我为什么不知道呢？他愚蠢地问自己，还是有点不甘心，因为，这是用英语在交流《圣经》，就是对毛教授也是个挑战啊。

布朗太太的舌头在口腔里发出好听的卷舌音，继续说，Hymenaeus 和 Alexander 是《新约全书》中的"提摩太书"提到的两人，圣保罗将他们交给了撒旦，嗯，上次提到的这句话："我相信，即使我就是那位替上帝布道的圣保罗，在受到这样漂亮的女人的诱惑时，也会为她放弃耕犁的。"这句话的引申含义应该出自《路加福音》里的一句话："手扶着耕犁而往后看的，不配进入神的天国。"

白瑟琳欢快地说，您终于找到出处了。还有这句话，白瑟琳补充说，原意是："当一个有奸情的女人被带到耶稣面前，耶稣对众人说，你们当中谁没有一点罪过的就出来向这个女人扔第一块石头吧。"按中国的成语隐喻为：人非圣贤，孰能无过。她掠了一下额前稍显凌乱的发丝，转过身问董尔超，你怎么看待苔丝这个人物？

董尔超捉襟见肘了，说了一句，我想她是西方文学中的一个悲剧人物。现在，他大脑一片空白，这也是他对这本书所有的唯一的高度评价了，当然，这句话出自这本小说的后记。

　　Good comment（很好的评论）！布朗先生伸出手臂勾住董尔超的肩膀，他似乎意识到董尔超的尴尬和慌乱，冲着白瑟琳笑道，你是英语文学博士，说说你的观点吧……

　　白瑟琳沉吟片刻，认真地说，董的观点不全面，尽管苔丝一次次地犯下了愚蠢的错误，还杀了人被送上绞架，但我深深地敬佩她，虽然她受命运枷锁的掌控，但她敢于和命运抗争。她的目光幽远，按现在的说法，她应该是个 feminist（女权主义者）。

　　布朗太太不屑地反问，杀了情人，和前夫一起私奔就是女权主义？

　　白瑟琳深沉地说，她的抗争与不屈服是事实，当然，我认为这不是她的不忠。这里有她的一种盼望自由的渴望，一份改变自己命运的决心……

　　布朗太太耸耸肩，也许我根本没读懂这本书呢。

　　董尔超不敢抬头，没读懂这本书的人岂止是他们呢，我的精神世界都要垮了。他的头嗡嗡作响，内心一片茫然和疲惫，一种强烈的懊丧和不安袭击着他，他为自己呆板机械的表现而自卑，从大的层面讲，在老外面前作为一个中国人他没能真正表现出应有的智慧和尊严，一种说不出的羞愧像把剑把他的心割得支离破碎。他有种被愚弄和失落的感觉，但又不知道究竟自己失落在什么地方，像一拳砸在棉花上没有疼痛没有方向。来之前，他想象自己的生活可能会闪烁着隐秘的亮点，或者会发生一个有趣的故事；会和一个金发女孩谈论莎士比亚；还有那些未知的细节，甚至惊心动魄和错综复杂……可这一切在今天晚上之后，变得黯然失色了，唉，幻想总是美丽的，而现实总是无情的，他觉得自己的一番修身养性之后，却被更强大的人挤到了风景的尽头，到最后自己什么都不是，什么都没有，自己到底是为谁修炼、为谁保持一份骄傲的清高呢？他找不着北了。

　　读书讨论终于结束了，不过，为蓓蓓也为自己，董尔超没有放弃，他不服气，他为这次读书会要赢回自己的尊严，他又向白瑟琳借了两本原版小说，这是雕虫小技，没听一本小说上讲过吗？男女借书，一借一还就是两次，而且不留痕迹，这里就有问题了。

6

清晨,翠明湖畔微风轻拂,空气散发着又暖又潮的甜味,树荫下泱泱的湖水阴暗、凝滑,泛着树木倒影的青绿色。

董尔超早早来到湖边,在锻炼的学生人群中四处搜索着白瑟琳的影子。不一会功夫,湖边通往外教公寓楼前的刚刚拓宽的深灰色新的柏油马路上,白瑟琳身穿红色运动衫,像一团火球跳入他的眼帘。昨天一晚他睡得矛盾重重,辗转反侧,他想自己还是太紧张了,应该放松自然点。因此,他刻意让自己显得优雅笃定、泰然自若。不过,白瑟琳没察觉,跑到他跟前,接过他递过来的美元纸币,微笑着点点头,说了句谢谢又飞快地向前跑去,边跑边说,对不起,我必须全速跑了。一眨眼,小鸟似的无影无踪了。董尔超措手不及,愣怔一下,然后飞快跟上去。他们沿着湖边整整跑了三圈,董尔超扛不住,虚汗长流,摇摇欲坠。

他弓着腰抬眼望去,白瑟琳正在远处废弃的物理楼前做劈腿呢。他晃晃悠悠跑到她跟前,掏出白色棉方巾擦擦汗,气喘吁吁地说,嗨,你跑得真快啊。白瑟琳笑笑不说话。他气喘均匀了,没话找话主动和她聊起他读过的书和作者,譬如,乔治·埃略特的《米德镇的春天》;查尔斯·舒尔茨的 snoopy,还有《爱国者游戏》的作者——军事小说大师 Tom Clancy……他信手拈来,说得很流利、很渊博,白瑟琳嘴里不时发出"Great"的惊呼声,时而俩人又会心地笑了,他们像老朋友似的聊得很投缘、很热烈。最后,董尔超绕回到主题抱歉地解释昨天晚上因为紧张没能发挥好,其实,他对《德伯家的苔丝》很熟悉。

白瑟琳理解地点点头,乜着蓝灰色的眼睛盯着他,做了个鬼脸,漫不经心地说,Dong,我们应该是朋友,对吗?

董尔超肯定地点点头,Sure(当然)!

做朋友就应该知无不言、言无不尽,对吗?

董尔超饶有兴趣地又点点头。

你知道布朗太太昨天晚上说什么了吗?

说什么呢?

她说第一次在草坪上你拥抱我的时候,她感觉你像个摩门教徒,很变态,从你的眼神里看得出你想勾引我上床……。

董尔超一个趔趄,差点摔个跟头,头发都奓起来,浑身像被人扒光了衣服,刚才酝酿很久的浪漫情怀顷刻化为乌有,他不认识似地盯着白瑟琳半天不说话,这不是恶意诽谤吗?好一会儿,他扑哧笑了一声,他想到金霈文说的话,就找到感觉了,于是,他歪着脑袋问,Are you kidding?(你在开玩笑吗?)

白瑟琳笑着摇摇头。

董尔超盯着她说,早上我们见面之前,我想你应该换过新的三角内裤了吧。

白瑟琳瞟了他一眼,低低地说,Fuck You! 转身就走。董尔超像山一样挡住她,You too!(你也一样!)

It seems Mrs·Brian's right.(看来布朗太太是对的。)You're really sick(你的确很变态). Why don't you ask me if I'll trim my pubic hair before we meet?(为什么你不问之前我是否修剪过我的私处呢)她轻佻地说。

道高一尺,魔高一丈,妈的,人真不可貌相,还文学博士呢,还性格内向呢,爆这么大粗口,难怪获国际大奖的电影里脏话连篇,看来,W国人文化就是不高。这样一想,他倒是无拘无束、轻松自如了,不紧不慢指着身后锈蚀的物理大楼,轻佻地耍贫嘴,我领你去那个安全的地方检查一下你的茂密森林地带是否修剪过需要的话我这里有脱毛膏效果迅速……他打机关枪似的一通乱扫射,又拿出看家本领,背诵了一句英语成语:Actions speak louder than words.(事实胜于雄辩。)白瑟琳沉默片刻,眼圈红了,低头轻声用英语说,I don't offend you, if you're an humors buddy, you won't take it seriously.(我没有冒犯你,如果你是一个幽默的人,就不会当真了。)

董尔超退后一步,冷冷地说,I can't bear it.(我容忍不了这种方式。)他指着被半人多高杂草包围着的大楼说,如果有兴趣参观,这里还有一个小剧场呢。

一听说有个小剧场,她有点兴奋,似乎忘记刚才的冲突和不快,是吗,我倒是想见识一下这座奇妙的古堡。董尔超摇摇头,想她还真是条小溪。

他领着她小心翼翼走进黑漆漆的门洞,一股霉腐土腥的气味扑面而来,两人沿着细窄幽长的楼梯一步步向上攀登,周围昏暗静谧,透着凝重谲诡之气,真像走进地狱。两人离得很近,董尔超的鼻尖几乎挨着白瑟琳的脸,他的鼻翼轻轻扑动着,身上散发出烟草和香皂的气味,她下意识地向他靠了靠。噢,上帝呀,她忽然惊叫着,身子一歪,右膝盖抵在水泥地上,她皱着眉咧咧嘴,坐在石阶梯上可怜地揉着右膝盖,董尔超赶紧用力把她搜起来,继续向上爬。

　　两人终于登上楼顶的平台,一片光明,视野开阔起来,白瑟琳一屁股坐在地上,痛苦地摸着膝盖,一股股红的血液顺着小腿往下流着,董尔超掏出随身擦汗的棉方巾,蹲下身抱着白瑟琳的小腿,替她擦腿上的血。不料,她推开他说,Don't touch me(别碰我)!

　　董尔超坐在地上,惶恐地张着嘴,这个人真怪,真是好心当成驴肝肺。

　　白瑟琳顺势夺过他手里的毛巾,掩饰着自己刚才的慌乱和无理,说,Sorry,我不习惯这样。

　　董尔超怔了怔,摊开手,无所谓地耸耸肩,想金需文这个老江湖工作真是细致入微,曾经一定遭到过冷遇,说不定他还挨过 Miss·白的大嘴巴呢。一股莫名的快意涌上心头,便灵机一动,揶揄地问,Miss·白瑟琳,考考你,中国有句谚语,叫"好心当成驴肝肺"怎么解释?

　　白瑟琳一愣,继而明白了什么,她红着脸挣扎着站起身,一跛一瘸挪到水泥栏杆边,奋力将手里印着血迹的棉方巾向着楼外的空地扔去,小方巾飘飘洒洒,像断了线的风筝,一下子就跌到楼外深不可测的地方去了。

　　她指着方巾飞落的方向得意地说,This is the answer!（这就是答案!）

　　董尔超狠狠地咽了口水,今天真是棋逢对手,他盯着她红色低领下若隐若现的乳沟,再看她的屁股的确小巧滚圆,还微翘着,一种难以名状的情绪撕扯着他的内心。他掩饰着郁闷,很友好地领着她鸟瞰了整个师大的山山水水,又从平台左侧的楼梯下到三楼的小剧场。

　　一道白光从天窗折射下来,舞台明亮宽敞,却很破败。白瑟琳兴奋地站在舞台中央,犹如女王主宰着脚下的世界。她跛着腿咚咚在舞台上来回兜着圈,神采飞扬地说这里像她上高中时的学生会礼堂,她还说对舞台有着特别的亲近和眷恋,上 13 年级的时候竞选学校学生自治会副主席时,她在舞台上有过出色的表现,因而迈出了人生重要的一步。她断断续续地说她母亲说她与众不同、上进心强,她在学校主演过《西贡小姐》……她翘着脸带着几分率真和简单喃喃地说,我至今还记得我的竞选演讲辞的第一句话:I can't make my days longer, so I strive to make them better.（我无法延长我的生命,我会尽力让它变得更美好。）……说着,她大步跨到台前,摆出姿势,像要扮演什么角色,董尔超上前一步箍紧她的胳膊,当心! 下面的乐池快有两米深呢,木楼梯都烂垮掉了,我可救不了你……

白瑟琳似乎没听见,凝视着一片黑黢黢的观众席,冷漠地说,……If you could see my inside, or whatever you want to name it; my spirit, that's what I fear. I think I'm ruined.（如果你可以看见我的内心,或者无论你想称呼它什么;我的灵魂,那就是我所担心的。我想我已经完蛋了。）

这是电影《冷山》的对白,董尔超不感兴趣,但他却被她真挚和低沉的表演深深吸引住了,她似乎忘掉一切,宣泄着内心难以名状的情愫,只是董尔超对这份情感感到陌生和不解,好半天他才缓过神来热烈鼓掌,嗨,你真是个出色的西贡小姐……。

白瑟琳抬起头,显得冷漠妖艳,幽微神秘,她盯着他没理会。

董尔超赶紧说,你不饿吗。

俩人终于走出大楼,刺眼的阳光和喧闹又把他们带回到现实中来,白瑟琳伸出右手做了个 OK 的姿势,大方地说,Dong,谢谢你带我参观这里,希望我们忘记刚才的不愉快,再见。董尔超拦住他,还想说什么,白瑟琳盯住他不动声色地说,我知道你想说什么,外事办的金主任已经告诉我了,你想聘请我接送你的女儿,我想这是不可能的,因为我有很多课外计划要实现,而且还要去旅游,最重要的,中国的新浪网上天天都有婚外恋的新闻,我想我不愿意有这方面的意外……董尔超又是一惊,还没回过神,她已经不见了。她像小鸟扑朔迷离,忽远忽近,令他无奈又绝望。他的手机刚才因为在大楼内被屏蔽,现在疯狂地呼叫起来,他一接听是金需文,他说董正昨天晚上在他"女朋友"家被检察院的人"请"走了。

7

董尔超匆匆赶回家,索源已经送女儿去幼儿园了,老婆出差去深圳很顺利,提前三天回家,餐桌上摆着他喜欢的法式小面包,两个白煮鸡蛋和一杯鲜榨胡萝卜汁,他胡乱吃了几口,又冲了个澡,穿上放在沙发上熨烫得整整齐齐的夏式白衬衫制服,带上门飞快地边走边按动汽车遥控器,猫腰钻进停靠在香樟树边的红色Polo,点火启动。五分钟不到,他的车驶出院子,又绕过翠明湖,直接开到外语学院凤凰山宿舍楼前。

金霈文汲着拖鞋心事重重地拉开门,董尔超一屁股坐在客厅的沙发上,见他不吭气,半是安慰半是揶揄地说,天塌不下来,你要坐牢,毛雨萍不管你,我第一个到监狱给你送被子!

金霈文龇牙干笑一声,点上根烟,深深吸了一口,说,这次一定要摆平这件事,董正打匿名电话给上海外港海关,货被查扣了,如果海关缉私局立案调查走司法程序,那真麻烦了。

对不起,忘了交待。董正在秃鹰轮联检时还真察觉到董尔超和小戴举止神秘,事后他软硬兼施逼着小戴说出了董尔超找他的事情,当天下午就打电话给小江,目的很简单,借着海关的势头给金霈文制造点"麻烦",这样,再由他出面摆平这件事,捞点更大的油水。因为,最近那个比他小三十岁的"女朋友"为一根一万多块钱的翡翠项链和他闹情绪,这根羊毛必须出在金霈文这只羊身上,可天有不测风云,没曾想他那只肥手却把事情彻底闹大了。

那天上午,小江科长带着一个实习生、货代和港埠公司吊箱作业的小马几个人来到货舱边,小戴没过来,董尔超虽然心里七上八下的,但由于蓓蓓扁桃体发炎,他只好先送女儿去医院了,倒是董正兴冲冲地和小江几个人来到三号塔吊边。他穿着两千港币的白色新衬衫,戴着红色安全帽,像个码头工人站在小马身边,摇头晃脑指手划脚。三号塔吊挥动着长长的吊臂不紧不慢将一个个重箱从船舱吊起往码头堆场摆放。货代急得直跺脚,重新吊箱费用不说,下午五点船必须离港,影响船期损失就更大。吊塔顶层驾驶室的操作手看着小马不停地做着吊箱的手势,紧张地扳动着操作杆。也许是天气过热,或许带着一丝隐秘的兴奋,董正挥动着手臂竖着大拇指也秀了一把。不一会儿,终于见到舱底装红花油的标箱了。当挂钩工将四个吊钩稳稳挂住标箱四个角后,董正不等小马吹口哨打手势,迫不及待地学着小马的样子竖起大拇指向上不停地喊着,起吊!起吊!……

吊塔驾驶室里的操作工以为是小马在叫,扳动操作杆,钢丝绳立刻绷紧标箱的四个拐角,吃力地向上牵拉着标箱,可箱体纹丝不动,倒是秃鹰轮整个船体剧烈颠簸晃动了一阵,董正还在声嘶力竭地喊着,生怕别人没听见……

忽然,塔吊喘着粗气轰鸣着不堪重负,伴随着一声轰隆巨响,吊臂从中间瞬间断开一道巨大的裂缝,在场的所有人惊呼着四散逃离,所幸无人员伤亡,董正抹着油脸,也呆住了。原来,小马他们忙中犯了一个致命的常识性错误:任何一个集装箱放置在货舱底部都必须和舱底的四个挂钩牢牢地钩住,以保证船舶航行安全,而刚才三号塔吊不能起吊正是集装箱紧紧被舱底挂钩咬住,简直就是在起吊几千吨位秃鹰轮啊。为不影响船期,事故发生后,各联检单位和码头港埠公司负责人召开紧急会议,临时决定按期让秃鹰轮装船离港,小江科长也算帮忙,取消这个集装箱的抽查,由货主出具保函放行,可船到上海后,货还是被海关查扣了。

董尔超点上根烟,长长吐了口烟雾,缓缓地说,上海外港海关只是查扣货物并未处理。你的红花油没报关属于无货主货物,真追究责任也不过就是2公斤的麻黄碱……

不是两公斤,是二百公斤……金霈文低低地说。

董尔超嘴角动了动,脸色变了,他忽地站起来,又重新坐下来。客厅的气氛压抑得几乎能拧出水分。金霈文反倒沉着起来,他从沙发的拐角抽出一个大牛皮EMS信封袋递给董尔超,喏,小萍寄给你和索源的、邀请函、银行存款证明、房产证都是原件啊,弄丢了她回来找你要饭。毛雨萍想让索源和蓓蓓以探亲访友的名义过去先看看……他抹了一把干瘪的长脸,又说,我和学校请了假,明天晚上从上海飞费城,真是祸不单行,前两天毛雨萍的爸爸去中国城吃饭,喝鸡汤把那颗假门牙一口咽到肚子里去了!唉,嗑瓜子竟然嗑出臭虫来了,他在那儿又没医疗保险,我想接他回上海检查,越快越好。金霈文眉头拧成一团,好像假牙咽在自己的肚子里。

这颗假牙咽得真及时,董尔超冷冷地接过话茬,看样子我要成你们的替罪羊了。

我就知道你要这么说,我是这种人吗?你又不是当事人,海关最多喊你问问情况做个查问记录而已。再说,真要到了鱼死网破的地步,这些原件不都在你手里嘛!金霈文愠恼地瞪了他一眼。董尔超沉默了。那个牛皮信封袋已经温柔地击中他的软肋,或者说,胡萝卜已经握在自己手里放在嘴边了,只等张口咬住了。太快了,简直来不及咀嚼回味,他心里忽然涌出一股悲凉和愧疚,自己被扯上麻烦不说,还连累妻子和女儿,毛雨萍这么多年不接触,谁知道她做什么生意呢？万一真有什么不测,他于心能忍吗？他感叹生活真是一次性的,不能彩排重新再来。他盯着牛皮信封袋,他心里又有种冰冷的感觉,是那种寒冬腊月天被锐利的冰块刺痛的感觉。

行了,谈谈你的 Miss·Saigon(西贡小姐)吧。金霈文知道刚才的一切都过去了,又开始油腔滑调。

没兴趣! 董尔超狠狠站起身,抬脚就走。

金霈文不紧不慢扶住他宽广的肩膀按到沙发上,贼贼笑了两声,碰壁了吧,不过倒有个最后的机会。他告诉他师大生命科学院已经联合举办"扬子鳄回家——拯救中国龙"的保护宣教活动,校外事办已经邀请国际野生生物保护学会(WCS)的部分专家学者来董尔超的家乡考察调研,这个机会白瑟琳和她的同事们肯定不会放过,扬子鳄和大熊猫都是活化石著称于世。他保证在他走之前一定安排机会让白瑟琳和他们一家人回他老家亲近一次野生动物,这个建议她不应该拒绝。

董尔超腾地火了,她是王母娘娘我非得供着啊!

金霈文凑到他跟前,盯着他说,你有酸葡萄心理,我这么做不也是为了迎合你的小资情调吗。

董尔超不耐烦地说,去去,少来这一套,站起身又要走,金霈文也不留他,硬是将信封袋塞给他,千叮咛万嘱咐让索源尽快办理相关手续,原件一定要按时寄回,要保持电话联系,另外,他意味深长地开玩笑地说,还是老话,不要做老愤青,遇事不要冲动。

董尔超想如今的生活实在经不起推敲,太虚伪了,不是愚弄别人就是被愚弄,这个世界真是个《罗生门》的世界,每个人都从自身的利益出发去糊弄别人。从金霈文家出来,他开车一路狂奔,驶进码头理货公司,一口气爬上五楼,冲进办公室拽出正在电脑前埋头做理货记录的戴维森,一声不吭俩人来到楼下厕所僻角处,他一个直拳打得小戴捂着脸呼噜着往地下瘫。他又拎小鸡似的提起他,抵着他的脖子问他是否还和董正泄露过以前金霈文走货的情况,小戴几乎两脚离地,涨红着脸拼命地摇头。

董尔超又赶回到单位办公室,周围同事好像并不知道董正被弄进检察院,照样和他打招呼开玩笑。船检科跑外勤找不到人是常事。他关上办公室的门,稍稍定了定神,给索源打了个电话,把董正金霈文和大信封的事简单地告诉她,让她赶快找人打听一下董正在检察院的近况。索源在电话另一端犹豫片刻,说陆万松有个同学在检察院经济厅办案,只有通过他试试看。董尔超不假思索地说尽快问。半小时不到,索源电话打来了,说,你放宽心吧,董正只是被喊去核实上次三号塔吊吊臂折断的事故经过,和金主任的集装箱没有关系。陆万松的同学说董正不懂装懂瞎指挥,是造成这起安全责任事故和经济损失的间接责任人,已经被停职检查。上午你们单位领导已经领他回家了。挂掉电话,一股欣喜的电流传遍他的全身。"我儿子"终于犯错误了。

8

董尔超提心吊胆捱了几天,一切风平浪静。董正已经被单独弄到办公室写检查材料去了,办公室就他一个人,上班总是胡思乱想,心神不定。一天下午上班,他忍不住给老闻又打了个电话。老闻已经五十多岁快退休了,他是解放后海关专科学校第五届毕业生,风风雨雨勤勤恳恳干了一辈子海关,口碑极好,就是没升上去,可他的同学校友不少都走向了主要领导岗位。老闻很坦白地告诉他上海外港海关他有个老同学是副关长,他会打电话了解情况,尽量让事态向好的方向发展。但是,如果海关来人调查取证,董尔超本人必须密切配合,这点他必须有充分的思想准备。董尔超放下电话,轻叹口气,谁也不会为别人的事砸自己的饭碗,这么多年的交情,大家都是明白人,响鼓不用重敲。现在该怎么样他心里清楚。

晚上下班回到家,索源正在厨房忙着包荠菜饺子,好久没感受厨房热气腾腾的氛围了,董尔超禁不住从身后搂了一下妻子的腰。索源转过脸,脸色有点苍白,额头流着汗,她吃力地朝他瞪了一眼。蓓蓓跑过来告状,妈妈的胆囊炎又犯了,不能比赛武术了。董尔超心里一热,连声说,别包了,快吃利胆片。索源说,真虚伪,我不包你包啊,已经包了400个,你吃起来没个够。董尔超嘿嘿笑了,包饺子是东北老婆的绝活,她包的蟹黄饺子他一餐能吃50个。索源还郑重告诉他下午去医院做了B超,医生说她的胆壁上长了息肉,要尽快做手术,不然有病变的可能。董尔超背着蓓蓓在客厅里打着转转说,现在医生的职责就是吓唬人。

饭桌上,一大盘饺子快被消灭完的时候,董尔超向索源征求出国办护照签证的事。沉默半天，索源说了一句，我还是想先试试看。索源言语金贵，就这一句话把董尔超镇住了。不用说，她是经过深思熟虑的，为了这个家庭，她决定先牺牲自己的前程。说实话，真到了节骨眼上，董尔超觉得自己不如老婆果断老练，性格决定命运，关键之时，自己没有破釜沉舟的勇气。他心里面竟陡增感动和悲凉，妻子理解他现在的窘况，最关键的时候她冲在前，作为男人他没能尽责，唉，他脑子里电闪雷鸣，可表面上还在装，哼，你不怕长息肉吗？到时候在美国街头沿街乞讨怎么办？

索源狠狠地掐了一下他的后脖颈，讨厌，你才要饭呢，别把小萍想的那么坏，人家还你个大人情别不识好歹，我想利用公休假过去看看。她学着动画片里的孙悟空冲着蓓蓓使了个眼色，小的们给我上……

蓓蓓立刻放下碗，在餐桌前方比划着大喝一声：降龙十八掌……冲到爸爸跟前，董尔超借机抱头喊着救救我呀，然后钻进书房。

他从书橱上抽出上次借的两本一个字没翻的原版小说，决定马上去外教公寓还给白瑟琳，游戏结束了，确切地说，游戏没开始就已经结束了。他现在的主要精力要放在自己和索源身上，过好眼前的关口，办好眼前的事。不过，不知为什么，他还是留了一本小说《冷山》没还。

外教公寓楼灯火通明。

他敲门进去的时候，里面欢声笑语，白瑟琳和那个叫杰克的小伙子被满满一屋子的学生围着，热烈地讨论着什么课题。金霈文向他介绍过，在师大外语学院所有学生眼里，外籍教师和留学生虽然不教主课，但他们开的口语和写作课异常火爆，换句话，这些黄头发蓝眼睛的洋人，在这里不分国籍都能感觉到中国学生对他们的恭谦和仰慕。实际上，这些人不少在国外境况并不好，有的还靠政府的救济金生活，有的甚至为了躲债来这里。当然，有部分退休教师的确怀有对中国古老文化的向往和旅游的目的来中国教书工作。这些人当中，大部分人毕业于社区大学和职业技术学院，不过，也不乏有精英和正规大学毕业的学生，白瑟琳也算其中之一吧。在这里，他们凭着长相和外国护照，轻而易举成了物质和精神上的双重贵族，但是，他们的个人背景却无人知晓了。

白瑟琳一改往日的沉稳举止，兴奋得脸上放光说，嗨，Dong，欢迎你加入我们的讨论，之后我们还要看一部电影《Blood And Sand》(碧血黄沙)。董尔超赶紧摆摆手,谢谢,不用了,你们学习,书还给你。站在老外和这些青涩的孩子们面前,他显得有点拘束。白瑟琳很随意地把他介绍给一屋子的学生,所有人都不约而同地和他打招呼,老师好。他露出长者般的微笑点点头,然后转过身就走。嗨,请等一下,她转身招呼杰克和学生们继续讨论,跟着他走出门。董尔超有点意外。

在楼梯口,她果然直言不讳说出自己的想法。她仰着脸以商量的口吻说,Dong,金主任向我推荐了你。如果你不介意,我想这个周末和你们一家人去参观扬子鳄的故乡,可以吗?她的目光是那么直接和恣意,让他有点不知所措。他后退两步,躲过她射出的热量。上大学时金需文曾告诉他,对付女人最好的办法是无论她飞扬跋扈还是深不可测,只有两个选择,要么拿下,要么彻底远离。有了上次物理楼的经历,他平静下来,决定选择后者。

他故作惊讶地说,抱歉,这个周末不能回家,我女儿要去少年宫学武术。他做了个蹲马步的姿势,又反问她为什么不和学生或者外事办组织的团体一起去参观。白瑟琳说她本来有这个打算,但是金主任说,那里是他的家乡,会更方便更熟悉。董尔超抱歉地摊开手显得无能为力的样子。

白瑟琳对他的婉言拒绝有点惊讶,来这里快一年了,一直是在鲜花和笑脸中度过的,从来都是有求必应,今天是个意外。她失望地喃喃说,你真不够哥们,一点也不怜香惜玉!

董尔超被她忽然冒出这句滑稽可笑的话逗乐了,立刻反唇相讥,你不怕有婚外恋的意外吗?

白瑟琳学了个京剧甩水袖的动作,拖着长音说,我一片冰心在玉壶……

他找不到拒绝的理由了,作为回报她将上次得到的五十块钱的报酬又还给了他。他推辞了。

这是个愉快的周末上午。董尔超的车开出市区,一踩油门,将车速飙到九十码,刚刚下了场小雨,柏油马路两边忽闪而过的树木一片翠绿,空气沁凉,天空的白云一缕一缕的慢慢地飘着。他的心情很好,白瑟琳心情更不错,坐在副驾驶的座位上,像个天真的孩子,嘴里说个不停。索源和蓓蓓坐在后排,女儿又见到白瑟琳时愣住了,张着嘴刚要说什么,被董尔超几句话岔开了。索源似乎明白了什么,没吭声,她和不熟悉的人话不多,一路上只和白瑟琳礼貌性地聊了几句,大部分时间和女儿看着窗外指指点点。

　　俩人从东半球聊到西半球，白瑟琳自豪地说在北京上海她桃李满天下，而且她上课从不计报酬，因为她是个信徒。最后，他们聊到开车学驾驶，她掏出自己的驾照本，指着右下角的英文单词"organ donor"（器官捐献）说，如果发生车祸，这表明我们都愿意无条件的捐献自己的器官。董尔超说，真了不起。她摸着驾照本轻轻地说，这是一个信仰上帝的人应尽的职责，你没读我送给你的那本《遗嘱》吗？董尔超不好意思地摇摇头，岔开话问，这次为什么不和杰克一起来？她轻快地饶舌，我不想让杰克成为我们的陪衬人，用你们中国的时髦话叫"电灯泡"对吗？她语出惊人，董尔超一愣神，随即笑了，这真是个中国通，世事洞明，人情练达，心里一热，上次在物理楼的隔阂似乎烟消云散。

　　两个小时不到，他们终于到达中国龙的故乡——扬子鳄繁殖研究中心，这里不对外开放。董尔超有个小学同学老李在这儿干了不少年，他领着他们来到大大小小的养殖池边，看着一条条闪着暗褐色鱼皮光泽、长相丑陋凶狠的鳄鱼，白瑟琳激动得不知所措，用DV机摄录下这些爬行动物，嘴里飞快地用英语嘀嘀咕咕，看来来之前她早有准备。索源被女儿拽着，拎着一大塑料袋小鸡仔青蛙去喂食了。老李介绍说扬子鳄看似虎视眈眈实际上性情温和，它是全球23种鳄鱼中最濒危的鳄鱼类，目前他们已经成功繁殖老少三代扬子鳄四千多条，古老的物种又获得了新生。白瑟琳让老李给她拍了几张和扬子鳄的合影，又问，我在美国的医学杂志上读到鳄鱼血可以用作抗生素治疗患绝症的病人，不知道扬子鳄是否也可以用在临床医学上？这个问题很深奥，老李抱歉地搓着手说，这倒没听说，不过，它们浑身都是宝哩。

　　董尔超心不在焉地附和着，心里犹豫不决。按说现在他可以开车打道回府，也算不虚此行。可是老家紧挨着繁殖中心边的水库，自己有大半年没回家了，妈的风湿病不知怎么样了。他好像又看到妈喘着粗气、顶着毒太阳在地里劳作，可带着老外回家，看到家里的寒碜样，不仅自己没有面子，也有损国际形象啊，还不如回去后再找机会。

　　这时，白瑟琳走过来像看透他的心思，直截了当地说，嗨，Dong，参观完这里可以去你家吃农家饭了吧。嘿，真不拿自己当外人，董尔超摸着后脑勺，艰难地笑着点点头。

9

　　他的家在水库边的土山坡上。房子不大，只有两间青砖灰瓦屋，房前空着一块不大的水泥地，门前一棵高大的泡桐树，绿荫铺满一地。他们的车直接开到门口，董妈妈笑咪咪地坐在门口青石门槛上，这是个面相慈祥的中年妇女，当年"小芳"的影子已经不见了，岁月在她脸上留下刀刻般的痕迹。她望着车门慢慢拉开，摸索着站起身，看着索源拎着大包小包吃的用的东西和外孙下车，说，一直等你们来哩，饿了吧蓓蓓。蓓蓓跑进堂屋喊着，外婆，还来了个外国阿姨呢。话音未落，白瑟琳推开车门，走到董妈妈面前，腼腆地打招呼，您好，老妈妈，给您添麻烦了。董妈妈猝不及防，眼前冒出个高鼻梁蓝眼睛的金发姑娘，一时不知怎么办好，惊慌地望着儿子埋怨说，小超看你，事先也不告诉我，这位是……董尔超扶着妈妈的肩膀笑着介绍了一番，她哦哦应着，慌忙领着大家走进堂屋。

　　白瑟琳真是个在中国走南闯北的人，一点也不拘束，进屋后好奇地四下张望，端着相机咔嚓一通拍照，砖砌的灶台上方供着的观音菩萨瓷像和铜香炉，被柴烟熏得焦黑的灶台烟囱，还有依墙摆放的竹箩筐、木水桶、斗笠、蓑衣、锄头、火钳，这些物件瞬间定格在她的相机里。她摘下墙上的斗笠戴在头上，拿起锄头扛在肩上摆了个姿势，让董尔超照了一张相。董尔超心里踏实了，刚才的顾虑没有了，这里的一切古朴素净，蕴含着东方文化的精髓，这正是她想要的。

　　还是老习惯，他从饭桌边的水缸里用水葫芦瓢舀了一瓢水，仰着脖子灌了几大口后，忽然又微笑着将水瓢递给白瑟琳，她毫不见外接过来咕咚咕咚喝了两口，一抹嘴，Dong，你家的摆设真奇妙，我又像回到印第安那州的土著部落。董尔超笑笑，真见鬼，我的家只能和贫穷的地方相媲美。他喝光水瓢里的水，注意到一道水流正顺着她的嘴角流进脖子又钻进乳沟，那对圆润丰满的乳房随着她的一举一动而乱颤，他的喉结滑动了一下。索源一直和婆婆在灶台又煎又炒，忙前忙后，很快盆盆碟碟摆满一桌子，都是自留地种的茼蒿、茄子、丝瓜、苦瓜，水库里网的鲤鱼，绿油油清丝丝飘着菜香。大家坐在桌边，蓓蓓和邻居的孩子不知疯到哪里去了，堂屋里的鸡咕咕咕在人前桌下钻来钻去凑热闹。被柴火熏得满脸通红的索源端着一碗油汪汪的蛋炒饭送到她面前微笑着说，尝尝吧，听董尔超说你很喜欢蛋炒饭。她慌忙站起身，谢谢，真是不可思议。的确，晶莹饱满的饭粒将金边细瓷碗堆得溜尖，她低头像个调皮的孩子边吃边说真香。一旁的董妈妈也高兴得直揉眼睛，就是不敢多说话，生怕让外国姑娘笑话。

　　吃过饭，董尔超又从灶台的铁锅里用锅铲铲出一块巴掌大的锅巴，金灿灿的锅巴被他浇上一勺猪油，香味扑鼻，他递给她，喏，Chinese cookies（中国饼干），这叫锅巴。白瑟琳小心翼翼地掰了一块放到嘴里，慢慢地品味着，喷香脆薄的锅巴嚼在嘴里，一股沁人的清香散了开来。她又是一阵啧啧赞叹，Delicious.（太好吃了）。随后，她深情地望着董尔超，感慨地说，Dong, It's kind of your family.（你们全家对我真是太好了），让我好像回到自己的家。其实我们的家庭生活和你们一样，简单朴素，根本不是电影《America Pie》（美国派）那么开放自由，我们信徒更加传统保守。周末全家人做一顿美味的比萨饼或者看一盘租来的录像就是最大的享受了，这叫知足常乐……董尔超点点头，说，我领你四周转转吧。此刻，他没兴趣和她再探讨西方文化了，他要再利用这个宝贵的机会进一步接近她。

　　两人从堂屋的后门走进一片荫密的竹林。一阵风吹过，竹林沙沙作响，周围湿漉漉的，两人脖颈上手背上润润的，满含湿意。这里清幽静谧，不时有蟋蟀在低婉鸣叫。董尔超指着竹林回忆说小时候一到春天，他和小伙伴们上树掏鸟窝，拔竹笋，捡蘑菇，生活无忧无虑。白瑟琳径直朝前走，似乎没听见，她指着竹林里隆起的几处土丘问那是什么。董尔超说是他外祖父母的土坟，他又简单介绍了当地的土葬习俗。她似懂非懂哦了一声，忽然又问，为什么没见到你的父亲？董尔超只好说他是单亲家庭，父亲在他很小的时候就离家出走了。他说得坦率诚恳，白瑟琳似乎被感动了，也告诉他自己的一些过去。她的母亲是个舞台剧演员，从小她就喜欢舞台；父亲是个石油商，五岁的时候父母离异了。她十五岁时学会了抽大麻，进过戒毒所，后来打工赚钱隆过胸。再后来，她遇到了她的高中老师，他改变了她的人生。然后她沉默了，从牛仔裤口袋摸出香烟，熟练地点着吸了一口，像在捕捉什么感觉。

　　董尔超惊讶地看着她，她的目光从容、漫不经心，还有些冷漠，却很性感。两人漫无边际地在竹林里走着，董尔超没话找话问她 W 国的葬礼是什么样子的。白瑟琳兴致盎然地介绍了一番西方人五花八门的葬礼仪式,还举了个有趣的例子,说她的一个牧师朋友在葬礼前为使自己的葬礼主持得与众不同,要反复演习绕口令。说着,她快速念了一段绕口令:Rubber,baby,buggy,bumpers(橡皮宝贝,虫子,保险杠),Unique,New York(独特的纽约),The tip of the tongue the teeth the lips(舌尖,牙齿,嘴唇)。董尔超情不自禁也跟着绕起口令来,可说得结结巴巴,跟不上节奏。白瑟琳凑近他,满脸认真地教他对口型,It's like this(应该是这样)。董尔超紧盯她蓝灰色的眼睛,像看一片蔚蓝色天空,顺势将她揽进怀里,她呼出的气息带着竹叶和青草的味道扑到他脸上。她像受惊的小鹿奋力挣脱开,NO! NO! 她愠恼地抗议,我们只是朋友,请别误会,否则,我会告诉你太太……她转身头也不回快步走出竹林。董尔超按住怦怦跳的心,刚才汹涌的激情被她强烈的熟悉的气息瞬间带走了。他有点不适应,抹了一把尴尬变形的脸,慢慢踱回家。

索源正忙着洗碗扫地,白瑟琳什么没发生似的和蓓蓓房前屋后跑着捉迷藏,周围围着一些新奇看热闹的妇女孩子。见儿子进门,董妈妈悄悄把他拽进里屋,忧虑地问,听源源讲你让她先去美国看看,这是为什么,你还不牢记你那个死老子的教训吗,把我们娘俩害成这样……她的声音有点变了。董尔超心烦意乱无法解释,只好"嗯啊"地应付着。董妈妈叹了口气,说,等田里的早稻收割完,我去帮你们照料蓓蓓……董尔超忙说,不用,妈,索源给您开的内风湿药管用吧? 她点点头,吃了药好多了,就是不能多下地,这个家没有源源真不行,唉……哦,对了,你四表姐的痛风病又犯了,下次我带她去你那儿找个医生看看吧。董尔超点点头,心里无比悲哀。

愉快的旅行终于结束了。路上,白瑟琳脸色有点苍白,她说头痛,和索源蓓蓓调了个座位靠在后排闭上眼,一路大家无话。晚上回到家,董尔超一头钻进卧室靠在床上一声不吭,眼睛盯着电视屏幕。索源忙完女儿走进卧室,抱起他脱掉的脏衣服面无表情地说,今天你终于如愿以偿了,我和女儿还有那个杰克做了一回你的陪衬人和电灯泡。他一愣。

10

早上上班,董尔超前脚踏进办公室的门槛,金需文的电话就响了,这段时间他打电话很有规律,总在早上,先关注他心情怎么样,第二问护照、签证办了没有,再很自然地顺便了解一下被查集装箱的最新动态。董尔超讨厌他的虚伪,又不好发作,只好敷衍,索源和董蓓的护照申请已经送到公安局外事科,要三个工作日才能批下来。至于被查扣的货物,他说他能接电话就是最好的答复。金霈文嘿嘿笑了,声音像水漂似的忽远忽近,我说没事吧,绝不要庸人自扰。哎,你那位 Miss——,话没说完,董尔超啪地掐断电话。

他心情沮丧,昨晚索源和他一夜没说话,老婆赌气意味着什么他清楚,这些年家庭生活她总是隐忍谦让,从来不和他较劲对立,可一旦她较真起来,就有剑拔弩张的气势。他必须顾及老婆的感觉,尽管和白瑟琳是场未开始的无聊小插曲,但现在是特殊时期,不能节外生枝了。他后悔没按金霈文告诉他的办法去做,他决定尽快把那本小说《冷山》还给她。

他靠在椅背上,眯上眼无聊上网,他在探索网站读到这样的报道:人类的祖先最早是在树上生存的,无论逃避野兽的追捕还是去摘果子,在树上具有绝对的安全和主动,这对他们的生存至关重要。难怪小时候自己那么喜欢爬树。快到中午的时候,桌上的电话又响了,他拿起听筒立刻紧张起来,王副局长在电话里让他去他办公室。他从领导的声音里感受到不祥和、危险,但还是稳稳神,不紧不慢敲开领导办公室的门。一进门,看到两位穿便衣的陌生人,他的心忽地提到嗓子眼。王局长神情凝重地说这两位是上海外港海关缉私分局的同志,要他密切配合调查一个案子。

接下来的事情变得一团糟。他被领进另外一间办公室。他倒是很配合,滔滔不绝一再申辩自己不是当事人,两百公斤的麻黄碱是否报关他不知道,他只是顺便向海关引荐一个姓金的朋友申请办理海关通关手续。两名便衣同志始终微笑着,很亲和,但胸有成竹。他们不慌不忙出示了港埠公司、码头和货代相关证人的查问笔录,俩人言辞虽然不咄咄逼人,但表述的事实很明确:董尔超协从当事人未按《海关法》相关规定办理出口申报手续。这些天董尔超翻了些法律书,知道一旦上海海关缉私局将案子移交给地方检察机关审理,那他肯定会被请进去,结结实实成了金霈文的替罪羊。唉,老闻也不知躲哪去了,手机信号总不在服务区。在查问笔录上按下红手印后,他的心脏加快跳动起来。

但是,晚上回到家,他仍然表现得很镇定,他想即使刀架在脖子上不能也没必要让老婆为自己担忧,她们是自己未来的希望。吃过晚饭,索源照例陪女儿做完拼图作业后,洗漱完毕早早睡觉了。昨天和白瑟琳去了一趟老家,她变得更加沉静,沉静中似乎带着一丝忧虑,董尔超不知道如何应付这一丝的忧虑,唯有现在沉默才能淡化一切。

客厅寂静冷清,他给自己泡了杯太平猴魁茶,靠在沙发上盯着杯子里的长长的叶子无序地翻滚着想自己,累了,顺手拿起那本小说《遗嘱》。这几天他一直在翻这本书,情节精彩感人,亿万富翁罗伊费伦生性风流,有六个妻子和六个子女,但到了迟暮之年,他病痛缠身,失去对生命的兴趣,便不断更换遗嘱,最终却将一百一十亿美元的遗产都给了他的第七个私生女——一个虔诚的基督徒。当律师内特穿越巴西丛林历经艰难险阻,找到那位神秘的叫雷切尔的女人时,她却……董尔超被紧张的情节吸引得透不过气来,他似乎明白了白瑟琳为什么让他读读这本书的理由,在雷切尔身上好像也有白瑟琳的影子,这本小说除了宣扬基督精神外还向他暗示了什么呢?

他丢下书,留下结局的谜团走进浴室,站在淋蓬头下,热水喷洒下来,他闭上眼睛,好让水流冲掉心里的郁闷。渐渐地,身体被热水激活了,他睁开眼睛,看着自己在热水的淋溅中闪着古铜色光泽的皮肤,又在镜子里打量了一下自己,这么多年凹凸有致的身材还是有那么点古力特的影子。忽然,脑子里闪过一个念头,这个念头一动,晚上的心绪就有了落脚点。

他套上 T 恤衫,从沙发上拎起那本《冷山》,又从书橱里翻出原版的《圣经》,呼啦啦随便翻了几页照着上面抄了一句话:我如水被倒出来,我的骨头都脱了节,我心在里面如蜡溶化。如有意,明天晚上七点我在卡尔卡松西餐厅等你。他蹑手蹑脚带上门来到院子里,从窗台的花盆里顺手摘了一朵玫瑰花,连同纸条夹在书里,又将书塞进一个牛皮信封袋封好,急匆匆赶到外教公寓楼,将牛皮信封袋交给门卫,说是还给白瑟琳老师的书,然后悄悄溜回家。

他万万没料到,昨晚的雕虫小技竟惹得白瑟琳找上门来。中午女儿在幼儿园吃饭不回家,他开车不紧不慢往回赶,到家抬脚跨进门,一眼瞥见白瑟琳正和索源并肩坐在沙发上,茶几上放着他昨天晚上夹在书里面的那张纸条和那支可怜的玫瑰花。他傻眼了,腿开始打颤,呆呆站在两个女人面前,血压升高,整个人像要爆炸了。羞恼尴尬如两把剑刺穿他脆弱的心。他的确没有做贼,可的确有心虚的感觉,而且心虚得厉害。本来,他想最多也就是剃头挑子一头热的结果,白瑟琳也不至于揭穿他,可现在……

客厅的空气变得紧张,继而窒息。

白瑟琳倒是大大方方站起身,走到他跟前,蓝灰色的眼睛盯着他,不经意地说了一句,Dong,我希望这仅仅是你的一个玩笑而已。但是我有责任提醒你,否则,情况会变得更加糟糕。另外,希望你今后不要随便引用伟大的《圣经》,这句话是《旧约》诗篇里的句子,用来表达爱情很不恰当。说罢,她微笑着和索源点点头,裹着浓郁的香气轻轻飘走了。

董尔超如同被她抽了一记响亮的耳光,急急对索源说,索源,你听我解释……

别叫我索源,你不配!索源忽地站起身,愤怒的目光划过他的脸,还没出国,就想沾花惹草,你对得起谁啊!……她的眼泪流出来了。

我错了,我是一时糊涂。他像小学生似的低下头。

你无耻!她都告诉我了,你到底想在竹林干什么?她喊着,自己丢人不说,还搭上老婆在外国人面前丢脸!

董尔超脸变得发青发白,他嗫嚅着发干的嘴唇,哀伤地说,那真是误会……

索源狠狠地推开他,冲进卧室,看来你是好日子过够了。她声音冰冷生硬,拉开衣橱门,扯出几件衣服塞进出差用的旅行包。董尔超急忙跟进来,你去哪?我错了还不行吗?

你没错,是我错了!她鼻孔哼了一声,晚上睡觉能当老婆面耍流氓的人,什么事干不出来!你让我怎么相信你……!董尔超挡住门,索源气急败坏,俩人推搡着撕扯在一起。董尔超身高马大,从背后抱住她把脸贴在她背上哀求,我真的和她没有那种关系……

索源在他手腕上狠狠咬了一口,他哎哟一声松开手。她冲到院子里,想起什么猛地转过身,你要是有良心,下午蓓蓓放学回来,给她背上涂上痱子粉。甩下这句话,她头也不回地走了。

董尔超像断了线的木偶,耷拉着脑袋,慢慢蹲到地上,抱着头,好半天,他站起身,挪到客厅茶几边,拿起纸条和那支发黑的玫瑰花,又产生一种当年吃树叶的欲望,眼睛盯着慢慢塞进嘴里,嘴角动了几下咽到肚里,他必须把一切窝囊都尽快埋在肚里消化掉。然后,他走进院子,来到那棵粗壮的香樟树跟前,猛然抬起右脚狠狠地踹起树来,他越踹越来劲,好像这样才能把心里的纠结都踢走。

11

索源径自离家一走就是半个月，把董尔超的心也走凉了。

他天天上班打电话央求她回家，甚至撒谎说蓓蓓感冒发烧，可她就是不吭气。她中午趁他不在家溜回来给蓓蓓准备些吃的喝的，丢个字条然后又回到单位，继续冷战。这样一来，董尔超只好又过上当爹妈的冷清日子。这和老婆原先出差不同，没有盼头，他感受到前所未有的凄凉和无奈，心里的寒气结成了冰，怨气也化成火苗。一天晚上，他给金需文打了个电话，再次警告这段时间海关经常找他调查有关情况，如果他不回来，就一把火把他的签证材料烧掉。金需文在电话另一端大呼小叫，老爷子的那颗假牙吞到肚里还没反应，再过几天一定回来。董尔超冷冷挂断电话。他早早和女儿吃过晚饭，哄她说，妈妈在单位加班我们去看看。这几天他一直瞒着女儿说妈妈在外地出差。俩人打的悄悄来到索源上班的单位，他做贼似地四处张望，还是女儿眼睛尖，一眼扫到远处的妈妈正从山坡路边停着的黑色轿车里走出来，董尔超赶紧推着女儿说快去快去，蓓蓓立刻向站在车边的妈妈边跑边喊，索源看着女儿奔跑过来，锁着眉赶紧迎上去。董尔超嘿嘿笑了两声，转身溜之大吉。他来到单位办公室，在沙发上躺了一夜。

第二天清晨，他没直接回家，换上红色运动衫，从单位慢跑到翠明湖畔，这几天，他一直在这里暗中观察白瑟琳的行踪，发现她还是很有规律天天锻炼。果然，白瑟琳穿着红色的尼龙紧身运动衫裤，英姿飒爽地出现在他的视野里。他悄悄跟在她身后，始终和他保持十米左右的距离，快到第三圈时，他喘着粗气热情地叫了一声，嗨。

白瑟琳转过身，看到董尔超先是一愣，继而礼貌地冲他笑着点点头，你好，Dong，you're cool.（你真酷。）然后，慢慢停下脚步，旁若无人在原地做着扩展运动。

还是老套路，董尔超迎着她故作轻松地解释上次是他太冒昧了，但的确想请她吃西餐聊聊天，可能没说清楚，大家误会了。他保证下次再不会发生这样的情况。

　　白瑟琳温和地笑了一声,大大咧咧说,我已经早忘记了,不过今后我们不会再见面了。

　　董尔超惊讶地问,为什么? 她说,放暑假我和布朗先生还有他太太计划去延安参观当年毛主席住过的窑洞,那是件很有意义的事。下学期就不来师大上课了。

　　董尔超惋惜地哦了一声,慢慢点点头,然后,他又向她介绍了西安的兵马俑等古迹,白瑟琳听得很专注。董尔超自然而然地从短裤口袋里掏出手机,真诚地说,上次你说演过西贡小姐,荣幸的话,希望最后能听你唱一首这部音乐剧插曲。他调皮地挥挥手里的手机摄像头,说,做个永久的纪念可以吗? 他指指身后的物理楼说,Over there,Studio(就在那儿,小剧场)。

　　白瑟琳蓝灰色的眸子一亮,脸唰地红了,小声说,Really?(真的吗?)

　　董尔超赶紧点头。瞬间,白瑟琳的脸上划过一丝狐疑和警觉,问,您不会又耍什么幺蛾子吧,她学了一句京腔。

　　董尔超摊开手,一脸真诚和无辜,说,怎么会呢? 我们只是朋友。

　　白瑟琳无奈地做了个鬼脸,OK。她妥协了,慢慢又跟他走进物理楼。

　　站在空荡荡的舞台上, 她显得拘谨勉强, 完全没有上次那样神采飞扬了,还不时拿眼睛瞟着董尔超。为了活跃气氛,董尔超粗着嗓门怪叫了一声,I follow the Moskva,Down to Gorky Park,Listening to the wind of change……拿着手机摄像头对着自己,边唱边手舞足蹈,还示意她动作起来。白瑟琳终于被他滑稽古怪的表演逗乐了,董尔超赶紧说,It's your turn(该你了),拿着手机对准她。

　　白瑟琳开始动作有点僵硬,唱着唱着就有那么点妖媚十足顾盼流连的意思了, 还前后扭着胯部, 慢慢就进入了角色,The heat is on in Saigon,the girls are hotter 'n hell……这是音乐剧的经典唱段,董尔超不露声色,像个专业摄影师围着她左右变换着角度,慢慢凑近她。白瑟琳立刻又变成虔诚的越南少女,站在舞台的最前端, 深情倾诉着,I'm seventeen,and I'm new here today……她双手合十,神情忧郁。董尔超终于找到最佳位置,不声不响从背后包抄过来,猛地托起她,像电影里的慢镜头轻轻跳下两米多深的乐池。

　　白瑟琳猝不及防,轰然掉进一个黑暗的世界,她凄惨地啊了一声,本能地紧紧抱着董尔超,像只小袋鼠畏缩在他的怀里。两人抱着在地上滚了个跟头,董尔超像个柔软的床垫护着白瑟琳,猛烈的冲撞而产生的冲击波被他结实的身体缓冲了。周围传来阵阵吱吱呀呀的老鼠逃窜的叫声,还有扑棱棱从黑暗中飞过的蝙蝠。两人胸腔轰然作响,很快就被粗重的喘息和心跳淹没了。

过了很久,董尔超笃定了,一声不吭,轻轻推开瑟瑟发抖的白瑟琳,掏出准备好的小蜡烛,点燃放在地上,然后点上根烟,慢悠悠地吸了几口,盯着她,内心无比灿烂。烛光中的白瑟琳,睁大惊恐的眼睛,直直地看着他,嚅动着发干的嘴唇,不停地喃喃说,噢,上帝啊,怎么会这样?……她挣扎着站起身,摇摇晃晃四处转了一圈,腐烂的楼梯已经垮掉了,无法再爬回到舞台上。她慢慢蹲在地下。

她低下头,猛然抬起泪脸喊着,Dong,你在报复我,欺骗我,我要控告你!她像只母鹿撞向他。他像早有准备,身体僵直,任凭她发落。暴风雨过后,她仿佛失去支撑,软绵绵直向下坠,董尔超双手托住她,慢慢扶她坐到地上,说,只有一种可能,你必须踩在我的肩膀上才可能获得自由。白瑟琳低头喃喃自语,飞快地用英语开始祈祷。董尔超一边听着,还饶有兴趣地打断她,是否还有这句:有人打你这边的脸,连那边的脸也由他打,是不是? 白瑟琳没理他。

长时间的沉默,董尔超扔掉烟头说,Let's make a deal(让我们做个交易吧)。

她背过身,一动不动。

他笑着说,Take it easy(放松一下),我们各自说一件生活里最尴尬的事情吧,如果你说得有意思,踩着我的肩膀立刻获得自由,如果我说得特别,May I kiss you again(我可以再吻你一次吗)?

白瑟琳还是不吭声。董尔超站起身,说,那我先走了。她身体终于动了一下,面无表情地仰望着舞台说,我先说吧,去年过圣诞节我们在住处开 party,大家很尽兴,我请求杰克吻我一下额头,他红着脸悄悄在我耳边说了一句,Sorry,I'm a gay(对不起,我是个同性恋),完了,就这些。董尔超一愣,难怪上次杰克没和她一起去看扬子鳄,不是她解释的那样,看来她并非性情中人。他没立即表态,直直地盯着她说,那天在草坪上吻过你之后,回到家晚上睡觉躺在太太身边又想起你,我就……白瑟琳眉头紧锁,像知道什么打断他,Shut up,It's over(闭嘴,一切都结束了),请蹲下。董尔超摇摇头,你的 confession(坦白)不算数,你应该让我……他凑过来,白瑟琳躲开他,声音发抖,leave me alone

（离我远点）……

董尔超要的就是这种感觉，他望着她，眼里燃烧着激动。白瑟琳退后两步，忽地扯掉上身的红色尼龙运动衫，雪白饱满的胸部亮在他面前。董尔超愣怔了，她上前一步，怒不可遏地说，Come on,You want to fuck me?（来吧，你不想做爱吗？）……董尔超将脸扭向一边，冷冷地说，知道吗，你生气的样子很迷人，take on it（穿上衣服），白瑟琳鄙夷地瞪了他一眼，默默穿上运动衫。

一阵窒息的沉默后，白瑟琳深深叹了口气，Dong,我知道你为什么这么做，可你应该理解我为什么这么做，我来中国不是为了寻求刺激……她神情似乎很压抑，董尔超没吭声，想这个女孩实在是捉摸不透。她又问，读没读那篇小说《遗嘱》？这次他肯定地点点头，并问小说的结局是什么。白瑟琳抬头望着斑驳的烛光投在他的身上，轻轻说，She is died of scarlet fever。（她死于猩红热。）她的声音像是从很远的地方传来。

她走到他跟前，无声地抱住他说，Dong,小说里的律师内特在潘特纳尔的沼泽地里感到前所未有的自由和舒畅，他赤着脚，光着上身，觉得这样的生活比口袋里揣着手机穿梭在法庭的生活要强多了……他学会了自我拯救，终于找到了爱心和善意，我希望你在神的面前明白自己错了，真的错了，忏悔吧。她言辞恳切，最后一句话透着期待。董尔超一颤，她的气息语气和神情钻进他的心里，无法躲避。他松开她说，对不起，我不信上帝，可以提个问题吗？

当然。

你有点像《遗嘱》里的雷切尔。

我？她抬起头，烛光里那张脸美得沉静又内敛。

不是所有的地方，至少你身上有两个女人的影子，一个是你自己，优雅智慧；另一个是雷切尔，她在秘鲁山脉和当地的土著人，又在巴西的原始部落里和印第安人生活了很多年，吃的是木薯，住的是茅屋，睡的是吊床，但她获得了最大的幸福，追求普通人生活之上的纯洁美好的精神世界……

白瑟琳沉思忧郁地说，you flatter me（你在恭维我），不过，你真的读懂了这本书。我没有你说的那么好，我曾经也迷失过，Tony 让我几乎下地狱……

你的高中老师吗？

她面容凄恻，两颊隐隐有泪痕。

周围气氛显得隐晦沉闷。她终于平静地说，我们走吧，Dong。

董尔超猛地转过身,狠狠地将她拥进怀里。这些日子内心一直盘踞了一条甩不开的巨蛇,现在蛇信终于吐出来,欲望充盈了全身。那是种报复的欲望,带着原罪般的恶。白瑟琳猝不及防,身体失去重心,立刻被他拥到面前。

Life is a box of chocolates, you never know what you're gonna get(生活就是一盒巧克力,你永远不知道你会得到什么)。他嘴唇半张着,饥渴而颤抖。

你不后悔吗?她平静地问。

不后悔!他再次俯下身凑近她,目光如粘稠的油漆,浓烈深沉又不露声色。

那我再……话音未落,董尔超的嘴已死死抵住她的脸。唇贴着唇,舌卷着舌,凶猛而坚定,她呜咽着,在窒息的呻唤中几近惨烈。她全身奋力地挣扎,忽然,董尔超松开手,像在水里憋闷了很久,满足地喘息着说,终于结束了。他迅速蹲下身示意她。白瑟琳擦擦嘴角,一声不吭,踩着他的肩膀慢慢爬上舞台。

她吐了一口带血的口水,回身飞快地看了一眼董尔超,走了。

12

董尔超终于被弄进检察院。在被羁留12小时后,他又名正言顺地进了看守所。他很平静,知道会有这一天。由于案件涉及利用职务徇私违法,陆万松也无能为力,只能托朋友在拘留所给他改善一下生活待遇。不过,刚进去的时候他还是结结实实吃了一顿。像影视作品里描述的一样,他被狱警带进一间办公室,举着写有自己名字的牌子正面侧面照了相后,被领进几十人一间的号子里。牢头让他到小便池边冲个澡睡午觉,他信以为真,脱光汗衫裤头,低头弯腰刚刚拎起水桶,另一桶带着尿味的凉水从头浇到脚,接着又被身后一群人拳脚"按摩"了一顿。再后来,他就经常发低烧,时好时坏,吃药也无济于事。索源就是没来看他。他身体虚弱,夜里靠在墙上做梦老是梦见和蓓蓓玩老鹰抓小鸡的游戏,可就是抓不到女儿的手,醒来虚汗涔涔,又想到和白瑟琳的接吻,嘴里有股说不出的味道。

金霈文打了几次电话给董尔超,手机总是关机。他隐约觉得情况不妙,又给老闻办公室打电话,老闻支支吾吾说董尔超进去了,让他快回来,不然大家都有危险。金霈文在电话另一端沉默了许久,挂断电话。又过了整整一个月,他才给索源打了电话,索源出乎意料地平静,像什么事没发生,和毛雨萍聊了会家常,又漫不经心地告诉他们护照办好了,本来准备去上海签证,因为董尔超涉及麻黄碱出口的案子,聘请了辩护律师,只好将他们的签证原件材料一起交给律师做申诉材料了。金霈文在电话里连连惊叹,这事怎么不早说呢,我明天就回来。

金霈文火速回到师大。几天后,像变戏法似的,他亲自开车到拘留所接回了董尔超。索源不让他进门,他只好先暂住在金霈文家里。索源将装原件材料的信封还给了金霈文,说暂时不想办签证了。金霈文拱手作揖连连说可以理解。顺便提一句,这段时间陆万松经常去她家问寒问暖。陆万松结婚后,妻子患子宫肌瘤,子宫拿掉一半,无法生育。

金霈文不愧是做过领导的人,还是那么胸有成竹决胜千里的样子,他推心置腹开导还在发低烧的董尔超,兄弟,我对不起你,替我坐了回牢。可一个男人如果没有牢狱的人生也是不完整的人生。这也是一位伟人说的啊。

后来,他告诉董尔超毛教授有个表侄在省检察院,通过这位表侄他交了15万元的罚款,最终让案子撤诉,而且,又花钱托人找了董尔超的单位领导,暂时保住了他的饭碗,除行政严重警告外,他被分到机关服务中心给食堂买菜。至于那个董正,因为举报有功,居然调到人教科主持人事党务工作。金霈文花了五千元,找了一个过去被开除的学生,让他把董正的一截小拇指去掉了,但大拇指留住了。董正自知理亏,就此作罢。

一天晚上,金霈文从外面喝酒回来,很兴奋,他神秘地告诉董尔超,他已经递交辞职报告了,后天先回美国。借着酒兴,他站在他面前,代表老邻居毛雨萍对他和索源为他们家所做的一切以及所承担的痛苦表示感激和歉意,说着,像模像样向他深深鞠了一躬,又说原件材料还暂时放在这里,请他们考虑后再做决定。董尔超抬抬眼皮,有气无力地说,你干脆再鞠两个躬送我下地狱算了。金霈文嘿嘿笑着说,这可是你说的。他又将家里的钥匙交给他,这是你第二个家,近期随便住,以后想带女朋友这里最方便。噢,对了,忘了告诉你,昨天系里开会,校长也参加了,议题是如何加强对本校留学生及外籍专家教师的管理。另外,还爆了个大冷门,通报了外籍教师白瑟琳在西安机场出境时,被边防卫检查出携带 HIV(艾滋病病毒),系里正在跟踪调查和她密切接触的学生,你和她没瓜葛,这我放心。他感叹地说,真是不幸中的万幸。唉,还是老祖宗说得对,唯女子与小人难养也,只可远观不可亵玩焉……

　　这两天董尔超服用了最好的抗生素头孢克肟,已经不发烧了。他对金霈文这些天一直在他耳边唠叨的一切不感兴趣,他在竭力讨好补偿,但最后这句话让他的头轰地炸开了。他忽地站起身又坐下了。金霈文正从书橱里费劲地搬书没注意。他心跳加速,快速用舌头搜索了一遍上下颚,没有灼痛和溃疡,但那天自己舌头的确是破了。他不敢往深处想了,震惊和恐惧如潮水般慢慢地弥漫过来,侵骨入髓,丝丝缕缕,如密不透风的刀光剑影围剿着他。他觉得呼吸有点困难,心脏要从胸腔蹦出来。他想回家。

　　他站起身跌跌撞撞向门口走,金霈文拦住他说,都几点了,后天我就走了,不能多聊会儿吗?兄弟如手足,妻子如衣服嘛。他还一套套的。董尔超没理他带上门。他觉得心里满满当当的,什么也装不下了,可又觉得空空荡荡的,什么也没有,心里慌得厉害。几分钟不到,他仓皇地摸进院子,额头沁出密密汗珠,像许多虫子在使劲地爬。

　　快两个月没回家了,家里还是老样子,墙上已经爬满绿色的爬墙虎,窗台上的花盆比以前更多了,鲜花盛开。门关着灯亮着,蓓蓓和索源在说话,女儿像在喊,不去……隐约还听到男人低低的声音。董尔超晃晃脑袋以为是幻觉,不会是那个姓陆的吧……接着,听到录音机传出屠洪刚那首气势宏伟的《中华武术》,卧似一张弓,站似一棵松……蓓蓓嗨嗨喊着,接下来就是那个老掉牙的情歌了,今天晚上的星星很少,不知道它们跑那去了,赤裸裸的天空,星星多寂廖,我以为伤心可以很少,我以为我能过的很好,谁知道一想你,思念苦如药,无处可逃,想念你的笑,想念你的外套,想念你白色袜子和你身上的味道,我想念你的吻,和手指淡淡烟草味道……他听着,眼里有种东西在晃来晃去。

　　不知过了多久,他终于推门进屋,母女俩都愣住了,爸爸——,蓓蓓带着惊喜的哭音扑到他的怀里,索源扭头冲进卧室,砰地关上门。董尔超小心翼翼搂着女儿在沙发上慢慢坐下。蓓蓓抱怨他出差怎么老是不回家,奶奶领着好多好多亲戚来看病,要不是妈妈累得胆囊炎都犯了,他们还住在这里。陆叔叔经常来我们家玩,我们一起吃过麦当劳,他还教我画大熊猫。董尔超心一揪,低声问,你们玩没玩老鹰捉小鸡的游戏?蓓蓓摇摇头,他又问,陆叔叔今天还来过吗?蓓蓓又摇摇头,低头说,妈妈不让我讲。过两天妈妈要做手术了,医生说她肚子里长了个硬包,不挖掉就会死的。妈妈非让我住在陆叔叔家里,我不愿意她就不理我……董尔超想也许姓陆的刚从客厅的后门走了。蓓蓓又说,外公外婆打电话让我们下个月回沈阳过颁金节呢,外公说还能看到踩高跷和舞狮子,不过妈妈说再也不带你去了!董尔超脸上露出淡淡的苦笑。哎,爸爸,妈妈包了蟹黄饺子,说你过两天要回来。

蓓蓓话音未落,卧室的门忽地拉开了,索源走出来,俩人目光相撞,索源感到喉头一阵发酸,扭过脸,拽着蓓蓓冷冷地说,睡觉去,再胡说看我揍你!蓓蓓一步一回头跟着她进了卧室。董尔超的心灰暗到极点,看到餐桌上的确摆了一盘蒸熟的蟹黄饺子,可自己已经没胃口了。

他颤颤巍巍走进院子,身体像被抽去骨头的皮影人,人在动,可动作像个木偶。被他踢过的香樟树还在发出沙沙的温柔的叹息声,夜色依然辽远动人,他心里忽地升起一丝矛盾的愉快。

周围一切都不动声色,一切都温馨静谧,一切又都蠢蠢欲动。

想到上次在网上看到人类在树上生存的报道,他费劲爬上香樟树,靠在树杈上喘着气,忽然,哆哆嗦嗦想出一句诗:从明天起,做一个幸福的人。

——刊自《鸭绿江》2010 年第 5 期

半城山，半城水

　　赵晓煜本来不想去纽约的，但现在不得不去了，而且还要和做完手术的老伴一起去。

　　她心里窝火，在电话里又和女儿雪雪争吵了几句，说她不自重自爱，守着敦厚老实的丈夫不好好过日子，和一个租住她家地下室的香港仔搞到一起。女儿解释半天，最后不出声了，似乎在生闷气。雪雪以前学过服装设计，那个鬼佬在百老汇大道附近摆画摊，可能是艺术让俩人心有灵犀一点通，一下子就擦出了火花。也难怪，这几年女婿和他儿子在新加坡开了个大水产公司，他像只候鸟在太平洋上空飞来飞去顾不了家，钱赚了不少，又在长岛的Hamptons买了幢3层别墅。新家装修得豪华别致，院子用树墙隔离，苏州园林风格，假山亭台辉映，小桥流水，一派幽雅。女婿过去搞过电脑软件开发，在新家安装了全方位的防盗系统，几乎每个房间都装上摄像头，通过互联网实行远程监控。自然，纸就包不了火了。夫妻冷战从去年金融危机开始一直打到现在。上11年级的孙子杰生学习没人管，和那个画家经常混在一起。

　　晓煜放下电话，脑子一片空白，一滴泪珠溢出眼眶。女儿总算答应他们过来了。本来她不想管这些事，前年秋天丈夫从高三语文教研组退休不到一个月，在老痔疮的溃疡处切片查出了癌细胞。她忙得昏天黑地，儿子媳妇飞回来几次，但正如歌里唱的，来也匆匆，去也匆匆，就这样风雨兼程……只有女婿在病床边的躺椅上不吭气整整躺了三个月。雪雪没回来，打了个电话，犹犹豫豫地说，爸，公司忙得很，我又收到I797表（移民局批准函）了，现在等NVC（移民签证中心）的P3（签证材料包），拿到移民资格对你们今后申请绿卡也有好处。王老师虚弱地直点头，晓煜无言。谢天谢地，王老师术后恢复得不错，但在下腹右侧开了个人造肛门，每次排便必须带上乳浆手套，裤腰上还得挂上集便袋，气味不好闻。王老师一辈子木讷寡言，在单位见了同事绕着走，老俩口磕磕绊绊过了大半辈子，晓煜心疼老伴，又放不下孙子和女婿。女婿大半年没回家了。常言家和万事兴，她别无选择了。

去美国签证难，真是难于上青天。晓煜搀着王老师来来回回跑上海领事馆四五趟，填交补充了各种英文表格和证明材料。最后一次，她站在窗口红着眼，指着身边步履蹒跚的丈夫，还撅起他上衣角露出集便袋示意给签证官看。金发胖大姐嗅嗅鼻子，像闻到什么味道，又像动了恻隐之心，点点头，终于把那张黄色纸条从窗口递了出来。在回家的火车上，一向少话的王老师见晓煜心情不好，伸出干枯的手轻拍着她的肩膀说，等我们强大了，单独给美国设个签证处，男女老少排着长队让他们大声背诵《满江红》，再默写《孔雀东南飞》，背不了就拒签。晓煜垂下眼皮叹口气，网上的笑话也当真，王日盛你这趟去要给杰生补补课，不然小崽子要忘本。

接下来紧锣密鼓准备过去的行李。晓煜在校医室开了许多常备药，还带了不少雪雪喜欢的芜湖特产，这些都用真空包装，塞满了大半个旅行箱。从学校人事处退休后，她还练了一手好厨艺，成了"马大嫂"（方言：买汰烧）。王老师也没闲着，带了不少汉语读物，还找了一个在步行街开婚纱摄影店的学生，在他悉心指点下，学生拿着摄像机到处乱转，从赭山公园，镜湖步月桥，新建成的临江大桥，一直拍到雪雪过去经常逛的女人街……从宏观到微观，点点滴滴通通录进光盘里。

七月流火。当飞机带着巨大的惯性冲力轰然冲向跑道时，晓煜的心脏一下子跳到嗓子眼，她心慌得厉害，身边的王老师也脸色苍白，虚汗淋漓，去新加坡坐飞机也没这种感觉，可能是坐了十几个小时飞机的缘故。下了飞机随着人流，俩人又脱鞋子又解皮带，颤颤巍巍好不容易走过了安全检测门，可行李箱却被一个安检翻了个底朝天。晓煜学过几句英语，她涨红着脸比划着解释了半天，总算放行了事，可真空包装的东西都成了皮球归不了原位。她只好拖着行李箱拉杆，拉杆上还挂着散乱的塑料袋，另只手还得紧攥着老伴的胳臂，迈着软沓沓的步子，艰难地向候机大厅的出口挪。其他航班的乘客行色匆匆，健步疾走，左右碰撞着他俩，王老师跟跟跄跄，双手下意识护着腰部右侧，身体不时地被周围的人挤出晓煜的视线，急得她直喊老伴的名字。

终于，她看到站在远处候机大厅里的女儿和孙子，心口一阵痉挛，眼眶一热,嘶哑地喊了一声,豆豆。正盯着电子大屏幕的雪雪听到喊声一愣怔,眼睛一亮,拽着儿子快步跑来。女儿嘴唇微微颤抖,低声喊了一声爸妈就说不出话来了。爸妈比在新加坡的时候老多了。妈的抬头纹和眼角纹都很重,背又驼了,父亲更加矮小瘦弱,化疗后的头发几乎掉光了,脸像一片脱了水的风干树叶,几根稀疏干枯的白发点缀在头顶上,样子怪怪的。雪雪搂着父亲,肩膀抽动着。王老师像早有准备似的,仓皇地挣脱女儿说,还记得你上幼儿园大班发烧就这样搂着我,现在爸爸吃不消喽……雪雪红着眼,撩起父亲的灰衬衫要看他腰间的集便袋,老父亲不肯,一转身搂过身边的孙子杰生,杰生一米七九的个头,挺拔阳光,穿着件印着名画《向日葵》的T恤衫。他腼腆地低下头,怯生生喊了一声爷爷好。王老师眼泪在眼眶里滚动了几下忍住了,喘息着说,来,再玩个斗牛游戏吧。杰生脸上掠过一丝茫然,不太情愿地俯下身和爷爷顶起头,这是他三岁在老家和爷爷玩的游戏,结果,爷爷摇摇晃晃差点被顶了个趔趄。雪雪愠怒地拍了儿子一巴掌,How dare you(你怎么敢这样)!爷爷都这么大岁数了。杰生低着头,嘴里嘟囔着,彼特教我跆拳道不是讲过要百折不屈吗。雪雪叹口气,爸,帮我好好管管这个孩子,他到了Puberty(青春期)了。老父亲没理女儿,乐得不停地夸孙子长结实了。晓煜瞥了女儿一眼,不咸不淡回了一句,他爸在家能这样吗。王老师捅了一下老伴。

　　一家人进了一辆白色加长林肯。车上了27号公路。宽大舒适的真皮沙发,大功率的空调冻得让人直起鸡皮疙瘩。车内飘逸着淡淡的茉莉花香。雪雪握着方向盘用手机轻声和什么人说了几句话,样子很甜腻。挂断电话后,她向二老介绍长岛的琼斯海滩和其他景物,窗外天空碧蓝,一望无际的绿地,秀丽的海岸线,美得让人窒息。晓煜啧啧赞叹,老王,这天比新加坡还蓝哪,怪了,从里往外看车窗像没玻璃一样。雪雪笑着说,那是这里空气清新透明呗。妈,这次你们多住段时间吧,我和杰生都宣过誓了(入美国籍的仪式),想给你们申请绿卡,对了,再领你们到周边的城市看看,杰生吵了几次要去参观Hardford校园,我答应等你们来了一起去。晓煜唉了一声,不知你爸身体能不能扛得住。雪雪爸连说身体好得很。晓煜一高兴,呼啦扯下行李箱拉杆上的塑料袋招呼孙子,乖乖,看奶奶给你带什么了。说着,扯出一大包杰生小时候在芜湖玩过的旧玩具:奥特曼、《三字经》卡片,还有锈迹斑斑的小汽车。孙子勉强接过来,蚊子哼似地说了声谢谢,随手翻了几下玩具,倒是对以前在新加坡收集的一叠电话卡产生了兴趣，上面都是些印象派画家的作品。他抚弄着电话卡，喃喃说，和彼特换两张 Jewel 的 CD 应该是个好主意。

正说话，一股浓烈的酸臭味冲淡了车内的香味。王老师哆嗦着捂住腰部，示意晓煜赶紧更换集便袋，晓煜麻利地从随身带的小挎包里摸出纸巾和石蜡油瓶，带上乳胶手套，蘸上油，轻轻用食指伸入人工肛门口内，转动手指，一截深褐色的粘稠物带着臭鸡蛋的味道汹涌地弥漫在车内。杰生皱眉捂嘴，赶紧坐到对面的沙发上，晓煜动作麻利地换上新的集便袋，不紧不慢地说，乖乖，吓着你了吧。就怪你爷爷嘴馋，非要在飞机上吃韩国泡菜，不消化。雪雪从后视镜里看到妈妈手捧着用纸巾包住的一大团黑漆漆的东西，忍不住哇的一声干呕，一个急刹车，她打开车门跳下车，像在水里憋了许久，喘息着说，妈，您别动，我去后备箱取纸袋。跟着杰生也跳下车。晓煜缄默不语。王老师在车里干笑了两声，说，杰生过来，陪爷爷说说话。杰生迟疑着，见妈妈严肃的目光示意自己，只好钻进车。

一阵忙乱的清理后，雪雪加大油门往家赶。杰生坐在爷爷奶奶对面的沙发上，呆呆望着窗外一声不吭。晓煜摩挲着王老师的腹部，轻声抱怨他，让你把裤腰松紧带往上拉就不听，肠黏膜周围都水肿了。王老师摇摇头，疲惫地闭上眼睛。车有点颠簸，气氛也有点压抑。雪雪没话找话，爸妈你们躺会儿，倒倒时差。晓煜暗哑地说，你车开这么快能睡得安稳吗。雪雪赶紧松开油门。晓煜又从拉杆上扯下一个塑料袋，拎着摇摇晃晃坐到孙子边，慈爱地说，乖乖，奶奶手不干净，里面有油炸臭干子，还记得上镜湖幼儿园的时候奶奶在学校大门口给你买过的。杰生连连摆手，窘迫得不知所措，又像闻到什么气味，侧过身，嘴里嘀咕了两句英语。雪雪握住方向盘，目不转睛盯住前方说，Honey，奶奶爱你，给什么都拿着。妈，都怪我没提醒您，这里和新加坡一样什么都买得到的。晓煜愣了一会儿，不声不响撅住电动玻璃窗的按钮，窗玻璃徐徐降下，她把那盒臭干子扔了出去，雪雪急忙说，不能扔！这里不是国内。晓煜绷着脸，扔就扔了，开你的车吧。雪雪脸上瞬间闪过惊讶，不出声了。

到家王老师就病倒了，疲劳加上人造肛门炎症，发烧了一个星期。晓煜跑前忙后，生怕过去的病灶复发。雪雪白天上班，晚上替换老娘照料父亲。渐渐王老师退烧了，脸色也好看起来。他靠在床上，像犯了大错似的，握着女儿的手，有气无力地说，让你们也跟着受罪，杰生呢？雪雪替父亲捋了捋额前的白发,憔悴的脸露出一丝笑容,说,爸您怎么这么说话啊。这也是您的家,您和妈以后还要适应这里的生活呢。杰生和彼特去中央公园写生去了。女儿说得很自然,还提到那个彼特改天要做一顿西餐请他们二老品尝。晓煜沉下脸,问为什么不给洪辰打电话让他回家。雪雪目光黯淡下来,辩解说从一开始这就是个误会,她只不过做过彼特的油画模特,仅此而已。而且她已经打过无数次电话给洪辰解释过了。晓煜虎着脸问,那小辰为什么讲你俩搂在一起?雪雪红着脸,低低说,废话!顿了一会儿,喃喃说,没人理解我……晓煜正色说,那也不能干伤风败俗的事!我干什么了?你心里清楚。一个碗敲不响,两个碗响叮当!

王老师枯瘦的手握成拳头,在床沿上费力嘭嘭敲了两下,母女俩人不吭气了。片刻,父亲小心翼翼地问,那个小伙子究竟是干什么的?雪雪松了口气,面无表情地说,爸,他哪是什么小伙子,在香港有个家,很有钱,不过离了婚,以前在香港理工大学学过会计专业,却酷爱绘画,发誓要过一种无所谓存在和不存在的生活,要不怎么到纽约来呢。

王老师听得懵里懵懂的,晓煜却不依不饶地说,这种人不靠谱,早就应该赶走,哼,司马昭之心路人皆知。

雪雪有点火了,妈,这是在纽约,您总不能用师大人事处的条文规定对一个房客搞政审吧,再说,我一个人整天忙得团团转,他又死在那边不回家,杰生最近的SAT成绩不理想,还多亏了彼特呢。

晓煜讥讽地反驳,你倒没把他当外人哪。

妈——,雪雪脸色发青站起身要走,老父亲唉了一声,这趟来不就为这事嘛。

那天周末,彼特还真的系上围裙在厨房忙开了。晓煜始终不多话,冷冷的。王老师和孙子坐在餐桌边玩21点纸牌,雪雪抱着双臂慵懒地靠在橱柜边看着彼特,脸上挂着雍容大度的微笑。这个彼特长得有点像香港演员刘青云,浓眉黑肤,外形粗狂,很有男人味。他像主人似的边干活,边慢条斯理向晓煜讲起在《星岛日报》上读到一则关于美国厨房为什么宽敞的趣闻,说二次大战开始后,男人上前线了,妇女都去就业,等战争结束男人从前方回到家,女人总感到自己长久在外面工作,希望在家时刻都能看到自己的亲人,只有在厨房里全家人才尽可能的在一起,就像现在一样。雪雪说,ridiculous(真可笑),转过身招呼杰生准备吃饭。晓煜没搭腔,浑身不自在,心里有讲不出的滋味。

　　餐桌上锃亮的刀叉、盘子和高脚杯摆放整齐,烛光摇曳,彼特正襟危坐,雪白的衬衫紧裹着他宽阔的肩膀,显得温文尔雅。他举起酒杯,双目平视,边欣赏着 Burgundy 葡萄酒的颜色,边稍稍端近酒杯,轻闻酒香,小啜一口,点点头,然后,示意晓煜和老伴说,来,为一家人团聚干杯。他菜做得很丰富,主菜有阿拉斯加帝王蟹,一蟹三吃,味道奇鲜,还有波士顿龙虾、鲜蚝、焗田鸡……杰生和雪雪吃得津津有味,彼特不时俯在雪雪耳边轻语两句,雪雪握着叉子的手掩住面孔开心地笑着。

　　晓煜一直默默低头吃着,彼特用眼角的余光扫到她,不慌不忙站起身,走进厨房,从烤箱里端出一盘杏仁蓝莓松饼,递到晓煜面前,用粤式普通话说,阿婆,请品尝一块我做的松饼,雪雪说您老人家有青光眼的毛病,这个饼里有蓝莓,可以保护视力嘞,语气轻而得体。晓煜侧过脸,淡淡地说,谢谢,我视力还好,看得清人,不过牙不好,戴着牙套呢,杰生你吃,总不会比奶奶带来的耿福兴酥烧饼好吃吧,老王你别尽吃海鲜会闹肚子的,说着,将盘子推到爷孙俩面前,彼特笑了笑。

　　杰生甜甜说了一句,谢谢奶奶。拿起一块饼塞进嘴里,漫不经心和彼特讨论注册长岛或艾德菲大学工商管理专业所需要的 GPA 和托福成绩。杰生抱怨他的烹饪和缝纫技能很糟糕,让彼特帮他出出主意,他还准备选修一门绘画。说到绘画,杰生兴致盎然,说梵高的《乌鸦群飞的麦田》里金黄色的麦田被乌云密布的蓝天压得透不过气来,相比还是喜欢他的自画像,扭曲的面孔和恐怖的眼神,仿佛在替人类受苦……彼特点头说分析得不错,称赞梵高是个能从简单的生活看到纯粹美的画家,也是他喜欢绘画原因之一。受到夸奖,杰生很得意,又聊起了老师在文学课上向他们推荐的 Bertolucci 的电影和小说。他问彼特怎么看待 Dostoyevsky 的《罪与罚》里的主人公,彼特说拉斯柯尔尼科夫实际上是个心地善良、乐于助人的穷大学生,但同时又性格忧郁孤僻,具有双重人格。杰生笑着说他有点像那个颓废的大学生。彼特对他轻轻做了个跆拳道的侧踢动作。

　　王老师静静听着,内心波澜起伏。俩人发散性的思维、默契的眼神,还有滔滔不绝的言论让他的心绪一落千丈,一种从未有过的沮丧和失落淹没了他。他呆呆望着眼前的孙子,稚气的脸上凝结着自信和执拗,他试图体味地球两边教育体制存在的差异。然而,他竭力在脑海里搜索到的只有办公桌上堆积如山的考试卷和练习册，还有那张张青涩不安的面孔……他无法找到可比性和切入点，而且，在孙子面前，彼特是那么超然，笃定，值得信赖。

他需要一个排遣内心焦虑的渠道，便摆摆手，打断俩人的谈话，温良地说，杰生，坐下。杰生乖巧地坐到爷爷身边，想起什么，恳求说，Grandpa，我的同学切尼明年要去中国的黄山旅行，我可以把您送给 Mom 的碟片借给他吗？爷爷点点头说，不过爷爷想了解一下去年推荐给你的几首古诗词学得怎么样了。杰生耸耸肩，Sure（可以）。爷爷切入正题，先问了他几首唐诗，他倒背如流，又问岳飞的《满江红·登黄鹤楼有感》里有句诗，"到而今、铁骑满郊畿，风尘恶"。其中"畿"字怎么写，有什么意思。杰生摇摇头，咬了一口香草蛋卷冰激凌说，忘了，不过可以 google 一下。彼特瞥了一眼杰生说，阿伯，早就听雪雪夸您知识渊博。您刚才提到的"畿"字解释，我想应该是古代靠近国都的地方吧，《说文解字》里有句话："畿，天子千里也，以逮近言之则曰畿也"。不知晚辈说的是否在理，请老伯批评。王老师一怔，木然点点头，心却跳得咚咚响，心里涌起莫名难辩的压抑和不快。杰生不干了，想闹点情绪，指着彼特说，you screwed up（你弄乱了一切），又转过身对着爷爷说，Grandpa，难道我必须知道这个可怕的"畿"字吗？彼特笑着打圆场说，阿伯，杰生的意思是说我们不需要像孔乙己那样知道"茴"字有几种写法呢。王老师一时语塞，腹部又一阵痉挛，真是海鲜闹的，要换集便袋了，但来不及了，金黄色的黏液顺着集便袋滴到地上。王老师踉跄着要往洗手间跑，彼特按住他，别动，阿伯，自己霍地站起身，从餐桌上抄起抽纸盒，揪出一叠软纸半跪在地上，轻轻捂住袋子，又腾出另只手，用纸巾擦着地上的黏液，杰生也趴在地上用纸巾擦着地板，晓煜和雪雪绕过餐桌跑过来，老头不耐烦地冲晓煜嚷了一声，行了，都别跟着我。晓煜和女儿惊讶地对视了一下。彼特站起身，冲着雪雪眨眨眼，雪雪不动声色，眼里却闪过一丝温情。一边的晓煜没头没脑地来了一句，豆豆，我昨晚给洪辰打了电话，他说明天上午找你。

然而，女婿没来任何电话，雪雪和儿子还有那个彼特依旧早出晚归。无论王老师怎么缠住孙子温习汉语，他找借口不是去学校参加大合唱哈利路亚的彩排，就和彼特去跆拳道馆练习拳术。倒是晓煜找到了自己的天地。每天厨房里传来油锅爆炒的噼啪声，油烟弥漫；炖老鸭汤的砂锅稳稳坐在电磁灶上咕嘟咕嘟冒热气，窗玻璃上蒙上一层厚厚的水蒸气。雪雪打电话给妈，说在网上的监控摄像头里看到厨房火光冲天，烟雾缭绕，提醒她注意防火，油烟机开最大档位。晓煜没好气地说，吃起来都说香，还要监视你妈干活，那么多按键我看不清！啪的挂断电话。王老师不吭气躲清静，溜到院子里的玻璃花房里饰弄花草。长岛夏天的气温平均25℃左右，中午花房像个火炉。看着娇嫩鲜艳的月季、米兰、美人蕉竞相开放，王老师担心花草受到过度的强光直射，花瓣花蕾会枯焦，就跑到附近超市买来竹帘，颤颤巍巍爬上梯子用凉席盖住花房的顶层，结果花全部蔫了。雪雪发现了，在电话里抱怨花房怎么变成相片洗印的暗室，让他歇口气别操心了，会有花圃工来照料的。王老师心里又空荡荡的，只好帮着晓煜干些力所能及的家务活，叠叠被子，替杰生收拾卧室。孙子的房间凌乱不堪，到处散乱摊着小说、画报和课本，墙上挂着耶稣石膏像，"杰克灯"和"绿巨人"玩具，还有一家人在芜湖的合影照。废纸篓里原封不动塞满一大塑料袋晓煜从中国带来的玩具。电脑亮着，王老师给电脑重新装上杀毒软件，又把房间拾掇的一尘不染。

　　晚上回到家，杰生见房间变了模样，找到爷爷奶奶，责问他们不该未经同意进他的房间，因为房门上已经贴了英语提示，妈妈也一样。晓煜真有点火了，当着女儿的面用手指点了一下杰生的脑袋，你个活猴子，那么多浴巾和体恤衫爷爷辛辛苦苦叠好，不放在床上还放在地上？杰生指着门槛铺着的地毯，冷冷说，Right here!（放这里），不然我就换锁了。王老师摸着孙子的大脑门笑笑，我们的杰生需要隐私了。杰生转过身，搂着爷爷，声音欢快而低低说，谢谢，拎着浴巾头也不回地去洗浴房了。晓煜扯起嗓子，什么狗屁隐私，你在幼儿园把屎拉在裤裆里捂了一天，那才叫隐私呢！雪雪听得脸红一阵、白一阵。王雪雪你听着，晓煜借题发挥，从那天下了飞机我就忍着，孩子成这样是你一手造成的，你现在就给洪辰打电话让他回来，不然我和你爸明天就买飞机票！雪雪耐着性子，拖着疲惫的步子下楼打电话去了。不一会儿，客厅像火山爆发一样，雪雪狠狠摔掉电话。接着响起咚咚上楼的脚步声，女儿铁青着脸哆嗦着说，离婚。晓煜厉声问，离什么婚？那是你心里有鬼！你把那个人赶走，天下就太平了。雪雪火了，凭什么，妈，想不到您也这样冤枉我，我一个人容易吗，您不知道……她压抑了半天才说，洪辰那方面有问题，治了两年多没好，还有……晓煜张着嘴，缓过劲问，为什么不早说，我糊涂了，你俩到底谁有问题？雪雪脸扭到一边，王老师递了个眼色给老伴，小心翼翼扶着女儿的肩膀，涩涩地说,豆豆,没有过不去的坎。雪雪搂着父亲,眼眶湿了,爸,来的这些日子都没出过门,我想带您出去散散心。

这以后晓煜变得沉默多了。

周末,雪雪开车先带着二老去长岛玩了一圈,Tanger outlet（购物中心）,Petting Zoo（动物园）和 Atlatis Marine world（水族馆）都逛了,去市区一个人开车太累,她只好叫上彼特,一家人去了法拉盛的 Woodbury 大商场,里面太大,王老师累得气喘吁吁走不动路,嘟囔着说,东西倒是琳琅满目,可不如新百大厦和商之都方便,买什么马上就能找到。晓煜挽着他的胳膊挖苦地回敬了一句,你真穷命,这是纽约,购物天堂,别人想来还来不了呢。身后的女儿听得反应不过来。

到纽约不看自由女神像等于去北京没到天安门广场。那天下午下了场大雨,空气清凉,风很大。彼特开着快车驶离炮台公园上了 9A 快速公路,一会儿就到了轮渡口。一大家人随着花花绿绿的人流排着队等着上游轮参观自由岛和艾利斯岛。杰生挽着爷爷的胳膊,指着马路对面的 42 街和 12 大道交界处的高楼说那是纽约驻中国领事馆,王老师抬头果然看到领事馆门前竖立的一杆五星红旗,迎风飒飒作响。一股暖流老往胸口涌,他嘴角微微抽动了一下。怪了,在新加坡天天能看到红旗也没这种感觉,不会心脏有问题吧。

游轮总算驶离码头,沿着哈得逊河主航道向南缓缓行驶。船上喇叭里播音员叽里咕噜不厌其烦向游客介绍被誉为"大苹果"的纽约的历史和自由神像的由来,天空飞着像蝴蝶一样的直升飞机,露天的船舱座无虚席。晓煜和老伴蹩手蹩脚缩在五光十色的人堆里,她不时护着王老师的下腹部,没心思观赏周围的景色。王老师也神色恍惚,老回头像在找什么,杰生拎着相机早就没影了,彼特和雪雪倚靠在船舷边,两人遥望着鳞次栉比的曼哈顿中城和下城,布鲁克林岛,指指点点,另只手还相互缠绕在一起。身后的晓煜始终低着头,恹恹欲睡的样子,迎面的大风把她灰白的头发吹得遮住了脸。杰生不知从哪儿冒出来,舞动着手里的相机兴高采烈喊着爷爷奶奶,让他们抬起头手摆出 V 的字样,要给他们留个影,两个老的像没听见似的没反应。

天快黑了,终于,自由神像的轮廓越来越清晰,所有人都不自觉站起身欢呼着,还是彼特敏捷,隐约听到身后的王老师在嘈杂声中的咳嗽,撇下雪雪,急忙穿过拥挤的人群赶过来,轻轻拍着王老师的后背对晓煜说,阿姨,雪雪在前面等你，快看看女神像吧。说着，把手里的毛巾被披到王老师的肩上，老头表情不自然地说了声谢谢。晓煜心乱如麻，沙哑地说，谢谢，不用了，孩子。彼特听到她称他孩子，暗自高兴地走了。不过，听到女儿在前面兴奋地呼唤她，晓煜还是抬起头，看到那个"照耀世界的自由女神"正向后慢慢移动着，她双唇紧闭，很刚毅，黑暗中，她头上的冠冕光芒四射，右手高擎着长达十多米的火炬，左手紧抱着象征着独立宣言的书板，气势磅礴，还有点咄咄逼人。周围响起一阵咔嚓咔嚓的拍照声。晓煜捅捅身边的老伴让他快看，可他摇摇头，说看到了，嘴里不知嘟囔着什么，还扯掉肩头上的毛巾被丢给晓煜。直到游轮缓缓驶向东河（East river），进入布鲁克林大桥，王老师才抬起头，眯缝着眼若有所思地说，这才叫悬索桥呢，芜湖长江大桥的桥墩太多了。晓煜打断他，我不放心，小辰这孩子什么事都扛着不吭声，新加坡又这么热，老发低烧也不是个事啊，我让他去医院，他老说累的没事。王老师倒很镇静，说，再观察一下，不行再想办法，我就不信，我这个病在弋矶山医院能看好，他一个小伙子能有什么事呢。现在关键是——，他冷眼扫了一下前面的彼特，讲了一句听不懂的话，上山之路由此下山。

随后，雪雪决定带上彼特去波士顿费城和华盛顿旅行，开始晓煜坚决不去，和女儿长谈了一次，晓之以埋，让她尽快摆脱彼特的纠缠。雪雪像知道妈的心思，平静地点点头，说彼特签证快到期了，年底回香港，一切都会结束的。晓煜这才松了口气。

像汽车广告里一样，笔直的公路两旁是粗狂辽阔的森林和田野，一辆闪耀着银光的林肯车驶向没有尽头的远方。彼特敲打着方向盘，和坐在副驾驶的杰生随着音响里 Jewel 的乡村歌曲，尽情放歌。雪雪一直陪着父母坐在后排小声唠家常，彼特心细，车速放的很慢，出了新泽西，走了 200 多公里，到了宾州的 Lancaster County 立即住下，在享受了"荷兰乡村"的风味晚餐后，第二天继续赶路。一路走马观花，轻松悠闲。有时彼特边开车边向二老介绍窗外的景色，俩个老的听得稀里糊涂的，但心境却渐渐开朗起来。去华盛顿的路上，彼特很认真地问王老师对美国的印象。王老师面带微笑，答非所问，说不好，我们都老了，看问题和思维方式跟不上了……彼特似懂非懂，一顶油门，车子冲上罗斯福纪念大桥，跨过波托马克河，驶进了美利坚的首都。

华盛顿很干净，中午又下了场秋雨，乌云还覆盖着天空，但晓煜他们每到一个景点,云朵像变戏法似的自动散开,阳光高照,华盛顿纪念碑、林肯纪念堂、白宫、国会大厦都披上了金子般的光辉。到处是游客,每个景点前都排着长蛇般的队伍。只有王老师坐在林肯纪念堂的台阶上,哪儿也不去,但很惬意。参观完纪念堂,彼特跑前跑后给一家人拍照,雪雪下意识地要摸父亲的腹部,他笑着摆摆手说,如果没记错的话,这里是马丁·路德向全世界宣布"我有一个梦"的地方,又指指正前方的湖,还有个电影,里面的阿甘就是跳到湖里拥抱他的女朋友詹妮,是吧杰生。杰生意外地直点头,Jesus Christ(天哪),Grandpa,您真厉害。王老师望着前面排着长队等着进林肯纪念堂的队伍,又问,杰生,你问你妈,她毕业的十二中里那个庙叫什么?雪雪不假思索地说,大成殿呗。王老师点点头,耶——,杰生和妈妈击掌庆贺。哪个朝代建的呢?雪雪伸出涂上水红色指甲油的手指拢了一下额前的乱发,笑着摇摇头。北宋年间建成的,王雪雪你该记得,大成殿的两侧有两块碑,一块是北宋的书法家米芾的"芜湖县学记碑",还有一块是唐代李阳冰的"谦卦碑",这些都是珍贵的人文景观啊。王老师微笑着不再说话了。杰生不解地望着爷爷,彼特和雪雪茫然望着他,又像悟出什么,气氛有点尴尬。

　　太阳慢慢落下去,一家老小的影子在石阶上越拉越长,周围的金黄色变得越来越柔和。彼特面色凝重,站起身,走到王老师跟前,真诚地说,阿伯,我真的敬佩您,我们炎黄子孙心心相印,血脉相连。刚才参观手工艺玻璃制造中心和巧克力工厂的时候,我真想笑,这也值得炫耀吗?美国人真会开发旅游项目,唐三彩有三个美国历史长嘞。王老师不语,脸扭向别处。彼特话锋一转,有点结巴地说,所以我热爱祖国悠久的文化,更喜欢您的女儿雪雪,怎么说呢,她有种不经意的美,一种古典的美,他沉吟一下,一枝红艳露凝香……我希望自己能成为他们生活的一部分,说完,恭敬地鞠了个躬。晓煜张大嘴半天说不出话,觉得眼前的一切很不真实,像一出滑稽戏。雪雪红着脸站起身,低低骂了一声,bullshit(胡说),转身就走,晓煜一声呐喊,王雪雪你个死丫头,站住!你又在玩什么鬼名堂?你问他,我怎么知道!雪雪没好气地背过身。那好,今天就打开天窗说亮话,晓煜冲着彼特,语气急促又很诚恳,谢谢你照顾我们一家,王雪雪是有夫之妇,请你自重自爱点,断了这个念头,搬出我们家,今后大家还能常来常往……她唠唠叨叨一口气说完,像卸掉个大包袱直喘气。王老师也站起来,终于不客气地说,你也是过来人,举案齐眉这个词该明白什么意思吧，你这算什么呢……彼特猝不及防，满脸的仓惶和不安，却强作镇静地回了一句，阿伯，我明白，这个词也适用您的女儿。你！……王老师气得直摇头。雪雪忽然冲到爸妈面前，目光灼灼逼人，妈，太过份了吧，人家累了半天就得到这个结果！晓煜火了，说，你别混淆概念！两回事！好，我没混淆，雪雪嗓门更大了，您说的对，一个碗敲不响，两个碗响叮当，我和他的碗已经敲响过了！晓煜被话噎得半天憋出一句话，你个死不要脸的丫头要毁掉这个家喽……都给我滚！老王我们回芜湖！她泪流满面，一下一下跺着脚。周围已经有几个老外驻足，好奇地冲这边指指点点了，王老师浑身发软，直往地下瘫，杰生不顾一切扶住爷爷，还是有点吃力，最后彼特收拾残局，强行背着他钻进了车。

雪雪和爸妈从华盛顿直接乘飞机回到长岛，彼特和杰生开车回去的。到家彼特简单收拾了一下搬走了。王老师又在床上整整躺了一个月才渐渐恢复了元气。老俩口心情郁闷，本想立刻回芜湖，儿子打电话过来，语气低缓沉重地说洪辰被查出淋巴组织细胞有问题，正进一步接受检查治疗。俩人本想过去看看，签证要等，而且王老师刚好，经不起再折腾，晓煜只好逼女儿带着儿子去了趟新加坡，没几天她回来了，说洪辰情况比较稳定，时装设计公司又不景气，早点回来以防被解雇，还说芜湖冬天没有暖气，气候潮湿阴冷，不如这里的电供暖设施好。晓煜和王老师无奈只有暂时留下了。

从新加坡回来后，雪雪天天加班到很晚才回家。杰生主动承担起照顾爷爷奶奶的责任。这个周末，老少三人还有杰生的几个同学乘城郊火车去了一趟中央公园。从第五大道和六十街交汇口的地铁口走出来，远远看到中央公园门口停了几辆观光马车，杰生领着爷爷奶奶乘马车在公园绕了一圈，看了草莓园，在毕士达喷泉边留影。接着散步，俩人走在只有好莱坞电影里能经常看到的林荫大道上，道路两旁参天大树此起彼伏，笔直的桦树杨树不愧是行道树，很有气势，地上堆积着厚厚的落叶，很有质感。走累了，便坐在路边的长椅上，坐得中规中矩。附近遛狗的，演员练声的，踩滑板的，还有一群孩子正情绪高涨地 Hip-hop（跳街舞），伴奏乐好像是 Bone Thugs N-Harmony 的那首《I' m Gone》，听得让人有飘飘欲仙的感觉，有的游客索性围在跳街舞的年轻人周围，随着 Rap 的节奏扭着屁股。杰生和他的几个同学也在里面凑热闹。晓煜呆呆望着前面摆画摊的，揉揉眼说，他们还往来哪，昨天下半夜他送她回来的。王老师惨淡地笑笑，我早就知道了。一阵沉默，他忽然来了兴致，略思片刻,说,打个不恰当的比喻,那条通向地下室狭长幽暗的楼梯可称作"曲径",地下室叫"禅房",这叫"曲径通幽处,禅房花木深"。他有点得意,晓煜气不打一处来,文屁冲天的,你还有心思幸灾乐祸!王老师咂吧着干瘪的嘴,不紧不慢地问,那又能怎样呢?杰生说彼特为了画画找灵感,经常在地下室里吸大麻呢……晓煜身子一抖,半天才问,杰生会不会?……会又怎样?不会又怎样呢?王老师反问,这是个自由的国家,从新加坡移民的时候我就提醒过你姑娘……我现在考虑的是想接你女婿回芜湖,他认真地说。这时,一个上身穿着印有夸张 LogoT 恤衫、头发染成麦穗头的十七八岁少年踏着滑板车一闪而过。他望着远去的背影,握住晓煜的手,感慨地说,人这一辈子就像滑板车瞬间即逝,呃,这叫——但见时光流似箭,岂知天道曲如弓……忽然想起什么,又饶有兴趣地说,我教了一辈子书,还真没研究过讣告怎么写呢。晓煜一愣,抬头纹更深了,王老师继续问,你说是不是该包括死者的姓名,身份,逝世的时间和地点呢?比如我吧……晓煜火了,打断他,你今天吃错药了,尽说些不着四六的话!哼,要真的是那样,去儿子那里死!也不能让对门的卢麻子看笑话,给你穿了一辈子小鞋……王老师不置可否嘿嘿笑了,样子怪怪的。

正说话,王老师捅捅她,一咂嘴,右前方二十米处,一个戴着棒球帽的黑人推着辆轮椅车缓缓向他们走来,轮椅上还坐着个金发小伙子。棒球帽不时俯下身,俩人窃窃私语,样子很亲密。晓煜警觉地拉了王老师一把,杰生说了遇到这些人别看,哼,都残废了还乱搞……王老师心猛地跳了一下,他装作没听见,偏偏抬起头,目光肆意地盯着轮椅,棒球帽似乎察觉到王老师在注意自己的举动,停下脚步,耸耸肩,很夸张地哇哩哇啦冲他俩叫了起来,一脸无辜委屈的样子。晓煜脸上掠过一阵惊慌,使劲拽过老伴的胳膊,让他赶紧低头。王老师只好低下头,眼角的余光却始终扫着那辆轮椅。果然,轮椅在他俩面前停了下来,坐在上面的金发小伙子转过身,仰起脸,和棒球帽嘴对嘴亲吻起来。就在晓煜和王老师无地自容的时候,那个金发小伙子竟然从轮椅上站起身,走到王老师面前,嘴里不知嘟囔着什么,出其不意双手扶住王老师的肩膀,在他额头上轻轻啄了一下,松开手,哈哈嬉笑着和棒球帽推着轮椅车跑了。王老师缓缓站起来,直直地立着一动不动,被晓煜强行按在长椅上。

他想回家了。晓煜睁大昏花的眼睛,眼光四处搜寻杰生的影子。那边跳街舞的人群还在喧哗。几个孩子头脚倒置,像陀螺似的飞快旋转着,引来阵阵

"嗷耶"的喝彩声。忽然，"嗡"的一声，从人群里窜出几个踏滑板车的孩子，轻快而娴熟地冲向四面八方。晓煜隐约听到杰生在叫，便声嘶力竭地喊他的名字。杰生似乎没听见，正兴奋地用英语喊着，切尼，还我的 CD……王老师看清楚了，那个叫切尼的印度孩子正快速向他滑来。他头上扎着金黄色的头巾，火红色的超大线绒外套盖过膝盖，双耳佩挂着银质耳环，裤腰挂着 MD 随身听，里面传出的不是激昂的 Rap，而是一阵悠扬圆润的笛子声。王老师听清楚了，颤颤巍巍从长椅上站起来，迎面的切尼漠然地嚼着口香糖，耳环熠熠闪亮，人像一道电光从他眼前闪过，身后拖下一缕缕细细缠绵的音符，我家住在江之尾，半城山，半城水，古塔飘晚钟，长桥沐朝晖，半城山，半城水，山山水水相依偎，邻家害羞的小妹妹，暖风吹得你笑了几回……没有任何犹豫，王老师跟着那团火痴痴地奔跑起来，憋了好久的眼泪忽然涌进眼眶，顺着脸颊流进风干的嘴里，他使劲用手按住眼角，但眼泪就是止不住。后面的晓煜也惊呆了，跟着老伴，凄厉地喊着王日盛的名字。王日盛全然不顾了，越跑耳边的歌声越清晰，绷紧的身体松开了，浑浊的胸腔变得清新敞亮起来。

——刊自《天津文学》2010 年第 10 期

脆弱的亲情

1

盛良东这趟去广交会干成了两件事:和西班牙客商签了份6千台电视机的订单,另外托云南的朋友从边境弄了把64式手枪。那东西第一次握在手里,没有阴森森的寒气,倒像是只温顺的小黑猫。

这些日子他的心沉甸甸的,夜里睡觉做噩梦老被人追杀。也难怪,这些年他开的电视机翻新加工厂就是个非法的营生。工厂设在城乡结合部的几座废弃的仓库里,几百个从当地招来的农民工分散在简陋的工作台没日没夜地干活,电锯声发出阵阵刺耳的怪叫,一台台电视机玻壳被撕开个大口子,接着被剥掉"皮",露出暗绿色的机芯和黑漆漆的显像管,前几年国家质检部门联合其他部委明令禁止利用废旧显像管加工再生显像管。盛良东不仅干了,而且还从台湾印尼等地大量收购松下索尼旧显像管,翻新组装成电视机成套散件后贴上自己的品牌,由林彪转售给第三世界国家的人民。此林彪非历史上坐飞机叛逃的林副主席,他是良东的舅老爷,小名阿彪,圈子里人喊成林彪。上世纪八十年代初严打中,他藏在良东家亭子间空心木板墙里躲过一劫,现在成了模子了(男子汉),不过,他只给良东打下手。

更麻烦的是良东干了件拆烂污(不负责)的事——背着老婆和一个女大学生汪澜又生了个女儿。两边受到女人的夹击,良心道德的拷问让他内心备受煎熬。江城离上海不过400多公里,现在他不敢经常回家了,也很少给老婆林家惠打电话。偶尔打电话关照一下在上海的女儿,女儿考上公务员也不好好上班,整天和她舅舅混在一起做国际贸易。

回到厂里,良东立即给在江苏太仓的林彪打电话,说这6千只显像管质量太次,正让小兄弟苏宇办出口商检通关单。林彪嘿嘿笑了,声音像水漂似地忽远忽近,这批电视机专供巴塞罗那监狱的犯人使用的,一定要做得坚固耐用,过两天我让对方航空快递6千个索尼标贴给你。良东嘴巴干涩地说,阿彪,索尼在海关早就有知识产权备案的,万一出了岔子怎么办。林彪沉吟半晌,不紧不慢地说,能有什么岔子呢,姐夫,侬出的岔子还小吗? 他一语双关,对了,阿姐下礼拜一来,侬小心伐,说完挂了电话。

　　良东不吭气了。舅老爷知道他和汪澜的事。不过他没向姐姐捅破这层纸,他念良东救过他的命,那时他还不是他姐夫。林彪常年在外跑,不知怎么,去年夏天的一个晚上,他忽然从天而降,堵在良东和汪澜租住的公寓门口。良东怎么也想不通,按他小兄弟苏宇的说法,良东就是电视剧里的余则成,做事低调沉稳。林彪抱着双臂慢吞吞地说,现在流行一句话,情人是小草,一定要护好,栽棵大树,种片小草,大树上乘凉,草地上遛鸟,和谐社会,绿色环保……良东怕他闹事,连推带搡把林彪推出家门。两人来到附近的小酒馆刚坐下,林彪火山爆发,捶胸顿足,打摆子似地嚷着,我姐命苦啊,当年我就讲过伊拉脑子肯定瓦塌了,肯定瓦塌了……良东羞愧万分,他觉得对不起家惠一家人。他两腿一软,跪在舅老爷面前,额头渗出细密的汗珠来,嘴里不停地说,彪弟,真不是我的本意啊,我一时鬼迷心窍,侬狠狠打吧。林彪照着他的胸口狠狠踹了一脚,悲愤地说,侬勿要放白鸽了(你不要说空话骗人),要是模子,事体做得乒乓响(事情做得很棒)! 良东趴在桌下半天爬不起来,舅老爷下手真狠。过了好久,林彪才冷冷地说,姐夫,我们俩个扯平了。记住,吃大蒜的和吃咖啡的不是一回事,晓得伐? 他警告他一定要尽快处理好目前的尴尬现状,另外,今后厂里的股份他看着办。良东无话可说,只能点点头。

　　他肠子悔青了。他不是那种沾花惹草的人,白天在乌烟瘴气的工厂里忙碌,可下了班除了上网,从不干那些下流的事。他自喻自己是个有品质的人,尽管常年和家惠分居,而且家惠产后因肌瘤子宫被切除一半,对那方面的需求渐渐冷淡下来。但他努力地坚守着,忍不了也就以自慰的方式缓解一下汹涌的情欲,最多再到步行街的美琪洗头屋洗个头,或做个按摩。年青的时候在自来水龙头下洗头,现在生活条件好了,这个习惯就自然而然养成了。

　　其实,他早就想甩掉汪澜,再好的女人也应该有个底线。良东常年生活在江城,这是他告诫自己必须遵守的原则。原因很简单,和汪澜之流不过是逢场作戏罢了。可是,这场戏一拉开序幕,他就没控制好局面。因为,汪澜长的太像他外婆年轻时候的模样了,从一开始他就被牢牢抓住了。和汪澜初次相识是在师大校园网站里。他觉得自己毕竟是个大学生,读书人,还有那么点纯真和浪漫,以前也读过一些外国名著,所以经常登陆母校的学生论坛高谈阔论。他是在QQ好友群里意外发现了她。单看她头像,那双眼极具异域风情,那张瓜子脸活脱脱像他外婆年轻时的照片。见她在线上,便和她漫无边际地打起字来。汪澜说自己是师大英语系的学生,应该是小师妹了,良东一下子觉得和她亲近不少。她说自己祖籍在湖南,母亲是新疆人,从小在湘西的凤凰城长大,她抱怨那个让沈从文神醉的地方没有赋予她天生丽质和如水性情,她应该学中文。良东说她长得漂亮又谦虚。俩人越谈越近乎,有相见恨晚的感觉。良东希望视频聊天,女孩婉拒了,说还没熟到能见面的时候。良东感慨像她这样的小姑娘不多了,越发对她感兴趣了。既然是英语系学生,他又试着问她是否会唱一首叫《老黑奴》的英语歌? 这是外婆经常哼的歌,很快回复:当然。接着音频对话框闪烁起来,请求连接。良东点开对话框,戴上耳机,耳边就响起那首低沉忧郁的旋律,带着鼻音的浑厚音色一下子让他想到了外婆。外婆10年前中风过世了。正当他沉浸在回忆之中的时候,那个叫天池的头像突然打了一行字:抱歉,网线断了,下次再聊。头像变成了灰白色,他好不沮丧,只好下了线。此后一段时间里,他在QQ群里就是看不到"天池"在线的状态。

　　生活又回到了原来的轨道。记不得是哪天晚上,他照例去了美琪洗头屋。他刚靠在椅子上眯上眼睛,一个高个子女孩子走过来,她一身黑色紧身吊带裙,映衬着雪白的脖颈,身材窈窕,老板娘冲良东会意地笑笑,说,新来的,不错,又叮嘱女孩,给盛老板先干洗,再按摩,女孩沉稳地点点头。良东从镜子里打量着她,也就二十多岁的样子,模特身材,臀部不算很大,但尖尖翘翘的。高鼻梁,映衬出她一张秀丽的脸庞。她身上散发一种幽幽的香味。良东觉得有点面熟,就是想不起来,只好又眯上眼。

　　她给良东围上白毛巾,头上倒上洗发乳,慢慢揉搓起来,动作有点僵硬,却很温柔。老板娘东拉西扯地和良东聊起来,良东心不在焉地附和着。不一会儿,女孩对良东轻轻的说,差不多了,冲一下吧,说着,慢慢放倒靠椅。良东习惯地伸直脖子,头就卡在热水龙头下了。女孩在他身边弯下腰,胸部离他的脸不到一寸,吊带背心垂了下来,透过领口,良东眯着的眼隐约看到那对圆鼓鼓的乳房左右挤压起伏着,忽然有股想把头埋进去的冲动。洗完头吹干,又按摩完双肩,往常良东该起身走人了。可那女孩又轻轻问他要不要敲背,良东有点兴奋,鬼使神差地点了点头。老板娘也有点意外,但飞快地推开内侧的门。里屋不是很大,就摆了一张小按摩床,墙壁上挂着一盏小灯,发散出柔和的粉红色的光。进了屋,他觉得自己的脸紫涨起来,烧得发烫,他先趴在床上,女孩上床为他按摩肩膀,她技术一般,不过动作很温柔,良东感觉很舒服。按摩了一会儿,女孩就让他翻过身。良东睁开眼,女孩背着他撩起背心,露出白皙的皮肤。他忽然想到了外婆。那是一个闷热的晚上,在那间狭促的公用木板房里,透过虚掩的木门,良东第一次看到莲蓬头里的热水溅到外婆的雪白的背上,还冒着热气,对女性身体懵懂幻想的他来说,50多岁外婆的身体第一次成了他眼里最美丽的风景,他颤栗,慌乱。后来又有了许多次好奇的窥望,还伴着兴奋,只是没注意背后还有双眼睛默默望着他,这是后来结婚后才知道的。良东觉得家惠在看着自己。尽管他隐约听到那首《老黑奴》,也知道是谁了,身体和情绪像帆一样鼓胀起来,包住了整个身体,但那个地方始终软软的。

事后,女孩羞怯地说没想到在这里又遇到学兄,她低着头说爸妈离婚了,为了弟弟能上大学,她只好这么做了。良东无地自容,木讷地直点头。回到家脑子里除了诱人的胸脯和那首歌再没有别的了,他不明白外婆哼唱过的那首老歌竟然唤醒了他沉睡多年强烈的渴望和极度的依恋。它像一节无比活跃的乐章,每个音符调动了他身体每个兴奋点,让他眩晕,颤栗,无法自持,把他积蓄多年的情感淋漓尽致地释放了出来,很新奇,也很复杂。当然,他也有负罪感,他对不起家惠和女儿。但是,他无法遏制这种内心奇妙的情欲。而且,这种可怕的情欲渐渐占据了他整个内心世界。他感到惶恐不安,夜里做梦,常常梦到过去,梦见外婆那张温润的瓜子脸……那张脸又变成现在的汪澜。夜里醒来,两个女人的面孔交替着闪现在他的脑海里,挥之不去,在他头脑里萦绕成一团云山雾海,好长一段时间,他好像失去了魂魄,心里又暖又冷,难受至极。

终于,他下决心要引诱她一次,填补一下内心的荒芜。有了这个执拗的想法,他觉得这个想法竟比常人更加不可撼动了。他像和客户签订单一样和汪澜讲清一切条件,汪澜也干脆,只问了一句话,这几天我能拿多少?

他们去了海南。湛蓝的海水清澈如镜,绵软细腻的沙滩洁白如银。俩人手挽着手,钻进大海嬉水畅游,乘游艇游弋追逐,潜水观海,好不快活。像热带雨林里的花草两人的关系一夜间便开花结果了。傍晚,坐在岸边的沙滩上,海风习习地吹着,海涛梦幻般低声轻吟着,海浪、夕阳、椰树……,良东有点醉了,轻轻撕下她裙摆的标牌,问,是不是为了我才特意买的裙子? 她咯咯笑着,美吧你的。良东要搂她,她闪到一边,说,我有汗味别碰我。我就是要闻你身上的汗味,别动,他一把拽住她,真的闻起她身上的汗味,他像闻家惠似地从脸颊闻到肩膀,贪婪地闻着,那是一个女孩体内特有的性香。汪澜不动了,任凭他在她怀里拱来拱去,抚摸着他花白的头发,说,大哥,我不得不提醒你,我不是你的二奶,你可别像笑话段子说的:一个小蜜对一个有妇之夫说,从我第一眼见到你我就爱上了你的笑,你的幽默,你的性格。那个有妇之夫摸着小蜜的头说:乖乖,我算彻底毁在你手里。小蜜会从他怀里懒洋洋的抬起头,给他一个很无辜的表情。接着那个有妇之夫会吻小蜜的手心和手背,然后唱《爱你在心口难开》。良东开心地笑了,连说比喻的好,然后拍拍她的肩膀,感慨地说,你比我女儿只小三岁,心理年龄却比她大许多,实话告诉你,我带你出来,是觉得你很像我外婆年轻时模样……他给她讲了他小时候的事。汪澜微微一笑,不经意地说,你有 Oedipus complex,良东疑惑地望着她。汪澜不急不慢地说,就是恋母情结,通俗地讲是指男人的一种心理倾向,就是无论到什么年纪,都总是服从和依恋母亲,在心理上还没有断乳。不过这也没什么大碍,心理问题,正确对待而已。良东尴尬地笑笑没出声,心里却翻江倒海,惊叹这小女孩不仅乖巧伶俐善于迎合自己,还是个心理医生,能洞悉自己隐藏很深的秘密,真不简单,不能小视她。

夜晚实在美好,它掩盖了一切真实和虚无。

两人在宾馆的客房里又是一阵缠绵。良东觉得和汪澜在一起实在妙不可言。自己像一件褶皱的衣服被她熨烫得服服帖帖。她能从生理上和心理上恰到好处配合他的动作,眼神,喘息,一切的一切……远远胜过了年轻时候的家惠,家惠除了含蓄和被动的接受外,事后最多也就亲一下他的鼻梁,然后就转过身给她一个背影了。他惊叹这个小姑娘在这方面有着庖丁解牛般的娴熟。他感到自己真的老了,没用了,白活了大半辈子。他认真地打量着眼前的汪澜,月光下,被微风扬起的秀发,高耸的乳房,微微凸起的小腹,还有小腹下面的两腿之间……,再看看自己死鱼般的肚皮,上面点缀着几粒黄豆大小的黑痣……他很自卑,多年对家惠身体的掌控能力和自信在这里荡然无存。但他有点不甘心,紧紧抱住她,想要碾碎她,生吞了她。事后他感到脸上湿了,那是汪澜的眼泪。良东以为弄痛了她,抱歉地说对不起。汪澜赤裸着身体,默默站起身拿着卫生纸走进卫生间,过了一会儿走出来,脸上又恢复了平静。

　　她躺在他的身边一动不动,那双温亮的眼睛望着天花板。良东关切地问她是不是不高兴,她茫然地转过脸,说,没有啊,那刚才——,良东不解地指着他的眼角的泪痕,汪澜无声地笑了,调皮地反问,你是不是以为我会爱上你? 良东摊开手,自嘲地说,怎么可能呢。她让良东伸出一只胳膊,自己将头枕在上面,沉默片刻,显得很沧桑地说,其实,我实在想象不出俩个人在一起一辈子会怎么样,嗯,开始一定少不了无聊滑稽的结婚仪式,贷款买房,再生个孩子,一年又一年,然后我也老了,满脸皱纹,头发也白了,最后走进坟墓……良东望着她,这世界真有看破红尘的人,不过还是宽慰她,你是不是把天底下的恋爱都谈光了? 你说的都对,婚姻实际上是一种生命的形式,像钟表的指针一样,每个人都按照固定的模式滴答不停地走着, 最后都走向同一个地方。可你想过没有,良东像个哲学家找到了感觉,板过自己的胳膊,将她的脸揽到自己眼前,以父亲般的口吻说,可我们都不能孤独的活在这个世界上,生命是需要呵护和陪伴的。他讲了自己家庭的往事开导她, 拿出一家人在上海植物园的照片给她看。汪澜瞥了一眼照片,脸上掠过一丝冷笑,坐起身,淡淡地说,盛大哥,你真有学问。顿了顿,又说,我爸妈离婚以前也这样开导我,我妈是天底下最善解人意的中学语文老师。可等我上初中的时候,她却陪伴另外一个男人去了。她将头深深埋在膝盖里,两只胳膊圈揽着双腿。良东望着她没话可说了。

　　窗外的月光倾泻在她身体上,她身姿美得像个雕像。房间里静悄悄的,静得让人有点恐慌。良东不想继续这个话题,这对自己没意义,和她在一起的时间有限,还是蜻蜓点水比较好。于是,他拿着电视遥控器指了一下床前的电视机,屏幕立刻显得五彩缤纷起来,房间里有了生气,又热闹起来。电视里正演着一档访谈节目,话题有关家庭伦理方面,汪澜看着看着,情绪有点激动,直截了当地说那个主持人不该袒护第三者,她讨厌第三者插足,但更痛恨虚伪的有妇之夫。因为人前他是个好丈夫,比如,周末和太太一起去买菜,带孩子逛超市,一家人亲亲热热看望双方父母,人后却留下那个爱上他的未婚女孩,握着手机看着他的名字发呆,只怪自己心气高,眼光大,一般不经世事的小男生看不上才会爱上他,一心投奔爱情,天旋地转,奋不顾身……接下来,他会苦着脸说,我和我老婆还是有感情的,她通情达理,娴淑文静,我在最困难的时候她陪着我。汪澜神情专注地盯着屏幕,说,哼,正如大哥你说的,生命需要陪伴,要是我,会告诉电视上的那个男人,谢谢你,我们在一起无比快乐,可是拜托你,你追求我的时候请先离婚好不好？离不了,上法院提交一份诉讼啊,分居六个月什么都能搞定……万一你真的爱上有妇之夫呢,良东将毛巾被披在她肩上,试探着问。汪澜回过头,摇摇头,做总结似地说,不会的,第一代价太大,不值得,第二历史遗留问题多,哪天他留下个孩子,你还得陪伴终生。你如果想为他再生个孩子,他说不定会一脸茫然地装傻。总之,有老婆的男人像供在庙里的佛,偶尔去拜拜,烧烧香可以,真把他请回家犯不上。精辟,精辟,良东心里高兴,却不动声色,拍拍她肩膀说,我女儿要像你这么成熟就好了,整天疯疯傻傻的。你怎么总拿我和你女儿比呢,我和你太太比哪个好？汪澜有点不服气地问。良东沉默片刻,不偏不倚地说,她是个庭院深处的女人。汪澜不出声了,良东有点得意,觉得这趟海南之行不仅得到身心的最大满足,而且还速战速决,不露任何马脚,达到了预期的目的。

　　然而,半年后的一天下午,汪澜腆着微微凸起的肚子,踱进良东的办公室。良东张大嘴呆呆地望着她。她指指肚子神秘地笑笑,轻声地说,B超做过了是个女孩,帮我租套房子,我想把她生下来。良东站起身,跌跌撞撞走到门边,把门紧紧关上。

2

　　盛良东认为自己肯定陷进了一个圈套里。

　　但思前想后,他就是理不出一个明确的头绪。从巧遇汪澜和海南之行,再到林彪的突然出现,一切似乎都早有安排。他无法找到动机和理由,但是,他没有理由不怀疑这一切。可怀疑谁呢？他不敢往深处想,且不说汪澜,周围都是他亲人。可事态却变得极其荒谬可笑,无法掌控。那天自从汪澜走进他的办公室,一种彻骨的寒意兜头盖脑向他袭来。他又惊又气,束手无策,像看到了家惠,她的影子像幽灵一样无处不在,躲在暗处直视着他,愤懑而又绝望地流泪。后来,舅老爷给他的狠狠一脚,更加剧了这种巨大心理的暗示。他似乎闻到家惠的气息,那种气息令他窒息,无法摆脱,他想大声喊叫,用尽力气却叫不出声，而且气都喘不过来，人好像要死掉一样。

那天下午的确狼狈不堪。汪澜不仅全盘否定了海南之行中她的爱情观和人生观，还信誓旦旦地表白她不在乎名分要和他过一辈子的决心。良东当时从她的表情中丝毫看不出有任何的调侃玩笑的口气。她那张脸美得更加冷艳和沉静，像冬天的腊梅坚忍不拔。她说在分别后五个月的时间里，痛定思痛，已经把他深深地印在脑海里，虽然他人到天命之年，但身材魁梧，性格刚毅成熟，又会体贴人。在海南她虽然说了些大彻大悟的人生感言，但那都是言不由衷的，她生怕良东要甩了她才故意这么讲的。良东意识到问题的严重，苦口婆心地告诉她，他们夫妻是多年的患难之交，永远不可能出现裂痕，而且，他绝对不会给她开空头支票的。汪澜低着头说自己追求的东西近在咫尺，却又望洋兴叹，看来在这种进退维谷中只有绝望地去死才能解脱，可自己却又觉得死得很冤，她的眼睛显得茫然空洞和决绝。又是一派胡言！良东晃晃头，觉得这像网上的八卦新闻或者小说里的故事，可又不是。他痛彻心扉，狼狈不堪，感到自己真的被一条蛇顽固地纠缠住了，巨大的恐慌和打击让他几乎疯狂，他酸楚又清晰地意识到这里面盘根错节肯定有着什么目的，但在哪里呢？于是，他哀求汪澜什么条件他都能答应，只要她能离开他。汪澜微微一笑，只有一句话，肚子里的孩子是他的，可以做 DNA 检测，她只有一个条件，要永远呆在他身边，因为生命需要陪伴。良东说如果他突然消失了怎么办，汪澜早有准备似地一口气报出了他住上海的门牌号和家惠女儿的名字。良东又问她是不是老婆雇私家调查公司派来监视他的人，她不置可否地笑笑，说，如果是，我会生孩子吗？你现在就回家向你老婆承认，你敢吗？不是，你应该知道怎么做了。良东没话可讲了，遇到高智商的人了，当时想杀她的心都有。

但他不甘心，他要采取主动。

余则成讲过，有一种胜利叫撤退。他要以退为进，以柔克刚，决不能和汪澜剑拔弩张地闹僵，否则只有自己被动吃亏。他必须不露声色，尽管他已经被她盯上了，但他必须表现得宠辱不惊，面对现实，首先要稳住神，因为他在明处，还不知道谁在害他。所以，女儿出生后，良东立即给汪澜请了个保姆，平时照顾她和孩子，他整天泡在厂里，很少回家，就是在家也绝不和她有肌肤之亲。说到底，汪澜也好，林彪也好，不过是为了觊觎他这些年赚来的钱而已。给他们，破财才能消灾。他想好了，等这 6 千台电视机的订单做完就和林彪摊牌,再丢给汪澜母女一笔钱,送她们回新疆,这是当下所有包二奶的最好补偿,自己不干了回上海。今后走一步看一步了。

有时候当他看到汪澜母女俩,心情又复杂起来。一方面对这个长得像他外婆的女人恨得咬牙切齿,可又想到自己的血脉从这个不相干的女人肚腹里生出来,他又心如刀绞,肝肠寸断,仅仅为了一时的快活,或者沉湎于所谓的恋母情结,才付出如此代价。这个女人在他面前故意显得娇蛮而优越,像个公主,他无法把她赶走,因为她在哺乳期,而且看到自己的女儿离不开她,他的心又湿漉漉的,他迷茫而又恍惚,他爱这个肚子里的孩子么?潜意识里他没有接受,女儿长得极像汪澜,那些地方像自己还说不上,他想做个 DNA 检测,又怕节外生枝,风险太大。他无法将眼前的孩子和盛夏小时候作比较,他永远无法忘怀那些个和风煦暖、云淡风轻的日子,一家人在上海植物园的花圃里嬉戏追逐的场面,但是,生命是无辜的,他无法逃避眼下这个严峻和沉重的现实。

而且,这个现实再一次将他推进了不可收拾的境地。

周末,他和苏宇去了一趟太仓,苏宇是当地人,跟他干了两年,对他忠心耿耿。以前他在一家良东常陪客户玩的歌舞厅里看场子,也是在道上混的。老板推荐了他。良东念他是孤儿,人很精明,对他不错。他俩领回了 6 千只索尼标贴,按照惯例,林彪又给他们补发了 200 只成品电视机,以备损耗。舅老爷不让他回去,要他喝一杯。良东心虚,向他解释姐姐要来,先回家照顾一下家里,林彪讥讽他,革命生产两不误啊,照不照顾有什么区别呢? 别死马当活马医了。良东心里不对劲,望着他,林彪屁股骄傲地一转走了。这家伙游手好闲惯了,不过想要点钱,每次只要满足了就不说话了,可刚才这话不对味,初秋的时节,他浑身发冷,让苏宇开车一路狂飙往回赶,到了江城又偷偷绕到家门口下车,让他先回厂里加班。暮色四合,他走进家门,凑近窗户,看到俩个人,他定定神,应该是汪澜和家惠坐在沙发上说话。他站立不稳,但还是稳住了身体。他冷静下来,觉得这一天终于来了,只是太快了,更没有料到家惠会这么快找上门,让他措手不及,百般不是滋味,如万箭穿心,只怪舅老爷不是个东西,但自己首先不是个东西啊。他气喘匀了稳住神,侧耳听着两人的说话。

家惠的声音很轻,却有居高临下的腔调,为什么打电话发短信你不回?汪澜低着头反驳,该做到的我都做到了,还要我怎样?是你们没有履行合同,所以你也别怪我。你做到什么了?家惠平静地问。你觉得这么问有意思吗?汪澜抬起头,冷冷地反问。这是合同的一部分规定,我有权利知道,否则,我是不会付钞票的。家惠脸色一凛。好吧,汪澜强按耐住不满说,按你的嘱托,第一次应该是在洗头屋,你说他喜欢吻女人的耳朵、颈、背、头发和乳房,这些我都满足他了……但他那个地方始终没有兴奋起来,事后,他说是你长期的冷淡才造成他的障碍。家惠的脸极力显得风淡云轻,只是脸色有点白。后来,在海南我帮助他回复了自信,他很感激我,也很迷恋我的身体,我们谈了许多,他对我说了许多温存的话,安抚我。汪澜点燃一支烟,吐了一口,透过那袅袅娜娜的烟雾,良东觉得这张脸尽管漂亮,可像一支带毒的玫瑰。果然她是家惠雇来的,动机有了,还是为了钱。没想到家惠会参与进来,真是道高一尺魔高一丈,今天他领略了妻子的老辣,心里伴着纠缠不清的伤心和绝望。为什么啊,多年的夫妻感情竟然换来这样的结果。他悲愤地想。

　　房间里的俩人沉默着,气氛难堪压抑,有一种如临深渊的感觉。汪澜继续轻描淡写地说,真没想到,他一点也不爱你,说你们两人这么多年在一起没有共同语言,你是典型的上海作女人。汪澜又列举了良东在她面前说老婆的许多缺点,良东恨不能立即冲进去撕碎这个女人,他不明白这么娇艳的女人嘴里怎么会吐出这般颠倒黑白的字眼。那你是爱上他喽,所以给他生了个小囡,家惠声音略显颤抖,带着醋意和愤怒小声地问。汪澜将头扭到一边,一脸的玩世不恭,你看他的那张脸,鬼斧神工的,老成什么样子啦,满脸的褶子和老年斑,嘴里都是假牙,他身上还有股樟脑丸的气味,真不像个上海人。良东这回没有了冲动,他觉得这个小女人能恶意地诽谤到登峰造极的地步,这里面一定还有其他东西。汪澜继续冷冷地说,生个孩子嘛是我气不过,因为你们没给我应得到的酬金,第二,为了找你老公要到更多的钱所以我必须这么做。家惠终于爆发了,你说得对,我在他心目中的地位还不如一台电视机,他口口声声说等房子买了就不干了,可他现在还不死心。这么多年我出门一把锁,进门一盏灯,被切掉的子宫肌瘤又长了东西,盛夏又不听我的话,整天和她舅舅混在一起……找你本想试探一下他是不是有外心了,却得到这么个孽债来。家惠絮絮叨叨,泪流满面。汪澜极不耐烦地站起身说,这跟我没关系……里屋传出小阿姨哄孩子的哭闹声,家惠拦住汪澜,歇斯底里地说,侬一个细钿都休想拿到!汪澜眼里满是挑衅,反唇相讥,我找你老公要!这时,小阿姨抱着肉嘟嘟粉嫩嫩的女儿,惊慌地走出来,家惠两眼直勾勾地盯着孩子,心如刀绞,像个发狂的母狮扑向汪澜,俩个人在屋子中央撕扯起来。良东心乱如麻,仓皇地回到了厂里。

3

他一烦燥就爱拆电视机,这个习惯也有几十年了。他把自己关在办公室里,愤怒地用螺丝刀狠狠拧开刚装好的一台机子。他几乎闭着眼拆开机壳,里面除了机芯和显像管外,整个电视机几乎是个空塑料箱。高尖端的东西全在机芯上。过去他拆一台电视机再装上需要一个小时,现在几十分钟就能解决问题。

良东正和电视机较劲着,苏宇急匆匆推门进来。他给良东带来吃的和一瓶酒,告诉他给大嫂安排的住处在乔红国际商厦 11 楼的 VIP 包间,这里是江城最好的地段,可以俯瞰长江和城市的夜景。另外,商检通关单和海关报关手续已经办好了,这个周末装 10 个 40 尺集装箱从码头装船出口应该没问题。林彪打电话来说那 200 台电视机已经调过制式,可以直接装箱,已生产的 5 000 台电视机已经堆放在 1 号仓库里。良东已经灌了许多白酒了,他目光迷离,大着舌头说,苏子,多亏了你,你说的那 200 台备用机不上中央信号发射台检测制式能行吗? 上次去香港的货就是听他的话退运回来,运费仓储费赔了老多钱,姓林的做事我不放心的。苏宇沉稳地说,不急,我来安排。对了,林总说这批到西班牙的货是大订单,他要亲自过来押运。良东直摇头,他别来。苏宇搀扶着他躺倒在长沙发上。良东喘息着,望着苏宇为他忙前忙后,内心深处最疼痛最敏感的地方被触动了,借着酒劲把目前的处境和苦衷和盘托出,还郑重地告诉他等这个订单做完了,就把厂关了。苏宇静静地听着,只是宽慰她,并没有表态。清官难断家务事,更何况一个未婚的小伙子。

忽然,良东想起什么,让苏宇赶快回汪澜的住处张望一下,看看事态的进展。一个小时后,苏宇回来告诉他,家里的一切风平浪静,他托人了解到家惠已经住在市区的快捷酒店里。正说话,良东的手机响了,是家惠的声音。他的眉头跳个不停,脸上的肌肉紧张得扭在一起。他小心翼翼地按下接听键,传来家惠温柔又熟悉的声音。她说自己正在收拾东西,明天的火车是中午 11 点 59 分到达,明天江城的天气怎么样,要不要穿线衫。良东的脑袋云山雾罩,他惊诧妻子表演得如此天衣无缝,不露声色。刚才在家她和汪澜的那一幕让他魂飞魄散,到现在还以为是幻觉。好半天他才缓过来,很平常叮嘱了她几句挂了电话,身体却震惊得再次战栗起来,他觉得这俩个女人一个比一个疯狂,她们是用刀子一道一道地在他身上划出血痕,再一步步地逼近自己的心窝,几乎不让他喘息,如同攻城掠地一般。他不知道下一步会发生什么,精神几近崩溃。

但是,第二天中午,他还是强作镇定地去了火车站,家惠准时出现在出口处。

家惠是他的邻居。上世纪70年代,俩家住在河南中路东边的兴仁里。这里是典型的上海弄堂,看上去鳞次栉比,挤挤挨挨,屋脊连绵起伏,有点横看成岭侧成峰的样子。下午四点放学,阳光才能挤进幽深的弄堂,良东孤零零走在湿漉漉的褐色石卵路上,地上散落着鱼鳞片和白菜叶,触手的阴凉和温暖是可感可知的,还有一些暧昧和隐秘。良东至今还依稀有这种感觉。俩家紧挨着,公用厨房的后窗积着黄色的油垢,窗下挂着撒了花椒的咸肉和梅干菜;客堂狭促昏暗,三步两步便穿过去,一道楼梯挡在头顶上,楼梯不打弯的直抵楼上的闺阁,那是家惠的小屋。黄昏时分,良东坐在楼下自家门前的凉椅上,捧着书偷偷朝窗户呆望,镂空雕花的窗棂里便露出了风情——家惠倚在窗边梳头。她肤色白腻,双目犹似一泓清水,眉目间洋溢着一股书卷的清气。他那时身体已经蓬勃了,他搞不懂这么多年家惠对他的态度总是漫不经心的,甚至有点居高临下。

良东的父母远在黑龙江生产建设兵团,从三岁起他就和外婆生活在一起,对父母几乎没有印象和感觉,唯有外婆才是他最值得依赖和留恋的亲人,在他眼里,50多岁的外婆不仅慈祥和蔼,长得还好看,模样简直和大光明电影院里挂着的上官云珠的照片差不多。外婆过去也是大户人家的小姐,进过教会学校,还会念几句洋泾浜英语,所以对他的学习管的比较紧。上初中的时候他体质不好,一到黄梅天就经常发烧,躺在潮热的床上,浑身酸痛,睁着一双空灵忧郁的眼睛望着天花板。外婆会点上一炷香,忙前忙后给她捏脚揉肩,摩挲着他的胸口,清澈的药香弥漫在小屋里,生出微醺的恍惚。

有次生病,他昏昏欲睡,不知过了多久,他滚烫的额头被一种异样的感觉弄得痒痒的,朦胧中他勉强睁开眼,望见外婆伏在他身边,那张温润的瓜子脸正摩挲着他的额头,她的声音又软又糯,嘴里哼着那首唱烂了的《老黑奴》。良东忽然在外婆身上闻到一种母性的气味,丝丝缕缕渗进他的肌肤和血管里,他享受着外婆温存明净的抚摸,呵护和疼怜。天渐渐黑了,他抬眼望着窗外,家家户户的灯光如豆般的一点点,虽然微弱,却很稠密,有股肌肤之亲。他想这样的日子就像这如豆的灯光数也数不清。家惠端着一碗百合莲子汤递到他的床头,外婆笑眯眯地下楼了,就他们俩人,他惶惑,受宠若惊,家惠也望着窗外,目光柔和迷离。她说她最喜欢看远处的灯光了,真像天上的星星。良东说有个叫"灯火阑珊"的诗句,应该就是写灯光的。家惠问他是什么意思,良东结结巴巴也没讲清楚,家惠笑他是个憨大,书念多了。他听了很受用,也很得意。这时侯的她显得很温柔。

　　家惠学习不如良东,可喜欢做家务。冬天里,她喜欢在自家的院子里拉出一根麻绳,把自家和良东家的被褥统统拿出来晾晒,新洗的衣服散发着檀香皂混合着阳光的香味,红红绿绿,迎风飘扬,良东眼花缭乱,仔细地看应该是大上海最新潮的衣服。她还喜欢夏天在院子里的水龙头下用香皂洗她那一头瀑布般的黑发,刺眼的阳光下那湿漉漉的黑发飘逸着皂香……真有点像后来看的日本电影里的倍赏千惠子。良东印象最深的还是那个夏天的夜晚,他和家惠去淮海路上她姨娘家看电视,那是他第一次见到黑白电视机,黯淡的心情忽然被点亮了,那个四四方方的带玻璃屏幕的铁匣子热热闹闹的,他真想拆开来看个究竟。看完电视后,从五光十色的霓虹灯里又走进弄堂,不远处拐角的电线杆上有盏灯,灯光昏昏黄黄,铁罩上生着锈,成群的飞蛾在光晕里跳舞,日子又好像倒退了好多年。家惠漫不经心和他讨论起电视里看的节目。他有点冲动,说将来一定要给她买台电视机。家惠定定地看了他一眼,淡淡地说,侬晓得伐,她家有海外关系的,老有钱。

　　直到那件小事似乎让家惠意识到了什么。

　　恢复高考的第二年夏天,天热得人昏,那天下午,良东浑浑噩噩从考场回到家,冲到院子的水龙头下,弯腰侧起脸。家惠不声不响走到他身边轻轻踢了他一下,絮絮叨叨,抱怨考得蹩脚(不好),好像都是他的错。良东云里雾里附和着没理她,自顾自洗头。家惠好像生气了,让他靠边她要喝水,还赌气推了他一下,脸也凑到水龙头下,冷不防两张脸挤凑到一起,家惠的双唇如羽毛般掠过良东的唇,一下子俩人愣住了,都被刚才的轻触弄得很窘迫,可双方的身体像被什么掌控着僵立着。水在两张脸中间不紧不慢地流着,良东试着用舌尖抵了一下家惠的牙龈，家惠柔软温润的双唇倏地衔住他的舌尖，顿了几秒才慢慢松开，然后她没事似的直起身走开了。

良东考取了离家几百公里的江城师大，学的是和电视机有关的无线电专业。家惠没考上，进了一家医院当护士。她对良东还是那么若即若离，见了面也不爱搭理他。临上大学前的晚上，良东和同学喝了不少酒被扶到家，他心里波涛汹涌，跌跌撞撞冲进林家的门，家惠正给家人盛饭，见良东闯了进来，还是有点意外。良东的脸一阵红一阵白，结结巴巴地说，我不想来轧闹猛的，我看你梳头早就想提醒你，你的脸是椭圆形，所以刘海长度要留在眉毛上方就好看了，还有，你的那件黄色针织衫好长时间没穿了，上面还少了一粒扣子，我来给侬补补……他一口气说完，猛地转过身走了。家惠和爸妈措不及防，愣怔住了。还是家惠反应快，扑哧一声笑了，毫无遮掩地笑了，笑得弯着腰眼角闪着泪光。林彪皱着眉，语气坚定地说，伊拉泡饭吃多了，脑子肯定瓦塌了（他头脑肯定不正常）。

第二天，良东一个人上了火车。他靠在窗口的硬座上，茫然地望着窗外。外婆没来送他，在家照顾母亲。和父亲离婚后，母亲得了尿毒症，上个月才从东北回到上海。火车慢慢开动了，他感觉大腿被人轻轻踢了一脚，转过脸，看到家惠坐在他正对面。他身子一挺，一屁股坐到地上，家惠深深地看了他一眼，说，我等侬买电视机呢。

1982年，盛良东大学毕业分到上海电视机一厂，和范家惠结了婚。

那段时光很舒心。一到周末，良东第一个到家冲进厨房，先淘米煮饭，又弯腰低头择香芹，菜择好了，再泡干木耳，切萝卜丝和里脊肉，配菜切好后再用盐、糖、料酒和酱油生粉腌制十分钟。利用这个空挡，良东又把两只大闸蟹塞进高压锅里蒸上十分钟，这时再开始点火热油，倒进肉丝迅速划炒，然后，再将腌制好的木耳香芹和胡萝卜丝倒入锅中炒匀后立即出锅。最后再做一道红烧黄花鱼。不一会工夫，桌上摆上几道特色小菜。家惠满脸幸福地吃了喝了，又啃完螃蟹，双手沾了醋和姜丝的味道，嘴角还留着蟹黄的痕迹，一幅招人怜爱的样子。良东顺手递过刚绞好的热毛巾，示意她去洗脸，家惠洗干净了坐到客厅的沙发上，静静地边翻报纸边看电视。趁这工夫，良东已经把餐桌，收拾得干干净净，钻进厨房刷碗筷去了，家惠亲昵地冲厨房喊了一句，快点嘛，大岛茂要出来了。良东意味深长地说，不着急的，我动起手来很快的。家惠从鼻孔里发了一声哆，哼，依有目的的。忙完一切，良东坐在阿惠的身边，带着温暖又醉意的心情看着电视。家惠斜躺在沙发上，面色慵懒，脸颊绯红，良东的手习惯地停留在她的小腹上，眼里微含期待，凝望着家惠。家惠轻叹口气，今晚要为人民服务了。良东微笑不语，手开始轻轻抚摸她的后背，然后吻她的脸颊、耳朵、脖颈。家惠没什么反应，良东在这方面很有经验，尽管家惠被动地接受，但他慢慢兴奋起来，他已经在她身上找到他熟悉的气味，那是多年前从她洗完头湿漉漉的黑发里散发出来的香味，他一辈子都忘不了，他轻轻褪下她的胸罩，将头深深埋进她的乳沟，双手捧起她丰腴的臀部……他做得丝丝入扣，云卷云舒。

这样的夜晚很迷人也很平常，就像当年他家窗外的灯光，如豆般的稠密，也有股肌肤之亲。

女儿上幼儿园的时候，一到五一节，一家人去上海植物园看花展。良东提着沉重的旅行包，里面从吃的到玩的应有尽有。他先把塑料台布铺到草地上，把预备好的面包、汽水、苹果一样样的摆放到台布上，帮女儿开汽水，递蜜饯给老婆，又拿起相机帮女儿和老婆留下欢乐的定格。把大家安顿好了，他躺在草地上眯着眼，气氛融恰静美，云淡风轻，放眼望去，春天的公园真美，遍地花开，草坪四周载满了樱花、杜鹃、海棠、茶花、月季等近百种花木，交相辉映，含苞欲放，一家人仿佛置身于花的海洋里。他的正对面是一条法式梧桐林荫道，道路两边是对称形的花坛，良东至今还保留着一张家惠抱着女儿在那个对称形花坛左边留的合影照。花坛是由上海电视机一厂设计的一个巨大花卉图案：成千上万盆花层层叠叠，装扮起一只巨大的电视机，真是万紫千红，巧夺天工，它象征着全国人民在四个现代化的大道上奋勇前进。

然而，良东在现代化的大道上没走几年，电视机厂就不景气了。他带了几名技术工人集资买了几台旧的插件机和几条简易的装配线。他要去江城，因为上海的地盘寸土寸金，开一个工厂门槛高，而江城有深水良港，交通便利，关键是管理松散，能钻空子。家惠死活不同意，说在家服侍老的又服侍小的受不了。良东向她保证过不了几年他一定让自己家搬出兴仁里在外滩给她买套房子。舅老爷也极力赞同。那个时候林彪已经跟着他舅妈在做国际贸易了。家惠见大家都坚持，哼了一声，他掼浪头（说大话）的。

4

她微笑地望着良东，还是那么风轻云淡，漫不经心。

她穿着得体又耀眼夺目，耳垂上挂着白色的钻石坠子，手上戴着良东给她买的铂金钻戒，两个饰物闪着冷光，让良东既陌生又压抑。和昨晚判若两人，她从头到脚刻意地打扮了一番，除发型未变外，从套裙到指甲油的颜色，香水和皮鞋，每一样都精心挑选，尽可能的迎合良东的眼光和口味。良东不敢抬头，这是他和汪澜有了私情后家惠第一次来江城。经历了昨晚的遭遇，他已经无法将现在的家惠同过去那个娴慧善良又知性的女人等同起来，这一切都是自己造成的，他无法逃避。因此，无论老婆对自己盛气凌人还是迂尊降贵，他都能接受，也必须接受，他能做的只有放低姿态，静观其变。出乎意料，家惠像什么事没发生一样，整个下午，她挽着良东的手，让他领着她白相了大半个江城，逛了滨江公园，女人街，新百大厦……良东意欲讲几句温存的话给老婆听，安抚一下，又怕让她觉得此地无银三百两，自己又做贼心虚，反而被她轻视，只好端着架子，内心却心惊肉跳，百般不是滋味，陷入这样的复杂的漩涡中，他欲罢不能，但也只能这样。

晚上，他俩在酒店里喝了不少喝红酒。色调柔和的灯光下，家惠面颊绯红，深情地望着丈夫，良东心虚得无地自容，头脑却异常地清醒。这是一场无硝烟的战斗，家惠越是无动于衷，良东的五脏六腑越是像被她啃咬着，要死要活般的难受。如果家惠当他的面狠狠地撕扯着他，宣泄着内心的仇恨，他的良心会感到一丝痛快和减压，但是家惠的态度正相反，正如他对汪澜所言，她是一个庭院深处的女人。老婆对自己的爱已经浸骨入髓，不是简简单单就能脱离掉的，更何况这么多年她身上散发出来的那种从容和恬淡，隐忍和包容，以及生活的历练，是汪澜不可能达到也无法达到的境界。

家惠打开旅行箱，倒出花花绿绿的包装袋，良东的眼眶湿润了，这是好多年没看到过的东西，卤三黄鱼、茯苓糕、粽子糖和八宝饭……她说这些东西是给他下面工人准备的，她边侍弄着包装袋边说，阿拉真格触霉头(倒霉)了，做梦老看到侬轧姘头，没想到梦想成真，真是吃侬老酸了(上你的当)。晴天霹雳，良东像被起重机吊在半空中上不去也下不来，眼前发黑，耳朵嗡嗡响，心脏猛烈地悸动了一下,气开始喘粗了,他想辩解什么,张着嘴却说不出口。她却轻描淡写地继续说着,像在聊着什么不相干的事,可眼里渐渐有了泪光。她低着头说这么多年他很少回家,他们一直没有那个事,她不放心……汪澜是林彪从上海找来的模特,事先她精心做了准备,让汪澜了解了他许多生活习惯,目的很简单,看他是否有花心。她严格做了许多规定,汪澜没遵守,结果弄巧成拙,惹出一个大纰漏来。良东没能经得起考验,但木已成舟,也只能顺其自然。其实阿彪早就告诉她这里的一切了,昨天下午他打电话告诉她良东晚上回家,可她偏去了那里,想看看良东怎么向她交代……家惠断断续续说完,已经气声哽咽了。良东呆若木鸡,心里禁不住一阵难言的酸楚和愧疚,一切在他预料之外又在他预料之中,无需再解释表白或者做一个虚伪的忏悔,妻子原谅了他,事情变得简单没有繁文缛节了。他一时没回味过来。长时间的沉默,他嗫嚅着只说了一句再简单不过的话,这个月底回家不干了。

家惠没应答,忽然抬起脸,无所谓笑笑,问,伊格卖相不错,侬开心伐……? 良东站也不是,坐也不是,半天没说话。家惠简直不给他任何空间和余地,而且目光逼视着他。他低眉顺眼,惶惶不敢开口。家惠坐在他对面,握着他的手迫切地问,真的? 良东拗不过,口齿含混地哼了一声,心里如猫抓一般。家惠沙哑着说,那就好,不然负了人家一片心意了……良东五味杂陈,有这样的妻子问丈夫这样的话吗?

家惠径自走到梳妆台的镜子前,端详着自己的面孔,补了点妆,又默默地理了理凌乱的发髻,面无表情地说,格个发型是在衡山路上的涩谷里剪的,没想到用的护发素效果会那么好,原本我烫过的发梢会干枯得要命,现在每次洗头后我都搽一点这个精华素,头发一点都不干,又柔又亮,老忍不住自己伸手摸……良东从背后搂过妻子,将头伸进蓬松的森林里尽情地闻着,心里说不出的踏实和惬意,像回到上海自己的家。家惠轻轻推开他,说,洗澡去。

盛良东洗完澡,小心翼翼地躺到床上。家惠从未有过的主动拥住他。她那双手掌、手指,不停地在良东松弛皱巴的肌肤上匍匐、跳跃、抚弄,动作是那么坦然流畅,大开大合。良东震惊了,结婚这么多年,家惠第一次这么主动和投入,她不急不慌,大度而又温柔,握着他,轻轻地把他引进那个湿润温暖的沼泽地里,一点点,一点点地让他陷到很深的地方,让他坚硬起来,再温柔地衔住他,急切又有节奏地刺激他,让他浸润在凝滑和沉滞中左冲右撞,欲罢不能。她不动声色,极力控制着自己的喘息和动作的幅度,体味他受刺激的细微变化,适时地提醒他捧起自己的臀部……事后,良东情不自禁地抚摸着家惠发烫的身体说,阿惠,侬今个真来事(真厉害)。

家惠恢复了以往的平静,不急不慢坐起身,套上从家里带来的乳白色真丝睡衣,拉着良东的手说,走,去看看夜景。良东立刻来了兴致,两人靠在半人高的阳台栏杆上,眺望着眼前的灯海,都没有说话。初秋的夜晚,步行街主干道和临江桥的桥梁连成了灯的纽带,万家灯火,层见叠出,构成一片曲直相映远近呼应的灯的海洋。车辆缓缓穿梭于茫茫的灯海里,给夜幕下的江城平添了无限的动感和生机。家惠忽然问良东还记得当年他讲过的一句描写灯光的诗词。良东不假思索地说,当然,那是宋朝的一个词人写的一句话,应该是众里寻他千百度——话没说完,家惠接上口,蓦然回首,那人却在灯火阑珊处,对不对,勿要摆噱头了。夏夏上五年级的时候就告诉她的妈妈了,意思是一个人寻寻觅觅,苦苦追求另外一个人的时候,最后却发现他就在那个灯光集中的地方嘞。家惠垂眼望着眼前如豆的灯光,轻轻地说。良东尴尬而又意外地咧开嘴巴笑了起来,说,侬个腔调(表情)真是鲜咯咯的(很得意)。

家惠刹住了这个话题,面色迷茫,说女儿又是半个月没回家了,打电话也是关机,不知道她在搞什么名堂,连阿彪也拿她没办法,可又保证说她没事。良东扶住家惠的肩膀愧疚地说,今后一家人再也不分开了。他感到家惠的肩膀在微微颤抖,他伸出一只手触摸到家惠的脸摸到两道温热的液体顺着脸颊流下来,湿漉漉的,沾了他一手。家惠说,倒杯水去。良东点点头,转身快步走进客厅,发现橱柜上的暖瓶是空的,便找来电热水壶充满水,抱着水壶来到客厅的落地台灯边,将插头插进插座上,前后不过两三分钟,他冲着阳台抬起头,差点一个趔趄扑倒在地,眼前闪过一团白光,家惠刚好翻过半人高的栏杆,脸上挂着浅淡的笑容。

5

她没留下任何东西,良东只在她的挎包里找到了一张上海南汇精神病院出具的诊断病历,上面记录她患重度抑郁症已经两年多了。警方排除了他杀的可能,一切按正常的程序进行着。苏宇从头至尾操办了家惠的丧事。两家亲友都赶过来,家惠娘家的队伍浩浩荡荡,唯独女儿盛夏没来,这是良东断然没有料想到的,她的手机一直处于关机状态,他不敢问正处在极度悲愤之中的林彪,内心感到一阵阵的惊恐和不安。

　　下葬那天,在遗体告别仪式上,娘家人终于火山爆发。愤怒的尖叫和哭骂声此起彼伏,良东被老老小小撕扯推搡着,拳头、唾沫和鞋子劈头盖脑向他袭来……苏宇左挡右架,也挨了不少拳头,良东招架不住,瘫软在地。最后,还是舅老爷一声断喝,镇住了所有人,他忽地从口袋里掏出手机,飞快地按了几下数字键,显示屏立刻跳出2块汉白玉墓碑的照片,一块是家惠的,另一块是良东的。林彪举着手机红着眼说,大家看清爽伐,我在青浦的至尊园给姐姐买了块墓地,也给格个陈世美立了块碑,让伊今生今世给阿姐赔罪一辈子,记住了,他放慢语速,狠狠地说,具体日期不远了,到时候啥人先帮刻上就把伊(给他)1万块。良东身体一抖,搞不清怎么回事,隐约听见什么死期。众人凑近手机,果然看见良东的墓碑上赫然刻着一行苍劲的小楷字:姐夫盛良东(陈世美)之墓。大家一时被林彪这近乎残忍又搞笑的举动弄得摸不着头脑,人群渐渐地停止了骚动,黏稠的抽泣和哀乐再次弥漫在悼唁大厅,趁着乱,苏宇偷偷背起奄奄一息的良东挤出了人群。

　　开车回家的路上,苏宇红着眼对良东说,盛总,我没照顾好大嫂……良东摇摇头,颤颤巍巍地抚摸着妻子的遗像,家惠是那么冰冷和坚硬。他闭着眼,一遍遍地摩挲着她的面颊和额头,固执地认为奇迹会出现,她会起死回生,然而,当他睁开眼,家惠还是僵硬地微笑看着他。他又掏出那张全家人在上海植物园的照片,愣愣地注视了半天,终于憋不住,撕心裂肺地喊了一声,那天晚上侬跟我讲梦到有阿拉两双阿子(鞋子)晾在晒台(阳台)上……

　　西班牙的订单被延期一个星期发货,苏宇又忙着找上海的船公司联系配大船,一直没结果。林彪也一直待在江城,这些日子,他脸色铁青,红着眼,大张着嘴,像个随时要咬人的狗,见到良东,恨不得一口咬断他的脖子。但是,那天在办公室里,他指着良东的胳膊颤抖着,又慢慢放下来,泪水在眼眶里打转,嘴瘪得像个柿饼,最终克制住自己。良东强忍住悲痛和愧疚,告诉他下一步的打算和处置好汪澜母女的想法。林彪打断他,沙哑着嗓子说少来这一套,让他立刻除掉汪澜、不然,盛夏会有危险的。良东一抖,他终于听到关于女儿的消息了。

　　林彪靠在沙发上有气无力地说,实话告诉你,她现在老挝,和我朋友在一起。我们做白粉生意已经两年多了。良东差点从坐在办公桌边的椅子上滑倒在地,他简直不相信自己的耳朵,张大嘴半天说不出话来,内心的震撼如地动山摇,摧毁了他以往所有的好性情,剩下的只有愤怒和暴躁了。他毛骨悚然地喊着,夏夏那么小,你怎么下的起手! 林彪不动声色地说,格个事体跟伊没关系,伊自介要参与,既然是自家人,我不能胳膊肘往外拧啊,再说连姐姐都不知道。顿了顿,他长叹一声,阿姐不在了,我也不干了,可汪澜过去是我朋友,侬勿要介意啊,她也知道夏夏是干这个的。良东血压升高,心跳加快,颓然地靠在椅背上直喘气。此时此刻他才真正意识到什么叫赶尽杀绝和众叛亲离,胸口一阵绞痛,但仍按捺住内心的恐惧,冷冷地说,我这就报警。林彪不慌不忙,如同狡诈的猎手,一伸手将手机扔到他跟前,现在就打,别忘了,贩毒罪可以判死刑,而且我们一起干了两年多了……姐夫,严格地讲,你也是从犯。良东抬起头,林彪平静地点点头,我们出货的渠道就是通过你和你的工厂,靠的是电视机做掩护。格个真是个好么子啊,里面空空荡荡的,真像个塑料箱,既美观大方又安全……东西放在里面像干燥剂。林彪有点陶醉,良东真的疯了,他忽然站起身,从办公桌的抽屉拎出那把六四式手枪,跌跌撞撞冲向林彪,握着枪柄颤抖地指着他。林彪冷傲地笑了笑,姐夫,侬做事体太粗心大意了吧,格个么子(东西)怎么能放在抽斗里呢,还有子弹,他从容地从上衣口袋里掏出两粒铮铮发亮的子弹递给良东,良东愣怔了半天,扔掉枪,扑通瘫倒在地,眼泪艰涩地滚出眼眶,阿彪啊,这都是你的亲人啊,侬为什啥道理要这样……为啥,林彪忽然像条疯狗咆哮起来,不为啥,我就想让你马上和阿姐在一起,她太孤单了,太冤了……林彪眼泪下来了,哆嗦着嘴唇,晓得伐,伊肚皮里又查出瘤子了,侬老娘得了尿毒症,伊输了好几趟血! 林彪喘着粗气,停止舞动,僵直着身体,竟也呜呜咽咽地抽噎着。

　　良东终于冷静下来,紧紧盯着林彪说,你说吧,我听着。林彪揩了把鼻涕说,奈伊做塌(把她做掉)。他面色庄重,语气怪异,真有点周立波的腔调。良东像吃了辣椒丝丝吐着冷气,很快又平静地点点头,迟缓地拎起枪和子弹揣进口袋,摇摇晃晃站起来。

　　林彪从口袋里掏出一个巴掌大的塑料袋地给良东,不屑地说,收起格个么子,会用伐,侬会上子弹吗? 还是格个么子劲蛮毒啊,喏,伊不会拒绝的。林彪那双绿莹莹的眼睛注视着良东,充满得意和期待。良东接过小塑料袋,里面只有5粒玫瑰色的药丸,背面刻着WY的字样。这是她的老朋友了,既减肥又保持精力旺盛,这叫麻古,她一定会喜欢的,必须一次服掉,等她心跳没有了,你给我电话,我要背着她去长江游泳。林彪用力按了按良东的肩膀,陡然起身,扬长而去。

　　已是深夜,良东回到汪澜母女的住处,从太仓回来后他半个月没回家,一直是苏宇安排汪澜母女的生活。这些日子汪澜很谨慎,没迈出家门半步,也没给良东半个电话。良东悄悄开门进了客厅,卧室寂静无声,汪澜和女儿保姆一定都熟睡了,客厅的壁灯闪着幽暗的冷光,他坐在沙发上点燃支烟,狠狠吸了一口。

　　他的确不知道下一步棋该怎么走,只要不服输,还必须走下去。他首先想到要给汪澜一笔钱打发她回老家,但怎么向林彪交代呢? 这是个丧失理智的人。他闭上眼,想一年半没见到女儿了,女儿的面容活生生地在眼前晃动着,齐耳短发,英气逼人,像个假小子,可那双眼睛像她姆妈,乌黑柔亮,像毛茸茸的丝绒。他无法相信舅老爷会把这么活泼纯洁的女孩拖下水,简直丧尽天良,这里面也许有着不可告人的阴谋和危机。可在哪里呢?林彪讲的话可信吗?有一点可以明确:他必须尽快采取措施,化解或者降低林彪和汪澜双方给他造成的威胁,目的是保护好女儿的安危,即使是自己丢掉老命。简单地让汪澜回避不是最好的办法,既然林彪给他指了条路,不妨将计就计,万一汪澜不在了,他要把这个小女儿送到福利院。那毕竟是自己的血脉,也有那么一张笑魇如花的小粉脸蛋啊! 良东突然感到一阵隐痛,小女儿已经半岁多了,有时候良东在家,汪澜当着他的面稍稍引逗一下女儿,她就会咯咯地发出阵阵奶笑,引得良东既嫉妒怜爱,又尴尬慌乱,女儿抱在怀里心里羞愧难当。他无法给这个小生命任何承诺和未来,唯有金钱。现在想来,他觉得自己荒谬愚蠢透顶,简直滑天下之大稽,竟然和舅老爷共享一个女人,而且还生下一个女儿,又稀里糊涂搭上糟糠之妻的性命,自己的人生一败涂地。良东半躺在沙发上又泄气了,绝望、无奈、孤独和羞辱让他茫然失措,无所适从,胸口像压了一块大石头,透不过气来,整个人陷入一种混沌的半睡眠状态。

　　也不知过了多久,忽然,一阵震耳欲聋的音乐震得他心惊肉跳,他以为在做梦,费力地睁开眼,客厅中央水晶吊灯的灯光刺得他的眼球酸涩,汪澜不知什么时候出现在他的眼前,随着激昂的节奏轻轻扭摆着胯部,面孔冷幽妖艳,良东幻觉像在舞厅。这明显是在向自己示威和挑战,她的神情蕴含着意得志满的骄横,良东又惊又气,冷冷地问,你就这样做母亲?不怕吵醒孩子?汪澜比以前多了些丰韵,周身散发着少妇特有的母性气息,她慵懒而淡漠,凑近良东坐下,说,放心吧,老公,我已经让小阿姨送小盛良东回老家了,这对大家不都好么? 良东脸色煞白,没吭声。

她偷偷用眼睛剜了良东一眼,喃喃地说,这些天我也很难过。良东直勾勾盯着她那身低胸装,还有那张画过腮红的脸,像看到一个妓女,气得心里兀自笑了,转念一想,忽然觉得刚才的担惊受怕有必要吗?林彪和汪澜之流不过是鸡鸣狗盗之徒,犯得上为他们殚精竭虑吗?家惠都不在了,这意味着他必须面对现实,再也回不到过去了,内心已经伤痕累累了,大不了再添条疤,退一万步再搭上自己这条老命,还能有什么呢? 只要女儿能平安。他心里好受许多,甚至有了一种大彻大悟的感觉。老子就这样了,也已经这样了,这个固执的念头竟然让他兴奋得有些浑身哆嗦,身体一下子发热起来。

他目光柔和下来,说,拿瓶红酒来,我们喝一杯。汪澜一脸惊诧和意外,愣愣地望着他,缓过神来,会心地跑进厨房拿来一瓶红酒和两只高脚玻璃杯。俩人像对多年不见的老朋友推杯换盏,气氛又好像回到了当初在海南。汪澜又打开客厅的录音机,放起了刚才那首节奏感很强的美国乡村歌曲。她调侃地说这是电影《疯狂的心》里的主题歌,歌词正唱出了他现在的心境,"我去了不该去的地方,看到不该看到的人,做了不该做的事,成了不该成为的人,有个微弱的声音对我说,这一切都不对,另一个声音对我说,这一切都没关系,我曾认为我很坚强,但最近却发现自己不堪一击,奇怪奇怪,堕落好似飞翔……"汪澜歌词故意念得声情并茂,良东无言以对。他瞪着微醺的眼睛,忽然把酒杯里快要见底的的红酒泼到汪澜的脸上,慢悠悠地问,下面的戏你打算怎么演下去?

汪澜一惊,脸色有点不自然,刚才的得意没有了,涩涩地说,我听不懂你的意思。我再问你,良东凑近她,饶有兴趣地问,林彪和我谁能先让你达到高潮?汪澜抬起头,毫不犹豫掴了良东一个耳光,脸上闪过轻蔑的冷笑。良东骨子里的邪劲终于冒了出来,他从怀里又抽出那支枪,枪口抵住汪澜的前额。可惜枪里还是没装子弹。开枪啊,You son of a birch(你这狗娘养的)!汪澜歇斯底里地喊着，不管不顾用额头顶撞着枪口，真有点香港动作片的气势。

一来一回俩人撕扯了半天，还是年轻人血气方刚，良东败下阵来，半个身子斜靠在沙发上，气喘得说不出话来。汪澜理了理凌乱的头发，面无表情地问，谜底揭穿了，他没告诉你故事的来龙去脉？良东闭上眼，摆摆手。埋单我走人，汪澜轻轻地说。我要是不给呢？良东睁开眼，平静地问。不要忘记你还有个女儿叫盛夏吧。她还是轻轻地说，口气有点不耐烦了，不停地理着凌乱的黑色透明披肩。那我要是杀人灭口呢？良东吃力地支起上半身。汪澜拿起身边的软沙发垫，抵住他的后背，让他靠得更舒服些，又伸手摸摸他的额头，故作吃惊地问，没发烧吧老公，难怪林彪老说你脑子瓦塌了。哎，以前我不是告诉你我有个弟弟在读大学吗，哦，对不起，我没告诉你他是法律系的研究生。他知道我是干啥的。她懒洋洋地歪着脑袋。良东一时语塞，一下子找不到继续蛮横下去的理由了，他恨自己无能，竟然对付不了一个黄毛小丫头，别人活到他这把年纪不是老奸巨猾也该老谋深算了，尽管生意场上他运筹帷幄，但在儿女情长方面他却不能阅人无数，情商智商极其低下。

但是，他仍然显得居高临下不理睬汪澜。汪澜像早有准备似地开始报价，就40万，20万块钱给女儿抚养费，另外20万块是分手费，不过分吧。我要不给呢？良东背过身，汪澜扬起那张冷傲的脸，说，上海长宁公安分局的报警电话我这里还没删掉呢，她拿出手机，按键找号码。良东伸手抢过来，狠狠扔到地上，又从口袋里掏出林彪给他的小塑料袋扔到茶几上，含讥带讽地说，都死到临头了还嚣张，喏，你的男朋友送给你的老朋友，他让你五粒一次吞下去，一下子就能High到天堂里去。

汪澜没料到良东会有这一手。她僵在那里，盯着茶几上玫瑰色的小药丸，脸色慢慢变了，哆嗦着嘴唇，喃喃自语，他逼着我上了瘾，我好不容易戒掉了，他知道我最怕这个，又想这个……她的脸慢慢转向良东，他第一次看到她眼里噙满泪花，刚才那个骄蛮无理盛气凌人的女人不见了。良东心一颤，还是冷冷地说，他说只有你死了，大家才能平安，他一定要亲自背着你的尸体去长江洗澡。说完这句话，他像找到了感觉，有点幸灾乐祸，这叫以毒攻毒。不过，汪澜没让他得意，很快擦干眼泪，又恢复了刚才的自信，拎起茶几上的小塑料袋，熟练地掂了掂，不容置疑地说，明天上午把钱全部汇到我弟弟的账户上。

6

第二天上午,盛良东找到林彪,把事情的经过一摊牌,林彪也傻眼了,没想到半路杀出个程咬金,他气得咬牙切齿,说,当初不为了监视侬,不会帮伊戒毒的。思前想后,他无奈地说,只有先破财了,能否消灾再见机行事吧。良东只好把钱如数汇到汪澜指定的账户上。他绝望地想,权当死马当活马医了。汪澜要么从此消失掉,给大家留下一条永远扯不断的线,要么鱼死网破去报警,但绝不会傻到自己为林彪去死。

然而,她真的选择了去死。回到家,当良东将银行卡递给她时,她深情地拥抱了一下良东,认真地说她准备让林彪背着她去长江洗澡。良东不相信自己的耳朵,一阵骤然地心悸揪住了他的心。他想这个女人疯了,这个世界上的人都疯了。他脸一沉,急迫又紧张地问为什么。汪澜冷静地说,不为什么,就觉得活得太累了,想换个地方活。她向他保证绝不会伤害他女儿盛夏;也不用着内疚和自作多情,现在的小宝贝是她和林彪的爱情结晶,只是林彪不知道内情而已,他也不配知道,这回真可以做 DNA 检测了,希望良东永远替她保守秘密。她还建议良东想办法取消这批出口订单,因为林彪配发的 200 台电视机备损件里就装有毒品,而且长期以来,他们配发的备损件都以这种方式藏毒。

她说完了,舒了口气,微笑地看着良东,脸上洋溢着静美的红晕。良东脸上的冷汗又下来了,他觉得自己简直就是个白痴,被一张网密密地罩在里面,把自己和亲人们远远地隔离开了,任人宰割,汪澜林彪这对狗男女互相厮杀,让自己无容身之地,太阴险狡诈了。他呆呆地立在汪澜面前,那张老脸紧绷着,酸楚,无奈,不甘和愤怒全写在了脸上。汪澜像看透了他的心思,不急不慢地说,不过,让我成全你们大家,还得有个条件,我要和你在乔红国际商厦举办个结婚仪式,她意味深长地说,就要让林彪看看。良东心如刀割,家惠刚去世不久,她竟然出如此毒招,还要在妻子住过的地方举行婚礼,简直丧心病狂,仅仅为了挽回那份可怜的虚无缥缈的面子,这也愚蠢到了极点。看来,她是该换个地方活了。他忽然想立刻成全她,因为昨天深夜他学会了装子弹,而且枪就在怀里,像只温顺的猫,但是,想到自己也得死,而且死亡像个深不可测的黑洞,让他马上跳进去,他有点犹豫。

最后,他一咬牙,想想只有学阿Q了,算是给她个临终关怀吧,便说,我们互相成全,可你弟弟万一伸张正义怎么办?汪澜坚决地摇摇头,说,在他眼里,我就是他父母,顿了顿,又说,在我16岁的那年,我那禽兽父亲让我从小姑娘变成了女人。从此我们离开了家,放心吧,他没那么高的思想境界,学法律只是想保护我和他自己。那你为什么要害得我家破人亡?良东怒不可遏地吼着。你真是十万个为什么,她冷哼,好吧我告诉你,她凑近良东,目光咄咄逼人,今天是星期一,星期五我们入洞房。

星期五也是10个集装箱的电视机出厂的日子。林彪似乎忘记了良东和汪澜这件事,不停地打电话发传真给上海的船公司,终于确定了舱位;苏宇一边张罗良东的结婚典礼,一边又指挥调度工人开着铲车将仓库里的电视机集中堆放到露天堆场上,用泡沫纸箱捆扎好的一台台电视机像一条蜿蜒的蛇卧伏在露天里,只等星期五集卡车一到全部装箱,施海关封锁,再报关。苏宇按良东的指令把商检海关方方面面的事情落实好,回到办公室,听良东正打电话联系加油站买汽油,便把门关上,等他挂了电话,悄悄地说他偷听到林彪和盛夏的通话了,他女儿现在在上海。良东心头一阵发热,眼泪都快下来了。他掏出手机要打电话,苏宇说手机关机,他们一定是用另外一部手机打的。良东想等这一切都结束了,如果还活着,他要永远和女儿生活在一起。他深情地握着苏宇的手,将自己内心深处的隐秘和最近发生的事情用最简洁的几句话告诉了苏宇,又掏出一个存折本递给他,算是他的酬劳。苏宇毕竟是混过事的,对这一切似乎见怪不怪,将存折揣进口袋痛快地说,大哥,我们兄弟一场,听你的。良东让他星期五晚将400公升的汽油拉到堆场上,苏宇点点头。

婚礼如期进行。那天晚上,乔红大酒店只摆了10多桌酒席,良东很谨慎,没请任何亲友,也没请任何政府官员和业务客户,他要低调处理,来的只是厂里干了多年的普通工人,说白了,就是些农民工和他们的家属,还有一些外地的打工仔。汪澜也拎得清,没叫弟弟,来的只是过去在上海混事的High友,个个像盘丝洞里的蜘蛛精,妖气十足。林彪穿着深色的西装,头梳的水光滑亮,混坐在这些妖精们之中,好不快活。

司仪宣布婚礼正式开始,全场灯光转暗。伴随着波浪声,舞台前方的电子大屏幕上播放着一段电子相册,这是汪澜在海南旅游时和良东拍的照片,阳

光、大海、椰树和蓝天，还有两人亲昵的追逐……温馨浪漫，全场响起阵阵尖
叫和口哨声，那些肥胖的老妇女们龇牙咧嘴，笑弯了腰，没想到不苟言笑的盛
老板还有这一手。追光灯打到宴会厅最后的一扇花门，婚礼进行曲响起，花门
徐徐打开，新郎新娘款款走到舞台中央。林彪装腔作势地大喊一声：新郎新娘
亲一个！周围也跟着起哄。在《老黑奴》的音乐伴奏下，司仪手持话筒煽情地
说，有这样一对恋人，一次偶然的机会，他们一见钟情，从那一刻起，他们一路
走过春夏秋冬，一起体味生活的酸甜苦辣，一起享受了爱情的幸福甜蜜，他们
就是新郎盛良东，新娘汪澜！追光灯瞬间定格在两人身上。灯光下的汪澜，一
袭白色拖地婚纱，贴合的胸线设计，薄纱、珍珠和蕾丝完美的组合，既温婉典
雅又妩媚冷艳，流云般的黑发高高盘起，上面箍着一圈碎钻的发卡，显得高贵
庄重，化了浓妆的脸细腻光鲜，似笑非笑，饱满的玫红色在唇间漾开，点上透
明的唇蜜，既油润又饱满，真比油画还古典。相比良东显得古板和老态，像马
戏团里的跑龙套。

　　司仪继续下面的程序，请二位新人深情地注视着对方。良东拘束地转过
身望着汪澜，一抹黑色的眼线勾勒出她眼中若有若无的诡异。盛良东先生，你
愿意以丈夫的名义陪伴汪澜小姐一生一世，用你所有的时间爱护她直到永远
吗？我愿意。良东飞快地回答，眼睛快速地在台下搜索着苏宇，台下喧笑声一
片。请大家严肃点，不要笑，请二位新人闭上你们的眼睛，为你们的爱情许下
个愿望吧，俩人乖乖闭上眼睛，司仪大声说，祝你们的父母健康永远，幸福永
伴，俩人郑重地点点头，司仪接着说，虽然二位的父母没能及时赶来参加婚
礼，但我们还是让两位新人给各自的父母赠送个礼物吧，以答谢他们的养育
之恩！良东拿出一瓶红酒，上面贴着两人的结婚照，他拘谨地在大家面前晃了
晃，台下有人在叫，快开席吧，中午就没吃饭了。汪澜轻盈地展开手里的小熊
维尼长毛绒玩具，告诉司仪愿自己的父母童心永在。她冲台下一个染着黄头
发的小姐妹使了个眼色，那个小精灵快步冲上台来，将手里的两束鲜花分别
献给新郎新娘，又深情地和新娘拥抱了一下，悄悄地将手里的小塑料包塞进
汪澜的手里，这个轻微的动作还是没逃过良东的眼睛，就是他熟悉的那个粉
红色的东西。他心一抖，轻轻拽了下汪澜，汪澜没理他，继续和司仪甜蜜又幸
福地聊起小时候和父母调皮又温馨的片段。最后在司仪的引导下，良东单腿
跪下为汪澜带上戒指，瞬间焰火四起，掌声一片，婚礼隆重结束。宴会大厅再

次灯火辉煌,早已不耐烦的来宾低头扑向一桌桌鲜美丰盛的酒菜。

　　良东和汪澜穿梭于酒桌之间,频频给来宾敬酒。走到林彪跟前,他抬起头,那双眼睛像狗舌条在她脸上舔来舔去,他一只手扶住良东的肩膀,摇晃着站起身,手指顺着她身体的曲线滑过,戏谑地说,侬该亲亲老公啦,也好刺激我一下嘛。汪澜冷冷转过身,林彪上前拉住她,凑近她耳朵,别拿你弟弟吓唬我,你也没这个弟弟,我就是下地狱也看不上你的。汪澜扭过脸,轻轻抿住双唇,目光散淡冷漠。良东赶紧拉她到别处去了。他感觉她端酒杯的手微微颤抖,以为她饿了,关切地问她要不要吃点蛋糕,她摇摇头,手抖得更厉害了。又敬了几桌来宾,她渐渐支持不住了,步伐踉跄,身体跌跌撞撞,良东跟上前没搀扶住,她忽地将手里的酒杯扔到他脸上,喘着粗气说,我上飞机了(药劲上来了),说着,双臂朝天举起,像小朋友玩开飞机那样身体左右晃动起来。

　　良东呆住了,所有人都愣怔住了,惊惧地望着她,喧闹声嘎然而止。她开始撕扯婚纱,胸罩,盘起的发髻和那张冷艳的脸……她要当众把自己身上一切好看的东西都毁掉。一缕缕纱线,一串串玉珠和坠子,飘飘扬扬,洒落在地,瞬间,新娘变成了《暮光之城》里的吸血鬼。她连跑带跳冲上舞台中央,不停地摇头,扭摆着身体,那张脸狰狞着……舞台电光四起,《老鼠爱大米》的快节奏旋律被低音炮音箱夸张地释放出来,那帮 High 友们早有准备似地陆续摇晃着站起来,亢奋地跳上舞台,一边摇头,一边随着节奏将身上的外衣撕扯掉。四周白烟弥漫,无数道绿光在他们脸上划过,嘘声,惊叫声,一浪高过一浪。汪澜披头散发,被人们簇拥着在舞台中间疯狂地扭动着,摇摆着,还尖声地高喊着,没有新中国,就没有新生活,没有新生活,就没有性生活,这叫我怎么过!身边的妖精们也跟着喊,学习雷锋好榜样,雷锋吃了伟哥也和我一样……

　　台下也乱成一锅粥,混乱中有人开始退场,老妇女们惊慌地拖儿带小潮水般涌向酒店的出口,良东失魂落魄,既没找到苏宇也没看到汪澜,他心一横,转身想回厂里。忽然,前面不远处尖叫声混合着厮打声响成一片,他终于看到汪澜正张牙舞爪地撕扯着林彪,那张惨白而狰狞的面孔震慑住了身边的人。林彪拼命地挣脱,保安上来也不顶事,情急之下,他狠狠咬了她手腕一口,汪澜凄惨地嚎叫一声,松开血淋淋的手,痛苦地跪倒在地。良东赶过来要抱她,不料她爬起来发疯般地冲开人群,飞快地穿过酒店的旋转门,一头扎向滨江大道。

良东不管不顾跟在她身后,说不清为什么,他觉得眼眶有点发热。汪澜一路狂奔,海藻般的黑发被风吹得肆意地张扬着,悠悠地泛着冷光,四周急速响起尖利的汽车喇叭和刹车声,还伴着叫骂声,远处响着警笛的巡逻车正慢慢跟在后面。良东气喘吁吁终于快追上她了,哪知汪澜向左一拐冲进滨江公园的大门,直奔江边,她体力不支,渐渐放慢步伐,一头栽倒在草地上。良东急忙抱起她的身体,她轻轻抽搐着,双眼半合,呼吸微弱,良东脱下西装盖住她的上半身,她嘴角动了一下,良东贴近她的脸,她含糊地说,我像落跑新娘吧,说完,头微微一垂,再无声息了。

像警匪片一样,等一切发生后,警车赶到了。良东知道自己脱不了干系,但现在必须离开,他要先做完那件事情。他悄悄站起身,摸了摸别在裤袋里的枪,趁着混乱离开了现场。

7

工厂的货场一片混乱,几辆集卡车横七竖八停在成堆的电视机边,十几个工人坐在几台叉车里看着林彪正训斥着苏宇。林彪蓬头垢面,满脸血痕,气急败坏地吼着,再不装箱我杀了你!苏宇一再解释说要等盛老板回来,他做不了主。良东不声不响走到两人跟前,表情肃杀,给苏宇递了个眼色,苏宇转身吆喝工人和集卡车先到一号仓库外的堆场上等候指令。倾刻,车灯摇曳,马达轰鸣,集卡车被浓稠的油烟裹夹着渐渐远去了。

林彪疯子般地揪住良东的衣领,低声吼着,老子就最后一次啦。良东瞪着他,老子也最后一次了!狠狠拧着林彪的胳膊,死拖硬拽,风急风火地爬向堆场边十米多高的土山包。两人吭哧吭哧一口气爬到小山顶,喘息未定,良东指着脚下那条蜿蜒的长蛇,掏出手机,大声对苏宇说,奈伊做塌!林彪听出弦外之音,嚎叫着夺过手机,良东拔出手枪抵住他的胸膛,凶神恶煞般地说,一错不能再错,我们已经恶贯满盈了,把手机给我,他抖抖手里的枪,哼了一声,老子已经会装子弹了!林彪脸色铁青,只好将手机递给他,良东对着手机又吩咐了几句话,林彪惊骇地转身看到堆场上苏宇正领着几个工人,拎着油桶,沿着一堆堆电视机在低头弯腰泼撒着汽油,他明白了,抱着头喊,脑子瓦塌了,脑子瓦塌了……说话间,苏宇已经把火点着了,熊熊火光一下子映红了天空,一条火蛇迅速翻滚着,腾跃着,还伴着剧烈的噼噼啪啪的爆炸声,异常壮观,异常辉煌。有人报警了。

山顶上,良东和林彪短兵相接,进入肉搏阶段。俩人像老电影里的真假瓦尔特,为了击败对手,你抢一拳,我端你一脚,从山顶一直扭打翻滚到半山坡。林彪的霸气和狠劲没有了,剩下的只有招架和退让。良东真的疯了,论身高臂长和年龄他都不是舅老爷的对手,但他此刻已经无牵无挂了,再也不用怕谁了,山脚下的那团大火已经把他胸中压抑很久的浊气烧得干干净净。他越战越勇,爬起来两腿一叉,骑到林彪身上,抢起拳头像武松打虎般砸向他,挥了几下,胳膊动不了了,一抬头,拳头被苏宇轻轻挡住了,不知什么时候俩人已经滚到山坡下。

林彪鼻青脸肿,再也爬不起来了,趴在地上像条狗直喘气,身边停着他的那辆强悍威严的凌志越野车,车边还整整齐齐码放着4台用纸箱包装好的电视机。他一抬头,眼睛一亮,脸上划过一丝轻松。良东不干了,指着电视机愤怒地质问苏宇为什么不一起扔到火堆里。苏宇不动声色地说,里面藏毒,这是他贩毒的证据。良东恼怒地喊,胡说八道!我不管,跟我没关系!说着上前要搬电视机,苏宇还是轻轻挡住他,和颜悦色地说,别动,盛老板,你和他一样有犯罪嫌疑。语气透着威严。良东和林彪还有几个工人都愣住了。良东气急败坏地说,苏子,你他妈开什么玩笑。苏宇面带微笑,轻轻摇摇头。还是林彪反应快,轧出苗头,艰难地爬起来,要拉车门,胳膊还没抢起来,苏宇一个闪电般的左推掌,林彪来不及叫一声,被巨大的惯性冲力推倒在车前,人还没反应过来,一只手腕已经被苏宇铐在车前的保险杠上,良东惊恐地望着这一切,嗫嚅着,你……? 苏宇从容地点点头,从上衣口袋里掏出了带国徽的警官证,在良东面前晃了一下,一语双关地说,只有两副手铐,不然他那只手也得铐上。

良东愣怔了半天,忽然绝望而又讥讽地喊着,老子造假这么多年,你不会也是个假货吧!他掉头就跑,没跑几十米就被苏宇追上了。他狂躁地掏枪冲着苏宇开了一枪,太快了,苏宇躲闪不及,重重地摔倒在地,按住右大腿的外侧,身体痛苦地蜷缩在一起。周围人惊叫着四散逃开了。良东惊慌失措,把枪掖进裤袋,怔在原地不敢动。苏宇不愧训练有素,调整好身体的位置,迅速掏出手机,按住拨号键,颤抖地将手机递给良东。良东畏惧地接过手机,里面传来女儿盛夏低缓沙哑的声音,爸,我是夏夏……良东悲喜交集,眼泪霎时模糊住双眼,他真真切切地听到了女儿的抽噎声,而且听清楚女儿在说什么,最后又在警告他什么,但他不在乎了,只是不相信地转过身望着苏宇。苏宇像早有准备似的又从怀里艰难地掏出一张照片递给良东,喘息着说,我和夏夏是长宁分局的缉毒警察,已经跟踪林彪他们两年多了……她还在上海执行任务,我们是恋人。借着火光,良东清楚地看到照片上的苏宇骑着单车,女儿夏夏亲昵地依偎在他的怀里,双手扶住车把,身后好像也是公园,鲜花盛开,姹紫嫣红。

简直石破惊天太意外了,跟电视剧差不多,可又没有丝毫的虚假。眼前这个人才是现实版的余则成。盛良东不愿相信,可不得不相信。他彻底崩溃了,哆嗦着嘴唇,扑通坐倒在苏宇面前,浑身发抖。苏宇拿出另一副手铐扔给他,冷峻地命令他给自己铐上。良东颤抖地捡起手铐,喃喃地说,不为我,你也为了夏夏啊……苏宇脸上流着冷汗,喘息着说,正是为了夏夏,为了今后争取可能酌情从轻量刑的机会,我才帮你放这把火的。他扭过脸,面对着熊熊火光,木然地说,也许我太喜欢她了,这个坎怕是过不去了。

良东冷静下来,他说的这个坎也许和自己所谓的的恋母情结、阿惠的抑郁症还有汪澜的毒瘾一样,都是人内心深处的隐痛或者解不开的结,其实每个人都有自己的弱点和坎,有的人能克服和战胜,而他没能,汪澜和阿惠也没能,他们都倒下了,像多米诺效应,正一步步倒向女儿和苏宇,孩子们能扛得住吗?

警车和消防车尖利的呼啸声从工厂边的205国道上传来,不一会儿,一切各就各位,几个防暴警察呼啦啦围住林彪和电视机,此刻林彪已经处在癫狂之中,用刀在自己的脸、脖子和手上划得鲜血淋漓,一个警察见他被铐在保险杠上,凑近他,他突然用另一只胳膊紧紧箍住他的脖子,脸贴脸地喊着,想立一等功的都过来抓我,我吸毒,携带艾滋病毒……又说,都不相信吧,喏,你们看,这是政府发给我的艾滋病治疗证。他向周围惊诧的警察示意车前大盖上放着的一个小红本。这一幕让所有人都惊呆了,都不敢贸然向前冲。快给我解手铐,放我走!他狂笑不止,几个便衣情急中看到了苏宇。

急促的脚步声纷至沓来,苏宇低声命令良东,快把枪给我,你不想再给自己加上非法购买枪支和故意杀人的罪名吧!良东长长舒了口气,一股热流涌上心头,是时候了,他从胸口衬衫口袋里掏出那张发黄的老照片扔给苏宇,又从裤袋里抽出枪,把枪管塞进了自己的嘴里。

　　　　　　　　　　　　　　——刊自《芳草小说月刊》2011 年第 1 期

送瘟神

1

下午,我和老大哥张力胜,药罐子何健,还有几个发物头子(方言:捣蛋鬼)依旧无聊地跑到青弋江游泳。太阳从中江塔的右边伸出脸斜挂在头顶,周围像被蒸笼罩着热气腾腾,连伸向大埂的那条陡窄的青石板路都在滋滋冒着烫气。水面是滚热的,但水深处凉幽幽的好舒服。张大哥在水里仍像英雄似的指挥我们打水仗。我们都崇拜他,他父母是三支两军部队上下来的干部,住在市委花冈山大院,门口有解放军站岗。另外张大哥和我姐姐匡丽下放在一起,还搞上了对象,所以对我特别好。我们像泥鳅一样在水里游来滑去,我和老大哥憋住气前后拎着猴子梅善忠站在岸边原地转了两圈,打夯式地把他扔向一群嘎嘎叫的鸭子当中,猴子怪叫着不见了。这个游戏叫"扔麻袋",那时候一到春天,长江的水位使劲涨,青弋江的身子跟着发胖,张力胜和我姐一帮知青像京剧《龙江颂》里的社员们昼夜战斗在江堤上,扔沙石麻袋垒土坝。麻袋是麻纺二厂生产的,我妈在厂里做挡车工,我家厨房里有好多这样的麻袋。

这时,靠在岸边桂花树下的何健,拍着手说了一句电影里的话:我要把你扔到河里去。何健生下来就有先天性心脏病,路走快了就喘气,但人很聪明,嗓音好,会背革命诗词,他最喜欢看电影,最大的理想是将来到上海电影制片厂做一个配音演员,又不干重活,又风光。我吃惊地问他怎么会有这么个工厂,他说他在外国电影的片尾看到有这么个地方。我学习不好,13岁了还上五年级,我对上海的印象只有邻居陈胖子伯伯送给我们大白兔奶糖纸上看到过这个名字。我又问他上海有多远,他比划着说青弋江在中江塔拐个弯流进长江,然后乘东方红号客轮向东走到底就是上海了。这时,结巴白存平从中江塔的拱形门洞里探出脑袋,手里拎着本书,艰难地从嘴里蹦出一串字:考考考你们一个问题,什么叫同同同房……说完,把书扔给我,一个倒栽葱钻进水里。我翻着书学着他的口气说,猪—头—三(方言:头脑简单),同房就是在同一个房间。张力胜也点点头,啪嗒啪嗒踩着水走到何健身边坐下。得到他的肯定我很得意,张大哥最有学问,因为我姐告诉我他爸爸为他弄到一个公社推荐的名额,马上他就不开拖拉机到皖南大学读书了。不对,何健竖起两个大拇指,比划着碰在一起,肯定地说:就是男女干那个事……张力胜饶有兴趣地瞥了何健一眼,伸出粗壮的右胳膊稍微搂了一下何健瘦削的肩膀,低低地问,那你具体地讲一遍。何健涨红着脸开始喘息,他挣脱开张力胜的胳膊,吭哧着说,我讲错了……梅善忠几个人陆续围过来坐下,为了证明我对同房的正确理解,我捧着书又念了起来:一胎上环,二胎结扎,这是落实毛主席计划生育工作的重点,这样夫妻同房就有安全措施,就可不戴避孕工具……大家都莫名其妙地笑了,张力胜忽地从我手里夺过书扔进水里,不高兴地说,小孩子别看这种下流书,晚上都到我家看电视,《多瑙河之波》,真带劲。这个电影我们看过好多遍,里面的米哈依船长的老婆叫安娜,长得迷人漂亮,就像我姐,张力胜很喜欢。猴子说,今天陈大伯已经告诉我们卫生局大院要放电视了。去他妈的陈胖子,仗着保管会议室的钥匙,鼻子翘到天上去了。哪天非叫我爸让他把钥匙交出来继续扫厕所。张力胜冷笑着说,我们都不吭声了。他爸是卫生局党委书记,另外,他看不起陈大伯是因为陈大伯过去是他爸妈的专政对象。陈大伯祖上是麻纺厂的大资本家,解放前家里所有人都逃到外国,就他留了下来,至今还打着光棍。我爸武斗的时候在学校无缘无故被造反派黑枪打死了,他对我妈一直很照顾,大院邻居都知道。我姐特别喜欢他,因为他懂得许多知识,以前是皖南大学外语老师,我姐就喜欢读书,喜欢向他学习英语。万一陈胖子进入我们家里,而我姐又和张力胜好上了,都成了一家人,阶级斗争这根弦怎么绷紧呢?

　　太阳西落,天气依旧闷热,知了还在树上吱吱叫着,就像在油锅里被煎着一样听着难受。我姐手里捧着用毛巾裹着的冰棍,汲着夹脚木拖鞋懒散地走下青石板台阶,她的脚背皮肤白皙透明,趾甲都是自然的淡粉色,像十片小花瓣。大家一窝蜂哄上去抢冰棍。张力胜赶紧迎上去,我姐嗔怪地瞥了他一眼,喊,没你的。张力胜摸着湿漉漉的脑袋讨好地笑了,样子跟刚才的威严气势简直两样。他忽然想起什么，对着我们一群叽叽喳喳的小鸟一挥手，去去，那什么，你们今晚跟陈大伯看电视吧。我们高兴地作鸟兽散了。

我姐递给张力胜一根冰棍，低着头幽幽地说青阳红岭公社还剩她和夏伟孙红艳还有几个没门路的知青了。前两天夏伟还来找过她几次，张力胜警觉地问他来是什么意思。我姐没说话，那双丹凤眼愣愣地看着被晚霞染得通红的中江塔。张力胜扔掉冰棍寻思了一会，猜不透我姐在想什么，心情烦躁地使劲用脚踹着青石板台阶，发出嘭嘭的声音。夏伟也是个远近闻名的狠人，可喜欢读书，和我姐谈得来，两人经常探讨文学方面的事情。比如讨论《艳阳天》里的焦淑红为什么不当面向萧书记表达革命感情。张力胜最恨夏伟，为我姐他们在村里还干过架。

张力胜凑近我姐的耳根，小声说，你真瞎操心，我爸妈答应我了，一上大学我俩就结婚，他们不会打坝的（方言：故意阻扰），到时候还怕找不到工作吗。他见我姐还板着脸，就使劲摇着她的双肩，晚上到我家看电视，好不好？好——，我姐拖着长音，内心流露出无奈，甚至还有点委屈。

2

傍晚，儒林街上卫生局宿舍的大院里，油烟四起，家家门口摆满了凉床、板凳，大人小孩挤在一起吃饭说笑，热烘烘的。何健讲我们住的这条街很有名，古代有叫汤什么祖和吴什么梓的人在这里写过古书，现在就没名人了。我妈拎了桶水把门口地面洒了一遍降温，搬出凉床，摆出烧好的绿豆稀饭、红椒炒豆干、馒头，叮嘱了我和我姐几句，匆匆背着沉沉的木箱去人民电影院卖冰棍去了。那时我妈除了上班，夏天晚上卖冷饮，冬天晚上推着陈大伯帮她特制的小木板车在街口卖酒酿元宵，她旁边还有个卖奶油瓜子的，叫傻子。我们这里是全国四大米市之一，我妈做酒酿用的是上好的糯米，她做的酒酿和米酒味道奇香，远近闻名。那时猴子结巴他们一放学就到我家蹭酒酿吃，米酒喝得脸红脖子粗。我妈虽然长年风霜雨打，可长着瓜子脸，眉目清秀，搁现在就是歌星了。陈大伯就喜欢喝我妈酿的米酒，我想他可能从我妈哪儿也得到了物质和精神享受。那时男女之间有那个意思也就限于相互送点儿吃的用的，说说贴心话而已。

　　我姐洗完澡,打扮得很清斯(方言:清爽),去张力胜家了。因为晚上有电视看,我们一群小家伙迫不及待地划了几口饭,早早围坐在陈胖子家门口,眼巴巴地等着他,不时地抬头望望天空,心里盼着天色快快变黑。陈大伯像知道我们的心思,坐在凉床边,凉床上摆着一碗红皮鸭子,一锅海带骨头汤。他慢慢将米酒倒进小酒杯,缓缓地送到嘴边,眯上眼咂咂嘴,哼了一句广播里唱的单弦:王国福家住在大白楼……空气中弥漫着一股浓浓的米酒醇香。他的脸又圆又大,一笑起来,眼睛眯成一条线,那样子就像什么亲王,脖子又粗又短。背上的肉也是厚厚的,最胖的要算肚子了,不用鼓气,也像皮球一样,还有黑黑的胸毛。他咳嗽一声说,急什么,现在是《新闻简报》,有什么看的,九点十分才演电影呢。他命令我们几个馋鬼风卷残云般地对付了那碗红皮鸭子,要知道平时很少吃到呦。他又让我端着大半锅海带骨头汤先送回家。说实话,除了张大哥领着我们疯闹外,陈大伯也算是我们喜欢的人,可他说话很直率,吃过大亏。就说刚才他讲《新闻简报》不好看,如果让张力胜的爸知道非倒霉。我听我妈讲当年他在皖南大学教书的时候,有回学校让他去新华书店"请"一尊林副统帅的石膏像,他身胖气虚,拎不动小脸盆大的半身石膏像,只好将它绑在后腰上,回到学校见到张力胜他爸,一紧张原地转了两圈,没找到石膏像,然后拍着脑袋苦笑着说,真是骑马找马啊。张力胜的爸大喝一声,你敢侮辱我们林副主席,罪该万死!陈大伯脚一软,瘫坐到地上,石膏像就碎了。几个回合下来,他被清除出大学的门,赶到市卫生局下属的清洁管理处扫马路,修厕所,在传达室打杂。那几年他日子过得很艰难,人还神经兮兮的,没事就练正步走。林彪死后,张力胜的爸不知怎么也调到卫生局,不是冤家不聚头,有次他爸领着几个领导威严地经过传达室门口,他忽然冲到他跟前说,伟大领袖毛主席教导我们:要互通情报,请张书记审阅今天的报纸。他恭恭敬敬把《人民日报》递给他,样子滑稽古怪。周围人捂着嘴,张力胜的爸半天没缓过神,又不好发作,总感觉像鞋子穿反了不对劲。

　　我们实在忍受不了陈大伯的搭僵(方言:故意磨蹭),蜂拥而上,还是老办法,猴子蒙眼睛,白存平何健左右拧麻花似的将他胳膊反剪起来,我趁机去揪他的胸毛。他的胸毛卷曲而浓厚,触摸时有种柔软坚固的弹性,以致很多年后我仍有这种感觉。陈大伯痛得龇牙咧嘴,连连叫饶说,都松手,我告诉你们个好事儿。在大家的哄笑中,何健认真地说,我们可以放了您大伯,可您得回答什么叫同房这个问题……陈大伯身子一抖，狡黠地反问，你们说是什么意思呢……我赶紧表明自己的态度。陈大伯连声附和，小强真聪明，说得对！说得对！我立刻松开手，陈大伯趁机挣脱开我们。何健听到这个回答，沮丧无比，陈大伯在他心目中一直是最有知识的人。怎么能这样回答呢？他不甘心，排骨似的前胸后背不住地起伏，呼吸又开始急促起来。陈大伯不慌不忙地扶住他坐到凉床上，亲切地岔开话，小健啊，大伯明白你的意思。我和你爸妈商量过了，等明年春天就送你去上海治病，只有身体好才能做一个合格的红小兵啊。

交代一句，何健是个弃婴，是他爸妈在江边天主教堂扫地的时候，在那棵百年松树下捡到的。老俩口多年不育，正好喜从天降，可天有不测风云，孩子先天就生了这种病，又没钱治，只能给他起个"何健"的好名字。陈大伯落难的时候跟着他爸妈扫了几年街道和厕所，大家相互照应有了感情，陈大伯家有港台关系，虽然被专政，可经常有亲戚从南方给他寄吃的和用的，而且他作过大学老师，见多识广朋友多，手头很宽裕，经常接济何健的父母和四方的街邻。何健听了陈大伯的话，眼圈有点红，低头不说话了。陈大伯又在他耳边小声嘀咕了几句，何健两眼放光，神彩飞扬起来，连问，真的？陈大伯肯定地点点头说，当然喽，孩子们——，他环顾四周，欲言又止，只好站起身习惯地一挥手，我们终于等到了期盼已久的时刻。

我姐现在也坐在张力胜家的院子里看电视。他爸妈好像不在家。院子里有个很大的藤萝架，种着玉兰、海棠、石榴和牡丹，月光当空，清澈的花香弥漫在周围，使闷热的空气生出微醺的暗流。俩人并排坐在一起，张力胜凑近我姐，天南海北胡扯了一通，说队里的拖拉机坏了，老漏油。他不时拿眼睛瞟一眼我姐。我姐今晚穿得真好看，碎花的确良短裙紧裹着她那双匀称修长的美腿，长长的黑发又滑又亮，被她梳得根根如丝，如水线般倾泻而下，月光一耀，泛着银色的光。那时候不兴齐耳短发，可今晚她的样子很朦胧，真像电影里的安娜。

我姐一动不动盯着前方的9寸黑白电视机，前面加了个放大镜，上面贴着一张红蓝绿玻璃纸，这就算是彩色电视机了。红脸的米哈依船长从安娜身后轻轻搂住她说，多亏有你在船上，亲爱的，绿颜色的安娜露出梦一样的微笑，米哈依船长冲动地说，你笑我干嘛，你只管放心，我们会有三间房子和一个花园。安娜歪着头，黑发变成了蓝色，她意味深长地问，几时？米哈依船长说,明天。说完,他的嘴紧紧堵住安娜的脸。张力胜无比专注地意淫着。手不自觉地摸了一下我姐的光滑的膝盖。我姐没有反应,眼睛始终盯着屏幕,那双眼是那么透明,略显含蓄,又流露出几分梦一般的迷茫。月光下她的额头幽亮,带着点任性的样子。她转过脸,冷冷瞄了一眼张力胜,这时,米哈依船长的脸又变成了红色,他双手托起妻子,原地转了几圈,深情地说,我要把你扔到河里去……张力胜那厮心跳加速,血脉贲张,充满激情地扑过来也要搂我姐。我姐本能地推开他,生气地站起身,说,你搞糟! (方言:瞎搞)拎着竹椅在他对面坐下,冷冷地打量着他。这已经不是第一次了。说真的,我姐要不是张力胜在农村对她的死缠烂打和他家显赫的家庭背景,绝不会屈服于他的。因为她最大的梦想是像我爸那样做一名人民教师。她需要帮助。

张力胜惶然四顾,一个愣怔,满脸大汗,又凑过来抱我姐,俩人扯在一起,忽然我姐奋力挣脱他,疑惑地一低头,发现他的裤衩被他自己的那个东西结结实实地顶起了一顶帐篷,她恼怒了,可面容却百倍的沉静,就势将竹椅向后挪开一步,目光凛凛地盯着张力胜的眼睛,从嘴里轻声蹦出两个字:现世货(方言:丢脸出丑)。然后,抬起右腿,用她那如小花瓣般的脚趾顺势顶了一下他的那顶帐篷,张力胜哎呦一声,转身哆嗦了一阵就泄气了。他摸了一把潮热的脸,颓唐地背过身瘫软在竹椅上,脸扭曲得变了形。

我姐漫不经心地望着偃旗息鼓的张力胜,汲着夹脚拖鞋,踩着碎步走了。在大院门口她撞到惊慌失措的白存平,他结结巴巴说我妈的冰棍箱被工人纠察队砸了,人也被城东几个小混混给打伤了,我们几个人正在人民电影院门口打架。我姐听了哆哆嗦嗦转过身,又往张力胜家跑去。

3

当时我们正津津有味地看着《新闻简报》。画面里,首都钢铁厂机声隆隆,钢花飞溅,工人们夜以继日挥汗如雨地战斗在炼钢炉旁;然后就是在农村的田间地头,红旗招展,社员们肩挑泥土,手推小车,忙碌在新修水利农田的梯形大坝上;再后来就是周总理会见西哈努克亲王的镜头,我们都望着陈大伯善意地笑了。周总理陪着亲王和夫人观看舞剧《白毛女》,特写镜头里,大春和喜儿手牵手走出山洞,迎接灿烂的阳光,女解说员深情地说,毛主席像一轮红日照亮了劳苦大众前进的方向,这个姿势和我的同桌周根娣跳得差不多。我们大家都有点陶醉了。忽然,傻子推开会议室的门闯进来,样子一惊一乍的。我们只好又回到现实中。每次见到傻子我浑身都发抖,总预感我妈要出事。果然,傻子说夏伟领着几个回城青年在电影院门口等电影《春苗》的退票时被几个外地人打了,工人纠察队维护秩序和这帮人推搡在一起,混乱中傻子和我妈的摊位一下子就被砸了,我妈的后腰被踹了几脚,坐在马路牙子边爬不起来,傻子的脸也肿了,还吐了口带血的唾沫。

怒火蓬勃地在我胸中立刻燃烧起来。陈大伯肥胖的身体没堵住门,我们咬他拧他硬是挤出了门。还是老规矩,我们分头行动,何健不能打架,跑回家拿出藏了很久的菜刀,弹簧锁,自行车链条,梅善忠负责叫上儒林街的其他班同学,结巴喊老大哥去了,没老大哥在我心里不踏实。一眨眼工夫,我们二十几个人浩浩荡荡穿过街口直奔电影院,踢踢嗒嗒的脚步声落在青石板上透着疯狂和慌乱。街口广播里的播音员正慷慨激昂地播送着社论:英雄的越南人民的铁拳把美帝国主义打得焦头烂额,亚非拉人民在毛主席伟大真理的鼓舞下更加团结,旧世界风雨飘摇,一座座火山爆发,一顶顶王冠落地……最后,各地人民广播电台联播节目播送完了,喇叭里响起雄壮高亢的交响乐《国际歌》,我们都有点悲壮和激动,火山,铁拳,还有红太阳和《国际歌》,我们感受着刚才电视和喇叭里传出的声音、气息和画面所蕴含的能量,以及这些能量辐射出的逼迫感,我们义无反顾神经质地向前冲。可怜我们面对的敌人实在太强大了,他们都是在广阔天地见风雨见世面的莽牛,我们劈头盖脸胡冲乱打,结果连姿势都没摆出来就被打得鼻青脸肿落花流水,但他们揍我们的分寸感很到位,只伤皮肉不伤筋骨,剩下来就是我们一群孩子哭着,哼着,躺着,趴着,摊开一片。沿着人民电影院外的墙根,夏伟几个人紧紧围住我们,像一扇肉墙。夏伟没有动我一根汗毛,铁塔似的站在我面前,命令我原地弯腰撅屁股站马步,蹲得我虚汗直流两腿直抖。

张大哥终于跑来了,那时没有手机这种现代化通讯工具,他不能马上喊来更多人,后面只跟着我姐和结巴。我姐和夏伟的目光碰在一起,第一次感到尴尬和意外的滋味,因为平时他俩在一起的时候,探讨的都是人生理想方面的事情,没想到在这样的场合,看到夏伟还有这么凶狠绝情的一面。她缓缓转过脸,没有勇气直视他,脸上飞过淡淡的红晕,呼吸也急促起来。刹那间,夏伟像感受到某种幸福和满足,他喜欢的就是我姐这种纤细温柔和绵绵的含蓄。张力胜显得很疲惫,可能因为刚才经历了和我姐那个不愉快的刺激,不过,当着大家的面,他还是飞快地从肥大的黄军裤袋里抽出一尺见长的军用刺刀,一声不吭扑向夏伟,夏伟似乎早有准备,躲过眼前闪过的寒光,一个扫堂腿,张力胜就结结实实趴在地上了。夏伟抬起脚狠狠地踹在他胸口上,扭过脸冲我得意地说,你抽他两个嘴巴,我就放了你们所有人。我很震惊,觉得荒唐可笑,我怎么能像《红灯记》里的王连举给自己一枪呢?于是,我一屁股坐在地上不吭声,我姐借着路灯光终于发现了我,心急火燎地冲过来,见我浑身发抖满头大汗,问我怎么了,我气咻咻地指着夏伟说他打我。我姐脸色发白,站起身走到夏伟跟前,抡起胳膊,一个非常响亮的嘴巴甩到他脸上,夏伟懵头懵脑挨了一巴掌,也很吃惊,愣了半天,明白似地点点头,大声说,打得好!然后扭过身蹲在张力胜跟前,拎着军用刺刀在他脸上比划着说,你狗日的真牛,我揍你还有别人敢揍我,真幸福啊。我真搞不懂,你除了靠你老子开后门上大学外还有什么本事呢!你偷四婶家的鸡我都替你害臊……我真可怜你,陈大伯说你就是个北京猿人,大脑还没完全发育好,你控制不了自己的行为,所以你就是条疯狗到处咬人。还有,去年冬天我们在迎春河挑淤泥,我看你撒尿时的鸡巴小得像条鼻涕虫,我真担心将来你怎么结婚哪?夏伟放肆地笑了,我们被最后一句话逗得想笑可心里不敢。我姐将脸扭到别处。张大哥浑身一哆嗦,他抬起苍白的脸,气声嘶哑地乞求说,小伟,不管怎么样,我们插队在一起吃过大锅饭,看在我还送过你三顶军帽的情份上放了这些孩子。夏伟鼻子哼了一声不吭气,用余光扫了一下我姐,我姐默默走到张力胜跟前拉着他的胳膊说,熄火吧(方言:事情终止),别在这儿冒板(方言:硬充好汉)。张力胜坚决地说,不行,小伟不放了他们,你们就在这儿挖个坑把我埋了算了。我们一群孩子都被老大哥的舍己仗义感动了,鼻子都酸酸的。张力胜吃力地支起上身,定定地看着我姐说,小伟,我真服了你了,你真是站着撒尿的人,你看小丽多水灵,她多美啊,我想你俩才般配啊,我和她搞对象,也就……搞过一回吧,你真别往心里去,噢,我想想到底搞过几回……,张力胜装模作样低下头沉思。你!……我姐气得嘴唇发抖说不出话来。夏伟被嫉恨的火苗顶着,啪啪左右开弓扇着张力胜的脸,咆哮着说,我让你嚼蛆(方言:胡说八道)!我让你嚼蛆!我姐冲上前猛地推了一把夏伟,也吼着,你要是个男人就让他站直了再揍他! 我们齐声喊,不许打人! 张力胜抹了一把嘴角的血,继续演戏,小伟,你要放了他们,我现在就从你裤裆里钻过去,说着,他头真的冲着夏伟的胯下直拱。后来,我听何健解释张大哥是向古代一个叫韩信的人学习,为了救我们,他需要忍受胯下之辱。

在一片哭喊的僵持中,梅善忠忽然尖叫了一声,陈大伯来了! 果然,陈大伯用卖酒酿的推车把我妈送回家后,带着何健气喘吁吁赶来了,夏伟像受到电击一样,用力吹了声口哨,周围的小青年呼啦啦立刻跑得无影无踪了。陈大伯瞪着鱼眼,狠狠地逼视着夏伟,低声教训了几句,还冒出几句听不懂的英语,真是卤水点豆腐———一物降一物,夏伟低垂着脑袋不住地点头,脸上露出愧疚,最后还恭恭敬敬地给陈大伯鞠了一躬,转过身飞快地走了。

我们围着陈大伯七嘴八舌、眉笑眼开,我姐的气消了不少,她好像听懂了陈大伯说的英语,脸上闪过一丝不易察觉的兴奋。张力胜不干了,刚才的努力都白费了,他从地上一跃而起,气急败坏地指着陈大伯的鼻子,陈大胖子,你这个走资派臭老九! 外国特务! 还敢放洋屁兴风作浪! 你等着瞧! 张力胜的嘴淌着血很恐怖,我们吓得又不敢出声了。陈大伯摊开手,不紧不慢地用英语说,To Wendou, not resorting to violence(要文斗,不要武斗)。我姐推了张力胜一把,没好气地说,陈老师刚才讲的是毛主席语录,要文斗不要武斗,你懂个屁! 张力胜白了我姐一眼,见我们围着陈大伯,狠狠朝地上啐了口唾沫,悻悻地走了。

我姐见他走远了,悄悄地扳着陈大伯的胳膊小声问,大伯,您真的要回大学教书了吗? 陈大伯微笑着说,学校通知我回去说老师不够,不晓得张书记放不放人。他轻叹口气说,广播上的新闻讲文化教育要整顿,现在学校学生不读书,这也不符合毛泽东思想啊。这时,白存平的妈——我们儒林街的街道办主任,领着一大群人风风火火赶了过来,呼天喊地的,我们像一群猴子四散跑开了。

4

我姐又回红岭公社双抢去了,张力胜也跟着去了,说要回公社办上大学的推荐手续。打群架事件过后,根据儒林街道办党委的指示,王大妈召集我们卫生局大院的家属开会,会议扩大到我们这些无所事事的孩子。我妈腰痛在家歇着,傻子一家老小也过来了,还带了好多瓜子。会场像个电影院乱哄哄的,到处是噼啪嗑瓜子的声音。王大妈带领大家学习了第四届全国人民代表大会政府工作报告,她分析了国内外形势,指出在20世纪内将全面实现四个现代化,要在抓好阶级斗争的同时把教育搞上去。我们对王大妈讲的四个现代化不感兴趣,在下面交头接耳。何健悄悄地告诉我们陈大伯那天附在他耳边说的小秘密:在市委花冈山后山腰的防空洞里藏着一批破四旧的时候皖南大学图书馆的教课书,书是当年陈大伯和校工搬过去的。他还拿出陈大伯凭记忆画给他藏书具体位置的图纸。我们都很兴奋,我当场表示一定找机会去找书,虽然我讨厌书,可我姐和周根娣都爱读书,周根娣瞧不起我,说我是街头小混混,但我还是想送个礼物给她,因为8月15号是日本鬼子投降纪念日,也是她的生日。

我们在台下孬儿八哄(方言:呆傻)聊得热火朝天唾沫星乱飞的时候,台上的王大妈继续作报告,她严肃地指出要发动全体家属提高革命警惕,密切关注儒林街阶级斗争新动向,坚决制止打群架这一类恶性事件,维护好街道治安。她还语重心长地说,红皮的枣子不一定都是好枣,毛主席教导我们要透过现象看本质,戴上帽子的走资派虽然是我们的专政对象,但是经过人民群众长期艰苦教育和他们自觉改造,已经和人民同甘苦打成一片。王大妈肯定了坐在台下陈大伯近期劳动改造的突出表现,并代表街道办事处郑重宣布暑假期间,暂时由陈万鼎负责安排好院内我们这帮孩子的学习和劳动,希望他带领孩子们走又红又专的道路。这么多年,总是在台上戴着高帽子接受批判,今天第一次受到最高待遇,陈大伯有点手足无措。王大妈让何健声情并茂地朗诵了一首毛主席诗词,又学习了《毛泽东选集》第一卷里的一段话:谁是我们的朋友,谁是我们的敌人,这是革命的首要问题。通过学习毛主席指示,所有人都把陈大伯当成他们当中的一员了。王大妈还指着手里的红头文件对着全场家属说,我们街道办党委已经将这个决定抄报给市卫生局党委,张书记亲自批示,陈万鼎多年来虚心接受儒林街居民的监督,努力改造自己的世界观,自觉到三大革命运动中锻炼自己,希望他戒骄戒躁,继续改造才有出路。最后这句话让陈大伯两眼放出异样的光,他忽然站起身,像受了刺激,振臂高呼,无产阶级文化大革命万岁!毛泽东思想万岁!Long live Charman Mao!我们所有的人也跟着他高喊口号,最后一句不会喊,只有何健秦西鬼叫(方言:喊叫),毛主席万岁!会议被推向高潮。

8月的太阳又热又辣,像个硕大的火炉烘烤着江城,丢根火柴整个城市都会轰燃。上午,在卫生局大院里,院北那棵粗壮的老槐树撒开浓郁的枝叶,投下大团浓密的树荫,陈大伯像打了鸡血一样,领着我们一帮孩子出操练正步走,他真像个解放军战士,说话很有感召力,带着一种不怒而威的气质,他握着拳头说,孩子们,上次打架你们为什么输呢,就因为你们像盘散沙不够狠,打个比方,你们个顶个和大伯打架赢不了,可你们一齐上,大伯就不行了,这就是团结的力量!现在全体立正,抬头挺胸!我们都两腿并拢,双手垂放,挺胸收腹。原地踏步走!陈大伯一声口令,我们齐刷刷地原地踏步,吧嗒,吧嗒,踏步声落在斑驳的石板上铿锵有力,威风凛凛,我们真的感到一种奇特的力量,伴着一股难以名状的兴奋。陈大伯胸前两团肥厚的赘肉随着节奏上下颤动起伏着,像女人的一双大奶。我们憋着想笑,可他像个顽皮的孩子满脸肃穆。何健不能运动,只能边吹哨子边领着大家唱起革命歌曲,团结就是力量,这力量是铁,这力量是钢,比铁还硬比钢还强,向着太阳向着自由,向着新中国发出万丈光芒。我们的心像盆火,被陈大伯的威严气势点燃了,这盆火越烧越旺,越烧越猛,就一会工夫,何健上气不接下气瘫软在地上,猴子结巴还有我满脸涨红,光着脊梁浑身油光发亮。我看到陈大伯在笑,在我记忆里,他笑得异常灿烂和迷惘,他没跟着唱歌,嘴里叽咕着小女孩跳皮筋时唱的歌,左,左,左右左……我们跟着他也嚷,右,右,左右右……最后大家笑成一团。陈大伯眯着眼看着何健和大家,神情专注,我不知道他在想什么,但我肯定陈大伯永远和我妈、王大妈还有傻子他们不一样,他是个老师,他的内心世界应该丰富多彩,他应该是个深不可测的人吧。

的确,陈大伯教我们的学习方法与众不同,他按成绩好坏把我们分成几个学习小组,我和猴子分成一组,结巴和大头一组,就像街口娄师傅卖的卤鸭,下脚料和鸭腿肉要搭配,我和结巴基本就是鸭脖子和鸭屁股了。陈大伯鼓励我们在学习过程中可以咬耳朵,挤眼睛,打手势,甚至相互抄袭。他说这叫互相帮助互相补缺,集体的力量大于一切。结巴白存平就惨了,汉语都讲不周全(除了唱歌和哭),学英语就更加吃力,他只好用汉字谐音注解英语单词,比如,缴枪不杀(Give up, no harm),他说成"给扶阿普诺哈姆",我们宽待俘虏

(We are kind to captives),汉语叫做"维阿看因德兔开普替扶斯"。陈大伯肯定了他的方法,结巴很兴奋,骄傲地说将来长大他一定做一名英语教师。陈大伯说我们要想真正学好英语就要听外国电台里的英语广播。这样,一到天黑,我们都躲在陈大伯家的凉床边悄悄地收听陈大伯的收音机里的微弱的短波频道,何健讲那时候听外国广播就是听敌台要做牢的。可我们还是斗胆听了。古里八怪(方言:稀奇古怪)的外国话我们一句都听不懂,可陈大伯却津津有味地给我们解释广播里的英语,什么交谊舞,伦敦的大本钟,还有福特轿车,他还搂着扫街用的大竹扫帚,扭着屁股冲我们挤眉弄眼跳起舞来,逗得我们嘎嘎笑得流出眼泪。夏天的夜空很宁静,满天的星星像一朵朵小白花,闪闪烁烁,就像我们的好奇心。我第一次从陈大伯那里听到了太平洋和巴黎的名字。猴子好奇地问大伯走多远才能到外国,他随口说过了太平洋就到了外国。但是,无论怎样,我对学习总是提不起兴趣,要么打瞌睡,要么浑浑噩噩地想着周根娣那张苍白尖圆的脸蛋,还有那双大而深幽空灵的眼睛。一想到她,我血液会加速流动,会感到莫名奇妙的温暖和快乐,其中又掺杂着幸福的忧郁。她放假回乡下老家也该回来了吧。

　　我忽然想到我们该去防空洞找点乐趣了。

　　防空洞以前张大哥带我们去玩过,他说,要不是苏联给我们放西伯利亚寒流,毛主席就不会叫我们深挖洞广积粮的,也就没有防空洞了。那天下午,我们推着我妈的小推车,骗过花岗山门口执勤的小战士,悄悄摸到后山腰防空洞门口。这里四处长着齐腰深的狗尾巴草,洞口一半在地上、一半在地下,何健说这个洞四通八达纵横交错,九曲十八弯的防空洞连着城南的一条地道,相传是三国时期一位将领修筑的。岁月如梭,防空洞离地面土层有深有浅,洞口有明有暗,就像个迷宫,里面常年积水,让人感觉阴森恐怖。猴子拎着麻袋,悄悄摸近洞口,不敢进,何健让我们每人准备了根蜡烛,他自己拿着手电,淌着没脚的水,摸索着往里走,听到的只有水声和呼吸声,紧张得呼吸困难。走了十来米,我们终于看到一道扇形木门,门上镶嵌着生锈的铁钉和虎头门环。猴子和白存平费了好大劲才用铁钳把门捅开,何健让我点燃根蜡烛伸进洞口看看里面缺不缺氧。看到蜡烛火苗欢快地跳跃着,何健放心地拿着手电问我们谁先下,猴子和结巴一下把我推到前面说门是他俩弄开的,好事也该轮到我一回。看着黑漆漆的洞口,我想为了周根娣和我姐,只好硬着头皮端着蜡烛战战兢兢地下去了。我记得我们下了两层石台阶后，又向反方向下了一层台阶，淌着水按地图指的方向摸索着向右拐，两边都是长满台藓的水泥墙壁，何健边走边说，真奇怪，陈大伯说靠右边第一道门就该是藏书的地方了，为什么没看到呢？我俩只顾扶着墙壁往前走，身后结巴和猴子的蜡烛亮光慢慢变小了，直到消失。为了壮胆，我边走边骂，后悔找什么鸟书看，受这么大罪。又摸到一个石阶要下，我犹豫了，何健也不敢下了，说，算了，回家，一回头，这才发现结巴猴子不见了，我以为他们先回家了，就骂他们没良心。走着走着，我们就回不到原来的路了，到了该到石台阶的地方，台阶没有了，隐隐约约看到一扇铁门，我使劲冲门踩了一脚，咣的一声，巨大的回音吓得我俩掉头往回跑，跑了十米，何健上气不接下气地说，小强，我听到有人在唱歌。我停下脚步，果然听到不只一个人在唱歌，像是五六个人，声音模糊，像陈大伯家的收音机里的短波噪音，得侧耳细听。我晃晃脑袋，没觉得自己在做梦，声音如泣如诉，尾声拖得很长，好像很伤心。何健一屁股坐在地上，手电也掉进水里不亮了，他带着哭音说，小强，我心里难受。我手里的蜡烛不知怎么也灭了，我哆哆嗦嗦地扶着他勇敢地唱道，东风吹，战鼓擂，这个世界上究竟谁怕谁！何健呼吸急促，身体要往地上倒，我急了，伸劲喊着猴子和结巴的名字，又胡言乱语，别怕，结巴会来的，陈大伯讲了，团结就是力量，集体的力量大于一切。听了这句话，何健的身体好像稳住了。

一阵踏水的声音，结巴和猴子终于跑过来，我们都喜出望外紧紧抱在一起，结巴说他们看我们走远了本想先回去，可总也找不到原路，只好往回走。药罐子又恢复了自信，端着蜡烛顺着我刚才踩过的铁门洞照过去，忽然大叫一声，猴子，小强，快看！我们瞪大眼睛，乖乖，整个铁门洞里全是一排排落满厚厚灰尘的书架，书架边的旮旯里堆了字画、瓷瓶和文房四宝之类的杂物。白存平又点燃了两根蜡烛，我们激动地钻进门洞。在昏暗的光影里，何健双手颤抖，指着一排排线装书让我和结巴赶紧搬着塞进麻袋。这些都是《三字经》《百家姓》之类的古书，沉甸甸的，我们搬得满头大汗。猴子上窜下跳，用汗衫搂抱了许多数理化和生物方面的大学课本。我对书不感兴趣，混乱中顺手在一只铁皮箱抽出三幅字画插进大裤衩里，用来过年糊窗户。

满满塞满一麻袋书后，出了门我们心情又沉重起来，怎么走回去呢？为了节省最后的光源，何健命令只留下一根蜡烛照明，其余蜡烛都吹灭，原地坐下歇口气再想办法。我们坐在靠近铁门边的石砖地上，也的确累了，结巴从汗衫口袋里摸出几根晒干的丝瓜藤递给我和猴子，用火柴点上，我们学着大人的样子，嘴里一边腾云吐雾，一边眉飞色舞地讨论如果出了防空洞最想做的事是什么。我抢先说，先到耿福兴买两个酥烧饼，吃一块，再留一块送给周根娣过生日。结巴笑我是不是想娶她做老婆。他乌马洋兮（方言：不正经）地说今后坚决不看他爸爸的计划生育书了，哪天夜里他要去人民电影院门口的宣传栏砸掉玻璃，撕掉那张田春苗扛着锄头的电影剧照，他发现春苗的那双眼睛水汪汪的太好看了，看得他底下的那个东西都直了。猴子猛吸了口丝瓜藤，吐了口大烟圈，瓮声瓮气地说，大头在青弋江的旋涡里救了我的命，我长大了一定要报答他，我还想到外国走走。具体哪个国家他说不上来。近期目标延伸到远大理想上来。何健低头皱眉在想什么，嘴里还喃喃自语，毛主席说要奋斗就会有牺牲，死人的事是经常发生的，但是，我们为人民而死就是死得其所。这句话不像是朗诵，有点让人莫名其妙。可我们从何健严峻的神情里意识到问题的严重性。沉默了一会儿，何健又像发现了什么，趴在了地上脸贴着石砖地，仔细听着，又让结巴端着蜡烛放到他手摸石砖的位置，一股冷气从砖缝里透出来，一下把火苗吹灭了。何健又命令我在原地使劲跺了几脚，地面发出嘭嘭的空洞洞的声音，何健激动地说，下面是空的，可能就是古时候修的地道呢。我们迅速用带来的铁钎用劲凿了几块砖，还真应了陈大伯的话，团结就是力量。一会儿功夫，坚硬的地面果然露出个小黑洞，一股风从洞口吹上来，韵凉的（方言：很凉）。还是我先试着下洞，的确是条地道，洞壁的石砖镶砌得精巧又坚固，我们心急火燎地沿着地道慢慢摸到洞口，一道亮光刺得我们睁不开眼，我们当时的心情真像喜儿走出山洞奔向光明一样无比激动。更让我们意外的是洞口竟在市委大院后门的石井边，我们连扛带顶将沉甸甸的麻袋从洞口托到地面。猴子又悄悄地到后山腰原来的洞口去找小推车。不一会儿，他在那个年轻的小战士和带红袖章的白胡子老头的押解下，推着车垂头丧气地过来了。

5

原来，手推车在防空洞门口被山下民兵指挥部的执勤发现了。白胡子老头威严地命令猴子把一麻袋书搬到手推车上,我扶着手推车把歪歪倒倒向民兵指挥部推去,样子真像电影《车轮滚滚》里的民兵推着小车送军粮。从傍晚到天黑,我们狼狈不堪,沿着墙根一排灰溜溜地罚站着,实在累了就蹲着,抱着头互相瞅着捂着嘴笑,我们一点都不怕。因为有老大哥给我们撑腰呢。可是,无论何健怎么一口咬定书是张大哥让我们拿的,白胡子老头就是不相信。他轻蔑地说,什么鸡吧张大哥李大哥的,你们这帮混蛋是念书的人吗! 还敢狡辩! 偷这些反动书就是犯罪! 我要把你们都抓进去做牢! 说着,故意在我们面前摆弄锃亮的手铐,结巴吓哭了,一哭就讲了句完整的话,我有羊角风(癫痫病),我要回家吃药。我急了,愤怒地脱口嚷着,张力胜是我姐夫,你们敢抓我! 老头一楞,一下子被唬住了,疑惑地望着我,和小战士嘀咕了几句,又给鸠江公社打了个电话,大约过了一个多小时,张力胜张大哥竟然满头大汗深一脚浅一脚地跑来了,肥大的军裤挽到大腿根,很滑稽。我为自己的胡搅蛮缠而暗自庆幸。

张力胜一眼扫到那麻袋书,又看何健冲他递了个眼色,立刻心领神会,转身陪着笑脸从黄军裤的裤袋里掏出包"大前门"牌香烟,抽出一根递给白胡子老头,说有什么事请多包涵。老头接过香烟夹在招风耳上,简单地把事情经过讲了一遍,恶声恶气地说我们鬼鬼祟祟地偷书肯定是不干好事,还说我撒谎。张力胜不等老头训斥完,连忙借题发挥说书是他让这帮孩子去防空洞取的,事先没和民兵指挥部报告实在是疏忽了,另外,这些书是他预备着去皖南大学读书用的,我也的确是他小舅子,说着,还亲热地捅了一下刚才的小战士后背埋怨他,顺子,你也不告诉我爸一声,害我那么老远赶来。叫顺子的小战士不屑地撇了撇嘴,哼,你爸来了非要他们进去不可。再说解铃还须系铃人嘛。张力胜点点头说也是。白胡子老头这才醒悟过来,意识到大水冲了龙王庙,脸上露出尴尬的笑,不吭声了。张力胜趁机给了我一脚,讨债鬼,还不都给我滚蛋! 我们满心感激地望着老大哥,抬着麻袋趔趔趄趄地滚出了民兵指挥部。

出了花岗山大门,张大哥追了上来,一声断喝,站住! 我们哆哆嗦嗦地站住了,诚惶诚恐地看着他,张力胜脸色铁青,恶狠狠地挨个用手指戳着我们的鼻梁,来回转了半天,从鼻孔里吼了一句,下次再这样……滚! 我们再次被老大哥舍己救人的行为而感动,像电影里的红小鬼庄重地点点头,然后转身要溜,张大哥又扯过麻袋,从里面抽出几本文学方面的书,我知道他这要带回去讨好我姐。

　　我们悄悄地拎着麻袋到陈大伯家里。陈大伯摩挲着一本本泛黄的书和厚厚的英文大字典，竟然流泪了，像见到久别的亲人，两眼现出迷茫和恍惚，嘴里喃喃地说，真有意思……他砰地把家门关上，神情严峻地低声说，不要告诉任何人。我刚想说刚才张大哥救我们的事，被何健扯了一下裤衩制止了。结果，我别在后腰上的三幅画哗啦掉到地下，陈大伯吃惊地捡起画轴摊在凉床上，琢磨了好半天，两只鱼眼僵在眼眶里，那张肥胖的脸凝固成震惊的模样。他揪住我的耳朵拎到八仙桌边，问，哪来的，我龇牙咧嘴地说，防空洞顺手摸来的。沉默了一会，陈大伯重新把画卷好递给我，又恢复了平静，按了一下我的肩膀说，回家让你妈留着。

　　陈大伯拎着麻袋飞快地倒出所有的书，分门别类给我姐和夏伟准备了两大摞。原来，上次打架的时候，陈大伯对夏伟还有我姐叽叽咕咕说了半天就想让他们温习课本找机会上学。看着地上堆成山一样的书，我也装模作样地让陈大伯挑一本。他找了半天，从书堆里最深处抽出一本叫《少年维特的烦恼》的书递给我，意味深长地说，看看吧，记住，人活在世界上还要懂得一种叫爱情的东西。这是我今生第一次接触文学作品，我接过书懵懵懂懂地点点头，看着封皮，想爱情肯定是让人烦恼的东西，而且，把这本烦恼的书送给周根娣有点不礼貌，可陈大伯挑的书准没错，反正自己也不看。

　　8月15日傍晚，我向结巴借了八分钱，真的跑到耿福兴买了两块卷酥饼，连同那本烦恼的书用半张报纸裹紧揣在裤衩里筋杠杠（方言：精神抖擞）去了周根娣家。她家住在大菜市南边的一幢徽派结构的楼里。我沿着黑暗狭窄的木楼梯道爬到二楼，穿过长长的内走廊，低着头敲开她家门，开门的是她妈，像个老师，她冲我微笑地说根娣在洗澡一会就好。她的眉宇间洋溢着掩饰不住的慈祥。我怯生生地说好，就退到楼梯口，先把烦恼的书垫在屁股底下坐稳，又摊开报纸，喉咙里发出一声沉闷的咕噜，一张嘴第一块卷酥饼下肚了。饼是香的，幽暗的甜香。我吮着手指间散落的糖馅，又把报纸上的饼屑仔细地舔了一遍，然后，痴痴地盯着第二块饼，目光恣意地蹂躏着饼上的芝麻粒，憋了半天，小小翼翼双手捧着饼，试着伸出半截舌头舔了一下，又一下，最后，干脆拿起饼嘭嘭在摊开的报纸上敲打两下，终于报纸上又长出新的芝麻粒，我捧起报纸，毫不留情地伸出狗一样的舌头，下意识一抬头，就看到了亭亭玉立的周根娣。

　　她身上散发着檀香皂的气味,她盯着我,那双眼睛积出两潭深怨,再一眨眼,那深怨变成了羞怯,我站起身,结结巴巴地说,那个,周根娣,暑假语文作业借给我抄一下,嗯……今天是你的生日,你送的这块卷酥饼我吃了……我又七扯八拉(方言:胡说八道)了。周根娣哧哧笑了,眼角眉梢带着几许讥诮和轻蔑,她撩撩额前的刘海说,谁稀罕啊,那上面都是你的口水。我涨红着脸,心慌得厉害,低着头使劲抹了一下嘴。走,拿作业去吧。我把那块可怜巴巴的饼揣进裤衩。她大大方方伸出纤细柔嫩的手轻轻握住我的手,很快,我的手汗津津滑腻腻的,我们在楼道里默默走着,她的小指尖在我的掌心轻轻划动着,痒痒的,麻酥酥的。她走路的姿态很诱人,真不愧是红小兵宣传队跳芭蕾舞的演员,红裙子下面的细腿扭摆得富有韵律和弹性。难怪大头说她踮起脚跟的样子好看,那时没有性感这个词。我迷迷糊糊地跟着她进了她的房间,她一刻不停地说啊说,我不住地点头嗯啊着,她说了什么我一句没听见,脑子里一团云山雾海。她的声音又糯又软,带着宁波口音。她聊起了和她爸去武汉老家写生的趣闻。她说她喜欢山野的粗犷和沉静,喜欢老屋门前那块望不到边的绿油油的草坪,在草坪上,她像个红色的蝴蝶,翩翩地跳白手女,草坪的中央长着一棵粗壮挺拔的银杏树,繁茂的树杈如同撑开的大伞。她和爸爸躺在藤椅上,好惬意啊。爸爸给她读一本叫《居里夫人的故事》的书,鼓励她要像那个叫居里的阿姨一样,好好学习天天向上。她说的话我实在提不起精神,既陌生又老套,她和我姐还有我们班主任应该是一类人。不过,我能肯定她说的书里的阿姨和维特都是外国人。于是,我及时地从裤兜里掏出那本书递给她,一激动,说是在花岗山防空洞里偷来的。周根娣坐在床沿边,惊喜地摸着那本泛黄生脆的书,喃喃地说,我听我爸讲这是本有关爱情方面的书。我第二次听到爱情这个词。周根娣面若桃花,示意我坐到她身边,又从床头柜的抽屉里拿出本日记,翻开里面一页递给我说,这是我在乡下写的日记,你念念。她口气像班主任刘老师。我木讷地坐在她边上,心脏扑通扑通乱跳,接过日记本,像结巴白存平一样念了起来:我的同桌匡强长得很漂亮,他挺拔的鼻梁带着好看的弧度,一双明亮清澈的眼睛总是散发出柔和温暖的光芒,还有点忧郁。他黑色的头发又柔又亮,闪烁着熠熠光泽,有时候我真想让我爸给他临摹一张素描挂在墙上……读到这里,我咽喉发干,声音颤抖,第一次感到来自身体深处的疼挛,伴着过电般的颤栗,整个身体的每个细胞膨胀着,湿着,同时,也是饥饿着。不过,我的情绪很快被她下一页的话弄得一落千丈:但是,一到夏天,匡强的嘴和脚都很臭,他在课堂上还喜欢脱袜子,我发现他骨子里就有股二流子气,这让我又喜欢又害怕。和他同桌一年,我总为他提心吊胆,生怕他没命地打架或者去人民电影院偷人家的皮夹子(方言:钱包)。刘老师说他是猪大肠,拎起来一大串,放下来一大滩……

我嘴角抽动了两下,火忽地上来了,我就是他妈的猪大肠,你们能把我怎么样!说着扔掉日记本。因为课堂上刘老师不止一次说我是痞子猪大肠,我一直忍着没发作,没想到周根娣在她的日记里也这样称呼我,我心中的自我终于破碎了,只剩下本能的反抗。哼,在他们眼里,我竟这样没有身份——不仅卑微!而且下贱!长的好看有屁用,现在想起来,当时无论在精神实力上、情感实力上,还是思想高度上,她都居高临下地傲视我。我感到从未有过的虚弱和无助,不想和她再对话了。我面如死灰地盯着她家的纱窗,窗下墙根好像有人来回走动。周根娣像受了很深的委屈、很深的伤害,默默捡起日记本,站到我跟前,黑发垂散开来,和她尖圆的瓜子脸浑然一体,就像一朵盛开的玫瑰,而我已经无动于衷了。她手里拿着一个崭新的带磁铁的塑料铅笔盒递给我,带着震惊的哭腔说,送给你,爸爸给我买的生日礼物。你没明白我说的话,如果你好好学习就不会这样了,就不是猪大肠了吧!我冷笑地反问她,样子有点老大哥的威严和气势。你!……周根娣赌气地扭过身,眼眶里噙着泪。这时我听到窗外结巴白存平的一声怪叫,强子,走喽。我精神一振,转身就走,你走吧,天生就是个小混混猪大肠!下学期再不和你同桌了。我再次听到周根娣孤傲的声音。我不顾一切地冲出门,迎面撞见她妈妈正端着一碗绿豆汤笑盈盈地看着我。我低头哧溜一下从她身边钻了过去。

6

结巴眼巴巴蹲在电线杆下,满脸通红,乌黑蓬乱的头发里闪着亮晶晶的汗珠。他神秘地告诉我八分钱不用还了,下半夜陪他去人民电影院宣传栏砸玻璃。我毫不犹豫地点点头,从口袋里掏出剩下的那块饼塞进嘴里夸张地嚼着,像要吞掉周根娣似的。我俩躲在宣传栏10米远的墙根,抽了许多丝瓜藤,吞云吐雾的，直抽得精神抖擞气焰嚣张。最后一场电影终于散场了，四周空荡荡的，只有蟋蟀沿着墙根东叫一声，西叫一声。电影院门前的聚光灯也黯淡下来。我示意结巴动手，结巴揣着石头摸到宣传栏前，步伐慌乱踉跄，好半天才得手。他双手颤抖，把撕下来的剧照四四方方叠好揣进汗湿的胸口衬衫口袋里，一转身，惊心动魄的一幕出现了，不知从哪忽地窜出一个穿海魂衫的小平头，一把揪住结巴的头发死命地往墙上撞，还破口大骂，小狗日的，你抢老子先了，有种！想女人想到这上面来了，告你个强奸罪！说着，双手掐着结巴的脖子抵到墙根。结巴双脚离地，声音呜咽嘶哑，我不慌不忙拎着块方砖从小平头的身后摸上来，照着他的后脑勺狠狠拍了一下，两下，三下……小平头打摆子似的抽搐了两下，软绵绵地瘫倒在地，气声嘶哑地哼了两声。我扔掉那块沾上血腥的砖头，拽着失魂落魄的结巴在路灯昏黄的光晕下迅速地溜了。我终于像张大哥那样威风凛凛，忽然觉得自己长大许多，也成熟起来。

秋天开学后，我和结巴两只撮鸟被刘老师安排同桌，而且座位横放在讲台边，这都是周根娣使的坏。反正我是破罐子破摔无所谓了，可结巴背地咬牙切齿，长大不当教师一定到公安局上班，第一个就把刘大麻子（刘老师的外号）抓起来坐牢！猴子整天研究偷来的苏联的数理化课本，计算两列火车以匀速迎面交汇后需要多少时间，何健的心脏病似乎又加重了，这学期又休学了，他没事就临摹线装书《三国演义》里的那些环目虬须带刀佩剑的关公，他敬佩桃园三结义的英雄，还讲故事给我听。不过，他也有闷闷不乐时候。有回放学，我看到他呆呆坐在家门口收听陈大伯送给他的收音机，里面是好像是一部外国电影录音剪辑，听着听着，他还神神叨叨，兴高采烈的小松鼠啊，大雪染白了你的睫毛……

9月份，全国召开了农业学大寨会议，中央狠抓各条革命战线上的整顿工作，陈大伯真的回皖南大学上班去了，不过没教书，只在图书馆帮忙打杂，当然，也负责校舍清洁卫生。这也让他兴奋无比，毕竟前进了一大步。王大妈代表街道又召开了大会，给他戴上大红花，还送他一套《毛泽东选集》，敲锣打鼓地送他走向新的工作岗位。张力胜就读皖南大学马列主义哲学专业，不过他和我一样，对学习总不感兴趣，经常旷课到鸠江公社找我姐。

一天半夜，我被尿憋醒，跑到后院墙角叉开腿站定，两只耳朵突然竖了起来，我踮起脚朝小北屋的窗子看去，见我妈和我姐正悄悄说话。我姐心情复杂地把手里一张纸递给我妈,竭力平静地说,他爸给我弄了个在二院当护士的名额,明年初就能上班。我妈眼睛一亮,问,真的?我姐点点头,可面颊灰冷,声调也微微发颤说,力胜讲我们必须和陈大伯断绝一切来往,他是个走资派,迟早会被打倒的……我妈肩头微微一颤,垂下头掩饰着什么,拉着我姐的手把她揽在怀里,抚摸着她柔软的秀发说,放心吧,只要你将来有个好前程,妈什么苦都能吃……丽,这个世道太复杂,你像你爸一根筋,妈怕你……我妈眼里闪着莹莹的泪光。我妈的面孔有些虚浮,发间也染上了灰白色,可那双眼睛还是水润乌亮的,这印证着她曾有过美丽的青春。她喃喃地说,陈大伯这些年对我们家和四坊邻居那么好,我们不能往他心里面捅刀子啊……你走了小强还小,又那么不懂事……我姐抽回自己的手,默默从床边站起身,轻叹一口气不出声了。

第二天天没亮,我姐回鸠江公社去了,张力胜又跟她一起回去了。

初冬的迎春河畔,弥漫着又厚又浓的寒气,风裹着树叶飞旋上残破的知青宿舍房脊窗沿,又悄然地飘散在地面上,严霜一场接着一场,茄子、辣椒、豆角秧,还有宿舍墙边的蒿草全蔫了,变成了土黄色。连院子里张力胜开过的红旗牌手扶拖拉机也镀上了一层薄薄的白银,亮晶晶的。

我姐一到这里,感冒发烧了三天,孙红艳和她同住一屋,跑前忙后,张力胜没找到献殷勤的机会。这次他回来主要替我姐办回城的迁户口手续,签字盖章好办,两条大前门香烟和一百斤粮票就能让四婶家的男人马主任龇着兔牙眉开眼笑了,关键他要找机会把生米做成熟饭。他见我姐的态度不冷不热的,只好暂住在四婶家,平时除了和马主任喝酒推牌九外,就捣鼓院子里那辆破拖拉机,像特务似地监视着我姐,见到孙红艳他也神情冷漠,一幅虎视眈眈的样子,我姐挺纳闷,又不好问。一天中午,俩人在后院的梨树林散步,我姐漫不经心地聊起回城的事,又说夏伟借的《静静的顿河》那本书还没还,孙红艳先黯然不语,后来憋不住,凄婉地告诉我姐一个秘密,本来公社有两个上大学的推荐名额,是夏伟和我姐的,结果,小鸡孵成了鸭子,张力胜不仅把夏伟的名额占了,还拿着那张推荐表先骗我,还想欺负我,我找马主任告他,他说认命吧,他是干部子弟。门道比你大(方言:办法)!我姐抚摸着孙红艳柔弱消瘦的肩膀,双手颤抖,她努力地镇静住自己,半天没说出话。

张力胜的机会还是来了。

那天清晨,村头的泡桐树上的大喇叭喊出紧急通知,今天下午有雨,请广大革命社员群众和知识青年到公社碾米厂集中。孙红艳早早走了。我姐一觉醒来,见孙红艳的被子散乱堆在床上,一定神,倏地看到了张力胜正嘿嘿地笑着坐在孙红艳的床上,嘴里还夹着根香烟。我姐瞪了他一眼,警觉地坐起身,双臂抱膝不理他。张力胜扔掉烟头凑过来,我姐又惊又急,不过,瞬间换了个人似的轻声央求,你真坏,先出去,我梳完头,你带我开拖拉机兜风。她的眼神嗔怪之中含着羞涩和沉静,说完,还在张力胜宽阔而结实的胸脯上搉了两下,张力胜乐颠颠地连说哎哎。一会儿功夫,我姐洗漱完毕,换上张力胜送给她的那件两兜三扣翻领女式军装,和她穿的劳动布裤搭配很醒目,再梳上长长的独辫子,安娜变成了飒爽英姿的女战士。张力胜眼前一亮,他直勾勾地盯着我姐,半天没缓过神来。我姐跳上拖拉机,姿态优雅轻盈,微笑着说走啊,张力胜慌忙突突发动了拖拉机,沿着迎春河边驶向远处的土山坡。路上,张力胜似乎动了感情,信誓旦旦地保证今后结婚了一定好好照顾我们一家人,不过,再次直截了当地要求我们和陈大伯划清界线,我姐没说话,迎着风,曲长的睫毛好像闪着一丝水光,她平静地说,力胜,我还是想当一名教师……张力胜一个急刹车,拖拉机颤抖着喘着粗气停在半山坡上。为什么?他转过脸,眼睛瞪得又大又圆。我姐坦然地把自己内心的真实想法告诉了他,还说回城后不想先结婚,先工作一段时间再说。张力胜不停地抽烟,山坡上的风很大,吹得他的脸都歪了,沉默了半天,他终于歇斯底里地嚷着,说到底,你他妈的就想和姓夏的在一起……我姐迎着他刀子一样的目光,嘴唇发抖地说,我就想和他一起上学怎么样!别忘了两个推荐名额是谁做的手脚……呸!我哪点配不上你!我他妈为你……他气急败坏地扔掉烟头,我姐怒视着他,胸脯起伏,面色绯红,她觉得眼前这个人实在丑陋粗鄙,内心除了深深的悲哀和无奈,再没有话可说了。

拖拉机还在欢快地颤抖着,我姐起身跳下拖拉机,漠然地说,我先回宿舍了。张力胜眼睛眯成一条线,长叹一口气,摇摇头说,好吧,我想想,先回家,帮我搭把手。我姐以为他不再纠缠了,讪讪地问,干什么?……张力胜甩掉身上的黄棉军大衣,铺在拖拉机后轮边的地上,又从工具箱里摸出一把扳手,先在驾驶位子上摸(方言:敲打)了半天,然后躺在军大衣上,仰着脸,皱着眉,用螺丝刀费力地紧固着什么,嘴里还嘟囔着,把我工具箱里的榔头拿来。我姐手忙脚乱地递这递那。这时,风越刮越猛,真要下雨了。我姐连打几个寒颤。张力胜躺着偷偷瞧瞧四周,除了马达声和尾气筒里排出夹杂着柴油味的黑烟,还有远处高高低低的狗叫声,四周无人。他放心了,冲着我姐喊,过来,刹车有点小毛病,你就像我这样躺着,扶着螺丝刀千万别松手!我上去调一下刹车板松了没有。他一个鲤鱼打挺站起身,冲我姐一努嘴,我姐迟疑地瞅了他一眼,见他满头大汗一脸焦虑,只好乖乖地躺在军大衣上,顺着张力胜手指的位置,双手握住螺丝刀,屏住呼吸用劲顶着一个端口,她左侧的后轮不停地晃动着,好像随时要借着坡度的惯性从她身上轧过去。张力胜一声不吭,沾满油污的双手在黄军裤上用力搓了两下,又迅速扯掉上身的衬衫,就露出了古铜色的胸脯。我姐本能地意识到什么,眼睛盯着螺丝刀的余光扫到了他的举动,挣扎着要坐起来,张力胜大喝一声,别松手!不然轮子要轧死你!那声音带着恐吓和威严。我姐扶着螺丝刀的双手不敢动了,可双腿不停地扭动着,她眼泪出来了,凄然地哀求,千万别这样……张力胜那厮麻利地扯掉自己的裤子,又以迅雷不及掩耳之势,撕扯掉我姐的劳动布裤子,我姐裸露着雪白的下身,拼命地和张力胜扭打起来,还伴着撕心裂肺的哭叫声,可声音很快就被突突的马达声淹没了。张力胜压在我姐身上,四手四脚像麻花一样绞在一起,很快我姐精疲力竭,一动不动了。张力胜清除掉我姐身上最后的障碍后,又变得慌里慌张笨手笨脚的,他脑子里忽然跳出夏天那个美好夜晚的一幕,他还没越过那个坎,我姐的身体对他还是那么神圣不可侵犯。他愣怔了一下,还是像条蟒蛇紧紧地纠缠住我姐。

7

半个月后的一天晚上,陈大伯踩着风火轮似地跑卫生局大院,他先回自己的老屋拾掇了一番,又跑到我家,就我妈在家,我和结巴到何健家听他吹三国去了,陈大伯回皖南大学后,不知为什么电视机就坏了。陈大伯神色慌张,和我妈嘀咕了半天,总是前言不搭后语,我妈本来文化水平就低,好半天才断断续续听明白他说的意思,皖南大学掀起一场反击右倾翻案风的运动,工农兵学员铺天盖地贴他和其他几个老师的大字报,说他散布否定文化大革命胜利成果的反动谬论,他就是学校最大的走资派。陈大伯呆呆坐着,心乱如麻,两眼迷茫,完全没了往日的神定气闲的面容。停顿了一会,他又吞吞吐吐地告诉我妈一件事,吓得我妈那双眼睛瞪得跟核桃仁似的,张着嘴半天说不出话来。最后,我妈摇摇头连说作孽啊。

陈大伯一只接一只地抽烟,夹着烟的手指颤抖,温厚的胖脸堆积着不安和恐惧。他的话也让我妈心乱如麻,一时间也找不到生活坐标了,怀里像揣着几十只兔子,百爪挠心。沉默了大半天,我妈终于平静下来,眼神里有了淡淡的温情。她被烟呛得咳了几声说,老陈啊,你怎么也学会了抽烟了呢?……陈大伯赶紧拧灭烟头,尴尬地说,晚上睡不着觉就抽上了,说着,从口袋里掏出一包香烟,扔到地上,两只脚轮流使劲地有节奏地踩踏着那包香烟,又像夏天教我们练习踏步走的样子。我妈见他惶乱古怪的举动,叹了口气,又绷不住笑了,你还是个大学老师,怎么还像个孩子似的……对了,我给你弄点吃的。陈大伯从桌边拘束地站起身又坐下来,双手不停地抚弄着皱巴巴的蓝布中山装袖口,嘴里不停地说谢谢,好像他第一次认识我妈似的。不一会儿,我妈麻利地从厨房端出一盘花生米和一盘腊肠,当然,还有陈大伯最喜欢喝的米酒。几杯酒下肚,陈大伯脸放红光,好像恢复了往日的眼神,亲切,温暖,充满了对这个世界的信任。我妈从来不喝酒,也破例端起一杯酒在嘴边抿了一口,说,日子再苦再难也要过下去,陈大伯连连点头附和着,左一杯,右一杯,好像又回到了过去。我妈放下杯子,那双水润乌黑的眼睛紧紧注视陈大伯,涩涩地说,老陈我想和你商量个事。陈大伯抬头迎着我妈的眼光,疑惑地点点头。我妈有点激动,艰难地说,这么多年你总照顾我们孤儿寡母的,小丽又要出嫁了,你现在又这样,我想把两家合成一家,小强以后也有个照应……陈大伯手猛然一抖,酒洒了半杯,他瞪大惊愕的鱼眼,脸上带着惊悚的表情,满嘴腊肠口齿不清地说,不行,小丽妈,我……我是走资派,会连累你们的,我妈低着头神情忧伤地说,唉,这个年头,能在一起过日子还有什么连累呢,你不愿意?……我愿意! 我愿意! 陈大伯脚一软,从桌边的椅子上瘫坐在地上,竟哽咽着说,I dream of that(我做梦都想和你结婚)……我妈站起身,走到他跟前,伸手摸了摸陈大伯粗硬的乱发,眼眶潮润了。陈大伯像我小时候那样头靠在我妈的怀里,母爱的温暖非常真实地熏染着他,抚慰着他惶然的灵魂,一股幸福的暖流在他周身涌动着。就在这时候,嘭的一声,我姐撞开门,蓬头垢面,跟跟跄跄,后面还跟着垂头丧气的张力胜。她嘶哑着喊了一声妈,忽然又僵硬住了,眼前的景象让她惊呆了:我妈半蹲着,双手紧紧搂着陈大伯的头,沉着而温和,在昏黄的电灯下,我妈的脸投下的影子温柔地笼罩着陈大伯,他两眼紧闭,身体微微发颤,好像陷入了迷乱之中,眼前的一切真的让他思虑不清了。我姐的脸色白一阵红一阵,所有的羞辱、愤闷和震惊瞬间都凝固在脸上,她僵立在屋中,嘴唇不住的动着就是说不出话来。我姐的突然闯入也让我妈惊醒过来,她挣扎着推开陈大伯,飞快地捋了把额前的乱发,竭力平静地冲我姐说,怎么这么晚才回来,吃过了没有……我姐粗重地喘息着,控制已久的悲痛夹杂着酸甜苦辣决堤而出。她竟然哈哈笑了,笑得有些粗,有些野,然后就不停地跺脚,揪着自己的头发,面目狰狞。我妈冲过去紧紧抱住我姐,俩人纠缠在一起,屋里乱成一锅粥。而陈大伯面对突然发生的一切,不知是装糊涂还是米酒灌多了,耷拉着脑袋,嘴里拖着长音哼着一首外语歌,Sunday is gloomy, my heart and I have decided to end it all……

　　张力胜又找到机会了。他像发现了新大陆,豹子似地蹿过来,封住陈大伯的领口,黑眼珠在布满血丝的眼眶里闪着凶光,恶狠狠地说,老不死的,你跑到这里耍流氓来了,今天老账新账一起算!他抡起巴掌朝陈大伯的右脸扇去,陈大伯被打了个正着,眼前一片金光灿烂。像只陀螺在原地飞快地转了两圈,双手捂着脸,一屁股坐在地上,样子很滑稽。也许酒还没醒,他竟像我姐那样痴痴笑了,目光飘摇。张力胜因为用力过猛,自己也一屁股跌坐在地上。我姐甩开我妈,箭步冲上前,牢牢地死死地踩在张力胜的小腹,张力胜呲牙咧嘴不敢动了,我姐那张大眼睛被愤怒的火苗烧得异常明亮,她斩钉截铁地说,妈,今天我和狗日的张力胜一刀两断了,您把心放在肚子里吧,明天我就找夏伟……一听到夏伟两个字,张力胜浑身像过了电流一阵战栗,他不知哪来一股力量推开我姐踩在他肚子上的长腿,又是一个鲤鱼打挺站起身,慢慢逼近我姐,他脸色阴沉,却慢条斯理地问,真不想和我玩了?……我姐退后一步,是鄙视的凛然,她狠狠地憋住呼吸,一口气憋在胸中,直到满脸通红,才连同嗓子眼里的一口痰从嘴里啐到张力胜的脸上。滚!人渣!怪我瞎了眼……张力胜猝不及防挨了一顿羞辱,像弹簧一样跳了起来,抡起胳膊就想揍我姐。我妈哭喊着赶紧上前一步挡在俩人中间。这时,王大妈,傻子,何健的爸妈,还有几个邻居都赶来了,关键是我和结巴梅善忠也赶到了。看到家里一片狼藉,陈大伯呆坐在地上,嘴角流着血,不时指着张力胜傻呆呆地说他是坏人。我妈我姐披头散发和张力胜撕扯在一起,我的脸瞬间就变得扭曲起来,手脚冰冷发抖,胸口火辣辣的痛。傻子一拍大腿根,冲着张力胜吹胡子瞪眼,你是个男人就要敢做敢当,别拿小阿头(方言:小姑娘)出气!王大妈却护着张力胜,替他将了将被撕扯发皱的衣领,和颜悦色地说这是人民内部矛盾,不要火上加油嗨。但是,张大哥不领她的情,冷冷地把脸扭到一边。周围七嘴八舌的劝架声、哭喊声我一句都没听见,但是,我真切听见张力胜大哥的一句话:强子,揍陈大胖子,刚才我清清楚楚看他欺负你妈,还抱着你妈!张力胜的这句话像一颗炸弹让王大妈和周围的邻居们全都惊骇地张大了嘴。四周一片窒息的安静。

我魔在屋中央,看到张大哥锥子样的目光紧盯着我,他的话让我震惊不已,我简直无地自容,我低头沉默着,纹丝不动,可灵魂却受着煎烤,内心一次次受到震撼。陈大伯怎么能欺负我妈呢?还搂着我妈,真是伤天害理不要脸!尽管这些年陈大伯对我们家那么好,可也不能当庭广众厚颜无耻耍流氓啊。而且,张大哥的那句话一下子就把我们全家人裸露在周围邻居们面前,让我们一家人没有尊严,没有自由,没有空间……归根到底,他就是张大哥说的死不改悔的走资派!大坏蛋!如果说周根娣对我的轻视让我意识到人活着要有尊严,那么张大哥刚才的话让我擦亮了眼睛,绷紧了阶级斗争这根弦,谁是我们的朋友谁是我们的敌人这个问题一定要搞清楚!刚才听何健讲的梁山好汉和三国演义里的关公张飞,他们个个爱憎分明,疾恶如仇,我为什么做不到?我看着陈大伯坐在地上猥琐的样子,第一次对他产生了厌恶愤恨的念头,而且,这个念头升腾于心中,再也撕扯不掉了。张力胜又在激我,没屌用!我终于受不了,五脏六腑发出吼声,我蹿到陈大伯跟前,照着他的后背狠狠地踹了他一脚,陈大伯哎呦一声骨碌碌滚了两下趴在地上,浑身痉挛颤抖,我妈叫着扑到他身边扶住他,我姐一声不吭走到我跟前,咬紧牙握住拳头狠狠砸我,嘴里不停地骂我是蠢货,她挥动着胳膊终于打不动了,头发蓬乱,眼睛红的像烂桃,再也不像安娜了。然后,她抽抽噎噎地哭了,边哭边冲进自己的房间,从床铺下翻出张力胜送给她防身用的那把军用刺刀,径直走到张力胜和我们大家面前,双手紧握刀柄,闪着寒光的刀尖直抵自己的胸口,冲着张力胜歇斯底里地吼着,从今往后,陈大伯就是我们家的人了,明天老子就回青阳!你要再不滚,我就死给你看!我姐的喊声像个炸雷似地尖利地在屋里炸开,周围又是一阵骚动。傻子摇摇头,唏嘘不已,说,早知道小丽妈今晚和我出摊就没屌事了。

　　张力胜脸色苍白，神情冷漠。他好像绝望了，但还是努力地浮起一个惨笑，对周围的街坊邻居们说，王大妈讲的对，都是人民内部矛盾嘛。小丽今天是和我争吵了几句，主要为了想和我早点结婚，我说要响应毛主席号召晚婚晚育，可她死活不肯，还非要和我那个，哪个呢？张力胜自言自语，环顾四周，见一大帮邻居和我们这些小屁孩都傻愣愣地望着他，他好像感慨万千，摊开双手，无奈地笑笑，从容不迫地把自己的黄军棉裤褪到脚跟，露出仅穿裤头光溜溜的下身，在灯火下泛着白光。他还指着自己下身说，她要和我这个，嘿嘿……他指着结巴和何健认真地说，这就是同房的意思，现在你们明白了吧。上次我说错了……周围的人嗡的一片惊嘘，所有人像避瘟疫似的转过身，还有人逃也似的往外走。傻子大喝一声，别猪头巴西（方言：做事莽撞）耍流氓！结巴憋不住笑得捂着肚子弯下了腰，王大妈狠狠踢了他一脚，猴子皱着眉扭过脸，觉得实在没意思，又想回家研究他的几何书了。药罐子低眉垂目不敢看他。我哭笑不得，心里像打了十五吊桶水七上八下的，内心一片茫然。所有人不敢吭声，气氛压抑紧张得能拧出水来。我姐发疯似地冲过来，举着刺刀冲着张力胜的胸脯狠狠刺去，被我妈和王大妈死死抱住了。张力胜既不躲也不让，像没看见我姐似的，不慌不忙地拉上裤子，又上下整了整黄军装的风纪扣，不愧是军人家庭出身，姿态英武端庄。他抬头挺胸，忽然啪地像周围人行了个军礼，然后，从容镇定大步迈出我家门，那情势按现在的说法有点搞笑滑稽。周围人目瞪口呆，却又自动让开一条道，拘谨又怯弱地目送他走远。我们一群跟屁虫像被他一只无形的手拽着，乖乖地跟着他走出卫生局大院。

　　我们几个豁龙包（方言：拍马屁）尴尬仓皇地跟着他游晃到紧靠天主教堂的电校篮球场边，四周空荡荡的，张力胜慢慢转过身，冷不防狠狠对着我的鼻梁就是一拳，打得我眼前金星四溅，直挺挺地倒下去了，他却淡淡地说，这一拳替你姐还上，我和她完了。

8

　　1月份，敬爱的周总理与世长辞了，儒林街好像处在紧张不安和压抑之中。我整天不归家也不上学，彻底的自由了。我像个游魂，每天和结巴还有其他几个二吊蛋(方言:小混混)在街上和电影院附近游荡,尽干些偷鸡摸狗伤天害理的事。周根娣说的对,我就是猪大肠又怎么样呢,不也活得自由自在的吗!广播里讲这叫反潮流,交白卷照样可以成为无产阶级革命事业的接班人。有时候,我还到皖南大学找张大哥。尽管他揍了我,但他还是我们心中的英雄。和我姐分手后他很忙,听说他爸妈已经调到北京什么部任要职去了,他不久也要去北京了。这阵子他不是开批判大会就是写大字报,见到我也匆匆说不了几句话,还问我姓夏的在不在青阳。我不知道他话什么意思,只好茫然地摇摇头。

小寒那天晚上,陈大伯又偷偷从学校跑过来看我妈。我妈领着我姐还有陈大伯去青弋江边给我爸的坟烧纸。我带着敌意回避着陈大伯,见着他虎着脸绕着走,可他见到我却露出父亲般的微笑。深冬的夜晚,一轮残月如一团薄薄的银片,清淡柔和的光洒遍了青弋江边,在大埂边的一堆乱草丛中,他们三人默默伫立在我爸的小坟茔前,我妈含着泪喃喃说,老匡,日子太难过了,我遇到个好人……陈大伯面色凝重,目光少有的深邃超然。自从那晚的醉酒打架事件后,陈大伯和我妈之间的关系像一层窗户纸终于被捅破了,他望着闪着银光的青弋江,默不作声,江面安静得让人捉摸不透。最后他无奈地叹口气。我姐跪在我爸坟前,前额磕在坟头的泥草上,久久不肯抬起。她面颊上挂着泪珠,脸庞苍白得像一轮淡白色的残月。

一开春,我姐又回到了青阳,她换了个人似的拼命地干活,那股傻劲让夏伟孙红艳都吓坏了。她天不亮就起来犁地,过去干农活因为有张力胜的偏护,出工不出力照样拿工分,现在境况变了,她扶着犁杖,瘦弱的身体跟在两头硕大的健牛后面东倒西歪地缓缓挪着,咬着牙满脸涨红,额前的秀发被汗水浸的紧紧黏在脸上,她像四婶那样粗野地吆喝着牲口,夏伟看得心惊肉跳要帮她,被她坚决地推到一边。她像男知青一样下田插秧、翻土、挑牛粪、上山砍毛竹,一身不吭,一刻不停。一次她来月经了,扛着毛竹艰难地在陡窄的山路上挪动着脚步,血水顺着她的小腿淌下来,路面上印下一道长长的血迹……好像她头脑里只有扎根农村大有作为的精神在支撑她。她终于累病倒了,腿脚浮肿,整天发低烧,吃什么拉什么,把村卫生所里的四环素和止泻药都吃完了也无济于事,那天晚上,她发高烧说胡话,神志不清,孙红艳急忙找到夏伟,夏伟背着她来到大队部,大队民兵营长找来一张竹床,垫了三床棉被,夏伟把我姐扶到竹床上躺下，又盖了三床被子，但我姐仍在发颤，夏伟和民兵营长把竹床抬到张力胜开过的拖拉机上。夜，黑得像一潭深渊，民兵营长开着拖拉机颤颤巍巍摇摇晃晃爬上了蜿蜒的山路。这里离江城有七十里路，快到市里的节骨眼上，拖拉机就像条死牛瘫在路上一动不动了。三个人只好抬着竹床像蜗牛一样往前挪，终于都抬不动了，累瘫在路边。夏伟二话不说，背着我姐跌跌撞撞往前走。山路崎岖，夜色沉重而狰狞，远处不时传出野狗悲哀的嘶吼声，路边被风吹过的枯树林发出窸窸窣窣的叹息声，夏伟就这样背着我姐艰难地走，我姐极度虚弱，面色苍白如纸，连呻吟的力气都没有了。但她真切地听到夏伟粗重的喘息声。她死死揪住夏伟的头发，嘴贴在他耳边，气若游丝喃喃地说，现在我就是你的焦淑红了……

　　我姐得的是伤寒病，医生说再迟点来命就没了。她一头秀发掉得精光，安娜变成了尼姑。病愈后，我姐陪夏伟回了一趟吉林老家，两人简简单单地把婚事办了。夏伟真不愧是战天斗地的犁田好手，在那个春寒料峭的季节里，他辛勤耕耘，很快在我姐的肚子里播下了一颗革命的种子。俩人从东北旅行结婚回来后，夏伟替我姐请了二十天假，自己重新回到农业生产第一线——青阳红岭公社。那天下午，他背着一黄书包喜糖和喜烟兴冲冲回到自己的小阁楼，一进门，傻眼了，房间像遭了抢劫，南墙边树桩支撑起的木板床不见了，门口的两把小竹椅被踢散了架，用红泥砌的小泥炉上的支着的铁锅也被戳了个大洞。最关键的是床头边薄板箱里，陈大伯送的几十本中外名著和新华字典也不翼而飞了，还包括他写的厚厚的几十本日记。夏伟扑通一声跌坐在地上，冷冷地注视着周围的一切，脑子里飞快地跳出一个念头，赶紧回家，安顿好我姐再说。他爬起来走到门口，已经晚了，孙富贵带着民兵营长堵在了门口。晚上8点，大队部紧急召开全体社员和知青大会，县里还来了革委会主任，其他乡的知青也到会了。夏伟被民兵营长反剪着双手押到主席台上，一顶纸糊的"反动知青"的帽子扣到他头上，地上还散乱地摊着几十本日记和封资修的书。孙红艳第一个跳上台发言，她义愤填膺地说，想不到自己朝夕相处的同伴写的日记竟然这么反动、落后、消沉；竟敢否定知识青年上山下乡伟大意义；对无产阶级专政下的阶级斗争学说持怀疑态度；对批判"三家村"和"燕山夜话"有不同的意见；对受批判的走资派居然无限同情，这样下去就是自绝于人民自绝于党。孙红艳越说越激动，她振臂高呼，誓死捍卫毛主席的革命路线！坚决打倒现形反革命分子夏伟！其他知青代表也踊跃发言,会场的口号声一浪高过一浪,最后,孙主任龇着兔牙宣布拘留夏伟,立即送县拘留所。民兵营长带着两个民兵将夏伟押走了。一夜之间,我姐就变成了反革命的家属。不过,这次她异常镇静,把自己关在黑黢黢的小屋里,两眼直勾勾地盯着窗外,那双丹凤眼射出不屈的锋芒,眼窝有种从未有过的干涩。她摸着微微凸起的小腹,心里有种深重的孤独感,还伴着股说不出的酸楚,她努力说服自己,丈夫只是出了一趟远门,迟早要回来。我妈的职业病腰肌劳损又犯了,一直躺在床上不能动,我更自由了。没几天我姐又被他们赶回青阳了。

这件事过后,孙红艳就被抽调到县批林批孔和路线教育工作组工作,不久,在张力胜的帮助下,竟然也进了皖南大学,成了一名工农兵学员,还和他成了同班同学。

陈大伯也倒霉了。那天清晨,我朦朦胧胧被街上的锣鼓声口号声惊醒,兴奋地跑到街上,结巴猴子何健早就扎在人群里隔热哄(方言:凑热闹)。街上聚着一堆堆的人,游行队伍都是皖南大学的学生,个个佩戴着红袖章,意气风发,精神抖擞。队伍前面是学生打着几十面鲜艳的红旗,领呼口号的竟是张力胜大哥,我和结巴喊着他的名字,他挥舞着拳头,声音洪亮,一呼百应,真是排山倒海,势不可挡。这时候,我们在游行队伍中隐约发现了牛鬼蛇神,他们个个头戴高帽,胸前挂着木牌,上面写着本人的姓名和教师职务,但都统一称作反动学术权威,又用红笔打个大叉。何健眼尖,一眼就认出了陈大伯,他惊呼一声捂着嘴,我们顺着他手指的方向,看到陈大伯低头缩着胖脑袋,面色土灰,头发好像全变白了。他胸前的牌子和别人不一样,上面写着外国特务和流氓,脖子上还多挂了一双女式破橡胶鞋。儒林街所有人的目光都聚集在陈大伯身上。有人惊愕叹惋,有人幸灾乐祸,但大多数人都默默同情地望着他。在周围震耳欲聋的呐喊声和锣鼓声中,陈大伯艰难地挪动着脚步,不住地干呕着,浑身阵阵地抽搐。猴子看不下去,扭头走了。我看着陈大伯,眼光冷飕飕的,觉得眼前的他已经不值得同情了,他离我很遥远很陌生,心里竟然升起一股莫名其妙的快感。结巴嘴里啃着勒谷子(方言:玉米),有意无意地问何健,哎,他颈子上为什么要挂双破鞋?药罐子瞟了我一眼,附在结巴耳边嘀咕了两句,结巴扑哧一声喷出一嘴的勒谷子,何健也佝着腰气喘吁吁笑个不停。结巴神秘地凑到我跟前说,他冒板(方言:硬充好汉),讲破鞋就是你妈,陈大胖子就是和你妈同房！我一愣怔,但没发火,平静地走到何健跟前,趁他的笑容还凝固在脸上的时候,抡起胳膊狠狠在他脸上捆了一巴掌,药罐子来不及哼一声,像一片树叶迅速地飘到了地上。结巴尖嚎一声,扑过来紧紧抱住何健,他的右脸瞬间隆起一个大包,满脸是血。结巴倏地转过身,气急败坏地冲我骂道,你神智无知的(方言:没有知识,不讲道理),自己人也打!我没理他,觉得揍何健轻松愉快,用现在的话说很爽,抡起的左手巴掌火辣辣痛得很舒服,不像踢陈大伯有思想负担。周围人不停地冲我戳戳点点,骂我是汤炮子的(方言:小流氓)。我身体像被榨干了水分,五脏六腑已经麻木了,我已经不在乎了,还觉得不过瘾,又狠狠冲着结巴的屁股来了一脚。

9

江南的春天是多变的。青弋江两边大埝的泥土里,被雪覆盖过的草根渐渐苏醒过来,倔强有力地顶开腐臭发黑的烂草树叶,像人的欲望不可抑制地疯长着。金黄色的野菊花点缀在一望无际的绿色波浪中,花花点点,悠悠荡荡。春雨时断时续,稠绵飘渺,纷纷扬扬,轻轻地,听不见淅沥的雨点声,像湿漉漉的烟雾,轻柔地浸润着儒林街深褐色的青石板路。细雨过后,太阳露出脸,空气吸一口甜丝丝的,像喝了蜜一样。弯弯曲曲的河道两边,柳树枝吐出嫩嫩的柳絮,混合着山茶花、桃花和梨花的香味,还夹杂着田野里油菜花的青气,四周弥漫在潮湿又温暖的氤氲里。

在这醉人的季节里,陈大伯疯了,还被王大妈他们送到市精神病医院,这是真的。

那次批斗游街后,他又被赶回卫生局清管处干他的老本行。不过,这次倒霉和张力胜爸无关,他已经上调北京了。陈大伯的主要罪状是为邓小平否定文化大革命胜利成果摇旗呐喊。其他罪名是生活腐化堕落,向青少年灌输腐朽的资产阶级思想,还偷听敌台,妄图和国外反动势力勾结起来,颠覆无产阶级专政等等。这些黑材料是王大妈硬逼着何健爸从药罐子嘴里整出来的。因为我和结巴是穿一条裤子还嫌肥的关系,我妈是破鞋的事被王大妈轻描淡写地一带而过,在街道召开的批判大会上,王大妈意味深长地说,一个碗敲不响,两个碗响叮当,苍蝇不叮臭鸡蛋……她觉得这个比喻不恰当,改口说,陈万鼎就是一只苍蝇也不叮的臭鸡蛋！已经蜕化成我们的敌人了。这个结论一下，我们和陈大伯彻底划清界限了。

最先发现陈大伯发疯的是何健爸。那天清晨，俩人在街口扫地，扫着扫着，陈大伯搂着扫帚就疯疯癫癫跳起舞来，双脚还跺着地，嘴里念念有词，左，左，左右左，右，右，左右右……何健爸近视，小心翼翼地凑近他，他已经控制不住自己了，肥胖的身体在发颤，额上的青筋暴突，眼泪汗水像是憋出来的，汹涌地顺着胖脸往下淌。然后，他咬牙，抿嘴，皱眉，抓胸，又死死揪住何健爸双手，像抓住根救命稻草使劲摇着，双眼发直，眼里闪着恶光说，吉贵，他们要拿刀砍我……说着，他又唱起了在我家唱过的那首外国歌，转身沿着曙光四射的街道狂奔，边跑边唱，引来了许多围观的人，都不知所措地望着他，眼睛无一例外地兴奋着，好奇着。陈大伯对他们的神情置若罔闻，他跑啊跑啊，似乎要把这个世界的一切都甩在身后。很快，他就跑到他战斗的工作岗位——街口的厕所，轻车熟路地操起一把粪瓢，飞快地从粪池里舀起一勺黄灿灿的东西，喘着粗气，冲上大街，奋力扬起手里的家伙，围观的大人小孩惊骇至极，还没反应过来，眼前划过一道弧线，像闪电一样；接着，头上，脸上，身上，瞬间变得黏糊糊湿漉漉的，恶臭无比，大家惊叫着四散逃离。陈大伯鼻塌眼歪地笑了。

陈大伯在精神病院时好时坏，待不了几天，又偷着跑回卫生局大院，又被抓进去，又跑回来，反反复复。最让人深恶痛绝的是他每次从医院跑回来，除了唱歌走正步外，当众脱裤子屙屎撒尿，还专门在王大妈家门口这么做，气得结巴从家里拿着菜刀恶狠狠地要砍他，被药罐子拉住了。何健鄙视地冲着陈大伯癫疯猥琐的样子，张口来了一句毛主席的诗词：宜将胜勇追穷寇，不可沽名学霸王（很多年后，我弄明白了这句诗的含义，才知道诗用在这里恰巧把意思弄反了，他真是信口开河）。

陈大伯的疯癫终于让儒林街上所有的人和他反目为仇，他成了过街老鼠人人喊打。我妈的腰肌劳损一直好不了，头发几乎白了，整天眼里翻滚着亮闪闪的东西，但那东西始终在眼眶里裹着，流不出来，而且，她在王大妈的思想教育下，也和陈大伯断了来往。王大妈代表组织联系了陈大伯所有在国内的亲戚，可他们知道他现在的状况后，像避瘟神似地躲着他。也难怪，一犯病，陈大伯总是光着脚在街上捡垃圾，剩饭，像只惶惶偷生的老鼠无助地在街上跳着,躲着,跑来跑去,所有人都追着他,冲他吐口水。后来,傻子想了个妙法,只要他一犯病,就找我妈要一碗米酒灌他,也只有他敢这么做。陈大伯喝了酒红光满面,目光迷离,安静得像个婴儿露出灿烂的笑容,又像个犯了错误的孩子,拘谨腼腆地缩在自己老屋的暗影里,一动不动,围观在他家门口的人看不清他的头脸,只看到他佝偻的圆背,像个巨大的问号。

　　梅雨季节又来了,空气潮湿闷热,让人烦躁不安。那天晚上,陈大伯在自己的老屋里凄厉地号着。恰巧傻子去电影院出摊了,我妈硬逼我送一碗米酒给陈大伯。我拗不过,只好端着碗进了他家门。我一点不害怕,从容不迫地把碗放在八仙桌上。陈大伯呆坐在桌边暗褐色的红木椅上,眼神温和却空洞,嘴角带着讪讪的微笑,一串口水挂在前胸,口水印湿了老头衫,隐约现出浓黑的胸毛。见到我,他一哆嗦,我盯着他那双眼睛——瞳孔散发出少见的幽亮,眼白周围布满血丝。他沉默片刻,长叹口气,缓缓站起来,迟钝地转过身,从身后的破书柜里抽出一个大信封袋,又不知从哪摸出一把大白兔奶糖扔到桌上,说,把这个信封交给你妈,糖归你,快滚!口气不容置疑,声音带着威严和锋利,在整个老屋的空气中漂浮着,我的内心为之一颤,一丝寒意紧贴住后背在游走。我被弄糊涂了:他怎么敢这样对我。但我很快释然了,他不过就是个疯子。和他计较什么? 拿起信封袋和奶糖无所谓地走了。

　　张力胜去北京前的一个晚上来和我们告别。那天电校篮球场恰巧放露天电影,人山人海。放的是《无影灯下颂银针》和《难忘的战斗》,这两部电影我们都看过,第一部片子印象不深,好像讲一个女医生为工人师傅做心脏手术。第二部讲解放军和国民党土匪作斗争,保卫粮食。可怕的是在电影结尾,暗藏的特务账房先生拿着铁秤砣偷偷砸向革命战士赵冬生的后脑勺,鲜血染红了他的黄军帽。我们坐在银幕的反面看得津津有味,一阵风把女医生的脸吹歪了。猴子捅了捅我和结巴,冷冷地说,看谁来了。我俩转过脸,隔着人缝,远远地瞥见张力胜背着个大挎包站在篮球场边温暖地冲我们笑着,还挥了挥手,又指了指身后的天主教堂示意我们去那里的大草坪——何健出生的地方。

　　初夏的夜晚,月亮高高挂在墨蓝色的天空,清澈如银的月光涂抹在天主教堂凹凸斑驳的石墙和窗棂上,教堂显得高深莫测和庄重神圣。我们好久没来这里玩了,坐在那颗百年老松树下,我们很激动,也很伤感。只有猴子的脸色很平静。自从在防空洞偷书回来后,他就成了跷老子(方言:不合群的人),

除了看书,和我们来往少了。张力胜打开鼓鼓囊囊的大挎包,倒出许多新鲜的东西。他先拿出一架红旗牌照相机,打开刺亮亮的军用电筒,要给我们照相,留个永久纪念。我们非要张大哥和我们一起留个影,还是猴子善解人意,连忙说,大哥坐中间我来照吧。张大哥笑笑说,好,我教你怎么按快门。照完相,张大哥命令我先回家弄点米酒来,我心领神会,撒开腿跑回卫生局大院。一支烟功夫,我抱着一大罐米酒气喘吁吁地跑回来,说,没人啦,就陈大胖子还在叫呢。张大哥叼着香烟没理我,正给每个人分礼物,他塞给我市面上没有卖的三听猪肉罐头和一包军用压缩饼干,还有一盒活血止痛膏,说是给我妈贴腰的;又扔给结巴一大摞皱巴巴的《大众电影》画报,封面上尽是漂亮的女演员。张大哥严肃地说,只能在家里看,不能拿出去。结巴激动得脸都变了形,捧着杂志就会说一个字:好,好。张大哥又从包里小心翼翼地捧出一个大纸盒,摆到何健面前,握住他瘦削的双手,亲切地说,小健,大哥以后照顾不到你了,这是一盒复方丹参片,治心脏病,你留着。何健浑身战栗,呼吸急促地点点头。张大哥又回过身,冲着梅善忠用大哥的口吻说,我听小强讲你看了不少书,这还不行,不能像陈万鼎那样光走白专道路,今后要做又红又专的革命接班人。这次回北京我还要上大学,以后我们经常通信。梅善忠很窘迫,不敢直视张大哥的眼睛。从本质上说,他和药罐子在张大哥面前都有种本能的怯懦。

大家喝了不少米酒,热汗淋漓,都晕乎乎的。四周很安静,只有对面长江上的东方红客轮不紧不慢地呜呜叫着,缠绵而悠扬。我抬头望了望教堂顶端的那尊洁白色的耶稣圣像,不知怎么,内心有点焦虑和恐惶。何健讲耶稣直立的身躯和平伸的双臂形成十字,意思是救赎,我实在搞不懂教堂和耶稣是干什么的,也不想弄明白。附近的篮球场传来《难忘的战斗》里清脆嘹亮的军号声。我大着舌头含混不清地对着结巴说,我最怕那个账房先生拿着大称砣砸人……张大哥扔掉烟头,打了个冷嗝,醉醺醺地说,怕就行了吗?阶级斗争就在我们身边!你们都被公安局给盯上了!这话一出,我们都打了个寒噤,过去那个狂躁桀骜不驯的张大哥好像又回到了我们的身边。不过,他毕竟过两天就要走了,也就没说什么过激的话,只是轻描淡写地说那次在陈万鼎的唆使下我们去防空洞偷书的事,后来被他在皖南大学的批判大会上交待清楚了,他污蔑说书是我们自己偷的,跟他没关系,公安局正在追查这件事。而且,夏伟被抓也是他揭发交待的。我们听了张大哥的话肺都气炸了。我联想到这段日子他胡作非为,还无耻下流地勾引我妈,真是新仇旧恨,恨不得狠狠揍他一顿。张大哥叹了口气,动了真感情,对我说,要不是因为他,我们就是一家人了。我咬牙切齿地说,我真想用那把刺刀捅了他!只有梅善忠低着头不说话。张大哥见他好半天不作声,凑到他跟前,喷着酒气问,去年夏天我们在青弋江游泳时玩过一个什么游戏?还是何健反应快,张嘴来了一句电影台词,我要把你扔到河里去!猴子一激灵,抬起头,惊恐地望着张大哥,语无伦次,不,不,……何健像终于明白了什么,兴奋地说,为什么不?陈大胖子干了那么多坏事,要不是老大哥挡着,我们都卡(方言:关)进去了。我们要……他沉思片刻,一字一顿地说,送瘟神!他很激动,说得气喘吁吁。我和结巴反应慢,听得稀里糊涂,最后在何健的指点下,总算茅塞顿开,兴奋得在地上打了个滚,笑成一团。张大哥微笑地看着我们,始终不说话。

10

　　我们决定要玩一个扔麻袋的游戏。

　　猴子抱起地上还剩下的小半罐米酒,神秘地说,我先回去把老家伙灌醉,再回来叫你们。没等我们答应,他抱着米酒罐小跑着没影了。那边篮球场的电影还在如火如荼地演着,事不宜迟,我豪情万丈地说,陈大伯讲过团结就是力量!集体的力量大于一切!我觉得说漏了嘴,紧张地吐了一下舌头,急忙改口说,我嘴臭,不是这个意思……张大哥却肯定地拍了拍我肩膀,不愧是工农兵大学生,他又讲了句我俩听不懂的话,讲得对,这叫以其人之道还治其人之身!何健赶紧在我俩耳边嘀咕了几句,我俩摩拳擦掌,乐颠颠地跑了。

　　卫生局大院静悄悄的,只有陈大伯还在屋里没完没了地唱那首外国歌,大院门口放着半罐米酒,猴子却不见了,结巴骂他是叛徒,喷着酒气,踉跄着撞开自家的门找绳子去了。我蹑手蹑脚穿过小北屋的门,还是被我妈听见了,她窸窸窣窣地翻了个身,问,小汤炮子的,你又要到哪里做孽?她嗓音嘶哑,像秋风中的枯枝,稍微用力就能折断。我心虚地说,我给陈大伯送碗米酒去,话一出口,我就后悔了,在心里捆了自己一个大嘴巴,然后在厨房米缸边扯起一只大麻袋,又摸到门口悄悄掩上门,推起门口陈大伯为我妈特制的小木板车,结巴拎着麻绳已经在陈大伯家门口等我了,我俩面面相觑,犹豫着不敢进门。

好在张大哥及时背着药罐子大步流星地赶过来,冲我俩会心地点点头,我立刻底气十足地把麻袋扔给结巴,抱起酒罐大步冲进屋,结巴跟在后面跺着脚喊,左,左,左又左……。他喊得一点也不结巴,药罐子唱起了团结就是力量的歌,坐在椅子里的陈大伯看到我们突然冲进来忽地站起身,惊恐地张大嘴,半天说不出话,那双迷乱的鱼眼掠过一丝闪亮,但随即阴沉下来,他颓然坐下。我不动声色地给他倒了碗酒,他抢过碗,咕咚咕咚仰着脖子喝干了,一抹嘴,就看到了身后的张大哥,他忽地又站起身,摇头晃脑地笑了,又开始跺脚了。我早就不耐烦了,撑开大麻袋的口,从陈大伯身后跳起来,骑到他背上,陈大伯没提防,朝前趔趄两步,双脚一软,半弯着腰趴在地下。我狠狠地揪住他的胸毛,他杀猪般地嚎叫着,拼命挣扎。结巴也赶过来帮忙,嘴里不干不净的讲了句英语,给扶阿普诺哈姆(缴枪不杀,Give up, no harm)!张大哥没动手,我俩结结实实把陈大伯五花大绑塞进大麻袋,嘴里还塞上条臭毛巾。陈大伯象个被草绳捆紧的江蟹,不停地在麻袋里撕扯着,嘴里还鸣咽着儿子孙子的话。张大哥露出心满意足的笑,那笑意在脸上四处流溢,彷佛悬在心头的事终于有了着落。

张大哥推着木板车,何健坐在车上护着乱动的麻袋,我和结巴左右扶着把手,吱扭吱扭蹒跚着出了卫生局大院,身后好像又听到我妈嘶哑的叫骂声,我们顾不了啦,又推车上了儒林街的青石板路,借着酒劲,光脚腾飞,热乎乎的脚丫子吧嗒吧嗒踏在青石板上,内心像燕子的翅膀上下扇动,简直要飞起来。何健颤颤巍巍挥动着胳膊拍打着麻袋,又来了句诗词,春风杨柳万千条,六亿神州尽舜尧……借问瘟君欲何往,纸船明烛照天烧……。结巴又唱起团结就是力量的歌,我们昂着头,转眼就上了青弋江的大埕,停下板车,张大哥麻利地抱着大麻袋扔到地上。大家喘着粗气,顺着江水向远处青弋江和长江的交汇口望去,银白色的江水是那么雄浑博大和神秘无穷,江水迅疾且勃健地在我们眼前流过,融汇进宽阔的长江里。我呆呆地立着,麻袋又是一阵乱动,我狠狠地踢了麻袋一脚,药罐子咽了口唾沫,怪叫一声,我要把你扔到河里去!张大哥一震,像受了刺激,咬紧牙揪住死沉死重的大麻袋,拖着下了陡窄的青石板路,我和结巴也跟着后面,费劲地拽着麻袋,踉踉跄跄踏上了平时老妇女们举槌捣衣的竹水跳,三个人又一鼓作气,抬着那个装着长得像什么亲王胸口长着浓密胸毛差点成了我继父后来又变成阶级敌人走资派和疯子的陈大胖子的麻袋奋力向江中心扔去。

以后的三十多年,我的周围一切发生了许多惊人的变化,变得让我惊慌失措。

最初,陈大伯失踪几天后的一个下午,有人报案,说在中江塔附近的江边发现了陈大伯泡得像面包一样的尸体,奇了怪了,大麻袋和捆他的麻绳不见了。王大妈紧急召开街道党委会,公安局也来了人,还立了案,会议分析研究了半天,也没结果,最后初步认定陈万鼎畏罪自杀。这事也就慢慢不了了之了。不过,我想王大妈和我妈应该知道这件事的真相,只是她们没说罢了,因为我妈告诉我,猴子当时告诉了王大妈,她正在操场看电影,没理他。我和结巴担惊受怕了一段日子,一切依旧,心也就渐渐放回肚子里。但是,猴子从此和我们分道扬镳了,而且,随着年龄的增长,陈大伯的死变成我生命中最疼痛的记忆,至今我不敢去青弋江,不敢摸带毛发的织物。

后来,何健也病得走不动路了,不能做汽车,只好在他爸妈的陪护下,乘东方红客轮去上海华山医院治心脏病,我妈事先把我从陈大伯家带来的大信封袋交给他爸妈,里面装着钱和要找的医生的信,还说何健是在三年自然灾害期间陈大伯和他的一个学生恋爱生下的孩子。孩子生下后,他妈产后营养不良,全身浮肿,最后也死了。陈大伯无奈,偷偷把孩子放在教堂前的松树下,眼睁睁地看着孩子被那个扫街的工人抱走了。何健没有那个电影里老工人师傅那么幸运,虽然也采用了针灸麻醉的技术,做了一种什么心脏搭桥手术,但结果失败了,还死在回家的东方红客轮上。快咽气的时候,他断断续续说了些兴高采烈的小松鼠和睫毛之类的话。

再后来,猴子就上了中国科技大学少年班。交代一句,猴子爸妈是表兄妹开亲,他姐得了一种叫地中海贫血症,按现在的医学说法是染色体遗传性缺陷造成的,后来也死了,而他却成了天才。几年后,猴子又获得郭沫若奖学金去了美国,实现了去外国走走的理想。周根娣也上了北京的舞蹈学院,也去了外国,还入了人家的国籍。有回我在中央四台看到杨百翰大学在中国巡回演出的节目,有个名叫大河之舞的爱尔兰踢踏舞跳得很精彩,我竟然在演员中发现了一个黑眼睛黑头发的女孩,她向记者介绍自己来自中国的江城叫周根娣。电视上的她更加漂亮迷人,闪亮的眼睛,线条柔和的鼻翼及嘴唇,还有那光洁的前额……我竭尽全力搜索她上小学时候的容颜,就是找不出来半点影子,耳边老是响起她说过的那句话,你就是拎不起来的猪大肠……

另外,张力胜大哥去了北京后,就再没有和我们联系过了,也没给我们寄最后一次在教堂前的合影照。猴子前年从清华大学讲课回来看望我妈,说在一次同乡聚会上,他还见到过张教授,不过双方都没认出对方。后来,猴子的一位朋友告诉他张教授是安徽人,他才注意到眼前的张力胜已经霜染两鬓了,但慈眉善目,气质儒雅。他朋友说张教授现在是北京某著名大学人文学院的副院长,带了几个博士生,传道授业解惑,桃李满天下,还长期资助特困大学生,他的夫人孙红梅和他在一个系,俩人育有两个孩子,现在孙教授已经退休在家带孙子,尽享天伦之乐。猴子悄悄地走开了。

相比之下,我姐一家日子过得不务心(方言:舒坦)。文革一结束,冤假错案平反昭雪,姐夫就放出来了,我姐在家生了个儿子,俩人都没考上大学,成了无业游民。我姐气不过,翻出我在防空洞偷的画,据说是齐白石的真迹。俩人南下广州,卖了画做起了服装生意,结果血本无归,以后的日子,俩人磕磕绊绊,感情不和,最终离了婚,2岁的儿子判给我姐夫,跟着他爸回了吉林老家。我姐后来又和一个浙江温州人结婚成家,生儿育女,现在儒林街开了几家灯具店,每天的工作就是打麻将,还烟不离嘴,过去的安娜变成了《列宁在一九一八》里刺杀列宁的女凶手。总之,她日子过得舒坦悠闲,就是不给我和我妈一分钱。

再说我,我和结巴高中都没毕业,结巴靠他爸在卫生局当人事科长的关系进了市中级法院,现在是办公室副主任,说话也不结巴了,整天端着架子,神情威严凝重。我混得最差,找了个江北农村老婆,生了个姑娘,长得随我,很水灵。托结巴的福,女儿职高毕业后在法院办公室做文秘,每天围着白主任转,还经常陪他做接待工作。我一直没工作,猴子第一次回国探亲,除了帮大头的女儿出国留学外,背地给了我妈六万块钱,让我开个干洗衣店。以后只要回老家,他就来看我瘫在床上的老娘。说到我妈,顺便提一句王大妈和傻子,王大妈活得很健康,天天上老年大学,傻子凭借"傻子瓜子"成了中国的名人。傻子的名字进了《邓小平文选》,这是我女儿告诉我的,她还在网上搜了一下猴子叔叔的名字,乖乖吓了一跳,有近千条关于他的记录,他是享誉海内外的科学家,美国物理学会会士,中科院院士……我感慨不已,后悔自己以前没听周根娣的话好好读书。

　　可周根娣对我还是老样子。上星期她回家探亲,邀请班主任刘老师和几个小学同学吃西餐,特地转告其他人要我参加。当时气氛很热烈,我红酒喝多了,双手端着酒杯恭恭敬敬地站起身凑近她。她不慌不忙用白色餐巾布擦擦嘴角,动作优雅轻巧,然后,微启红唇,那双闪烁着银光的纤纤玉指捏住白色餐巾布,稍稍嵌入唇间,用力一抿,又浅笑一下,说,你切牛排要用右手拿刀,喝汤不要发出声音,对了,帮我个忙,明天陪我去法院找白存平,了解一下中国刑事案件的司法程序,我先生的外舅公陈万鼎33年前的自杀案有了新的线索,洪市长要求排除一切困难,尽可能查清楚。她顿了一下,意味深长地说,这关系到我先生决定是否在江城引进一个15亿美元的投资项目。

——刊自《长城》2011年第2期

三叶草

漫长而无聊的等待。

机场候机厅的窗外，噼噼啪啪的雨线乱窜着直射下来，砸得落地玻璃窗嘭嘭作响，浓厚的乌云再次压下来，白茫茫灰蒙蒙混成一片。广播里重复播报着浦东到白云机场的航班一再延误，都因为南方连续一周的台风暴雨，看来今晚要在机场宾馆过夜了。

龚一殊懒散地调整好坐姿，打开手机，给已冲上云霄飞往爱尔兰的班机上的女友发了个短信，告诉她昨天晚上节骨眼上他还是放弃了措施，为的是在最后毕业的时刻给他俩播撒下种子。他这趟回母校是和几个研究生吃散伙饭的，很惬意，不外乎是醉酒、调侃、互吐衷肠，往往还有些雷人的小节目，比如，某个坏家伙会出其不意地派发装着安全套的大红包，美其名曰大吉大利。龚一殊最讨厌这类玩意，生理上过敏。但这几年的学校生活他的确大吉大利，虽然逃过课，挂过科，但凭借过人的天赋继续留在母校读研又读博，最重要的转折是忍痛和老家青梅竹马的邻居稽会枝分手，又涅槃重生，收获了新的爱情。形象地说，通往爱情的路上虽然总在施工，但他成功了，用他自己的话说，我成熟了，是眼泪在眼眶里打转还能保持微笑的成熟，谁让他是空军飞行员的后代呢。

他将耳麦插进手机，听着女友给他下载的一首爱尔兰歌曲，渐渐觉得自己有点像在做梦，又有点微醺然，茫然空洞的眼睛扫了一下候机厅四周，才发现天色暗了下来。忽然腰被什么轻捅了一下，他转过身，模模糊糊看到一张清汤挂面的女人脸冲他谨慎又带抱歉地笑笑，随手从地上捡起被她蹭掉下去的英文小说小心翼翼递给他，低头，弯腰，捡书，连伸出手指都异常柔软生动。龚一殊下意识地点点头，心里莫名升起一种温暖的情愫，像春天刚刚冒出泥土的小嫩芽,毛绒绒的,痒到心里。从早上目送女友迈进海关绿色通道到现在,他一直在这空旷冷漠的地方干坐着,似乎被周围遗忘了。

他忽然有种想和她说点什么的欲望。

他摘下耳麦,认真地打量着身边的女人。她不施粉黛,皮肤白皙,面孔略显憔悴,完全是家庭主妇的素净打扮,染成棕色的长发高高绾起扎成马尾辫,再看看自己放浪形骸不修边幅的样子,红色的短袖T恤,牛仔裤管已经磨破,又被雨水浸湿,皱巴巴的,不过,透过竖领的米色夹克,内里是雕像般健美的身躯。父亲虽然在一次意外的试飞中殉职了,但传承给了他健康优秀的基因,他不仅浑然天成,而且特立独行,当然,也有那么点风流浪漫,但这更不妨碍他魅力四射。他一直这么认为。

女人吃力地将行李箱拖近自己的身边,又用手机不停地叮嘱着什么,好像是让女儿再念五遍《微笑的波尔卡》,速度要保持在80,要注意后十六节奏型,这首曲子末尾音在do上,要选C大调,然后又埋怨保姆煲莲藕排骨汤没有把藕放进高压锅先炖上二十分钟,另外,放排骨时要加些料酒。她絮絮叨叨完,挂断手机,冲龚一殊尴尬地笑笑,说刚才广播通知飞机要推迟到明早八点起飞。龚一殊试探地问她的口音好像是苏南人。女人惊讶地说自己是丹阳人,龚一殊露出了如指掌的微笑,说他们是老乡,随即脑子灵光一闪,正像网上八卦新闻里说的,美丽的少妇邂逅大学生,从而引发出……太老套了,不过今天自己初次碰上,还真有点意外和好奇。

接着是一番没有意义的自我介绍。女人说十年前随丈夫来广州打工,现在一家幼儿园教音乐课,丈夫在贸易公司做报关员,日子过得紧张,广州保姆工资又太高,这次回老家想找个亲戚……不过,她的名字挺雅致的,叫陈婉清。龚一殊脱口而出,好名字,取自《诗经》里的句子,有美一人,婉兮清扬,你长得真好看,眉目清秀的,他有点情不自禁。陈婉清红着脸,不好意思地笑笑,现在的大学生真会忽悠人,都是老大妈了,顿了顿,又说,不过名字是我父亲起的,他是个民办教师,在我8岁的时候得病去世了。她声音暗哑,语气苍凉而超脱。龚一殊肃然起敬,内心陡然生出同病相怜的惆怅,自己也在8岁的时候失去了父爱。沉默。龚一殊隐约感到彼此间有某种氤氲在发酵,微妙而不真实的存在着,无法言说。他悄悄看了她一眼,候机厅的暗光下,她的脸庞素雅平静,像个月亮,可在这平静之后,或许有着和他一样的隐痛和伤感呢。

忽然，她俯身摸了摸他湿漉漉的牛仔裤管，像姐姐照顾顽皮弟弟似的带着惊讶和责备的口气说，都这么大人了，还不会照顾自己，会感冒的，说着，拉开行李箱，随手翻出一件米色休闲裤塞到他手里，不容置疑地说，我老公的骨架应该和你差不多，回宾馆换上试试。那声音，气息和动作有点像稽会枝，更有点像母亲，带着母性的温暖。但和紫凝南辕北辙，紫凝除了纯粹的孤傲和显赫的海外关系，简直一无所有。龚一殊惶恐得有点不知所措，连说谢谢。他是个极易受情绪牵制的孩子，很感性，这点不像父亲。他仔细看她的脸，她的嘴唇丰润，一定无限柔软，如果他尝试用舌尖舔一下她那光滑细瓷般的门牙，一定会很清香，滑腻，他一阵恍惚，隔着两三公分的距离，隔着T恤衫和黄梅天湿热的空气，他甚至能触摸到她身体的柔软和温热。

他的心脏遽然一缩——毫无缘由地想吻她一下，他要延续自认为存在于俩人间的意兴阑珊。

想什么呢大学生，快上大巴吧，陈婉清一声断喝，打断了他的思绪。

大巴停在靠机场不远的所谓三星级酒店。进了房间，龚一殊就闻到一股霉湿味，被褥也黏糊糊的，他沮丧地躺在床上，打开电视和空调，好在空调效果不错，闷热的房间清凉了许多。他脑子里还在想着陈婉清的那张脸，那眉眼，那神态，真有点苏菲玛索的韵味。他又无聊地翻开那本被陈婉清捡起来的英文原版书，那是号称美国的琼瑶——Danielle Steel的畅销小说《房子》，讲述四代女性的故事，女主人公萨拉年轻坚强，经过波折最终明白了生命的意义，意识到自己该做和不该做的事情。这是紫凝送给他的书。刚翻了两页，陈婉清在门外按门铃，他敏感的神经一跳，他把书签插进书里，赶紧起身拉开门。

陈婉清一身休闲打扮走进房间，眉毛上像挂着一层霜，说，空调不制冷，维修工也找不到毛病，烦人的是隔壁的餐厅在装修打电钻，吵得我连电视声音都听不见，唉，让总台调个房间说都住满了，看来今晚只有将就一下了。龚一殊连忙说，我们调一下房间吧。她摇摇头说算了，又问他为什么不换掉湿裤子。龚一殊心虚地说忘了，赶紧走进卫生间，不一会儿，整个人一脸阳光地走出来。陈婉清盯着他牢牢地看了一会儿，大姐姐似的温存地给了他一拳，说，这个样子真像我当兵的弟弟。他红着脸，僵硬地笑笑，说，谢谢，作为报答，酒店旁边有个家乐福超市，我想请你吃碗云吞。陈婉清走近他，纤细的手肘推了推他，笑容可掬地说，居家过日子的人，鲍鱼西餐请不起，这个我还行。趁现在不下雨,等会儿你陪我去趟城隍庙,再买点世博纪念品给孩子,你给我当挑夫吧。她微笑地试探着问。龚一殊心里咯噔一下,还是点了点头。

吃完云吞,俩人走到超市门口,见几个年轻人和孩子在照大头贴。陈婉清望着一个年轻的妈妈和她的儿子亲密地依偎在一起,两张脸贴进花仙子画板后面的圆洞里,满脸的幸福和陶醉。她的脸闪过一丝伤感和失落,说,我女儿长这么大还真没带她照过大头贴呢。龚一殊望着她,她的姿势颇有些韵味——歪着头,轻蹙着眉,那细瓷般的门牙若隐若现地咬着嘴唇。龚一殊想自己要是那片下嘴唇就好了,永远唇齿相依。

从机场到龙阳路,龚一殊坚持要坐磁悬浮,说要享受一下子弹飞的感觉。陈婉清反对,说每人五十块钱的票价太贵,吃两碗云吞不过三十块钱。龚一殊说来回路费他来付,说着扬了扬手里的银联卡,炯炯的眸子闪着自信的光芒。陈婉清叹口气说,不争气,就知道花父母的血汗钱,龚一殊学着赵本山的口气说,我们不差钱。陈婉清瞥了他一眼,目光有那么一丝嘲讽和轻视。龚一殊感觉话有点过了。

乘坐磁悬浮的感觉就是快,三十多公里的路程不到十分钟就飞完了。龚一殊更快,在这几分钟里他把自己二十多年的成长史告诉了陈婉清。他比划着说父亲是在试飞SU-27飞机做普加乔夫动作的一刹那出事的。后来,他发誓要像父亲那样做个试飞员去冒险和征服,可母亲粉碎了他的梦想,她不愿意下半辈子为儿子担惊受怕,从此他觉得生活像失去了目标。稽会枝比他大两岁,像母亲一样呵护他。两人同在一个空军大院里长大,为了他,放下尊严,放下个性,放下理想,就是没放下他,为了他的梦想,她在南航读研,为的是让他们的后代也成为飞行员。可结果呢,龚一殊像个哲学家似地说,我选择了伤害她,而她却选择了伤害自己,没毕业人就不见了。有人说80后的孩子容易冲动、自我,轻易放弃不该放弃的,固执地坚持不该坚持的,我和紫凝应该属于这类人吧。他自嘲又真诚地笑笑,又说,追求紫凝也是一刹那的事情。一次洗澡,我寝室的一个弟兄发现她的男朋友那个地方没长好……呵呵,就偷偷把这个隐私公布到校园论坛上了,后来他俩就分手了,再后来我向寝室的弟兄们打赌,如果追到校花紫凝,就可免费得到下一学年的饭菜票,结果我稀里糊涂赢了,又成了她父亲的研究生,我清楚并不完全因为我的魅力,现在大学有个怪现象,不少老师的子女个人素质一般,却在父母的撮合下,和他们的得意门生结下姻缘,使所谓的家族基因永远保持优秀⋯⋯我也算"受害者"之一吧,龚一殊微笑地说,所以也永远失去了大妹。陈婉清没吭声,望着窗外,树木和建筑物风驰电掣般向后闪过,她神情淡然,直到车停稳了才漫不经心地说,一个谈不上伤感的爱情小故事,你不过想表明自己不是一个见异思迁的人,只是一时冲动又无法摆脱对吧,龚一殊点点头,陈婉清站起身,大气地说,走吧小伙子,也许失去的东西从来都不属于你,你也不必惋惜。龚一殊脸上多云转晴,觉得她挺善解人意的,便说,我和紫凝虽然都不是初恋,不也好得纯净透明嘛。

坐二号线到南京东路站下来后,俩人打车到了城隍庙,霓虹闪烁,人如蚁巢,各种肤色的游客没有目标似的四处弥漫,又像同时向某个地方集中。陈婉清像条鱼游弋在五光十色的人流中。龚一殊满头是汗,双手拎着鼓鼓囊囊的塑料袋,像个忠诚的仆人跟在后面。周围的店铺绵延不绝,发卡、项链、钱包、鞋帽,花花绿绿,品相绝对有个性,跟潮流。在一家世博专卖店里,陈婉清和售货员争得面红耳赤,尽管售货员心平气和地一再解释世博专卖品一律不还价,她仍然不依不饶,还不停地打手机给女儿确认那款海宝电动玩具遇到障碍物是不是就地绕开,还是翻个跟头⋯⋯龚一殊又累又渴,受不了她的磨蹭琐碎,掏出银联卡悄悄把账给结了,心头又一阵虚空,觉得眼前这张女人的脸虽然长得好看,却也那么如此陌生而遥远。真愚蠢,犯不上莫名其妙跑到这里来受这个罪。他忽然明白那些八卦新闻里告诫人们警惕少妇勾引大学生骗财骗色,最根本的原因还是大学生自身缺乏社会阅历和经验,而且和少妇们一样俗不可耐。望着她,他嘴角浮起一丝雍容大度的微笑。

然而,陈婉清却转过身,像看穿他的心思,从容不迫地从挎包里掏出钱塞进他的手里,定定地看着他说,谢谢你的好意,这里还有坐磁悬浮的车票钱,你要是累了,可以先回去。她的眼神居高临下,温柔的面孔透着知性的冰冷。龚一殊满脸丢盔弃甲的尴尬,连说,别误会,我只想趁时间还早去逛一下环球金融中心和外滩。那也行,你帮我多拍几张照片,过几天我带女儿过来玩一趟。她沉稳地点点头。

城市真的是让生活变得很美好。夜上海的魅力是从乘电梯直上一百层的观光天阁开始的。踏在透明的玻璃板上,犹如云中漫步。龚一殊忙前跑后给陈婉清照了几张夜景下的照片,陈婉清望着脚下东方明珠的尖顶和经贸大厦的屋顶,不敢挪步,带着颤音兴奋地说,真是一览众山小啊,又招呼他过来,挽着他的胳膊,柔软的身体贴近他说自己有恐高症。龚一殊脸微微发烫,感觉她身体有种绵绵的温暖,还带着颤抖。为了打消她的恐惧,他指着头上的玻璃幕顶说,白天天气好的话,把天窗打开可以看到蓝天白云,真正是天人合一呢。陈婉清莞尔一笑,你说和坐飞机的感觉一样不就完了嘛。一提到飞机,龚一殊立刻精神抖擞,如数家珍,从国产歼1到歼11战斗机的性能和最大时速,还说十八岁那年稽会枝的爷爷(空军副政委)带着他偷偷去考空军学院,在过了许多道严格的体检关后,还真的坐了一回歼7教训机。他感慨地说那个速度快得简直有灵魂出窍般的感觉。最后他总结还是喜欢SU-30MKK型战斗机,它的武器装备系统绝对精良,包括一门30毫米的GSH-30航炮,装在机翼边左侧后翼……陈婉清出其不意打断他,不对,应该是装在右侧前翼,带弹150发,还有12个外挂架,翼下8个,机身下4个,总载弹量8000公斤。龚一殊瞪大眼睛望着她,嘶嘶直吐冷气,你怎么也知道……陈婉清拍着他肩膀,像个大姐姐哄着顽皮的弟弟。我女儿婷婷的小舅,也是我的弟弟,现在空军服役,不过他是个地勤兵,我们经常也聊飞机呢!小伙子,看来你还没忘记过去的事,陈婉清意味深长地瞥了他一眼。龚一殊从喉咙里发出一声难抑的嘟囔,我只是随便讲讲而已。陈婉清继续说,爱的反面意味着淡漠,心里不会再有对方的位置了,没有恨,更不会想起,剩下的只有无所谓。龚一殊一阵心乱,他发怔地望着她,那张面孔依旧素净安详,静得让他手忙脚乱,让他有点看不清了,这是个有着什么样过去的女人呢?他满脑子都是狂乱的念头,他想找到一个入口处去看个究竟。他忽然想到酒吧——一个可以激发人大脑思维产生闪电般化学反应的地方。

于是,他开玩笑地说为她拎包累到现在,如果不陪他找个地方休息一下,就把那只海宝电动玩具扔掉。陈婉清见他后背T恤衫汗湿透了,有点过意不去,露出一脸苦瓜似的笑容,点点头,让他保证大家AA制,她只喝一杯饮料,两个小时后必须回宾馆。

淮海路的一个带露天阳台的酒吧。吧内装饰典雅,哥德式模型顶镶嵌着射灯,墙壁是那种紫罗兰色,上面挂着上世纪二三十年代建筑设计师的铅笔建筑画,雕花的廊椅,桌椅间的隔栏,到处充满异国情调。幽暗的灯光下,奇形怪状的各色面孔既性感又激情,他们极度地沾沾自喜或忸怩作态。挤在纷纷攘攘的嘈杂中,这回轮到龚一殊像条鱼四处游弋,他领着陈婉清坐到一个昏暗的角落。离得很近,他闻到她身上散发出健康的微微的汗味,那张脸一如既往是浅浅的微笑,安静得无懈可击,仿佛周围的喧闹与她无关。龚一殊仰脖灌下三大杯现酿的德国黑啤,瞳仁也显得游离不定了,他断断续续漫无边际地聊起自己和稽会枝的过去和计算机专业,他和导师共同编写的《网格和协同计算》教程……他轻松又漫不经心地说已经和导师参与并主持了国家863计划和国家自然科学基金的多项活动,现在是学校计算机科学和创新团队的主要成员,另外,准备下学期就和紫凝结婚,毕竟两人都不年轻了。他微笑着沉稳地问,怎么样,80后不仅叛逆还出类拔萃吧。陈婉清像是被他的话打动了,缓缓伸出修长的手指,穿过幽暗的光线,迟疑又温柔地替他拢了一下额前的乱发,喃喃地说,你们走得太快了,把灵魂也丢掉了。龚一殊一激灵,嘿,看来我的情商和记忆都不错,这是部法国电影里的一句话,意思是在浮躁功利的现实生活里,我们因为欲望,追求各种名利走得太快而丢失了灵魂,丢掉了生活中最本质的东西。你这个比喻用在我和紫凝身上不恰当,我们绝对不是远视眼,不会模糊离我们最近的幸福呢,我们也经常争吵,可脚踏实地,合得来是因为彼此欣赏和尊重对方的个性,而她让我像一拳砸在棉花堆里,那时我多渴望她哪怕是对我一点点的不从和抗争呢。有句俗话应该反过来讲,女人不坏,男人不爱……是吗? 陈婉清若有所思地问。

龚一殊摆摆手,轻叹口气,真是应了别人常讲的话,和亲近的人吵架,和陌生人讲心里话。算了,讲讲你吧,直觉告诉我你是一个谜,有点让人琢磨不透……他饶有兴趣地问,窥探的眼神迎着陈婉清的目光,迫切又热烈,弄得陈婉清有点不好意思。不告诉过你了嘛,良家妇女,最多有点小资情调,你太高看我了,神经过敏。陈婉清嗔怪道,说着掏出手机,自嘲而无奈地说,喏,这就是我的生活,女儿作业又不会做了。她站起身,穿过对对相拥的舞伴,走到露天阳台,耐心解释着什么,声音果断肯定,俨然是老师开导学生的样子。龚一殊眯缝着眼,隔着人群,神思恍惚地望着她的背影若隐若现。终于,她挂断手机,从容又释然地又走进暧昧湿热的酒吧里,里面的人正在跳伦巴舞。

忽然,龚一殊从座位上站了起来,他看见陈婉清站在一对年迈的老外夫妇面前,正示范着跳伦巴的动作要领。她面容端庄,双脚脚踝并拢站立,双臂自然伸开,左右胯前后大角度地旋转扭摆着,动作性感飘逸,嘴里还不停地用英语轻快而温柔地说着什么,引得周围阵阵口哨和掌声。龚一殊听得很清楚,伦巴是爱的舞蹈,您要向太太展示有多么爱她,要深情地望着她,来,放松点,扭动臀部,一,二,三,四,OK,她像个职业舞蹈老师,神态自若,打了个响指招呼侍应生,激昂奔放的音乐再次响起,在她的引领下,那对颤巍巍的老夫妇像找到了感觉,翩翩起舞,其他人也像找到了感觉,气氛又被推向高潮。

　　回到座位上,她的眼睛亮晶晶的,脸颊浸着细汗,从头到脚散发着好闻的气味,她低低地说,他们跳得实在蹩脚,以前在幼师学过拉丁舞,正好找找感觉。她音色温润,语气掩饰不住骨子里的意气风发,龚一殊瞪着眼睛,如雷达细细在她脸上扫描了半天,喃喃自语,一个好的程序员应该具备模块化的思维能力,假设你的个性就是个模块或者函数,我现在无法调理清晰地找到一个切入点或者依据来给你定位。说你含蓄淡定贤惠善良,还是热情奔放温婉如玉,似乎都不能定论。这个模块实在不好写,甚至有点可怕……陈婉清脸上隐现着戏谑和不满,喊,还是书啃多了,都啃到封面上去了,神经过敏,我一个手无缚鸡之力的女人有什么可怕呢,她有点忿忿不平,轻轻搥了他一拳。

　　龚一殊觉得自己有点过分,脸上绽放出一个感染力十足的微笑,凑近她,说,知道吗,你长得像苏菲玛索,头发真好看,要是散开了就更飘逸了,还有,你的舞步似风似影,美妙绝伦,不过你的眼睛忧郁迷离,让我的心隐隐作痛……陈婉清定定地看着他,像巫师一样看到他心里,说,没想到一个高智商的博士也说这么酸溜溜的话,真让人起鸡皮疙瘩,你不会是琼瑶小说看多了吧,要不是那本美国老大妈写的小说《房子》让你着迷了吧……,陈婉清脸上分明写着轻蔑,潜台词是不看在老乡的份上懒得搭理你。龚一殊摇晃着站起身,嘴里嘟囔着,你怎么不说我情商高呢,对不起,我是 A 型血,一直相信直觉。

　　你要相信直觉,就不会丢掉芝麻去捡西瓜了。这话什么意思,龚一殊似乎酒醒了。没什么意思,她脸上闪过一丝讥讽,从候机厅到这里你不一直在说她吗,连她的缺点都那么耿耿于怀,好啦,快走吧,她不耐烦了。龚一殊急忙辩解,你误解我的意思了,我只想表明现在真的很幸运很幸福……哈,还是俗话说得好,不吃饭的女人这世界上会有,不吃醋的女人绝不会有的。喊,都当妈妈的人了,和你小孩吃什么醋呢,再说值得吃你的醋吗?陈婉清揶揄地一笑,凌厉的目光扫了他一眼,背过身。龚一殊无地自容,尴尬地笑笑,岔开话题,问,哎,你怎么会知道我读的小说叫《房子》,那上面可没有一个汉字啊。他嘴里喷着酒气,好像要故意气她。陈婉清头也不回拔腿就走。龚一殊连忙跟上,心里窃喜,调侃地喊,不让我给你拎包啦。酒精的作用真厉害,把他的双脚泡软了,没走两步,他膝盖一软,半跪倒在地,引得周围人惊奇地望着他。陈婉清缓缓转过身,虎着脸,走过来扶他,俩人蹲着对望,半天没开口。最后,陈婉清轻叹口气,指着他喉头一块暗褐色的疤,有一搭没一搭地问,那是什么。龚一殊含混不清地说,胎记,又补充说稽会枝的胎记也在脖子上,紫凝的在腋下。陈婉清皱着眉说,变态,没想到你那么喜欢关注别人的隐私。不是你问我的吗!龚一殊有点不高兴,眯缝着眼说,我年轻,需要你指点,但不需要你对我指指点点,其实你的牙齿真好看,皮肤也很白净,微翘的鼻尖,灵动的眼睛……陈婉清红着脸,愠恼地给了他一巴掌。

回宾馆的路上,陈婉清受够了罪,龚一殊吐了她一身,整个身体像根面条粘住她。她大包小包挂在身上,还艰难地扶着他站在马路边,一辆又一辆招手打车。总算挪进了宾馆大门,在服务生的帮助下,俩人进了电梯。龚一殊有意无意地把手搭在她的肩上,陈婉清气恼地推开他,说,别装疯卖傻了,电梯里的摄像头会照下你的丑态,再上传到网上,让你身败名裂呢。龚一殊本能地缩回手臂,佯装醉态地说,真不该去酒吧。陈婉清嘴角挂着一丝冷笑,说,真是酒不醉人人自醉,色不迷人人自迷啊。哼,还是个博士。最后一句话轻得像根羽毛,但他还是听见了,大脑飞快地旋转,想,跨出电梯游戏立刻结束。

然而,当电梯门缓缓拉开,陈婉清表情木然,命令他,先去你的房间,帮我把买的东西整理一下打包,口气刻不容缓。龚一殊回望了她一眼,面无表情地拎着塑料兜慢慢进了自己房间。一进门,陈婉清甩掉半高跟鞋,富有弹性的双脚踏在地毯上来来回回,像个小鹿似的轻快无比。她无所顾忌地冲他呼来唤去,嘴里抱怨他做事条理不清,把德芙巧克力挤碎了,又把给孩子他爸买的衬衫弄皱了。龚一殊一语不发,吭哧吭哧总算把所有吃的、用的、穿的全部塞满了一只大皮箱。

他心里堵得慌,长舒了口气,默默地从口袋里掏出了两百元钱递给她,说,我答应过来回车费我来付。你也太大方了吧。陈婉清像变了个人似的,尖刻又讥讽地说,夜里打车起步价就比白天高十块,再说你那个倒霉的样子,我加了五十块钱司机才勉强同意的。龚一殊一怔,心一阵下沉,又掏出一百元,塞到她手里,竭力保持平静的口气说,够了吧,对不起,我要睡觉了。陈婉清飞快地把钱塞进口袋里,不紧不慢地说,我倒是想睡觉呢,可你吐了我一身,总得洗个澡吧。说着,她轻车熟路从衣橱里翻出一件宾馆提供的睡衣,扭着丰润的屁股从他眼前晃过,砰的一声关上卫生间的门。

龚一殊颓然靠在沙发里,蔫蔫的,他的目光瞭了一下卫生间的门,心里又一阵凛冽。从开始到现在他对她仍然是个谜,他沮丧又自嘲地想,这个所谓的苏菲玛索的女人差点让自己昏了头。一个千面女人,不好惹。一种不安甚至紧张的情绪从心里慢慢弥散出来,他飞快地思索着怎么尽快撵走她。

门开了,陈婉清穿着睡衣慵懒地倚着门框,头上的吸顶灯射在她侧面的脸上,半明半暗。扎着马尾辫的头发妖娆地散开了,湿漉漉的披在肩上,像涂了油,泛着亮。她盯着龚一殊的眼睛,抚弄了一下散落的碎发,表情稍稍带着笑意,又带着不露声色的羞涩,问,怎么样,很飘逸吧。顺着目光传来的热,龚一殊觉得自己被烫了一下,不过,还是彬彬有礼地站起身,坦然地说,真不早了,把你的房卡给我,你就在这里休息吧,语气和神情又回到了以前,谨慎又矜持。陈婉清的目光像猫的舌头继续在他身上舔来舔去,声音却透着冰冷的讥讽,在酒吧你那么露骨地在我面前表白,不就因为……好啦,脸红了,你的心灵一定在挣扎,哎哟,我怎么也变得和你一样俗不可耐呢,她发出一阵从未有过的尖锐刻薄的笑声。龚一殊煞白着脸,冷冷地说,我看大家都该自知自明点,再说,我也不是你想象的那种人。那种人呢?陈婉清居高临下地望着他,嘴角闪过一丝讥笑,顺手掏出手机按了几下数字键,又按了下免提键,里面传来一声低缓迟疑而富有磁性的声音,喂,是小清吗,婷婷有点咳嗽,阿梅让她喝了咳喘宁……不过,最后第三单元的复习题你女儿都做出来了,要是没事我挂了,语气带着倦意和厌烦。干吗那么急嘛?陈婉清抗议着,满脸的娇嗔和温柔,今晚怎么没出去撒野呢,我警告你,别让我再抓到你和阿梅,你有初一,我就有十五。对方先压抑着嗓音嘿嘿干笑地辩解了几句,又含混不清地讲了些夫妻间特有的情话,听得龚一殊心惊肉跳,无地自容。随后,手机里的男人又有点不耐烦要挂电话。

陈婉清不急不躁,走近龚一殊,对着手机不温不火地说,忘了告诉你,我身边还有个小帅哥,也是丹阳人,还是个博士呢,今天一个晚上他都帮我拎包累到现在,他帮了我,我也想帮帮他……他浑身湿透了,我让他穿了给你买的裤子,真合身,是吧,小阿弟,陈婉清一语双关,脸转向龚一殊,目光逼仄,又抬腿出其不意地狠狠踩了一下他的脚背,毕竟练过舞蹈,手脚很重,龚一殊没提防,"哎哟"惨叫一声,手机里的男人听到那边还有个男人,立刻意识到什么,也发出一声嚎叫,接着在那边粗野地叫骂开了。龚一殊脑袋一阵发懵,既感到羞辱又懊恼无比,整个人几乎被这个意外击垮了,这是对什么样男女呢?他无法在瞬间做出判断和选择,他想逃离,却又挪不开脚步,呆若木鸡。手机里的男人终于骂够了,最后,甩出一句有水平的话,哼,还博士呢,什么都不是(博士)!

最后一句话算提醒了他的身份,他像被电击了一下清醒了,走到门口,拉开门,冷冷地望着她。陈婉清像早有准备似地,神情自若,默默走到他身边,轻轻抬起胳膊,扶住他的肩膀,平静地说,放心吧,什么都不会发生的。关上门,她背靠在门上,胸脯一起一伏,脸部肌肉也在微微抽动,接着,一滴泪珠像条小虫顺着眼角滑落下来。她两眼直直地瞅着他。龚一殊一下又愣住了,脑子里竟突然一片空白,他被眼前的景象再次弄晕了。

我们两家是换亲,不相信吧,她低低地说,我哥有小儿麻痹症,和他姐成家后日子过得不舒心。我上幼师的时候有个高中同学和我处得不错,都喜欢文学……后来为了不让我受欺负,我妈逼我和他分手了。其实,孩子爸人不坏,我也慢慢接受了他。只是到了广州,又有了女儿,他动不动就无缘无故发火,还打孩子,我知道他压力大……本来我和女儿想回老家,可一回到丹阳孩子就犯哮喘病,医生说这是过敏性的,没法根治,南方的温暖气候会减少发病次数……她断断续续地说着,苦笑着,又将披肩的散发绾成马尾辫,略带歉意地说,刚才的电话吓到你了吧,其实,我是以这种办法来警告自己,不让自己胡思乱想,不让自己留下对你的记忆,有点自虐吧,她喃喃地说着,和你聊天,别看我没说话,可心里好舒服,真的……他外贸中专毕业,没什么情趣,平时和一帮狐朋狗友吆三喝四的,随心所欲,我也管不了,总像欠了他全家什么,我又比他大两岁,什么都依着他,不瞒你讲我们快两年没那个了……她的脸上慢慢腾起云霞。龚一殊愣住了,这下真相大白,果然是个有过隐痛的女人,一个诚实又卑微的小女人真真地站在眼前,所谓诡异和谜一样的身世……他在心里感叹,书真的读多了,刚才的郁闷羞辱甚至是愤怒顷刻消散得无影无踪,他就是那么情绪化的人。我在你身上看到了一些久违的东西,她轻轻地说,是一种率真,一种单纯,还带着诚恳,不只像我弟弟,更像我的同学。

　　龚一殊为先前的失态有点尴尬,涩涩地说,谢谢你的信任,我们终于分享了各自的隐私。其实你高看我了,我和紫凝的结合不只是一刹那的事情,如果没有未来的岳丈,怎么能考研读博呢,人总要现实一点的……顿了顿,他用疑惑的目光深深地盯向她,问,只是我不理解你那么一个知性高雅的女人竟会屈从于令人不齿的换亲婚姻,简直天下奇闻。陈婉清叹了口气,眼神带着似是而非的迷离,说,我爸去世后,家里没了生活来源,全靠我哥修电视机供我和弟弟上学,我能做的只有报答了。沉默。我爸要活着就好了,有时候我真想他,她忽然带着哽咽的声音说,他说我念书好,有悟性。龚一殊骇住了,那种哽咽里,他听出的是一种深深的悲哀无奈和绝望。她使劲摇摇头,眼窝里的泪光慢慢消失了,然后走到床边坐下,一丝微笑像从脸上硬逼出来的,她自嘲地说,劝慰别人我一套套的,什么做一个坚强的人,坦然面对不能拥有的,要学会放弃啊,那都是从报纸杂志上看到的,放到自己身上就不行了。那你为什么不听从内心的呼唤呢,如果直觉真的要让你成为某种人,我想其他事情都是次要的,他坚定地说。你真单纯得可爱,她世故地笑笑,意味深长地说,不是俗话讲吗,婚姻永远都是错的,我们只能将错就错吧,你不也很现实吗?她笑着反问,好啦睡觉吧,为我忙到现在,她站起身,如释重负地说,好事做到底,这只皮箱还帮我带到广州。

　　龚一殊忽然挡住她,急切的眼神迎上她,那目光深而浓,带着一丝挑衅,就因为他说我什么都不是,能吻你一下吗?陈婉清后退一步,红着脸,慌乱地低下头,你是我的小阿弟,怎么能乱来呢,我可不想有一夜情什么的……刚才我故意散开头发,还真以为你有定力,看来还是不自重。龚一殊意兴索然地叹口气,伸出手,识趣地说,你的电话让我吓了一大跳,现在也算和你开个玩笑,扯平了,把房卡给我吧。陈婉清定定地望着他,忽然重重地呼吸,说,这又是你的一刹那吗?龚一殊脸靠近她,目光笔直锐利,我相信直觉,尽管有时会在盲目的一刻迸发,会辜负我的理智,但是至少现在不后悔。她犹豫一下,重新坐到床边,低下头,声音颤抖地说,好吧,我不让你有这个遗憾,反正今后大家也没有牵挂了,只当是个小游戏吧,但有个条件,在这个过程中如果我要扇你的耳光,那对你还有点感觉,你不要见怪,必须马上停止,拿着我的房卡离开这里,不然到此为止。龚一殊心脏咚咚跳着,既吃惊又意外,点点头,盯着她睡衣的胸口,里面露出了丰富的内容。

对他来讲,当俩人的嘴唇相触的一瞬间,那种感觉无法言表,任何一种前奏和承诺都变成了繁文缛节了。她的嘴唇焦燥又灼热,微开的双唇下意识地吮吸住他的下唇,这更刺激了他敏感的神经元,他轻轻地试探着,她身体既没有反抗也没有配合,双目微合,一动不动,像在克制,又像在默许,他无所适从,喘息着,愣头愣脑地完成了一个道德上的穿越,翻身下来,内心无比的惶恐和自责。他深深地后悔了,带着强烈的茫然和沮丧,这实在荒唐透顶,内心构筑的所有防线都被眼前女人的几句话击得粉碎,而且还是个居家小女人。他背过身,僵直地一动不动,感觉一下好像过去了几十年。陈婉清小心翼翼坐起身,理了理凌乱的睡衣,出乎意料地轻轻扳过他的肩膀,柔情蜜意地抱紧他,目光带着眷恋和柔媚。龚一殊惶惑地抬起头,俩人对望了几秒钟,他喉头滚动了一下,嘟囔着想说点什么,她食指放在唇上轻嘘了一声,说,自己做的事不要向别人表白,喜欢你的人不需要,不喜欢你的人不相信。她俯下身,温暖的胸脯压在他的身上,瀑布般的长发顺着面颊滑落下来,把他的脸埋在里面,发丝在他脸上摩挲着,挑动着他脆弱的神经元。微光中,他恍惚看到一张妩媚丰润的脸庞,接着,那张温热的嘴唇迫不及待地吮吸住他的嘴唇。他浑身一阵发热,又一阵抽搐,所有的羞愧和不安消散的无影无踪。

一切如电光火石,又顺理成章。

第二天上了飞机,俩人把座位调到一起,陈婉清恋人般的将头软软地偎在龚一殊的肩上。他一脸的轻松和惬意,是一种释放后无比坦然的轻松。他忽然觉得一夜情也没什么不好,自己是下作了些,但没有结下恶果,因为,俩人约定下飞机就以姐弟相称了,这一页已经彻底翻过去了,这个世界有时候真的很精彩,不光有陷阱,还有鲜花。他有点庆幸和自得。陈婉清随手拿走了他的那本英文小说《房子》,说下次全家人到学校玩的时候还,保证连紫凝的书签都掉不了。他下意识地望了她一眼,她给了他一个轻轻的吻,从容地说,不相信我吗?龚一殊心头一热,点点头。

出了登机口,热浪滚滚。从自动电梯下到一楼大厅去取托运行李,龚一殊瞥了一眼电子指示牌提示的所乘的航班次,轻车熟路找到循环行李传输道。陈婉清幽幽地望着他,说,太热了,我去趟洗手间,换件裙子,你在出口处等我,我要乘大巴到三元里大道下,孩子爸在那儿。龚一殊汗流满面,点点头,欲言又止。陈婉清像大姐姐似的推了一下他的胳膊，很诗意地说，"从明天起，做一个幸福的人，愿你有一个灿烂的前程，愿你有情人终成眷属"……放心吧，姐会去喝你喜酒的。他笑笑，意犹未尽地说，我还想和姐姐来个告别仪式呢。陈婉清娇嗔地给了他一下，恰到好处地收回深情的目光，转过身走了。他莫名其妙的心里有点酸。

　　机场大厅出口处，烈日当空，人流攒动。龚一殊满脸涨红，汗流浃背，费力拎着她的两只大皮箱，一辆辆机场大巴和私家车排着队缓缓地停下，又缓缓地开走。等了许久，就是没有她的影子。身边的人行色匆匆。他焦虑地四下张望，不期然，看到一个带着墨镜的时尚女人向他慢慢走来。韩版的圆领短袖真丝连衣裙，飘逸典雅，深蓝色的碎花图案，还有体贴的收腰剪裁，映衬着她的胸脯愈发高耸，腰肢愈发柔软，犹如一幅青花瓷水墨画。栗色中分外翻卷 OL 发型，不仅尽显浓雅的女人味，而且看上去干练随意。应该是她，但那张妆容精致的脸庞戴上墨镜后是那么的高傲和冷漠。

　　龚一殊恍然梦境。

　　他的思绪只滑走了一秒钟，又被眼前的景色震住了。女人如一缕风从他眼前飘然而过，一本书飞到他的脚下，他迟疑地弯腰捡起那本英文小说，怯弱地抬起头，正前方停着一辆乌黑锃亮的七系宝马车，一个光头后脖颈上纹着一条蝎子的小伙子恭敬地拉开车门，用手高高挡住车门的上方，护着她钻进车。车子优美地画了个弧线，悄然驶过。龚一殊内心无比黑暗，他尝试着想微笑一下，但脸部僵硬的肌肉无法松弛下来。

　　回到学校，他更换了手机卡，又悄悄做了个病毒抗体检测，还好检验报告呈阴性，只是打开她那只皮箱，他脸色变了。

　　没多久，紫凝怀孕回国，他说服老岳丈放弃了读博，在老人家周旋下，俩人从广州回到南京一所大学教书。那时紫凝已经挺着个大肚子，他被提拔为计算机系主任助理。

　　生活又回到了正常轨道。应该是在初春的一天，他正在系办开会，一个女生进来，低身在他耳边说师母在家不舒服。他出门拨通手机，家里无人接听，只好急急赶回家，见老婆腆着大肚子靠在床上，脸上流着泪，将自己的手机扔到床角。他莫名其妙拿起来，看到一条长长的短信：

　　三叶草，草本植物，又名苜蓿，三片小叶开蝶形花，分别代表祈求、希望和爱情。好精致的书签,谢谢紫凝,我会珍藏的。龚一殊你在撒谎,大妹不是不见了,是受了刺激,是当你面要从女生楼顶往下跳,被你抱住了。在医院里,她无数次揪住我的衣领,骂我这个表姐为什么不给她生一个空军飞行员。开始我没在意,渐渐地被这句疯话而打动,这个创意奇特又疯狂,我想到你。你应该没忘记,六岁那年的暑假,你和大妹玩疯了,一人拿着一把花布伞从二楼阳台往下跳,要做一个跳伞飞行员。我抱住了表妹,没拦住你。后来背你去医院的路上,我发现了你喉头上有个胎记,凭着尚存的记忆和努力,最终锁定了你……。我嘛,中文系毕业后当过北漂,后来嫁了个山西矿主,没文化,人挺好,纠正一下,那天手机里骂你的可不是他,是我找托事先设计的"双簧"。唉,可惜老公50多岁不能生育了,感谢龚一殊给力,改变了我的人生,我的预产期在五月份,也成全了我疯妹妹的心愿,她现在已经不认识我了,呵呵,但龚一殊你该对我有印象,箱子里的那幅我特意放大的木框照片,也是那年暑假姨父在玄武湖边给姨妈和我们拍的。

紫凝妹妹,今天是爱尔兰的圣巴特里克节,让我们共同期盼主赐福与我们吧。

——刊自《鸭绿江》2011 年第 3 期